漢詩を読む ①

『詩経』、屈原から陶淵明へ

宇野直人
Naoto Uno
江原正士
Masashi Ebara

平凡社

漢詩を読む 1 『詩経』、屈原から陶淵明へ❖目次

関連地図

（　）内は旧名

内蒙古自治区
河北省
遼寧省
呼和浩特
張家口
北京（幽州・范陽）
山海関
桑乾河
大同
恒山
天津（薊州）
大連
五台山
黄河
太原（并州）
石家荘
蓬莱
汾陽
山西省
邯鄲
済南（済州）
青島
黄海
安陽（相州）
泰山
殷墟
孔子廟
山東省
曲阜
大運河
開封（汴州）
鄭州
嵩山
商邱（宗州）
徐州
江蘇省
許昌
淮安
南陽
淮河
河南省
揚州（広陵）
淮南
襄樊（襄陽，襄州）
南京（金陵・江寧）
無錫
烏江
蘇州
長江
上海
漢水
安徽省
当塗
太湖
湖北省
湖州
武漢（漢陽）
杭州
黄山
黄鶴楼
紹興（会稽・越州）
九江（尋陽）
建徳
銭塘江
会稽山
江陵（荊州）
赤壁
彭沢
天台山
景徳鎮
岳陽（岳州）
廬山
汨羅
鄱陽湖
浙江省
洞庭湖
南昌（洪州・隆興）
温州
東シナ海
長沙（潭州）
撫州
武夷山
湖南省
衡山
江西省
衡陽（衡州）
湘江
閩江
福州
永州
福建省
台北
泉州
廈門
台湾
広東省
潮州
広州
高雄
香港
0
500km

吐魯番
哈密
庫車
モンゴル
新疆ウイグル自治区
玉門関
安西
敦煌
（沙州）
陽関
嘉峪関
酒泉
張掖
武威（涼州）
霊武
寧夏回族自治区
黄河
青海湖
西寧
青海省
延安
蘭州
蕭関
富（鄜州）
渭河
隴山
甘粛省
天水
（秦州）
咸陽
鳳翔
驪山
華山
潼関
西安（長安）
太白山
岷山
武関
終南山
陝西省
西蔵自治区
四川省
岷江
剣閣
閬中
嘉陵江
奉節
（夔州）
巫山
ラサ
金沙江
大渡河
青衣江
成都（益州）
眉山
万州
忠県
瞿塘峡
峨眉山
楽山（嘉州）
重慶
（渝州）
夜郎
沅江
貴陽
貴州省
昆明
桂林
雲南省
広西壮族自治区
南寧
ミャンマー
ベトナム
ラオス

はじめに

本書は、漢詩のさまざまなあり方とその魅力について、歴史の流れに沿って説き明かそうとする大河シリーズ（全四冊）の最初の冊にあたります。

この第一冊では上古の歌謡から、漢・魏・晋に至るまでの時代が舞台になりますが、屈原《くつげん》、曹《そう》植《しょく》、阮籍《げんせき》、嵆康《けいこう》、陶淵明《とうえんめい》など、重要な詩人たちが早くも踵《きびす》を接し、また荊軻《けいか》、項羽《こうう》、劉邦《りゅうほう》、漢の武帝、王昭君《おうしょうくん》、曹操《そうそう》など、史上有名な人々も多く登場して、歴史に興味をもつ方々を引きつけてやまないことでしょう。

このシリーズは先の『李白』『杜甫』（二〇〇九年、平凡社刊）と同様、江原正士氏と私との対話形式によって進められます。江原さんの立場は〝詩人を時代の中でとらえる〟姿勢で一貫されており、政治情勢、文学思潮、交友関係など、各個人を取り巻く環境や背景を十分に把握した上で、詩人たちの作風と個性とを解明しようとされます。これはアーサー・ウェイリー（一八八九―一九六六）をはじめとする西欧の東洋学者の姿勢と共通するものであり、〝西欧ふうの知性〟の一つの型と言えるでしょう。江原さんの永年にわたる、欧米映画に対する研究の成果がここに応用されているのではないでしょうか。

そして従来、漢詩の分野では必ずしも一般的ではなかったこの姿勢が導入されたことにより、本書には一つの大きな特色が備わることになりました。それは、漢詩が往々誤解されがちな〝悟りすました偉人による人生訓、もしくは手すさび〟ではなく〝組織と個人のあつれきの中で悩み、活路を求める人の、生々しい努力の跡〟であることが鮮やかに印象づけられた、ということです。

この〝漢詩再発見〟と言うべき本書が一人でも多くの方々の心に届き、漢詩が身近なものとなりますよう、著者の一人として願ってやみません。

宇野直人

〈凡例〉

❖ 本書に用いる漢字は、常用漢字の字体を基本とした。

❖ 仮名遣いは、訓読文など日本語の文語体の場合には正仮名遣いを用い、その他は原則として現代仮名遣いによった。ただし振仮名のうち、訓読文の字音については、現代の日本の発音により近いことを考慮し、現代仮名遣いを用いた（たとえば「関関」「窈窕」「好逑」は「くわんくわん」「えうてう」「かうきう」とせず、「かんかん」「ようちょう」「こうきゅう」とした）。

❖ 書き下し文の送り仮名は、一般に、現代の口語文の場合よりも少なめに送る習慣がある。本書でもその慣習を尊重した（たとえば「憐《あはれ》む、来《きた》る、尽《つく》す、両《ふたつなが》ら、向《むか》ふ」など）。

❖ 本文の、——以下の太字の発言は江原、それ以外の発言は宇野によるもの。

カバー絵＝横山大観「五柳先生」（左隻部分）東京国立博物館所蔵
Image: TNM Image Archives Source:http://TnmArchives.jp/

装幀＝間村俊一

一、歌のはじまり──『詩経』

情愛の歌

漢詩の歴史を最初から辿《たど》るとなると、『詩経《しきよう》』から入ることになります。

──そもそも『詩経』って何なんでしょうか、まるで何かの「経典」のような。

中国最古の歌謡集です。収められた歌はすべて〝詠《よ》みびと知らず〟で作者名がわからないのですが、北中国の黄河流域で歌われていた、古代の民謡や宗教歌謡を集めたものです。

──何年くらい前のものなんですか。

『詩経』という本のかたちになったのが今から二千六百年くらい前です。ですから、収められた歌謡が流行していたのはそれよりも前ですよね。漢民族の祖先は、今から四、五千年前の新石器時代には黄河流域で農耕生活を送っていました。

――黄河文明ですか。

ええ。その黄河文明のすぐ次の文化遺産が『詩経』になるわけです。

――それはかなり古いですねえ……。

同じ頃、ヨーロッパではギリシャのホメロスが「イリアス」「オデュッセイア」を発表していました。

――ほとんど神話に近い時代ということですか。

そうですね。それだけに内容も古代ふうで、アニミズムとか、呪術とかの要素が強く、それを念頭に置いておくとわかりやすくなるでしょう。

――その大昔、あちこちに散らばっていた歌謡を『詩経』としてまとめたのは誰なんですか？

それには諸説があって、基本的には宮廷の関係者が地方をまわって採集し、方言などを標準語の書き言葉に直し、形を整えて本に収めていったのではないかと言われています。農耕民族ですから、内容は農村の生活や仕事と関係が深く、作業中に歌う仕事歌や、雨乞《あまご》い、収穫の感謝の祭り、その後にみんなで歌う芸能歌謡など、いろいろあります。ですからもともとはそういう素朴な、自然発生的なものなのですが、時代が下って漢の時代、歌謡の性格や表現に応じて六つの分類がなされました。それを「詩の六義《りくぎ》」と言っています（囲みを参照）。その「六義」の中で、読んでゆくのに一番重要なポイントは「興《きょう》」という表現手法――古代人特有の連想法です。

――と言いますと……？　何か例があるとわかりやすいのですが。

一種のたとえなのですね。たとえば「りんごのようなほっぺ」とか、「私の心はぼろ雑巾《ぞうきん》のようだ」と言うようなたとえはわかりやすいですが、それは〝直喩〟で、『詩経』では「比」に分類されます。「興」の例としては、たとえば魚が女性のたとえになったり、鳥が恋愛や結婚のたとえになる。現代人の感覚ではわかりにくいですよね。

『詩経』の構成――詩の六義

漢代以降、『詩経』の歌謡の分類概念として「詩の六義《りくぎ》」（風《ふう》・賦《ふ》・比《ひ》・興《きよう》・雅《が》・頌《しよう》）が定着しました。「風・雅・頌」は歌謡の成立の場・発表の場による分類で、「風」は各国の民謡歌謡、「雅」は諸侯の祭典・儀式の場で歌われた歌謡、「頌」は王室が先祖を祀《まつ》るときの歌謡です。

一方、「賦・比・興」は、歌謡の表現技法による分類で、「賦」は直叙、「比」は比喩、「興」は一種の連想法になります。とりわけ「興」は『詩経』特有の手法で、草木・鳥獣などの自然物や身近の事物からの連想によって、作品の主題を導き出すもの。そこに古代人特有の呪術《じゆじゆつ》的・宗教的観念がかかわっているため異説が多く、一つの重要な研究課題となっています。

『詩経』（『詩』『詩三百』）
- 風―十五国風（一六〇篇）
  - 周南・召南・邶《はい》・鄘《よう》・衛・王・鄭・斉《せい》・魏《ぎ》・唐・秦・陳・檜《かい》・曹・豳《ひん》
- 雅
  - 小雅（七四篇）
  - 大雅（三一篇）
- 頌
  - 周頌（三一篇）
  - 魯頌（四篇）
  - 商頌（五篇）

――はい、まったくわかりません（笑）。

魚は卵をたくさん産むでしょう。それが〝多産〟のイメージにつながって、女性をほめる表現に用いられる。子孫繁栄の象徴ですね。鳥は鴛鴦《おしどり》が典型ですが、だいたい雄雌《おすめす》仲がよくて、卵をあたためるのもヒナに餌をやるのも交代で共同でやる、そこで男女の仲がよいたとえ、愛情や結婚の表現になる……。

――へえぇーっ。意味付けを聞くとわかりやすいですね。

そんなたとえが『詩経』にはたくさんあって、それを「興」と名付けたんです。〝隠喩〟〝暗喩〟ということになるでしょうか。

――そしてまた、そのたとえ――「興」を解釈するにあたって、注釈がいろいろあるとか……。

なにぶん古い作品ですから、たとえをどう読み解くかということを中心に、解釈の流派が今日に至るまで三つ出来ています。一番古いのが「古注」で、漢の時代、つまり紀元前から続く、由緒あるもの。前漢から後漢にかけて蓄積された注釈ですが、漢代は儒教が国家の中心思想として確立された時代なので、注を作る人も啓蒙的・教育的意図で歌を解釈した、それでいきおい、堅苦しい雰囲気になるんですね。ところが近世の宋代になって、「古注」に批判的な立場から新しい解釈が生まれました。これが「新注」ですが、「新」といっても、出てから今日まで、もう千年以上たっています。有名な学者の朱子《しゅし》が〝「古注」はちょっとおかしいんじゃないか〟という懐疑的立場で解釈し直したものです。また二十世紀になって、考古学的な研究やフォークロア（民俗学）の成果を導入した新しい解釈が提出され、それが第三の、民俗学的解釈になった。というわけで、現在は三つの流派があるわけです。そこで本書がどの立場を取るかですが、考えてみると、中国の詩人や読書人、また日本のそういう人々も、近代に至るまでだいたい「古注」を基準に、漢詩の歴史の出発点として『詩経』を読んで栄養分にして来ました。ですからやはり「古注」を尊重し、時に応じて「新注」や現代的な解釈も加味しつつ大枠を押さえてゆこうと思います。

――何はともあれ、古代の人びとの心に触れるというわけですね。まずは情愛の歌からということで、一首めは「静女《せいじょ》」という題ですが、これはどのような……。

「おとなしいあの娘」という意味ですが、内容は恋の歌で、男性が主人公になっています。三章からなっていて、内容がだんだん展開して興味を引きつけます。つまり民歌とは言っても、仕事をしながら大勢でいっしょに盛り上がる素朴な〝仕事歌〟ではなく、プロ級の歌手がみんなの前で歌って内容で引っ張っていった、一種の〝芸能歌謡〟じゃないかと。

――当時のヒット曲ということですか。

ええ、お祭りの後の余興として、舞台で歌われたのかも知れません。

静女　　　静女《せいじょ》　〔邶風《はいふう》〕

静女其姝　俟我於城隅　　静女《せいじょ》　其《そ》れ姝《かほよ》し　我《われ》を城隅《じょうぐう》に俟《ま》つ
愛而不見　搔首踟躕　　愛《あい》として見《み》ず　首《かうべ》を搔《か》きて踟躕《ちちゅう》す

静女其孌　貽我彤管
彤管有煒　説懌女美
自牧帰荑　洵美且異
匪女之為美　美人之貽

静女《せいじょ》 其《そ》れ孌《れん》たり　我《われ》に彤管《とうかん》を貽《おく》る
彤管《とうかん》 煒《い》たる有《あ》り　女《なんぢ》の美《び》を説懌《えつえき》す
牧《ぼく》自《よ》り荑《てい》を帰《おく》る　洵《まこと》に美《び》にして且《か》つ異《い》なり
女《なんぢ》の美《び》たるに匪《あら》ず　美人《びじん》の貽《おくりもの》

――人々が聞いていて体を動かすようなリズムは、あまり感じられませんが。

ただ、内容のめりはりがありますね。男の立場から、仲のよい娘さんとの一連のデートの体験を、三つのエピソードで歌っています。最初はうまくゆきません、「静女《せいじょ》 其《そ》れ姝《かほよ》し」、「おとなしいあの娘《こ》はそりゃあもう、べっぴんさんなんだよ」。かおよしって、身も蓋もない読みですが（笑）、美しいとか可愛いといった意味です。「或るとき私を、町のはずれで待っていてくれた」。会う約束をしたんですね。町はずれや城壁のそばは、『詩経』では逢引《あいびき》の待ち合わせの場所としてよく出て来ます。ところが「愛《あい》として見《み》ず」、ここの「愛」は「曖昧」の「曖」と同じで、〝はっきりしない、よくわからない〟意味。「あたりがぼんやり暗くなってもあの娘《こ》は現れなかった。そこで僕は心配になって頭を掻き掻き、そわそわとうろつきまわってしまったよ」。ここから、〝頭を掻く〟動作はいらだちや不安を表す表現として、後世までずっと使われます。

第二・三章は嬉しかったエピソードを並べています。「静女《せいじょ》 其《そ》れ孌《れん》たり」、「おとなしいあの娘《こ》

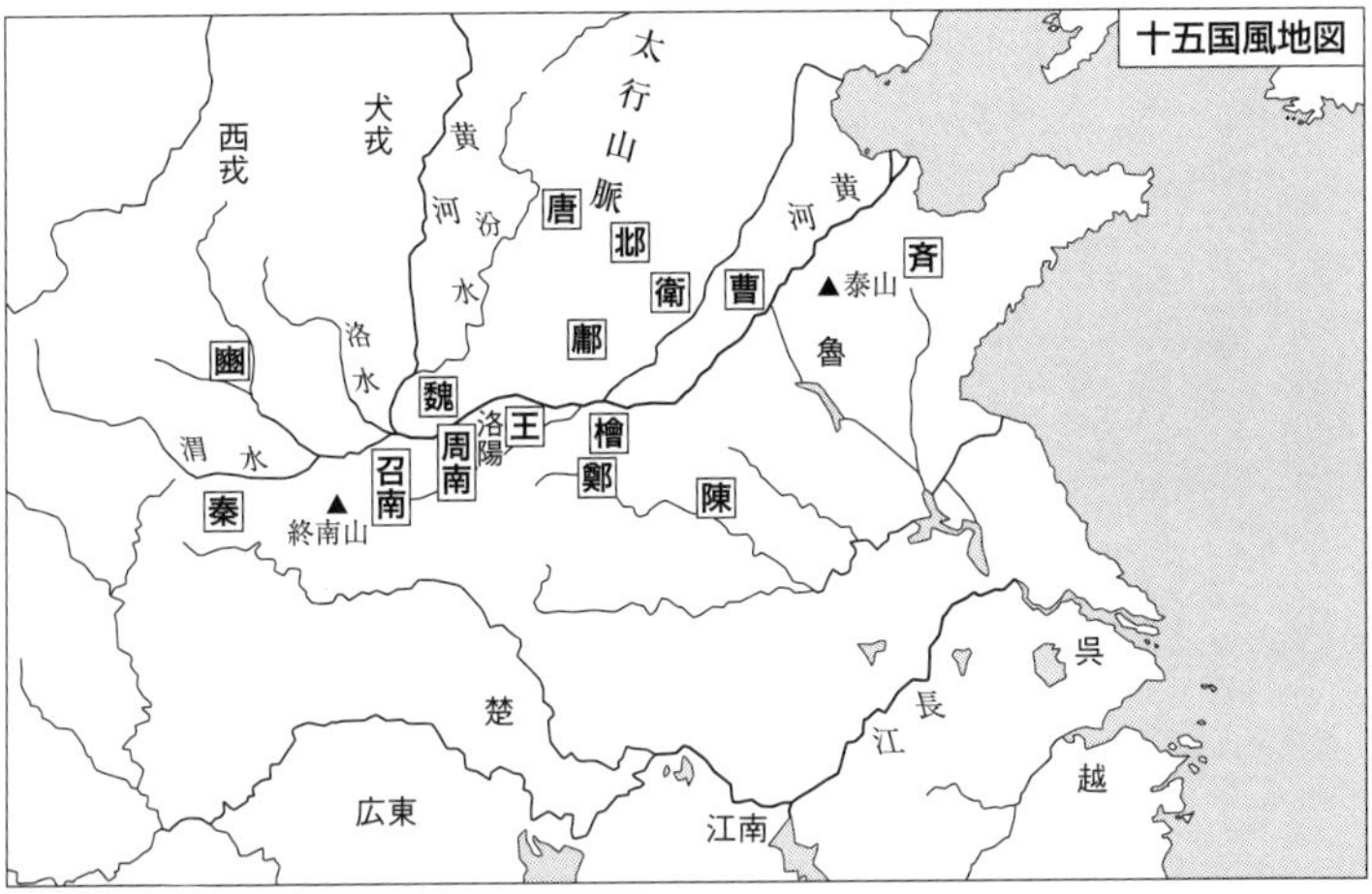

はほんとうに美しい。或るとき僕に彤管《とうかん》をプレゼントしてくれた」。「彤《とう》」は赤、「管《かん》」は諸説あって、筆か腕輪か笛か、ここでは笛ととりました。「その笛の燃え立つような赤」、赤は情熱の色、生命の色ですね。「女《なんぢ》の美《び》を説懌《えつえき》す」の「女《なんぢ》」は間違えやすいのですが、二人称で、笛を指します。「僕はその、赤い笛の色に大喜びした」、主人公の男はいい気になってます（笑）。

三章では、別のプレゼントをもらいました。「牧《ぼく》自《よ》り荑《てい》を帰《おく》る」、「或るときあの娘《こ》は野原からつばなをつんで贈ってくれた」。つばなは茅《ちがや》の芽で白い色。女の子の白い手とつばなの白が印象的です。「洵《まこと》に美《び》にして且《か》つ異《い》なり」、「それはほんとうにきれいで珍しいプレゼントだ」。最後は少しウィットを効かせてつばなに呼びかけています。「女《なんぢ》の美《び》たるに匪《あら》ず 美人《びじん》の貽《おくりもの》」なればなり、「つばなよ、別にお前がきれいだというんじゃないぞ、きれいな娘さんからのプレゼントだからお前もきれいに見えてしまうのさ」。ちょっと洒落《しゃれ》てるでしょ。

——……ですね（笑）。これが二千六百年以前のラヴソングですか。

自然発生的な、素朴な民謡ではなく、プロが関わった表現に思えませんか。

——ちゃんと構成されてるんですね。ところで先生、これは「邶風《はいふう》」さんが作った歌ということですか？

ああ、「邶風」とあるのは、先ほどの「詩の六義《りくぎ》」という分類概念に関係しています。『詩経』は内容上、「風《ふう》」「雅《が》」「頌《しょう》」の三つの部立てに分けられていて、「風」というのは一般民衆が歌った民謡や祭りの歌謡です。

——すると「邶風」は作者の名前ではなく……。

邶という地方国家の民謡、ということになります。「風」には十五の国別（前頁地図を参照）に民謡が集められていて、「静女」は邶の国の民謡のコーナーに収められているわけです。

——「風」をつけると、その土地のものということですか。たとえば「茨城風」とか「山梨風」だとか。

そういうことですね。「どこそこ風《ふう》」となるわけです。

——なるほど。次は短い詩ですが？

「東の門の柳」、東の城壁の門で待ち合わせした男がすっぽかされた歌です。

——（笑）。おもしろそうです。

東門之楊

東門之楊《とうもんしよう》　〔陳風《ちんぷう》〕

東門之楊　其葉牂牂
昏以為期　明星煌煌

東門《とうもん》の楊《よう》　其《そ》の葉《は》　牂牂《そうそう》たり
昏《こん》　以《もつ》て期《き》と為《な》す　明星《めいせい》　煌煌《こうこう》たり

東門之楊　其葉肺肺
昏以為期　明星晢晢

東門《とうもん》の楊《よう》　其《そ》の葉《は》　肺肺《はいはい》たり
昏《こん》　以《もつ》て期《き》と為《な》す　明星《めいせい》　晢晢《せいせい》たり

――朗読すると、すごくリズムがいいんですが。

繰り返しが多いですよね。この歌は職業詩人が書斎で作ったものではなく、農村でみんなが歌い踊って楽しんだもの。繰り返しのリズムは歌いやすく、覚えやすいでしょう。

――すると太鼓を鳴らしたり、笛や弦楽器で……。

おそらく伴奏がついたでしょう。全体が二章に分かれています。〝連章形式〟と言うのですが、歌謡の世界では、この形式は古今東西同じなんですね、一番、二番、三番……と。

さらに、原文をご覧いただくと、一句四文字ですよね。「四言《しごん》」といって、『詩経』全体を貫く句形です。四言は一・二、一・二と二文字ずつまとまって二拍子になる、それは農村の労働のリズムだからです。出だしの二行を中国語ふうに音読みしてみますと、「とうもーん　しーよう／きーよーう　そうそーう／こんいー　いーきー／めいせーい　こうこーう」となります。

――えんやーこーりゃ、えんやーこーりゃ……。

ええ。これは農作業の、土を掘り返したり、種を蒔《ま》いたりするときの、上《うえ》、下《した》、上、下、つかむ、蒔く、つかむ、蒔くのリズム、というわけです。また、この「東門之楊」は求愛の歌という性格があります。『詩経』にはこういったラヴソングが非常に多いのですが、古代の漢民族が特に色好みだったのではなく、じつは農耕民族の特色に深い関係があるんです。

――と言いますと?

豊作を願うには人間男女がなるべく仲よくするほうがいい、男女が仲よければ、そのことを嘉《よみ》して天の神様が豊作をもたらして下さる――といった考え方があって、春や秋に歌垣《うたがき》の行事が催されたんです。古代の日本でも、山や川辺に男女が集まって歌い踊り、飲み食いし、なるべく仲よくしました。天界と人間界が感応し合って豊作がもたらされる、これも古代の呪術的な観念ですね。

――かつての夜祭《よまつり》のようなものですね、なーるほど。

この「東門之楊」もたぶん歌垣の場で、男たちが娘たちを誘いながら歌ったのでしょうね。

第一章、「東の城門のそばに柳の木が立っている。その葉はふさふさと盛んに繁っている」、柳を目印にして待ち合わせたんですね。「昏《こん》」ですから、「夕暮れ時を約束の時間としたが、日がとっぷりと暮れてそろそろ宵《よい》の明星が明るく輝き始めた」。まだあの娘が来《こ》ないなあというわけです。

第二章も同じで、「東の城門のそばに立つ柳の木、葉はこんもりと繁っている。夕暮れ時を約束の時間としたのに、そろそろ宵の明星がきらきら見え始めた」。ここで注目すべきは、星が出ていること。星祭というものがありますが、星は願《がん》をかける対象です。ですから主人公の若者が「早くあの娘が来ますように」とお星様に祈っている情景が目に浮かぶわけです。

――たいへん素朴で純粋で……何と言ったらいいか、古さを感じませんね。

不思議なんですが、『詩経』の歌を読んでいると、気持ちが大らかになって、歌の中にとけこんでゆくような。そんな力があるんですね。

――人間というのは時間がたっても基本的に変わらないということでしょうか。

そうかも知れません。またその変わらないところをつかんでいるから、『詩経』はいまだに我々の心を打つのでしょう。日本で言えば『万葉集』の存在に近いかも知れませんね。

さて次は女性の側からの歌を読んでゆきましょう。「芣苢《ふい》」というのは植物名で、オオバコのことです。薬草で、不妊治療や安産に効いたそうです。

芣苢　　　芣苢《ふい》　〔周南《しゅうなん》〕

采采芣苢　薄言采之　　芣苢《ふい》を采《と》り采《と》り　薄《いささ》か言《ここ》に之《これ》を采《と》る
采采芣苢　薄言有之　　芣苢《ふい》を采《と》り采《と》り　薄《いささ》か言《ここ》に之《これ》を有《も》つ
采采芣苢　薄言掇之　　芣苢《ふい》を采《と》り采《と》り　薄《いささ》か言《ここ》に之《これ》を掇《と》る
采采芣苢　薄言捋之　　芣苢《ふい》を采《と》り采《と》り　薄《いささ》か言《ここ》に之《これ》を捋《と》る
采采芣苢　薄言袺之　　芣苢《ふい》を采《と》り采《と》り　薄《いささ》か言《ここ》に之《これ》を袺《つまど》る

采采芣苢　薄言襭之　芣苢《ふい》を采り采《とと》り　薄《いさ》か言《ここ》に之《これ》を襭《つまばさ》む

——えらく調子がいいんですが……。

だんだん気分が高まって来ますよね。たぶん仕事歌でしょう、奥さんや子どもたちが草摘みの仕事をしながらみんなで歌ったんじゃないでしょうか。

——ワークソングですか。

リズミカルなので能率が上がるんですね。「薄《いさ》か言《ここ》に」というのは添え言葉、囃《はや》し言葉のようなもので、あまり意味がありません。

——「ア、ソーレソレ」みたいな……。

それですね。訳は本当に簡単で、「とろうよ　オオバコ。さあさあ　とろう。とろうよ　オオバコ。さあさあ　つもう」、そんな内容が繰り返されています。ちなみに第三章の「袺《つまど》る」は、上着の下の端をつまんで上に向けて袋状にすること。「襭《つまばさ》む」は上着の裾の左右の両端を帯に挟んで、やはり袋状にして中に物を入れることだそうです。まあ、この歌は最も素朴な仕事歌じゃないでしょうか。

——普通に朗読していてもだんだんリズムが出て来ますから、これに土地のメロディがついて大人数で歌えば盛り上がって、かなり仕事の能率がアップしたんでしょうね。

一種ドーパミン効果というのかな、みんなとの一体感が出て来ますね。

——「ソーラン節」のようなもんですね（笑）。さて次は「風雨」とありますが。

これは労働歌ではなく、歌垣やお祭りで女性たちが合唱した場面が想像されます。

――男性に求愛をしていると。

誘いかける内容でしょう。題名は「風まじりの雨」、この雨風《あめかぜ》がどういう働きをするか、ちょっとご注目いただきたいのですが。

風雨　　風雨《ふうう》　〔鄭風《ていふう》〕

風雨凄凄　鶏鳴喈喈　　風雨《ふうう》　凄凄《せいせい》　鶏鳴《けいめい》　喈喈《かいかい》
既見君子　云胡不夷　　既《すで》に君子《くんし》を見《み》れば　云胡《いかん》ぞ夷《たひらか》ならざらんや
風雨瀟瀟　鶏鳴膠膠　　風雨《ふうう》　瀟瀟《しょうしょう》　鶏鳴《けいめい》　膠膠《こうこう》
既見君子　云胡不瘳　　既《すで》に君子《くんし》を見《み》れば　云胡《いかん》ぞ瘳《い》えざらんや
風雨如晦　鶏鳴不已　　風雨《ふうう》　晦《かい》の如《ごと》し　鶏鳴《けいめい》　已《や》まず
既見君子　云胡不喜　　既《すで》に君子《くんし》を見《み》れば　云胡《いかん》ぞ喜《よろこ》ばざらんや

「凄凄《せいせい》」や「瀟瀟《しょうしょう》」は擬音語、音声の形容で、音がするほど風が吹き、雨が降っています。

――雨がザーザーという感じですか。

はい。「風まじりの雨がさかんに降って、そのなかで鶏《にわとり》がコケコッコーと鳴いている」。なんだか変な出《で》だしですが、鳥は『詩経』の世界では男女の愛情、仲のよいたとえでしたよね（↓一四ページ）。

――たとえ――「興」、でしたね。

ええ。ですからここで鶏が出れば、〝男女の愛情に関係がある〟と予想がつくわけです。で、二行めは予想通りの展開になります。「こうしてあなたに会えて、私の心はどうして安《やす》らがない筈があろうか。ほんとうに安らぎました」という喜びです。以下もほぼ同じで、「風まじりの雨がさかんに降って、そのなかで鶏が鳴き続けています。こうしてあなたに会えて、私の心がどうして晴れないでしょう、すっかり晴れました」。第三章も「風まじりの雨のために、辺りはほとんど真っ暗。そのなかで鶏はさかんに鳴き続ける。こうしてあなたに会えて、なんと嬉しいことでしょう」。鶏が二人の仲のよさを祝福している印象があります。

――なんだか不思議なパワーがありますね。

風雨というのは、一般には難しい環境、逆境のたとえで、この歌は全体として、困難な境遇を乗り越えて主人公が好きな男性に会えた、その喜びを三章繰り返しているように見えます。が、二十世紀の新しい解釈では、風雨を必ずしも険悪な環境の意味にとらないんです。

――というと……？

風が吹き、雨が降るのは農耕民族にとってはありがたい自然現象ですよね。そこから、風雨を〝仲のよい男性に会えるいい機会のたとえ〟ととらえるんです。

――現代人からするとなかなか難しい発想ですね。

伝統的な「古注」「新注」では逆境のたとえと考えています。その解釈は私は捨てがたいと思うんだなあ。なんと言うか、古今東西、困難な環境は愛の悦びを増すスパイスのような感覚がありませんか。

――ロミオとジュリエット然《しか》り、ですね。たしかに。

スタンダールの『赤と黒』にもそういう場面が出て来ますよ。主人公のジュリアン・ソレルが、いよいよレナール夫人に行動を開始しようという前段階の描写ですが、

「陽《ひ》が沈んでいき、問題の時刻が迫ってきた。……大きな雲がむし暑い風を受けて乱れ飛び、嵐《あらし》を呼ぶ空模様。ふたりの女は遅くまで散歩を続けた。……ふたりはこの天候を楽しんでいるのだ。デリケートな心をもつもののなかには、こういう天候になると、愛する喜びがますように思うものがいる……」（小林正訳、新潮文庫より）

――なーるほど、そういうことですか（笑）。

嵐や風雨は自然界のパワーの爆発でしょう、それと人間の愛のパワーが共鳴するような。

――逆境にあればあるほど恋は燃え上がるというわけですね！

そういう感覚が『詩経』にもあると考えるのは非常に面白いと思うのですが。

――二千六百年以前でも、人間の恋心のパワー、ベクトルはずっと変わらないんですね。次は「女曰鶏鳴《じょえつけいめい》」ですか。

はい、直訳すると「女は言う、鶏が鳴いたわよ」となるんです。

——は？　なんだか歌謡曲や演歌の雰囲気を感じますが。

女曰鶏鳴

女曰鶏鳴　士曰昧旦
子興視夜　明星有爛
将翺将翔　弋鳧与鴈

弋言加之　与子宜之
宜言飲酒　与子偕老
琴瑟在御　莫不静好

知子之来之　雑佩以贈之
知子之順之　雑佩以問之
知子之好之　雑佩以報之

女曰鶏鳴《じょえつけいめい》〔鄭風《ていふう》〕

女曰《じょい》ふ　鶏《にはとり》鳴《な》くと　士曰《しい》ふ　昧旦《まいたん》ならんと
子《し》興《お》きて夜《よ》を視《み》よ　明星《めいせい》爛《らん》たる有《あ》り
将《まさ》に翺《こう》し　将《まさ》に翔《しょう》し　鳧《ふ》と鴈《がん》とを弋《よく》せよ

弋《よく》して言《ここ》に之《これ》を加《あ》てば　子《し》と之《これ》を宜《よろ》しくせん
宜《よろ》しくして言《ここ》に酒《さけ》を飲《の》み　子《し》と偕《とも》に老《お》いん
琴瑟《きんしつ》　御《ぎょ》に在《あ》り　静好《せいこう》ならざる莫《な》し

子《し》の之《これ》に来《きた》るを知《し》らば　雑佩《ざつばい》　以《もっ》て之《これ》に贈《おく》らん
子《し》の之《これ》に順《したが》ふを知《し》らば　雑佩《ざつばい》　以《もっ》て之《これ》に問《おく》らん
子《し》の之《これ》に好《こう》するを知《し》らば　雑佩《ざつばい》　以《もっ》て之《これ》に報《むく》いん

「古注」「新注」では仲の良い夫婦の対話とされていますが、二十世紀以後の新説では別の読み方もあります。まずは伝統的な解釈で読んでみましょう。奥さんが中心になった夫婦の会話です。

「女《じょ》」は、ふつう娘さんの意味になることが多いのですが、ここでは奥さんです。出だしは夜明けの情景です。「妻が言った〝鶏が鳴いたわ〟。夫は答えた〝もう夜が明けたんだなあ〟」。

――(笑)。

また鶏が出て来ましたね。男女の愛情、仲の良い関係の「興」ですから、やはり二人のいい関係を歌ったものじゃないかと予想がつきます。妻のせりふが続いて二句め、「子《し》」は二人称で〝あなた〟の意味。「あなた、起きて夜のようすをご覧なさい。もう明けの明星が光っているわよ」、もう朝よ、というわけです。そこで夫を駆り立てて、三句め、「翺《こう》」「翔《しよう》」は鳥が飛ぶ意味ですが、ここでは夫が狩猟に出かけて活躍する意味ととります。「さあさあ、駆け回り、馳《は》せ巡《めぐ》り、鳧《かも》や鴈《かり》をしとめていらっしゃい」。もう仕事の時間だから出発しなさいというわけです。

――早く起きて働けよと(笑)。

そういうことですね。第二章も奥さんのせりふです。一章の終わりにもある「弋《よく》」は〝いぐるみ〟という狩猟道具で、弓矢の矢に糸をつないでおいて、その糸に鳥をからませて捕まえるんです。夫は狩人《かりうど》なんですね。一句め、「言に《ここ》」は添え言葉で、「いぐるみを仕掛けて収穫があったなら、それを二人でいい塩梅《あんばい》に料理しましょう」と提案しています。で、二句めは「その獲物《えもの》を肴《さかな》にお酒を飲んで、歳をとるまであなたとずっといっしょに暮らしたい」と。

――仲がいいですねえ。

そうですね。そして三句め、「楽器の琴も側にあって、いつもいい音色を聴かせてくれますわ」。音楽のたしなみがあるんでしょうか。

——今ならさしずめギターとかピアノですか。

そういった、家庭内で弾くものですね。

最後の第三章も奥さんのせりふで、繰り返しになっています。「子《し》」は夫を指しますが、「之《これ》」はどうも自分のことのようです。だいたい同じ内容で、「あなたがいつも私の側にいてくださるならば、私はあなたに雑佩《ざつぱい》を差し上げましょう」、「雑佩」は着物につけるアクセサリーです。宝石を何種類かつなぎ合わせて腰につけると、歩くたびに玉が触れ合ってちりんちりんと涼しい音をたてるんです。二句め、「あなたが私の言うことを聞いて下さるなら、私はあなたに佩び玉《おだま》をプレゼントしましょう」、そして最後も「あなたが私によい思いをさせて下さるなら、私はあなたに佩び玉でお礼をいたしましょう」――なんだか最初から最後まで奥さんがリーダーシップをとっています。

――うーん……そうですね(笑)。

面白い歌だと思いますが、ただ農村の人々が日常的に佩び玉をつけたとはどうも思えないので、そこから別の解釈が出て来るわけです。また楽器やお酒が出て来て、農村のふだんの暮らしというよりは、ちょっと宴会の雰囲気がある。だから新しい解釈では、結婚式の歌じゃないかと言われるんです。第一章、第二章はソロ(独唱)で歌い、第三章をみんなで合唱したというような、歌い分けも考えられます。

――ははあ、第三章はサビとしても効果的ですよね。すると『詩経』は東洋の歌謡の原点でもあるんでしょうか。どこか遠いところから日本の歌謡曲や演歌あたりにも影響をしているような、その一方で、ちょっと万葉の文化とは違うものも感じます。『万葉集』より土俗的というか、地に足がついた感じがするのかな。――それは、より現代的とも言えるんでしょうか。『万葉集』の方が、わりと位の高い人たちが歌ったものも多いからか、かえって遠い絵空事のような感じもします。私たちはむしろ土俗的なものと波長が合うんですかね。「好きだ」「嫌いだ」「これは楽しい」みたいな、直截的なものの方が魂に訴えるというか……。

余計な飾りがなくてね。一句四文字のゆったりした二拍子は、四字熟語の本場の中国人が大好きなリズムです。昔も今も、町の立て看板や新聞の見出し、商品の広告などにこのリズムがしょっちゅう出て来ます。日本は古くからその影響を受けて来て、今でも〝四字熟語〟は日本人の基礎教養になっています。その辺も一つのポイントかも知れませんね。

諷刺の歌・時事の歌

次は諷刺・時事の歌ということで、民衆が仕事をしながら、或いは祭りの場でふだんの憂さを晴らす、もしくは歌うことで明日へのエネルギーを培う、といった性格のものを集めてみました。

碩鼠　　碩鼠《せきそ》　〔魏風《ぎふう》〕

碩鼠碩鼠　無食我黍　　碩鼠《せきそ》　碩鼠《せきそ》　我《わ》が黍《きび》を食《は》む無《なか》れ

三歳貫女　莫我肯顧
逝将去女　適彼楽土
楽土楽土　爰得我所

碩鼠碩鼠　無食我麦
三歳貫女　莫我肯徳
逝将去女　適彼楽国
楽国楽国　爰得我直

碩鼠碩鼠　無食我苗
三歳貫女　莫我肯労
逝将去女　適彼楽郊
楽郊楽郊　誰之永号

三歳《さんさい》 女《なんぢ》に貫《なら》へども　我《われ》を肯《あへ》て顧《かへりみ》る莫《な》し
逝《ここ》に将《まさ》に女《なんぢ》を去《さ》り　彼《か》の楽土《らくど》に適《ゆ》かんとす
楽土《らくど》 楽土《らくど》　爰《ここ》に我《わ》が所《ところ》を得《え》ん

碩鼠《せきそ》 碩鼠《せきそ》　我《わ》が麦《むぎ》を食《は》む無《なか》れ
三歳《さんさい》 女《なんぢ》に貫《なら》へども　我《われ》を肯《あへ》て徳《とく》とする莫《な》し
逝《ここ》に将《まさ》に女《なんぢ》を去《さ》り　彼《か》の楽国《らっこく》に適《ゆ》かんとす
楽国《らっこく》 楽国《らっこく》　爰《ここ》に我《わ》が直《ちょく》を得《え》ん

碩鼠《せきそ》 碩鼠《せきそ》　我《わ》が苗《なへ》を食《は》む無《なか》れ
三歳《さんさい》 女《なんぢ》に貫《なら》へども　我《われ》を肯《あへ》て労《ろう》する莫《な》し
逝《ここ》に将《まさ》に女《なんぢ》を去《さ》り　彼《か》の楽郊《らっこう》に適《ゆ》かんとす
楽郊《らっこう》 楽郊《らっこう》　誰《たれ》か之《これ》 永号《えいごう》せん

――なにやらすごく調子がいいですねえ。

力強いですよね。「碩鼠《せきそ》」は〝大ねずみ〟の意味なんです。「碩」は広い、大きいの意味があって、博識の大学者を〝碩学《せきがく》〟と言いますね。中国には実際、今でも猫ぐらいの大型の鼠《ねずみ》がいます。この歌では、よく穀物を食い荒らすので、農家にとっては悪い、困ったけだものというわけです。

大ねずみが自分たちの生活をおびやかす、重い税を取り立てる領主やお役人のたとえになっています。『詩経』では、ねずみはしばしば悪い男、だめな男のたとえになるので、その延長でしょう。

――じゃあ、けっこうきつい内容なんでしょうか。

ええ、先に言ってしまうと、秋祭りの場か何かで農民たちがこぶしを振り上げ、足踏みしながら「碩鼠《せきそ》！　碩鼠《せきそ》！」と歌って領主をやっつけるというような。

――ロックですね。

そうですね、反抗精神に満ちています。祭りの場なので、領主たちは遠くでその歌声を聞きながら、苦虫を嚙みつぶして我慢していた……。

――あからさまに名前を出してはいませんからね。

歌の解釈に入りますと、三章に分かれていて、また繰り返しが多いです。大勢で歌うには調子が合わせやすく、一体感が生まれる。『詩経』の特色ですが、仕事歌として自然の成り行きでもあったんでしょう。

第一章、「大ねずみよ、大ねずみ。うちの畑の黍《きび》を食うのはやめろ」。「女《なんぢ》」は二人称で、ここでは大ねずみのこと、「貫《なら》ふ」は動詞で〃甘やかす〃という意味もありますが、ここでは〃好きなようにさせる〃。「三年間おまえのいいようにさせたが、それでもおまえは私を心にかけようとしないじゃないか」。私の立場を顧みないで勝手に黍《きび》を食ってばかりいるじゃないか、と。「肯《あへ》て」はよく出て来ますが、〃心の中で納得する、承知する〃の意味で、「おまえはちっとも私の立場を配慮することを承知しようとしない」が直訳です。
〝じゃあこっちにも考えがある〟というのが後半。三句め、「逝《ここ》に」は助字で意味が軽く、「そうかそれなら私たちはおまえと別れて、楽しい土地へ行くことにしよう。楽しい土地、楽しい土地。それでこそ私は自分の居場所を手に入れられるというものだ」。啖呵《たんか》を切るような内容です。

――挑戦的ですね。

ええ、挑発してます。二・三章もだいたい同じ内容で、「大ねずみ、大ねずみ。うちの畑の麦を食うな。三年間おまえの好きにさせたが、私のことを有り難いと思おうとしないな」。「徳《とく》とする」は〝恩を感じる、世話になったと思う〟の意味。ねずみはそんなことを感じないのが当たり前なんで、そこに諷刺の意味がありそうだということです。「じゃあおまえのもとを去って、遥かな楽しい国へ行ってしまうぞ。楽しい国、楽しい国。それでこそ私にふさわしいあり方を手に入れられるというものだ」。

三章も、「私の畑の苗を食うな。三年間おまえの好きにさせたが、ちっとも私をいたわろうとしないな」。「楽郊《らっこう》」は〝楽しい田舎〟、カントリーといった意味で、「じゃあこれからおまえのもとを去って、楽しい田舎へ行くことにしよう。楽しい田舎、楽しい田舎。誰がいつまでも泣き寝入りなどするものか、実行に移すぞ」と、最後がいちばんきつい表現になっています。

――今のは、伝統的な「古注」の訳なんでしょうか、それとも……。

「碩鼠《せきそ》」に関しては、「古注」「新注」の訳がだいたい一致しています。重い税に苦しむ農民が領主や役人を諷刺した歌であろうと。

――『詩経』は儒教の影響が強いんですよね（↓一四ページ）。

具体的に誰がいつ編集したかは正確にはわかりませんが、いずれにしろ宮廷に勤める役人が、民衆の願望や悩みを知ろうとして、各国を回って集めました。それらの歌をよく研究すれば、どんな政治をすればいいのかわかると。だからまさに儒学であって、こういった為政者にとって有り難くない歌も、ちゃんと収めてあるわけです。

――懐が深いですね。さて次は「子衿《しきん》」の歌ですか。

文字通りには「あなたの衿《えり》」という意味です。

――艶っぽいですね。

そういう方向の解釈もあるんですが、この歌については「古注」「新注」、そして二十世紀の新しい説と、三者三様なんです。

――へえ、面白いですねえ。「鄭風《ていふう》」とありますから、鄭地方の民謡ということですね。

子衿

子衿《しきん》　〔鄭風《ていふう》〕

青青子衿　悠悠我心
青青《せいせい》たる子《し》が衿《きん》　悠悠《ゆうゆう》たる我《わ》が心《こころ》

縦我不往　子寧不嗣音
縦《たと》ひ我《われ》往《ゆ》かずとも　子《し》寧《なん》ぞ音《いん》を嗣《つ》がざる

青青子佩　悠悠我思
青青《せいせい》たる子《し》が佩《はい》　悠悠《ゆうゆう》たる我《わ》が思《おも》ひ

縦我不往　子寧不来
挑兮達兮　在城闕兮
一日不見　如三月兮

縦《たと》ひ我《われ》往《ゆ》かずとも　子《し》寧《なん》ぞ来《きた》らざる
挑《とう》たり達《たつ》たり　城闕《じょうけつ》に在《あ》り
一日《いちじつ》見《み》ざれば　三月《さんげつ》の如《ごと》し

「古注」の解釈ですと、学校が荒れている中、真面目な優等生が、遊びに熱中している同級生を心配する歌ということになっています。第三章の最後についている「兮《けい》」という字は音調を助ける助字で、主として南の楚の歌に現れるものです。句の終わりを引きのばすかけ声のようなもので、意味はありません。

——この歌、カタイですね（笑）。

ちょっと堅苦しいです。「古注」はこの歌を、世相を反映した歌と見ており、本書でもそれに従って諷刺・時事の歌としたのですが、何度も読んでいると、どうも「新注」の解釈の方が自然に思えて来て困ってしまいます。

——「新注」の解釈と言いますと……。

主人公が女性で、好きな男性になかなか会えなくて悩んでいる歌、とされているんです。

——はぁー、すると読み方も変わってきますね。

ええ。「新注」を作った朱子と言えばお堅い道学者先生のイメージがありますが、くだけた一面もあって、『詩経』の歌をしばしば恋愛の歌であるとか、淫乱な歌であるとか解釈しているんですよ。とくに鄭の国にはそういう歌が多いというので、朱子は「子衿」もその一つに分類しています。ただ、ここではまず「古注」に従って内容を見てゆきましょうか。

「青青とした君の衿《えり》」、当時は学生服の衿が青かったそうで、〝青い衿〟と来れば反射的に学生の衣服という意味になります。「悠悠《ゆうゆう》」は〝心配で仕方ない、悩みにうずく〟意味ですから、「君の衿のことを思い出すと、憂い悩んで仕方がない私の心」。「縦《たと》ひ」は仮定で、「仮に私が君を訪ねていかなくたって、君、私に連絡をくれたまえよ」。「寧《なん》ぞ〜せざる」は〝どうして〜しないのか〟〝ぜひぜひ〜しなさいよ〟と勧誘を表します。私が連絡をとらなくても君から連絡をくれよという、同級生への呼びかけとして解釈しています。

第二章もほぼ同じで、「佩《はい》」は装身具でしたから、「青青とした君の佩《お》び玉《だま》。憂い悩んで仕方がない私の思い。私の方から訪ねて行かなくたって、君、私のところに顔を見せろ」。

第三章は少し視点が変わって、遊びにふけっている同級生のようすを想像します。「挑《とう》」は〝踊る、飛び跳ねる〟、「達《たつ》」は〝ほしいまま、勝手にふるまう〟の意味です。「城闕《じょうけつ》」は街はずれの城門の側で、当時は逢引の場所でしたから、「想像するに、君は飛んだり跳ねたりやりたい放題で、お城の門の辺りにたむろしているのか、授業にも出ないで」。今だと、ゲーム喫茶かコンビニの前にずっといるようなものですかね。「私はそれが心配で、一日でも君に会えないと、三ケ月も会っていないようだよ」。これが「古注」の、優等生の歎きという解釈ですが、いかがですか。

——そうですねえ、現代の私達からすると、その解釈はちょっと苦しいかなあと。あまりにも同級生に対する個人的な思いが強くて……。

まあこういう友情もあるかなあ。たいへんな友だち思いです。

――ただ佩《お》び玉《だま》から発想するのもなんだか……。

佩び玉というと、やはり女性が男性にプレゼントするもののイメージがありますしね。そこで「新注」の価値も高くなって来るわけです。主人公の女性が意中の男性になかなか会えない嘆きを一・二章で歌い、三章では、彼が城門の辺りで他の女性たちと仲よくやってるんじゃないかとようすを見に行く。

――やきもちが垣間見えますね。

人間味にあふれています。「古注」は道徳的、教訓的な方が先行していて、「新注」は個人的感情を大事にしていると言えます。

――時代による視点の推移ですかね。

そうでしょう。二十世紀になるとさらに違う解釈が出て、春祭《はるまつり》の歌とされます。当時、春の神様を迎える儀式があり、その舞台がしばしば城闕《じょうけつ》でした。選ばれた青年が春の神様に扮して城闕に近づいてゆく、それを女声合唱団が歌って迎える、その歌がこの「子衿」だと。

――ずいぶんいろいろな解釈があるものですねえ。

まったく。さて次の歌は、『万葉集』でいうと「防人《さきもり》の歌」のような位置を占めるものです。当時、世の中が乱れていて、若い男性がしきりに辺境地区の前線に出て行った、その出征兵士の留守を守る農家の奥さんの歌です。

君子于役

君子于役　不知其期
曷其至哉　鶏棲于塒
日之夕矣　羊牛下来
君子于役　如之何勿思

君子于役　不日不月
曷其有佸　鶏棲于桀
日之夕矣　羊牛下括
君子于役　苟無飢渇

君子《くんし》于役《うえき》　〔王風《おうふう》〕

君子《くんし》 役《えき》に于《ゆ》く　其《そ》の期《き》を知《し》らず
曷《いつ》か其《そ》れ至《いた》らんや　鶏《にはとり》は塒《ねぐら》に棲《す》む
日《ひ》の夕《ゆふべ》　羊牛《ようぎゆう》 下《くだ》り来《きた》る
君子《くんし》 役《えき》に于《ゆ》く　之《これ》を如何《いかん》ぞ 思《おも》ふ勿《なか》らんや

君子《くんし》 役《えき》に于《ゆ》く　日《ひ》あらず 月《つき》あらず
曷《いつ》か其《そ》れ佸《あ》ふこと有《あ》らん　鶏《にはとり》は桀《けつ》に棲《す》む
日《ひ》の夕《ゆふべ》　羊牛《ようぎゆう》 下《くだ》り括《いた》る
君子《くんし》 役《えき》に于《ゆ》く　苟《いやし》くも飢渇《きかつ》すること無《なか》れ

舞台は農村、時刻は夕方です。放牧の牛や羊、鶏はみんな家に帰って来たのに、あの人だけは帰って来ない、いったいどうしたんだろう、せめて食べ物に不足していなければいいがなあ、と奥さんが歎いているわけです。

また逆に、前線に行った若者が故郷のことを思い出して偲ぶ「陟岵《ちょくこ》」という歌もあります。『詩経』にはこういう戦争や兵隊の歌が多く、言ってみればそれによって制作年代を推測できるんですね。つまり周王朝全盛期の平和な時代に編集されたものではないだろうと。紀元前七七一年頃、犬戎《けんじゅう》という西方の民族が中国に大量に侵入して来て、大混乱に陥った周王朝は都を移し、その後だんだん衰えてゆきます（巻末年表を参照）。それが一段落して、国家を復興させるための事業が大々的に行われました。『詩経』が編集されたのはその文化面の一環としてではないか、そういった背景から戦争関係の歌が多くなるのではないか、というわけです。

陟岵

陟彼岵兮　瞻望父兮
父曰嗟予子　行役夙夜無已
上慎旃哉　猶来無止

陟彼屺兮　瞻望母兮
母曰嗟予季　行役夙夜無寐
上慎旃哉　猶来無棄

陟彼岡兮　瞻望兄兮
兄曰嗟予弟　行役夙夜必偕

陟岵《ちょくこ》　〔魏風〕

彼《か》の岵《こ》に陟《のぼ》りて　父《ちち》を瞻望《せんぼう》す
父《ちち》は曰《い》はん　嗟《ああ》 予《よ》が子《こ》　役《えき》に行《ゆ》きて　夙夜《しゅくや》　已《や》むこと無《な》かれ
上《こひねが》はくは旃《これ》を慎《つつし》めや　猶《な》ほ来《きた》れ　止《とど》まること無《な》かれと

彼《か》の屺《き》に陟《のぼ》りて　母《はは》を瞻望《せんぼう》す
母《はは》は曰《い》はん　嗟《ああ》 予《よ》が季《き》　役《えき》に行《ゆ》きて　夙夜《しゅくや》　寐《い》ぬること無《な》からん
上《こひねが》はくは旃《これ》を慎《つつし》めや　猶《な》ほ来《きた》れ　棄《す》つること無《な》かれと

彼《か》の岡《をか》に陟《のぼ》りて　兄《あに》を瞻望《せんぼう》す
兄《あに》は曰《い》はん　嗟《ああ》 予《よ》が弟《おとうと》　役《えき》に行《ゆ》きて　夙夜《しゅくや》　必《かなら》ず偕《とも》にせよ

上慎旃哉　猶来無死
上《こひねが》はくは旃《これ》を慎《つつし》めや　猶《な》ほ来《きた》れ　死《し》すること無《な》かれと

お父さん、お母さん、お兄さんが順番に出て来ます。〃あそこのはげ山に登って、故郷のお父さんのいる方をじっと眺め続けている〃という出だしです。山や丘など小高い所に登って、気になる人の方角をじっと眺めるのは『詩経』によく出て来る舞台設定ですが、相手の方をじっと眺める行為は、一種の呪術的な意味があったらしいんです。そうすることで、相手と内面的に一体化して精神交流するという発想で、古代の人は或いは実際にそういう能力があったのかも知れません。ここではそうしながらお父さんのことをじっと思い出していると、だんだんその面影が浮かんで来るわけです。二句め、父上は今ごろこう言っているであろう、という想像です。「ああわが息子よ、お前は兵役へ行ったが、朝も晩も一所懸命兵隊の仕事をして、怠けてはいけないよ。しかしどうか自分を大事にしなさい。その上で故郷に帰っておいで、そのまま戦場にとどまってはいけないよ」。

第二章ではお母さんのことを想像します。「今ごろ母上はこう思っているだろう。ああ私の末っ子よ、お前は兵役に行って朝も晩も寝るひまもないのではないか。どうか自重しなさい。そして帰っておいで、ヤケになってはいけないよ」。

第三章はお兄さんです。「ああ私の弟よ、お前は兵役に行ったが、朝も晩も必ず仲間たちと一緒に行動しなさい。自分を大事にしてその上で帰って来い、死んではいけないよ」。最後に、初めて「死」という字が出て来ました。

これは誰か個人の作というより、出征兵士の間で流行した歌、もしくは留守を守る家族たちが出征兵士の無事を祈って歌ったのかも知れません。「防人の歌」にも、「ちちはは が かしらかきなで さ(幸)くあれて いひしけとば(言葉)ぜ わすれかねつる」(丈部稲麻呂《はせつかべのいなまろ》――巻二十・四三四六)と詠まれていますが、『詩経』の影響があるんでしょうか。それ以上に興味深いのは、明治の女性歌人、与謝野晶子に「陟岵《ちょくこ》」とよく似た反戦の歌があることです。日露戦争に行った弟さんに向けたものですが、「あゝをとうとよ、君を泣く/君死にたまふことなかれ/末に生まれし君なれば/親のなさけはまさりしも/……」、ずいぶんセンセーショナルな影響があったようですが、与謝野晶子はそもそも反骨精神の強い作風でした。それが国家の矛盾に向かうととかく強烈な反戦詩になる。『詩経』は古代中国の民衆たちの諷刺の精神、反骨の精神を受け止めようとした為政者たちが編集したものでした。その精神は中国歴代の詩人たちのお手本となり、漢詩の一つの特色として〝諷刺の精神〟というものが大きな潮流を作っている。一方、与謝野晶子は漢籍の素養が深い人ですから(何しろ『源氏物語』をすべて現代語訳した人で、漢籍をたくさん調べたに違いありません)、漢詩に脈々と流れる反骨精神と彼女独自のそういう性質とが共鳴し合ってあの詩になって表れた――と見ることができるでしょうか。もちろんその原点としての『詩経』、そしてその代表作の「陟岵」にじかに触発された可能性も大きいでしょうね。

二、神々の黄昏——屈原・宋玉と『楚辞』

さまよえる正義の人

——今回から『楚辞《そじ》』ということですが。

『楚辞』は、『詩経』と並ぶ中国古代の二大歌謡集の一つです。戦国時代（前四〇三〜前二二一年）の終わり頃、南の湖北省・湖南省辺りで栄えた楚の国の文学作品を集めたもので、中心となる作者は屈原《くつげん》（前三四三？—前二七七？）という人です。『詩経』はすべて〝詠《よ》み人知らず〟でしたが、中国文学史上、ここで初めて作者個人の名前が出て来たわけです。

屈原は楚の国の王族出身で、宮廷に仕える政治家でした。たいへん有能で王様から信任されていましたが、政争に巻き込まれ、外交政策で周囲と対立したために讒言《ざんげん》を受け、周囲からの僻《ひが》みもあったんでしょう、結局は追放され、楚の国のあちこちを放浪した挙句、汨羅《べきら》で入水自殺を遂

屈原が身を投げたといわれる汨羅（著者撮影）

げました。

——え、自殺したんですか。

悲劇の人ですよね。亡くなる前、せめて自分が生きた証《あかし》を後世に残そうとして、楚の国で流行していた祭りの歌謡や、日本でいう祝詞《のりと》のようなものを沢山集め、自分風にアレンジして作品集を作った、それが『楚辞』の原型です。ただ、それはいったんばらばらになりました。

——何でバラバラになってしまったんですか？

戦国時代を統一した秦の始皇帝が紀元前二一三年頃、「焚書坑儒《ふんしょこうじゅ》」という悪名高い言論統制政策を行いまして、「焚書」、つまり特別な本以外は全て焼き捨てたんですね。ちなみに「坑儒」の方は、儒者を集めて穴埋めにしたというのですが、これは史実ではないとされています。

——なるほど、それではほとんどの書物が焼かれてしまったんですか。

ええ。ただ志ある人が自分の家の壁に大事な本を塗り込めたりして助かったものもありました。『論語』などはそうやって難を逃れたようです。『楚辞』も当然、焼かれる対象だったでしょうが、幸い各地に少しずつ残っていて、それを再編集してくれた人がいたんです。紀元前一世紀、前漢の終わりの劉向《りゆうきよう》という学者で、焚書坑儒でばらばらになった本を多く集めて再編集しました。書物の研究者や編集者でもあったのですが、彼のおかげで我々が読める本が沢山あるという、忘れてはならない恩人です。

——劉向さんがいなければ、失われてしまった書物が多かったと。

そうですね。『楚辞』も彼が救い出した本というわけです。だからここには屈原の作品だけでなく、その弟子や崇拝者など前漢の作品まで収められています。作品数は伝本によって異なりますが、三十篇ほどです。ただ面白いことに、現存最古の後漢の伝本から既に劉向自身の作品も入っていまして、これは編集しているうちに自分でも作ってみたくなったんでしょうか。

——お茶目ですね（笑）。それにしても『詩経』とは成立事情がかなり異なっていますね。

内容も違いますし、さらに『詩経』は黄河流域、つまり北の歌謡ばかりでしたが、『楚辞』は南国のものなので、地域も異なっているわけです。

——ああ、北と南ですと、気候もまったく違いますよねえ。ところで経歴を聞いていると、屈原という人は相当に反骨精神が強かったようですが。

もともとは楚の国に全生命を捧げて世直しをしようとした、むしろ儒家的な人だと思うんですが、ここで一つ触れなくてはいけないのは、彼が背負っていた文化的背景です。彼はじつは日本風に言えば巫《みこ》さんだったんです。というと女性みたいですが、専門的には「巫祝《ふしゆく》」「巫覡《ふげき》」と呼ばれる、一種の霊能力者、シャーマンでしょうか。

——邪馬台国の卑弥呼《ひみこ》のような……。

汨羅にある、屈原を祀る屈子祠（著者撮影）

ええ、そういった祭政一致の一翼を担う人でした。当時、お祈りをして神様を呼び出す、神降ろしをするのですね、そしてそのお告げを伝えるかたちで政治の現場に携わる集団があって、屈原はその指導者だったようです。ただ戦国の諸子百家の時代ですから、中国全体としてはすでに祭政一致の時代からは脱却していたんですね。

——なるほど、時代に合わなくなっていたと。で、最初に読む「漁父《ぎょふ(ほ)》」という作品は、屈原が国を追われてからの歌なんですか。

はい。屈原が追放後、広い湿地帯をさまよっている時、一人の年とった漁師に出会って問答を交わすのですが、両者の意見は平行線を辿って物別れに終わった、という筋です。屈原の人間像や考え方が反映された大変な名文で、日本でも長く愛読されてきました。ただ、かつては屈原の自作と考えられていましたが、今日では後世の人が屈原のイメージに合わせてそれらしく作った偽作、というのが定説です。

——ひょっとして劉向が編纂しているうちに自分で書いた、なんてことも？

ああ、その可能性もあるかも知れませんね。長編ですので少しずつ見てゆきましょう。まず屈原と漁師の出会いの場面です。

漁父

漁父《ぎょふ》　伝　屈原《くつげん》

屈原既放
游於江潭
行吟沢畔
顔色憔悴
形容枯槁
漁父見而問之曰
子非三閭大夫与
何故至於斯

屈原《くつげん》既《すで》に放《はな》たれて
江潭《こうたん》に游《あそ》び
行《ゆ》くゆく沢畔《たくはん》に吟《ぎん》ず
顔色《がんしょく》憔悴《しょうすい》し
形容《けいよう》枯槁《ここう》す
漁父《ぎょふ》見《み》て之《これ》に問《と》うて曰《いは》く
「子《し》は三閭大夫《さんりょたいふ》に非《あら》ずや
何《なん》の故《ゆゑ》に斯《ここ》に至《いた》るや」と

宮廷の高貴な人がなぜこんな片田舎をさすらっているのか、漁師が不思議に思って問いかけます。出だしは南中国らしい眺めです。「游《あそ》ぶ」は、基本的には「プレイ」でなく〝居所が定まらない、さまよい歩く〟の意味で、「屈原はもはや追放されて、広い河のほとりをさまよい歩きながら、沼地のほとりで歌を口ずさんでいた」。楚の国の宗教歌謡を口ずさんでいたのでしょうか。或いは「吟《ぎん》ず」には〝呻《うめ》く、歎く〟の意味がありますので、〝歩きながら沼地のほとりで呻《うめ》き苦しんでいた〟ともとれますが、そっちの方が深刻です。

四・五句は対句で、「顔色《がんしょく》」とありますが、「色」は漢詩漢文ではようすやたたずまいの意味です。「屈原の表情はやつれ果て、その姿は枯れ木のようにやせ細っていた」。ただ事ではないというわけです。そこで「老いた漁師がそれに目を留め、彼にこう尋ねた。あなた様は三閭大夫《さんりよたいふ》どのではありませんか」。三閭大夫は屈原の朝廷での官職名です。宮内庁というか、王族を統括するたいへん高い官職で、その人がやつれ、さまよっているというのはただ事ではない、と質問したんですね。「いったいどうしたわけでこのような所にお出《い》でなさったのですか」。「何《なん》の故《ゆゑ》に斯《ここ》に至《いた》るや」は「なぜこんな所に来たのか」ということですが、「なぜそんな変わり果てたようすになられたのか」と、より広くとることもできます。そして次が本格的な二人の問答となる、作品の中心部分です。

屈原曰　　屈原曰《くつげんいは》く
挙世皆濁　　「世《よ》を挙《あ》げて 皆《みな》濁《にご》り
我独清　　我《われ》独《ひと》り清《す》めり
衆人皆酔　　衆人《しゅうじん》皆《みな》酔《ゑ》ひ
我独醒　　我《われ》独《ひと》り醒《さ》めたり
是以見放　　是《ここ》を以《もつ》て放《はな》たる」と
漁父曰　　漁父曰《ぎよふいは》く

聖人不凝滞於物
而能与世推移
世人皆濁
何不淈其泥
而揚其波
衆人皆酔
何不餔其糟
而歠其釃
何故深思高挙
自令放為

「聖人《せいじん》は物《もの》に凝滞《ぎょうたい》せずして
能《よ》く世《よ》と推移《すいい》す
世人《せじん》皆《みな》濁《にご》らば
何《なん》ぞ其《そ》の泥《どろ》を淈《にご》して
其《そ》の波《なみ》を揚《あ》げざる
衆人《しゅうじん》皆《みな》酔《ゑ》はば
何《なん》ぞ其《そ》の糟《かす》を餔《くら》ひて
其《そ》の釃《しる》を歠《すす》らざる
何《なん》の故《ゆゑ》に深《ふか》く思《おも》ひ 高《たか》く挙《あ》がり
自《みづか》ら放《はな》たれ令《し》むるを為《な》すや」と

漁師から質問を受けた屈原が答えます。〃自分は正しかったのに、世の中が悪いのでこうなった〃という口ぶりで、こういう姿勢が作品全体の基調になっています。「世《よ》を挙《あ》げて」の「挙げて」は「持ち上げる」の意味はなく、〃世の中ぜんたい〃です。「世の中ぜんたいがことごとく濁って堕落しており、その中で私だけが清く高潔であった。世の人はみな酔って理性を失い分別を無くしているのに、私だけが醒めて正気を保ち、理性的であった」。この部分は対句になっていますね。つづいて「是《ここ》を以《もっ》て」――「そういうわけで私は追放されたのだよ」。この「是を以て」はよく出て来る接続詞で、ずっと述べて来たことを大きく受けて結論を導き出します。「漁父」

にはこの他にも、漢文でよく使われる句法が沢山集まっていて、漢文の教材や試験問題にはふさわしいんです（笑）。

それに対して漁師は納得せずに言い返します。「聖人《せいじん》」は儒教でも道家でも用いますが、ここでは思想的な背景はともかく「立派な人」ということでしょう。「立派なお人というのは物事に執着せず、上手に世の中と共に動いてゆくものです」。屈原と正反対の人生観、処世観ですね。次も対句で、対句が多いのもこの作品の特色です。「何《なん》ぞ〜ざる」は、〝どうして〜しないのか、ぜひ〜しなさい〟という誘いかけでしたね。「世の人が皆濁っているというのなら、あなたも世の中の泥をいっしょにかきまわして波をかき立てなさいよ」。皆といっしょにやりなさいと言うわけです。「人々が皆酔っているというのなら、あなたも人々が飲んだ酒の糟を食べ、その酒糟で作った糟汁《かすじる》をすするくらいなさいませ」。少しは妥協をして生きていらしたらどうですか、と。人生の達人のような口ぶりです。

次の「深《ふか》く思《おも》ひ　高《たか》く挙《あ》がり」は句の中の対《つい》、「句中対《くちゅうつい》」です。「どういうわけでそんなに深刻に思いわずらい、気高く振舞って一人だけ浮いてしまい、ご自分でご自分を追放されるようになさったのですか」。

——あなたに原因があるんじゃないんですか、と言いたげなニュアンスですねえ。

そんな風に言われると屈原も黙ってはいられませんから反論する、それが第三段です。

屈原曰　　屈原曰《くつげんいは》く

吾聞之
新沐者必弾冠
新浴者必振衣
安能以身之察察
受物之汶汶者乎
寧赴湘流
葬於江魚腹中
安能以皓皓之白
而蒙世俗之塵埃乎

「吾《われ》之《これ》を聞《き》く
新《あら》たに沐《もく》する者《もの》は必《かなら》ず冠《かんむり》を弾《はじ》き
新《あら》たに浴《よく》する者《もの》は必《かなら》ず衣《ころも》を振《ふる》ふと
安《いづく》んぞ身《み》の察察《さつさつ》たるを以《もつ》て
物《もの》の汶汶《もんもん》たる者《もの》を受《う》けんや
寧《むし》ろ湘流《しょうりゅう》に赴《おもむ》きて
江魚《こうぎょ》の腹中《ふくちゅう》に葬《はうむ》らるとも
安《いづく》んぞ皓皓《こうこう》の白《しろ》きを以《もつ》てして
世俗《せぞく》の塵埃《じんあい》を蒙《かうむ》らんや」と

ここはすべて屈原の発言です。理性的に、ことわざを引用して自分の主張の裏づけにします。「沐《もく》す」は髪を洗うこと。「私はこう聞いています。髪を洗ったばかりの人は必ず冠をはじいてから頭につける」。「浴《よく》す」はお湯に入ることで、入浴に近く、大和《やまと》言葉では「湯浴《ゆあ》み」ですか。「湯上り早々の人は必ず衣服を払って塵を落としてから着るものだ」。そうせざるを得ないのが人情だといった、当時のことわざがあったようです。余談ですが、石鹸もシャンプーもない時代、髪を洗うのにはお米や黍《きび》のとぎ汁を使ったらしいです。

——へ〜、芸者さんは米ぬかで肌を磨いてたなんて聞いてますが、穀物はいいんですかね。

また洗顔には粟のとぎ汁を使ったとか……古代の冠婚葬祭について記した『礼記《らいき》』という本に

屈原が放浪したとされる湘江。洞庭湖に注いでいる（著者撮影）

載っているのですが、エキスに効き目があるのかな。ちょっと試してみましょうか（笑）。

さて、ことわざの言うことは正しい、と屈原が自分の主張に入ります。「身《み》の察察《さつさつ》たるを以《もっ》て」、「〜の……たる」は下から訳して、「どうしてさっぱりと清潔な体であるのに、どろどろに汚れたものを被《かぶ》ることができようか」、皮膚感覚的にわかりやすいです。それを受けて、私の人生観も同じだというのが次。「寧《むし》ろ〜とも」は決まった言い方で、「湘流《しょうりゅう》」は付近を流れている有名な川の湘江のこと。「私の価値観もそれと同じだ。いっそのこと湘江の流れに身をおどらせ、川の魚の餌食《えじき》となってその腹中に葬られるとしても、どうしてこの輝くばかりに真っ白な心と体を俗世の塵埃にまみれさせることができようか」。それくらいなら魚に食われたほうがましだと。「安《いづく》んぞ〜らんや」は反語で、非常に強い主張です。

ここまで来ると漁師は〝もう説得できないなあ〟と次の段、最後は微笑《ほほえ》みながら去ってゆきます。

漁父莞爾而笑　　漁父《ぎょふ》莞爾《かんじ》として笑《わら》ひ

鼓枻而去
乃歌曰
滄浪之水清兮
可以濯吾纓
滄浪之水濁兮
可以濯吾足
遂去不復与言

枻《えい》を鼓《こ》して去《さ》る
乃《すなは》ち歌《うた》つて曰《いは》く
「滄浪《そうろう》の水《みづ》 清《す》まば
以《もつ》て吾《わ》が纓《えい》を濯《あら》ふ可《べ》し
滄浪《そうろう》の水《みづ》 濁《にご》らば
以《もつ》て吾《わ》が足《あし》を濯《あら》ふ可《べ》し」と
遂《つひ》に去《さ》つて 復《ま》た与《とも》に言《い》はず

「莞爾《かんじ》」はにっこり笑うようす。ここは〝ああこの人は一徹な人だ、あっぱれだ〟といった感じでしょうか。「枻《えい》」は舟のオールのこと。「漁師はにっこりと笑って、櫂の音をたてながらその場を去ろうとした」。ここは櫂《かい》を漕ぐからぎいぎい音がするという説と、櫂で舟端《ふなばた》をたたいてリズムをとりながら次の歌を歌ったという説がありますが、前者の方が自然です。「乃《すなは》ち」は重い接続で、前を受けて少し屈折を持たせます。いったん笑顔で認めたものの、まだ諦めきれず、屈原を目覚めさせようとして歌を歌った、という意味が込められています。歌は対句になっていて、「滄浪《そうろう》」は近くに流れる川の通称、本来は漢江の下流部分です。「川の水が澄んだならば、それで我が冠のひもを洗えばよい」。「可《べ》し」は基本的に〝よろしい〟の意味ですので、ここもそう解釈していいと思います。「纓《えい》」は雛《ひな》人形の、被《かぶ》り物から顎《あご》にかかっているひもですね。きれいな水だからそれを洗うにふさわしい。「逆に川の水が濁っていたら、足を洗うがよい」。つまり水の状態に合わせてうまく対応すればいいのですよ。

――大人になりなさいと。

そうですね。次の「遂に《つひ》」は〝結局〟という意味ではなく、単純接続で、「そのまま漁師は去ってゆき、二人はそれきり語り合うことはなかった」。

――なかなかクールなエンディングですね。

戦国時代の状況からすると、漁師のような生き方の人が多かったでしょう。屈原の理想主義では世の中を泳いでゆけなかった気がします。

なお、この漁師の歌の中に出て来る「兮《けい》」の字にご注目下さい。これは楚の国の歌謡に特有の助字で、意味はなく、ただ旋律に合わせて音を引きのばす役割をしています。まれに『詩経』の歌謡にも出て来ますが、この字があればまず楚の歌と見てよい、というものです（→三四ページ）。

――ところで、そんな屈原の伝記資料は非常に少ないとのことですが……。

そうなんです。せっかく「漁父」を読んで人物像が垣間見られたところで残念なのですが、彼の伝記資料といえば司馬遷の『史記』と、『楚辞』の中の自叙伝的作品しかありません。そこから、もともと彼自身が存在していなかったという〝屈原不在論〟がかなり有力なんです。

――でも『史記』に載っているとなれば……。

ええ、司馬遷はかなり合理主義な人で、怪しいものは採らない編集方針でしたからね。

――こういう反骨精神を見せた人がいては困る、と後世に消されちゃったかも。

ああ、焼き捨てられたのかも知れませんね。ただ現代の中国ではまた、彼が愛国主義者だったという理由から、実在したという方に傾いているようです。

――時代の判断によって評価が変わる、というわけですね。

憂悶と綺想の巨人

『楚辞』にはいろんな傾向の作品がありますが、中でも代表作がこの大長編「離騒《りそう》」です。「離」は「かかる、出会う」、また「騒」は「心配、悩み」の意味になります。

これは楚の国の方言特有の使い方であるという説があります。それで「離騒」は「悩みにとりつかれる」というタイトルなのですが、まさにそういう内容です。

――「離れる」が「出会う」ですか、イメージが全然違いますね。

屈原は在職中、実は二回、免職や追放の憂き目にあっていて、「離騒」は一回めの免職の時に作ったとされています。比較的若い頃の作品なので、エネルギーに満ち溢れた感じがあります。内容としては、自身の潔白を主張し、ひるがえってよこしまな臣下たちを呪い、王様の将来を心配する。自分はどうしても妥協できない性格なので、違う場所に行って他の王様に仕えようとするけれどもそれもできない、ああどうしようか――と、なかなか解決のつかない悩みを扱っています。

読む手掛かりとして、先にこの作品の後世への影響や位置づけをお話ししておくと、大きく二つの価値があって、一つは優秀な人がさんざん悩んで苦労するという、内容面での価値。近代に至るまで中国の知識人には一つの行動パターンがあって、自《みずか》らの学問見識を懸命に磨いて天下社会に尽くそうとする、ところがとかく自分の思うとおりにはゆかず、やむなく詩や文章を書いて志を述べる境遇に陥る。そういう軌跡をたどる人は多く、李白や杜甫も例外ではありません。そういう人たちは常に「離騒」に戻り、その内容に共感して作品を作った。つまり「離騒」は後世の大きな手本になっているというわけです。

もう一つはより大きな視点になりますが、世界中の文学や説話にこういう内容の類型があるという、普遍的価値。「貴種流離譚《きしゅりゅうりたん》」と言って、或る立派な主人公がさんざん苦労させられ、それが彼の修行となって、最後はめでたく自分のもといた場所に帰ってゆく――よく知られたところでは、『みにくいアヒルの子』がそうですね。

――あれは本当は白鳥なんですよね。

ところがアヒルの群れに育ち、他の子と違うから醜い、醜いといじめられる。でも最後はちゃんと白鳥として仲間のもとへ帰ってゆく。日本では『竹取物語』ですか。月から来たお姫様が竹林で発見され、あれは苦労したことになるのかなあ、多くの男性に求婚されるのを難題を持ちかけてかわし、最後は使者に迎えられて月に帰ってゆく。また西洋では十四世紀初め、ダンテが『神曲』という長い叙事詩を作りました。あれも主人公が地獄、煉獄、天国とあちこち放浪して、最後は救われます。ゲーテの『ファウスト』も、さんざん苦労したファウストが最後は天に登って行く。屈原の「離騒」はそういった、文学の古い類型の一つとして数えられているわけです。

――世界最古の貴種流離譚であると。

そういう位置づけができますね。たいへん長い作品で、三段落に分けることができます。全体のあらすじを紹介しながら、一部を取り出して読んでゆきましょう。

まず第一段（一～一二八句）は、屈原の自己紹介から始まります。これは『詩経』には全くなかった入り方で、この点からも中国で初めての個人文学と言えます。かなり大上段に振りかぶって、「自分は伝説上の偉大な皇帝の子孫で、生まれたのは寅《とら》の年の春、寅の月、寅の日であった」。まったく個人的なことから言い起こすんですね。「父上は教育に熱心で、私は先天的に優れた素質をもっていたが、そのお陰でさらに修行を重ねて立派になった。ところが最近とかく満足できず、時間ばかりどんどん過ぎてゆくようで不安で仕方がない」、そこで以下の場面に入ります。

離騒（抄）

……（前略）……

日月忽其不淹兮
春与秋其代序
惟草木之零落兮
恐美人之遅暮
不撫壮而棄穢兮
何不改此度

離騒《りそう》（抄）　　屈原《くつげん》

日月《じつげつ》 忽《こつ》として其《そ》れ淹《ひさ》しからず
春《はる》と秋《あき》と 其《そ》れ代序《だいじょ》す
草木《そうもく》の零落《れいらく》を惟《おも》ひ
美人《びじん》の遅暮《ちぼ》を恐《おそ》る
壮《そう》を撫《ぶ》して穢《あい》を棄《す》てず
何《なん》ぞ此《こ》の度《ど》を改《あらた》めざる

乗騏驥以馳騁　騏驥《きき》に乗《の》りて以《もっ》て馳騁《ちてい》せよ
来吾道夫先路　来《きた》れ 吾《われ》 夫《か》の先路《せんろ》を道《みちび》かん
……（中略）……

昔の文学だけに文字は難しいですが、内容はわかりにくくありません。

屈原はとかく不安です。というのも王様のことが心配で、お助けしたいと思いながら焦りを感じているんです。一句め、「其《そ》れ」は『楚辞』に多く出て来る強調、「忽《こつ》として」は「忽然」の「忽」で、〝いつの間にか、うっかりしているうちに〟で、「月日はたちまち流れ去り、それはもう、まったくじっとしていることがない。春と秋とがまさしく入れ替わり立ち替わりやって来て、年が経ってゆく」。三句め、「それにつけてもこの私は、秋に草や木が枯れ落ちることにしみじみ心を打たれてしまう」。次の「美人」はいろんな意味があって、男にも女にも使い、ここでは王様を指しているというのが定説です。

——日本では美人といえば、ふつうは女性のことですよね。中国で「美人」という言葉が出てきたら、男も女も指すと考えた方がいいんでしょうか。

近世ぐらいまでずっとそうです。もし女性を指すなら「人」という字ではなく、何か女偏《おんなへん》の字をもって来るような気がします。「私がお仕えする立派な王様が、どんどんお年を召されるのが心配でならない」。「遅暮《ちぼ》」は後世の文学にもよく出て来る言葉で、〝満足な生き方ができない、人生に遅れるうちに暮れてしまう〟といった意味です。五句めは王様に対する忠告で、「王様は立派なかしこい人を重んじ、穢《けが》れた邪悪なものを退けることをなさらない」。とかく自分のような立派な人間を退け、口先ばかりのつまらない臣下を重視していらっしゃる、と言いたいわけです。次の「何《なん》ぞ～ざる」は『詩経』にも出ましたが（→三五ページ）、〝ぜひ～しなさい〟という勧誘で、「そういう態度をぜひ改めてくださいませんか」。最後の二句、「王様、あなたはすぐれた馬に乗って自由自在に駆け回りなさいませ。この私がゆくべき道をご案内いたしますよ」。私には道がはっきり見えている、それを教えてあげたい、と。

――なかなか勇猛果敢と言いますか。

やる気十分です。ところがこういう人はとかくやり過ぎて、やや強引に王様を導こうとする。それが周りの嫉妬を買って告げ口され、かえって王様の怒りを買ってしまう。

――あ、杜甫なんかもそうでしたね。

歴史は繰り返すんでしょうか。で、そういうことなら引退して我が道を行こうか、それにしても王様が私を信じて下さらないのが悔しい、それは周りの小人《しょうじん》どもが悪いんだ、という流れで以下の場面に入ります。

固時俗之工巧兮　　固《まこと》に時《じ》俗《ぞく》の工巧《こうこう》なる
偭規矩而改錯　　規《き》矩《く》に偭《そむ》いて改《あらた》め錯《お》き
背縄墨以追曲兮　　縄墨《じょうぼく》に背《そむ》いて以《もっ》て曲《まが》れるに追《したが》ひ
競周容以為度　　周容《しゅうよう》を競《きそ》うて以《もっ》て度《ど》と為《な》す

忳鬱邑余侘傺兮
吾独窮困乎此時也
寧溘死流亡兮
余不忍為此態也
……（中略）……

忳《とん》として 鬱邑《うつゆう》して 余《われ》 侘傺《たてい》し
吾《われ》 独《ひと》り此《こ》の時《とき》に窮困《きゅうこん》す
寧《むし》ろ溘《には》かに死《し》して流亡《りゅうぼう》すとも
余《われ》 此《こ》の態《たい》を為《な》すに忍《しの》びざるなり

主として、周りのよこしまな人間に対する批判です。四句ずつひとまとまりで、「時俗《じぞく》」は今の一般人、主として宮廷の同僚を指し、「工巧《こうこう》」は〝うまく立ち回る〟と悪い意味で使っています。「まことに今の世の人のうまく立ち回ることといったら」。こんなもんだ、と次にたとえが出て来ます。「定規を無視して本来あるべき位置を改めてしまい」、次の「縄墨《じょうぼく》」は、まっすぐな線をひくための墨縄《すみなわ》という工具です。

――大工さんがピッとやるあれですね。

はい。世の中の倫理や正しい道のたとえとして、その「墨縄を捨てて、線が曲がるがままにしておいて平気である」。〝本来あるべき道が無視されている〟と訴えています。「周容《しゅうよう》」は〝迎合する、こびへつらう〟。「世の中に迎合してうまく合わせることだけをみんなが競い合い、そんな態度を基準にしているありさまだ」。「度」は基準とか標準の意味ですね。

後半四句は自分の心境の告白です。「忳《とん》」はあまり見ない字ですが〝悩み苦しむ〟の意味で、「そういう世の実態を思うと私は悩み苦しみ、ふさぎ込んで、しょんぼりとたたずんでしまう」。

「侘傺《たてい》」は、寂しそうに一人で立ち尽くすこと。「こういう世の中になって私だけが一人、今という時代に行き詰まっている」。プライドから来る孤独感が大きいです。「いっそこのままぽっくり死んで忘れ去られるしかないとしても、私は今の世の人のやり方を真似ることには我慢がならない」。世の中の人と同じようにするくらいなら、このまま頓死した方がましだと、先の「漁父」とも共通する屈原の頑固一徹な面がよく出ています。

——ずいぶんと、周囲の人たちとぶつかったんでしょうね。

ええ、「戦国の七雄」として七つの地方国家が覇権を競っていた時代で、中でも強かったのは楚と、後に始皇帝が出てくる西北の秦《しん》、そして東北の山東半島の方にある斉《せい》でした。当時、楚が秦と仲良くする政策に傾いていたところ、屈原は斉と親しくしようとしたんです。

——反発があったでしょうねえ。

受け入れられにくかったと思いますが、屈原は本来、儒家的な政治観や価値観をもっていました。山東半島はなんといっても孔子の出身地ですから、そういった親近感も強かったんでしょう。

——じゃあ儒教精神をそのまま行動に移してしまったということですか。

だから反発も強かったと思います。それやこれやを考えると、引退するか、あくまでこの世にとどまって初心を貫くか、心が乱れてしょうがない。ここまでが「離騒」の第一段です。

続く第二段（一二九〜二五六句）では、お姉さんの忠告を受けます。〝あなたはもっと妥協しなさい、みんなと寄り添い合って生きてゆきなさい〟と。これも「漁父」の年老いた漁師と似ていて、『楚辞』文学の一つの特徴とも言えます。

――屈原は自分の主張を述べつつ、こういう意見もあるのかと、反省もしているんですかね？

そのような内省も多少感じられますね。この第二段でも、〝そういうことなら自分が正しいか間違っているかちょっと確かめてみよう〟というわけで、神話時代からの帝王のことを思い出します。ところが名君や暗君の業績を振り返ってみるに、どうも自分が間違っているとは思えない。ならば、いっそのこと天帝にお目にかかって教えを請おうと、天上界の旅行を計画するんです。

――(笑)。

今までのきわめて人間的などろどろした悩み、憂鬱な感情から一転して、ロマンチックで幻想的な場面に移る、それが次です。

――すごい飛躍ですね。

前望舒使先駆兮　望舒《ぼうじょ》を前《まへ》にして先駆《せんく》せ使《し》め
後飛廉使奔属　飛廉《ひれん》を後《のち》にして奔属《ほんぞく》せ使《し》む
鸞皇為余先戒兮　鸞皇《らんこう》 余《わ》が為《ため》に先《ま》づ戒《いまし》め
雷師告余以未具　雷師《らいし》 余《われ》に告《つ》ぐるに未《いま》だ具《そな》はらざるを以《もっ》てす
吾令鳳鳥飛騰兮　吾《われ》 鳳鳥《ほうちょう》をして飛騰《ひとう》せ令《し》め
継之以日夜　之《これ》に継《つ》ぐに日夜《にちや》を以《もっ》てせしむ
飄風屯其相離兮　飄風《ひょうふう》 屯《あつ》まつて 其《そ》れ相離《あひはな》れ
帥雲霓而来御　雲霓《うんげい》を帥《ひき》ゐて来《きた》り御《むか》ふ

紛總總其離合兮
斑陸離其上下
吾令帝閽開関兮
倚閶闔而望予

紛《ふん》として 總總《そうそう》として 其《そ》れ離合《りごう》し
斑《はん》として 陸離《りくり》として 其《そ》れ上下《しょうか》す
吾《われ》 帝閽《ていこん》をして関《かん》を開《ひら》か令《し》むるに
閶闔《しょうこう》に倚《よ》つて予《われ》を望《のぞ》む

……(後略)……

天上界へ出発する準備を整えるわけですが、いっしょに旅をする神様や妖精たちの、メンバー紹介から始まっています。

――ああ、そういうことなんですか。

最初の四句の頭にある「望舒《ぼうじょ》」「飛廉《ひれん》」「鸞皇《らんこう》」「雷師《らいし》」はみんな、神様や空想上の鳥です。「望《ぼう》舒《じょ》」は月の車をひく御者。月は馬車に乗って夜空を回るという伝承があって、「月の車をひく望《ぼう》舒《じょ》を先頭として車を走らせよう」。「飛廉《ひれん》」は風の神。「風の神の飛廉《ひれん》をあとにつかせていっしょに走らせよう」。次の「鸞皇《らんこう》」は護衛係です。

――ボディガードですか。

はい、「鸞《らん》」「鳳凰《ほうおう》」の二つの鳥を指します。「鸞と鳳凰は私のために、行き先を警戒して飛んでくれる」。次は「雷師《らいし》」、「雷の神は、まだ準備が万全ではありませんよと警告してくれた」。親切ですね。そこでもう一度チェックをして、次はいよいよ飛び立ちます。「〜するに……をもってせしむ」はよく出てくる形で、下から訳すとわかりやすいです。「それから私は鳳凰を飛んで上昇させ、昼も夜もその後について一行を進ませた」。つまり鳳凰を道先案内としてみんながついて行く、「日夜」ですから休まずに急いで行く感じですね。「飄風《ひょうふう》」は〝つむじ風〟で、たぶん風の神でしょう、すると「つむじ風が集まったかと思うと、おやおやまた離れた。そのつむじ風は、雲や虹を引き連れて私たちを出迎えてくれた」。さらに描写が続き、「彼らはたくさん入り乱れ集まって、さて離れたり合わさったり、入り混じり分散し、さて上ったり沈んだりする」。ずいぶん賑やかなお迎えのようですね。

そして、いよいよ天帝の門に近づきます。「帝閽《ていこん》」は天帝の宮殿の門。「私はいよいよ天帝のおられる宮殿に着き、守衛に鍵を開けてもらおうとしたが」、相手にしてくれないんでしょう、「閶《しょう》闔《こう》」は難しい言葉ですが「天上界の門」で、「門番は宮殿の門に寄りかかったまま、私を眺めるだけであった」。というわけで、以上、第二段の前半では、昔からの王様の事跡を研究したり、天帝に面会を求めたりしてもうまくゆかないと。主人公はそこで急転直下、次の後半部分では女性遍歴に走るんです。

——放蕩三昧ですか！

ヤケを起こしたわけでもないんでしょうが、自分を理解してくれる美しい女性を探し求めて四方八方、天上界や地下を旅するんです。

——へぇー、なんだか不思議な物語ですねえ。

『楚辞』の特色ですね。非常に人間的な苦悩や心配を述べながら、自由奔放で奇想天外な内容をも盛り込む——「憂悶」と「綺想」は『楚辞』の二面性と言っていいでしょう。非常に人間的な感情を歌う新しさと、神様や神話的な空想世界が出てくるシャーマニズム的な古さが混在しています。背景が祭政一致を離れて人間中心に移ってゆく時代なので、その過渡的な面を示しているのかも知れません。第二段の後半はドン・ファン伝説を思い出させて面白いですが、結局はプライドが高く、どの女性も自分にはふさわしくないというので、すべて失敗に終わります。

そして結びの第三段（二五七～三七三句）、何をやってもうまくゆかない主人公は占い師に助けを求めます。

――えー！　あらあら（笑）。

やはりシャーマンだから、占いや呪術から抜けられないんでしょう。そこで〝遠く旅に出なさい〟と勧められ、主人公は決意して旅支度を整え、また龍や鳳凰とともに旅立ちます。

――ファンタジーですね。この辺になると、なにやら李白を思い出しますが。

ああ、李白にはこういった神仙的な詩がけっこうありますね。それも自身の主張や悩みと神話的な内容が混じり合っていて、まさに「離騒」の世界です。

――李白と屈原は年代的にどれくらい離れているんでしょう。

千年くらいですね。

――すると『楚辞』の影響は当然、李白には……。

非常に大きいんじゃないかな。「離騒」も含めて『楚辞』の名作は、李白も愛読した名作集『文選《もんぜん》』などにも入っていますし、教養として、基本中の基本でした。

――なるほど、中国知識人必読の書として、かなり大きな影響を残したんですね。

嘆きの女神――「九歌」より

――次は『楚辞』の中で「九歌」と題されたものということですが……。

「九歌」というのは歌謡の連作です。

そもそも『楚辞』の「辞」は単なる「言葉」の意味ではなく、一つの様式の名前と言われています。すなわち楚の国で祭りの際、節《ふし》をつけて朗読する祭文《さいもん》、いわゆる祝詞《のりと》から発展した表現様式で、その中にも二系列あり、一つは屈原の個人的な感情や主張が強く盛り込まれたものです。これはもともと祭文だったものに屈原が大幅に手を入れた、もしくは屈原が祝詞の文体を真似て作品を作った、その代表が前の「離騒」で、中国最初の一人称文学というわけです。

もう一つは、楚の国で実際に歌われていた宗教歌謡をほぼそのまま集めて来たとされる系列です。当時、楚の国では各地で様々な神が祀《まつ》られ、祭りの時には歌や踊りが催されました。屈原は宮廷に仕えるシャーマンのリーダー的存在として、国内の祭りを統括する役割も担っていたでしょうから、一種の情報収集として各地の歌謡を集めた可能性は十分ありますし、それをまとめて『楚辞』に入れた、その代表が「九歌」であるというわけです。

――なるほど。すると「九歌」に収められたものは、屈原が残しておこうとした伝承系の歌が大半を占めるんでしょうか。

そうですね。屈原自身が各地の祭りの場で依頼されて作った可能性もありますが、より多くは伝承的な要素が強いんじゃないでしょうか。内容が面白くて、だいたいが神様と人間との恋物語なんです。

——ずいぶんロマンチックですね。

はい。ただ、神様がしばしば失恋してしまうんです。なぜそうなったかは後で話題にしたいのですが、本来は神迎えや神送りの歌として、尊敬する神様に親しみを込めて〝是非来て下さい〟と誘ったり、〝元気で行ってらっしゃい〟と送る筈が、神様の失恋を歌うというのは何なのかと（笑）。

——最初の歌もそういったたぐいの内容ですか。

ええ。「山鬼《さんき》」は、山の鬼ではなく、山の女神です。「鬼」は中国語で今も昔も〝神様、妖精〟、また〝幽霊〟の意味になることもありますが、ここでは女神ですね。長い歌ですが、内容上はっきり三つに分かれますので、区切って読んでゆきましょう。

第一段は、女神の紹介に続き、人間の男性とデートの約束をして出かけるところまでです。

山鬼

若有人兮山之阿
被薜荔兮帯女蘿
既含睇兮又宜笑
子慕予兮善窈窕

山鬼《さんき》　　伝　屈原《くつげん》

人《ひと》有《あ》るが若《ごと》し　山《やま》の阿《くま》に
薜荔《へいれい》を被《き》て　女蘿《じょら》を帯《おび》とす
既《すで》に睇《ながしめ》を含《ふく》んで　又《また》　笑《わら》ふに宜《よろ》し
子《し》　予《わ》が善《よ》く窈窕《ようちょう》たるを慕《した》ふ

乗赤豹兮従文貍
辛夷車兮結桂旗
被石蘭兮帯杜衡
折芳馨兮遺所思

赤豹《せきひょう》に乗《の》つて 文貍《ぶんり》を従《したが》へ
辛夷《しんい》の車《くるま》に 桂旗《けいき》を結《むす》ぶ
石蘭《せきらん》を被《き》て 杜衡《とこう》を帯《おび》とし
芳馨《ほうけい》を折《を》りて 思《おも》ふ所《ところ》に遺《おく》らんとす

冒頭の三句が女神の紹介、描写です。一句め、「誰か人が現れたようだ、山のふもとの窪みに」。「有」は中国語では単に〝有る無し〟というより、無かったものが出て来るという、動きのある意味です。次は「その人は薜茘《へいれい》という香り草を身につけ、女蘿《じょら》という蔓《つる》植物のつたを帯にしている」。薜茘も女蘿も素朴な植物で、山の中の質素な生活にふさわしい装いを表しているんでしょう。三句めは、何かいわくありげです。その女神をよく見てみると、「なにやら気持ちのこもったまなざしをして、微笑みがよく似合う」。とても楽しそうだというわけです。以下は女神のせりふで、一人称で進められます。「子《し》」は女神から人間の男性への呼びかけで、「あなたは私がすばらしくしとやかで見目《みめ》好いのを、お心にかけてくださいましたわね」。私もそれにお応えしましょう、というわけで、「赤い豹にまたがって、ぶちの山猫を従え、辛夷《こぶし》の木でこしらえた車に桂《もくせい》の花を飾った旗じるしを取り付けました」。「文貍《ぶんり》」は斑《まだら》文様、ぶちの山猫です。こうしてお膳立てを整えたうえで、自分も着替えて装いをこらします。「石蘭《せきらん》」「杜衡《とこう》」はともに華やかな香草。「石蘭の香り草を身に飾り、杜衡を帯につけました」。さらにプレゼントを用意します。「芳馨《ほうけい》」は花、「思ふ所」は〝私が思う相手〟の意味で、「香りのよい山の花をつみとって、慕わしいあのお方にお贈りしましょう」と、準備万端整ったわけです。『楚辞』には「山鬼」に限らず、香り草や花がたくさん出て来ますが、だいたい主人公の才能や魅力のたとえとして使われるようです。つまり、たとえの使われ方が『詩経』とは違うんですね。『詩経』の「興」は古代的で、研究しないとわからないものが多かったですが、『楚辞』の場合はけっこう定型化されています。

――「赤豹《せきひょう》」や「文狸《ぶんり》」には特別な意味はないんですか。

動物ですよね。前回の「離騒」でもいろんな神々や空想上の動物が出て来ましたが、あれと同じ、『楚辞』ふうの表現と言えるでしょう。なにか、おとぎ話のような……。

――神話のような、童話のような……。

どこか宮澤賢治を連想させます。

さて第二段は急転直下、女神が約束の時間に遅刻して男性に会えず、悲しみに沈みます。

余処幽篁兮終不見天　　余《われ》　幽篁《ゆうこう》に処《を》りて　終《つひ》に天《てん》を見《み》ず
路険難兮独後来　　路《みち》　険難《けんなん》にして　独《ひと》り後《おく》れ来《きた》る
表独立兮山之上　　表《ただ》　独《ひと》り山《やま》の上《うへ》に立《た》てば
雲容容兮而在下　　雲《くも》　容容《ようよう》として　下《しも》に在《あ》り
杳冥冥兮羌昼晦　　杳《よう》として　冥冥《めいめい》として　羌《ああ》　昼《ひる》　晦《くら》く
東風飄兮神霊雨　　東風飄《とうふうひるがへ》りて　神霊雨《しんれいあめ》ふらす
留霊脩兮憺忘帰　　霊脩《れいしゅう》を留《とど》めて　憺《たん》として帰《かへ》るを忘《わす》れしめん

歳既晏兮孰華予

歳《とし》既《すで》に晏《く》れなば　孰《たれ》か予《われ》を華《はなやか》にせん

一句めの「幽篁《ゆうこう》」は奥深い竹林のこと。「私はふだん奥深い竹むらの中にいて、まったく空というものを目にしたことがありませんでした」。竹の中に住む女神というと、かぐや姫を思い出しますが、何か影響関係があるんでしょうか、興味深いです。ともかく着飾って出かけたけれど、どうも勝手が違う。「山路《やまみち》は思いのほか険しくて、私だけが約束の時間に遅れて到着しました」。相手の男はもう帰っちゃったんですね。そこで仕方なく「たった一人で山の頂上に立っていると、雲が流れるように私の足元に動いています」。よほど高い山なのです。だんだん天候が悪くなり、雨が降りはじめます。「やがてあたりは一面の暗がりとなって、ああ、昼なのに闇に閉ざされてしまい、春風が勢いよく吹き、雨の神様が雨さえ降らせはじめました」。「東風」は春風、春の嵐です。これは当然、女神の心象のたとえですね。でも諦められないわ、というのが次。「霊脩《れいしゅう》」は〝すぐれた人〟、ここでは相手の男性を指して、「今日会えなかった素敵なあの方を、私の側《そば》に引き止めて安らぎを与え、家に帰るのを忘れさせてしまいたい」。どうしてもあの人を手放したくないんです。なぜなら、「年月が流れて私が若さを失ったら、誰が私に花を咲かせてくれるでしょう」。いやに人間的な感情を歌っています。そこで、歎きながらも諦めないぞというわけで、それを実行するのが第三段です。薬草を採っていつまでも若さを保とうとしたり、石清水《いわしみず》を飲んで身を清めたり、いろんな工夫をする。アンチエイジングですね。

――（笑）。

采三秀兮於山間
石磊磊兮葛蔓蔓
怨公子兮悵忘帰
君思我兮不得間
山中人兮芳杜若
飲石泉兮蔭松柏
君思我兮然疑作
雷塡塡兮雨冥冥
猨啾啾兮狖夜鳴
風颯颯兮木蕭蕭
思公子兮徒離憂

三秀《さんしゅう》を山間《さんかん》に采《と》れば
石磊磊《いしらいらい》として 葛蔓蔓《かつまんまん》たり
公子《こうし》を怨《うら》んで 悵《ちょう》として帰《かへ》るを忘《わす》る
君《きみ》 我《われ》を思《おも》ふも 間《いとま》を得《え》ざるならん
山中《さんちゅう》の人《ひと》 杜若《とじゃく》を芳《かんば》しからしめ
石泉《せきせん》に飲《の》みて 松柏《しょうはく》に蔭《おほ》はる
君《きみ》 我《われ》を思《おも》へども 然疑《ぜんぎ》作《おこ》るならん
雷《いかづち》 塡塡《てんてん》として 雨冥冥《あめめいめい》たり
猨《さる》 啾啾《しゅうしゅう》として 狖《ゆう》 夜鳴《よるな》く
風颯颯《かぜさつさつ》として 木《き》蕭蕭《しょうしょう》たり
公子《こうし》を思《おも》うて 徒《ただ》 憂《うれ》ひに離《かか》る

女神は男の愛情をつなぎとめるべく、いろんな努力をします。「三秀《さんしゅう》」は一年に三回花をつける霊芝草の別名です。「私は三秀の薬草を山の谷間でつみとっています」。ところが足元が悪い。「石がやたらにごろごろして、蔓植物のくずがはびこり、私の足元をすくおうとするのです」。これはやはり女神の心の揺れや不安のたとえでしょう。「公子《こうし》」は相手の男性を指して、「私はあの人がなかなか会いに来てくれないのがうらめしく、気力を失って、山から帰るのも忘れてしまいます」。薬草をつみに来て、自分の住みかに帰るのも忘れるほどぼーっとしてしまうと。そこで少し希望的な想像をします。「あなたはもしかしたら私のことを今でも好きなのに、おひまがないのでしょうか」。まあ、ひまというのは作るものなので、来ないということは……危ないですね。

――たしかに（笑）。

女神は相変わらず自分を磨き続けます。「杜若《とじゃく》」は香り草、「山中に住む私は杜若を身につけて香らせ」、外見だけではなく心も美しくするというのが次で、「石清水を飲み」、体を中からきれいにするんですね。「松やひのきの木陰で休んでいます」。木の〝気〟を受けるということでしょうか、松やひのきは、ともに常緑樹ですから秋や冬も枯れ落ちない、そこから節操の固い性格を表します。『論語』にも見える古くからのたとえで、女神としては「私はあなたのことを決して忘れません、他の男性に心を向けません」、そんな含みがあるんでしょう。こんなふうに女神は心身を清めて頑張っていますが、やはり悲観的にならざるを得ません。「或いはあなたは、私への気持ちに然疑《ぜんぎ》が起こったのでしょうか」。「然疑」は信じることと疑うこと、つまり「迷いが出て来たんでしょうか」。「今や雷が陰《いん》にこもってものすごく、雨は暗く降りこめ、おまけに猿は悲しそうに鳴き」、「猨《さる》」はテナガザル、「狖《ゆう》」は黒ザル、楚には山猿が多かったんですね。

――あ、そんなに種類がいるんですか。

厳密にはわかりませんが、まあいろんな猿が鳴いていると。ここから、猿の声は後世一般に〝人に悲しみを誘うたとえ〟とされて、李白などの詩にも詠まれています。そんな猿たちが悲しそうに、夜になっても鳴き続けているというわけです。「夜風は颯颯《さつさつ》と吹き続け、木の葉は寂しい音を立ててざわめき、そのような中で私はあなたを思い続けて、ただむなしく悩みにとりつかれています」、という訴えで終わります。

こう読んで来ますと、第二・三段あたりではたとえがずいぶん巧妙に使われています。天候の変化や動物の声、堂に入って巧みですから、この歌の場合には伝承というより、専門家が関与した感じもありますね。

——脚色されたということですか。

屈原が手を加えて、きちっとしたものにアレンジした可能性も捨て切れません。

——それは何ゆえに？

思い入れがあったんでしょう。土俗的な宗教歌謡を何か意図をもってアレンジし、「九歌」という作品集にして『楚辞』に入れた。神様と人間との叶わぬ恋を扱ったものばかりをあえて選んで一続きにしたのには、やはりなにか特別な思いがあったという印象を受けます。

——ちょっとミステリアスですね。

屈原はシャーマンですから、本来だと神様を崇め奉る、有り難がる歌を集める筈のところ、神様が堕落、と言ってはなんですが、人間界に引きずりおろされている内容ばかりです。やはり時代背景が関係あるんでしょう。戦国時代後半は諸子百家が続々と出ました。いろんな学者や活動家が、自ら正しいと信じる道をあちこちで説いて回り、天下を統一して平和をもたらそうと頑張っていました。人間の頭、理性が世の中をよくするという時代精神がはじまった頃なんですね。

――屈原はそのさ中にいたというわけですか。

その後半期にあたります。中国全体としては神や呪術やシャーマニズムを抜け出し、人間が人間の力で歴史を開いてゆこうという考え方が広がりはじめた時代、楚の国だけはまだ屈原のような宗教者が政治に深くタッチしていた、古いやり方が残っていたんです。ところが、楚にも徐々に新しい時代の波が押し寄せ、〝祭政一致は古い、新しい体制に移行しよう〟という主張が宮廷に入り始めていた。そのあおりで屈原やシャーマン仲間が追放されたわけです。そんな背景で編集された「九歌」は、これからはこういう時代になるという、神様への鎮魂歌のような発想なのかも知れません。神様が神様でいられない、人間社会に引きずり下ろされる歌ばかり集めたのは、屈原のそんな悲しみを含んだ思いがあったのでは……。

――なるほど。当時の新しい考え方というのは、西洋でいうルネサンスですか。

ああ、人文主義というんですか、文明の発展段階からするとそれにあてはまるでしょうね。ただ西洋では十三世紀からはじまりますが、中国ではすでに『論語』にそういう考え方があるんです。「子《し》は怪力乱神《かいりきらんしん》を語らず」と言って、孔子さまは神秘的なもの、怪しげなもの、奇怪な物事は語らなかったと。合理主義というのか、人間社会の現実的なことだけに興味をもって考えていた。孔子は春秋時代の人ですが、呪術やシャーマニズムから抜け出そうという発端がその頃からあったのかな。

――ところでこれらの歌は、大勢の人が集まる祭祀で、どんなふうに歌われたんでしょう。

本来、神様を祀る宗教行事の一環として歌い踊られたものでしょう。楚の国では戦国時代になってもそれが行われていたでしょうが、時代の動きの影響でだんだん世俗化して、いわゆる今の感覚でいうお祭りになって来たんじゃないでしょうか。

——エンターテインメント性のあるイベントのような……。

ええ。飲んで歌って踊って、劇などを見て楽しむ。ちょうどその過渡的な段階にあるのがこの「山鬼」を含む「九歌」じゃないかと。想像するのは、ギリシャのコロセウムで演じられた劇です。あれは合唱団がいますよね。

——コロスですね。

歌はその人たちに任せて、一方、舞台の上では役柄に応じた踊り子たちが歌詞に合わせて巧みに踊っていたとも想像できます。この場合、山鬼を演じる女性の踊り子がいて、豹や山猫なんかは仮面を被った踊り手が演じたんじゃないかな。歌詞の内容からすると、大道具も小道具も種々あって、雷が鳴ったり音響効果もいろいろで……。

——華やかで大仕掛けで、お祭りにふさわしいですね。それが何かしら人びとの気持ちを一つにしていったのかも知れませんね。

秋の旅・好色・滑稽——宋玉の世界

『楚辞』には屈原のほかにも、その系譜に属するいろんな人の作品が収められていて、中でも特に重要な作家が宋玉《そうぎょく》（前二九〇—前二二三）です。杜甫がたいへん尊敬していた先輩でもあり、中国では後世にたいへん大きな影響を与えました。日本ではあまり知られていませんが、じつは我々にとっても恩人といえる人で、そのことについてはおいおいお話ししましょう。

――そもそも宋玉とはどんな人なんですか。

屈原に文学を教わったお弟子さんで、戦国時代末期、楚の宮廷文人として活躍した人です。『史記』に伝記が載っています。

――宮廷文人というと、それまでに宮廷文学ができていたということでしょうか……。

いろんな歴史書や思想書を見ると、断片的にそういうものがあったらしい記事はあるのですが、宮廷文学として作品が残っているという点では宋玉が最初と言っていいと思います。当時、宮廷での宴会の余興などは、歌や踊り、そして文人の作る文学作品なんですね。特に宋玉の残した作品を「賦《ふ》」と言います。「賦」は屈原以来、発展して前漢期に確立した文学形式で、簡単に言うと〝韻を踏む文〟のことです。宋玉は賦の大家なんです。

――「韻を踏む文」ですか、なんとなく宮廷文学だと想像できますね、「賦」に落ちました（笑）。

言葉を飾って美しく表現していて、内容は主として世の中の平和、王様の政治をほめたたえるものです。ただ宋玉の作風は二つあって、一つは屈原ゆずりの深刻な抒情というのか、自分の悲しい感情をこれでもかとばかりに表現してゆくもの、最初に挙げる「九弁」はその代表作です。もう一つは、いかにも宮廷文学らしい、ユーモラスで諧謔的、言葉を飾った面白おかしい作品群です。

――ではまず、彼の感慨を深く述べた作品からということで。

これはお師匠さんの屈原になり代わり、追放されてあちこちさまよっている気持ちを綿々と述べたものです。

九弁（抄）

悲哉　秋之為気也
蕭瑟兮　草木揺落而変衰
憭慄兮　若在遠行
登山臨水兮　送将帰
泬寥兮　天高而気清
寂寥兮　収潦而水清
憯悽増欷兮　薄寒之中人
愴怳懭悢兮　去故而就新
坎廩兮　貧士失職而志不平
廓落兮　羈旅而無友生
惆悵兮　而私自憐
燕翩翩其辞帰兮　蟬寂漠而無声
鴈廱廱而南遊兮　鵾鶏啁哳而悲鳴

九弁《きゅうべん》（抄）　宋玉《そうぎょく》

悲《かな》しい哉《かな》　秋《あき》の気《き》為《た》るや
蕭瑟《しょうしつ》として　草木揺落《そうもくようらく》して変衰《へんすい》す
憭慄《りょうりつ》として　遠行《えんこう》に在《あ》りて
山《やま》に登《のぼ》り　水《みづ》に臨《のぞ》み　将《まさ》に帰《かへ》らんとするを送《おく》るが若《ごと》し
泬寥《けつりょう》として　天高《てんたか》くして気清《ききよ》く
寂寥《せきりょう》として　潦《ろう》を収《をさ》めて水清《みづきよ》し
憯悽《さんせい》として増〻欷《ますますすすりな》き　薄寒《はくかん》之《これ》人《ひと》に中《あた》る
愴怳懭悢《そうこうこうろう》として　故《こ》を去《さ》りて新《しん》に就《つ》く
坎廩《かんらん》として　貧士《ひんし》職《しょく》を失《うしな》ひて　志《こころざし》平《たひ》らかならず
廓落《かくらく》として　羈旅《きりょ》にして友生《ゆうせい》無《な》し
惆悵《ちゅうちょう》として　而《しか》して私《ひそ》かに自《みづか》ら憐《あはれ》む
燕《つばめ》は翩翩《へんぺん》として其《そ》れ辞《じ》し帰《かへ》り　蟬《せみ》は寂漠《せきばく》として声無《こゑな》し
鴈《がん》は廱廱《ようよう》として南遊《なんゆう》し　鵾鶏《こんけい》は啁哳《とうたつ》として悲鳴《ひめい》す

独申旦而不寐兮　哀蟋蟀之宵征
時亹亹而過中兮　蹇淹留而無成

独《ひと》り中旦《しんたん》して寐《い》ねず　蟋蟀《しっしゅつ》の宵征《よるゆ》くを哀《かな》しむ
時《とき》は亹亹《びび》として中《ちゅう》を過《す》ぎ　蹇《ああ》淹留《えんりゅう》して成《な》る無《な》し

——すごく暗いというか、悲しいというか、救いがないような……。


悲しくわびしい気持ちを、これでもかこれでもか、とね。この、しつこいくらい並べるのが賦の特色の一つなんです。賦には「陳列」「羅列」の意味がありますので。

「九弁」は九段落から成る長い作品で、ここに挙げたのは第一段落、秋の寂しい季節感から触発されて、旅人、つまり屈原の心境を想像して述べた導入部です。

ちなみにその後は、追放された時のことを思い出し、屈原になり代わって悲しみ、旅のようすも描写しつつ、王様に理解されなかったこと、価値観が世の中に合わないことを嘆いて絶望してしまいます。さらにこのまま老年に近づくことを悲しみ、王様の側《そば》にいるよこしまな臣下たちを批判する。そして最後はとうとう引退を決意して、新たな旅に出るところで終わります。

要するに、全体としては屈原の「離騒」をリライトした内容になるわけです。最後の旅には雷や風の神、不思議な鳥などお供がたくさんいて、いかにも『楚辞』らしいのですが、じつは「九弁」ではそういった「離騒」的な部分よりも、この第一段の方が後世への影響が大きいんです。どういうことかを考えながら内容を見てゆきましょう。

最初の四句が導入。冒頭の二行で秋の本質をずばりと言い切った感じです。「悲しいなあ、秋という季節のありさまは」。「気」の意味は難しいのですが、空気や趣、気配、自然現象のこと。

「さびしい音をたてて草や木は風に吹かれ、姿を変えてしぼんでゆき」。その二行を受け、次にたとえによって説明を補います。「憭慄《りょうりつ》」はわびしくてぞっとする感じ。「それはたとえてみれば、悩み恐れ、おののきながら遠い旅の空にいて、山に登り、川や湖を眺め、故郷へ帰る仲間を見送ろうとする時のような心境だ」。いっしょに旅して来た友人が故郷に帰り、自分だけが取り残されるような気持ちが秋の季節感だ、ということです。今の我々がこれを読むとなんとなくわかるのですが、当時の人にとって、こういう表現は画期的でした。

——……どのあたりが画期的なんですか？

『楚辞』以前の中国には、秋を〝悲しい季節〟として表現した作品がないんです。『詩経』にもけっこう秋は歌われていますが、穫り入れ、収穫の季節として表現されているんですね。

——エネルギッシュなイメージですね。僕たちは、秋は「物悲しい」気分を想像しますが……。

当時の人も個人的にはそういう感覚をもっていたのでしょうが、言葉にはならなかったんですね。

——ということは、「九弁」がその感覚を開拓してくれたということですか。

ええ。面白いことにそれが日本に伝わって、そこから〝秋は悲しい〟という感覚が日本でも定着しました。「九弁」は『楚辞』だけでなく『文選《もんぜん》』という名作集にも入っていて、これが平安時代のはじめに日本で爆発的に読まれ、そこが注目されたんですね。平安以前の文学作品と言えば『万葉集』ですが、これに収められた秋の歌の中に、秋を悲しいものとして詠んだ例はありませんから。

――そうなんですか！　日本古来のフィーリングだと思ってました。

今の感覚からすればそれが自然ですけどね。それで平安以後は、和歌や日本の漢詩においても〝悲しい秋〟という表現がふつうになっていったんです。

――宋玉の「九弁」があったから、秋が「物悲し」になったんですね。

それで恩人というわけなんです。「九弁」に戻りますと、風景描写や感情の表現が続きます。五句め、「泬寥《けつりょう》」は広くてうつろなようす。「見上げればぽっかりとうつろに大空は晴れ渡り、空気は澄んで、見下ろすとひっそりと雨水を取り込んで、川の水も澄み切っている」。「潦《ろう》」は雨水です。秋らしい眺めが広がっていて、それを見てますます悲しみに沈んでゆきます。そして主人公の境遇の説明に入り、「憯悽《さんせい》」は寂しく悲しいようす、「悲しみに心を痛めてさらにしくしくすすり泣き、肌寒さまでこの私に襲いかかって来る」。

――何ですか？　この救いのない落ち込みは……。

「愴怳懭悢《そうこうこうろう》」はすべて立心偏《りっしんべん》がついていますが、要するにがっかりする失意のさまです。「希望を失い恨みを抱き、過去を忘れ、将来に望みを託そうとするのだ」。とは言うものの、うまくゆきません。「坎廩《かんらん》」は困窮して行き詰まるようすで、「とは言っても、すっかり落ちぶれて貧しいこの私は仕事も失い、心の目標が定まらないままだ」。「廓落《かくらく》」は空虚なさま。「むなしい気持ちを抱いて旅路にあって、友人知人もいないままである」。「惆悵《ちゅうちょう》」も悲しむさまで、「悲しみに沈み、人知れず自分に同情してしまう」。ここまで来ると、どうしようもないです。

最後の四句は秋の小動物たちが出て来ます。「渡り鳥の燕はひらひらと飛んで、まさに今ここを離れて帰って行く。夏の虫である蟬はひっそり静かで、もう鳴こうともしない」。秋の蟬は杜甫が好んで歌いましたが、宋玉の影響かも知れませんね。「渡り鳥の雁の群れはなごやかに鳴いて南へと飛んで行き」、「鵾鶏《こんけい》」はしゃもの同類の鳥、「啁哳《とうたつ》」はけたたましいようす。「しゃもは、けたたましく悲しい鳴き声をしきりに響かせている」。ここでなぜ鶏《にわとり》が出て来るのかちょっと不思議な気もします。何か寓意があるんでしょうか。『詩経』では、鶏は男女の恋愛や結婚を意味していましたが、ここでは関係ないですからね。やはり北と南でずいぶん違います。「そんな中で私はただ一人、朝になるまで時間を過ごして寝つかれず、こおろぎが夜賑《にぎ》やかに活動して鳴いているのを悲しく思う」。「宵征《よるゆ》く」の「征く」の意味が取りにくいですが、〝活動する〟、すなわち〝盛んに鳴く〟としていいでしょう。「歳月はどんどん過ぎて私はもう中年を越えてしまい、やれやれ、こうやって異国に居続けたまま、何も成し遂げられずに終わるんだ」という歎きで第一段が終わります。

――中国の知識人は、このような悲しい想いをもった人が多かったんでしょうね。

理想が高いと、とかく現実と衝突するんでしょう。この第一段には山や水の風景描写など、〝並べる〟〝陳列する〟という賦の特色がよく出ています。また小動物などは、順番を入れ替えても作品世界に何ら影響しません。単純に箇条書きに並べられた雰囲気があって、起承転結というか、きちんと構成する感覚で作っていません。ざーっと羅列していって、長さで読者を圧倒する。

――量で勝負するわけですか。

中国の文化文物にはそういう傾向があるかも知れません。中華料理でも「満漢全席」とかね。

漢方薬なんかも、洗面器に山盛りにして〝ハイ一日分〟と、物量で来ますし。

──国がデッカイからでしょうか。

たぶんそうでしょう。そういう点で賦はたいへん中国的ですし、だからこそ昔の賦が今も読み継がれているわけですね。ただ日本人には一般的な詩ほど馴染《なじ》みやすくないですね。いつまで続くんだろう、何が言いたいんだろう、ただ並んでいるだけじゃないか、と。

──「九弁」でも最初の方で、キモは全部述べてしまってますよね。それをダメ押しするかたちでずっと続いていく感じというか。近代音楽でいえば、一つのテーマをずっと繰り返していく曲と同じような……。

ああ、似た効果を狙っているかも知れませんね、ラヴェルの「ボレロ」などは一例ですが、繰り返しによる盛り上がりですね。

──でも読む方はたいへんです（笑）。宋玉は他にも「高唐《こうとう》の賦《ふ》」「登徒子《とうとし》好色《こうしょく》の賦《ふ》」といった作品があるということですが。

第二の系列の代表作ですね。王様の求めに応じ、貴族たちを楽しませるために即興で作って発表した宮廷文学で、「高唐の賦」は序文が有名です。王様が宋玉たちを連れてピクニックに出かけた際、周囲の情景を描くように言われて作ったもののようです。

高唐賦

幷序（抄）　　宋玉《そうぎょく》

昔者楚襄王、与宋玉遊於雲夢之台。

望高唐之観、其上独有雲気。崪兮直上、忽兮改容。須臾之間、変化無窮。王問玉曰、此何気也。玉対曰、所謂朝雲者也。王曰、何謂朝雲。玉曰、昔者先王嘗遊高唐、怠而昼寝。夢見一婦人、曰、妾巫山之女也。為高唐之客。聞君遊高唐、願薦枕席。王因幸之。去而辞曰、妾在巫山之陽、高丘之阻。旦為朝雲、暮為行雨。朝朝暮暮、陽台之下。旦朝視之如言。故為立廟、号曰朝雲。

高唐《こうとう》の賦《ふ》 序《じょ》を幷《あは》す（抄）

昔者《むかし》 楚《そ》の襄王《じょうおう》、宋玉《そうぎょく》と雲夢《うんぼう》の台《だい》に遊《あそ》ぶ。高唐《こうとう》の観《かん》を望《のぞ》むに、其《そ》の上《うへ》に独《ひと》り雲気《うんき》有《あ》り。崪《しゅつ》として直《ただ》ちに上《のぼ》り、忽《こつ》として容《かたち》を改《あらた》む。須臾《しゅゆ》の間《かん》に、変化《へんか》して窮《きは》まり無《な》し。

王《おう》 玉《ぎょく》に問《と》うて曰《いは》く、「此《これ》 何《なん》の気《き》ぞ」と。玉対《ぎょくこた》へて曰《いは》く、「所謂朝雲《いはゆるちょううん》なる者《もの》なり」と。王曰《おういは》く、「何《なに》をか朝雲《ちょううん》と謂《い》ふ」と。玉曰《ぎょくいは》く、「昔者《むかし》 先王《せんのう》 嘗《かつ》て高唐《こうとう》に遊《あそ》び、怠《おこた》りて昼寝《ひるい》ぬ。夢《ゆめ》に一婦人《いちふじん》を見《み》るに、曰《いは》く、〝妾《しょう》は巫山《ふざん》の女《じょ》なり。高唐《こうとう》の客《かく》為《た》り。君《きみ》の高唐《こうとう》に遊《あそ》ぶを聞《き》く、願《ねが》はくは枕席《ちんせき》を薦《すす》めん〃と。王《おう》 因《よ》りて之《これ》を幸《こう》す。去《さ》りて辞《じ》して曰《いは》く、〝妾《しょう》は巫山《ふざん》の陽《よう》、高丘《こうきゅう》の阻《そ》に在《あ》り。旦《あした》に朝雲《ちょううん》と為《な》り、暮《くれ》に行雨《こうう》と為《な》る。朝朝暮暮《ちょうちょうぼぼ》、陽台《ようだい》の下《もと》にあり〃と。旦朝《たんちょう》に之《これ》を視《み》るに 言《げん》の如《ごと》し。故《ゆゑ》に為《ため》に廟《びょう》を立《た》て、号《ごう》して朝雲《ちょううん》と曰《い》ふ」と。

ここの後半の部分、〝王様と神女が夢の中で親しくなった〟という故事が引かれていて、そこがたいへん有名なんです。ここから「高唐《こうとう》の夢」「朝雲暮雨《ちょううんぼう》」などの四字熟語ができて、男女の親しい関係や恋愛を意味します。もっと言えば「雲」「雨」だけで男女の縁という意味になって、これも後世に決定的な影響を与えました。以下は本文からの抜粋です。

登巉巌而下望兮　臨大阺之稸水
遇天雨之新霽兮　観百谷之倶集
濞洶洶其無声兮　潰淡淡而並入

滂洋洋而四施兮　蓊湛湛而弗止

長風至而波起兮　若麗山之孤畝
勢薄岸而相撃兮　隘交引而卻会
崪中怒而特高兮　若浮海而望碣

石礫磥磥而相摩兮　巆震天之磕磕

巨石溺溺之瀺灂兮　沫潼潼而高厲

巉巌《ざんがん》に登《のぼ》りて下《しも》に望《のぞ》み　大阺《たいち》の稸水《ちくすい》に臨《のぞ》む
天雨《てんう》の新《あら》たに霽《は》るるに遇《あ》ひ　百谷《ひやつこく》の倶《とも》に集《あつ》まるを観《み》る
濞《ひ》として洶洶《きようきよう》として其《そ》れ声無《こゑな》く　潰《かい》として淡淡《たんたん》として並《なら》び入《い》る
滂《ほう》として洋洋《ようよう》として四《よも》に施《ほどこ》し　蓊《おう》として湛湛《たんたん》として止《や》まず
長風《ちようふう》至《いた》りて波起《なみおこ》り　麗山《れいざん》の孤畝《こぼう》の若《ごと》し
勢《いきほ》ひ岸《きし》に薄《せま》りて相撃《あひう》ち　隘《せま》りて交《まじ》はり引《ひ》きて卻《しりぞ》き会《あ》ふ
崪《あつま》りて中《なか》ごろ怒《いか》りて特《とく》に高《たか》く　海《うみ》に浮《うか》びて碣《けつ》を望《のぞ》むが若《ごと》し
石礫《せきれき》磥磥《らいらい》として相摩《あひま》し　巆《こう》として天《てん》を震《ふる》はすの磕磕《かいかい》たるあり
巨石《きよせき》溺溺《できでき》として瀺灂《さんしやく》たり　沫《あわ》潼潼《どうどう》として高《たか》く厲《あが》る

水澹澹而盤紆兮　洪波淫淫之溶滴
奔揚踊而相撃兮　雲興声之霈霈

水《みづ》澹澹《たんたん》として盤紆《ばんう》たり　洪波《こうは》淫淫《いんいん》として溶滴《ようえい》たり
奔《はし》りて揚踊《ようよう》して相撃《あひう》ち　雲《くも》のごとくに興《おこ》る声《こゑ》の霈霈《はいはい》たるあり

ここは高唐の物見台から川のようすを見下ろした描写です。たとえば三・四行めあたり、川の描写にさんずいの字がたくさん並んでいますが、内容だけでなく、見た目の感じでも川のようすを印象づけるテクニックです。同様に、八行めあたりの岩山の描写では、石偏や山偏が並びます。

——うわあ、難しい漢字ばかりですが、本当に石や山ですね。

そんなふうに視覚的効果も狙う賦の例として、挙げておきました。

また「登徒子 好色の賦」は、日本ではあまり知られていないようですが、実はたいへん大きな影響を受けています。

——それは、どのような?

他《ほか》ならぬ『源氏物語』なんです。「帚木《ははきぎ》」の巻に「雨夜《あまよ》の品定め」という場面がありますね。夏の雨の夜、光源氏が宿直している所に、頭中将《とうのちゅうじょう》ら友人三人がやってきて、女性の品評会がはじまります。それぞれの理想の女性像を述べたり、体験談を語ったり。あれは「登徒子 好色の賦」から触発されたと言われています。「雨夜の品定め」の方がずっと長いですし、細かい人情の機微にも及んではいますが。

——へえーっ。

というのも、「登徒子 好色の賦」の内容は、宋玉の同僚である登徒子が王様に「宋玉は容姿が美しく、言葉が巧みであるのをいいことに、色好みである。あまり信用しない方がいいですよ」と告げ口した、そこで王様は宋玉を呼び「そなたが好色であるか否か、証明してもらいたい。ついては登徒子ともう一人、章華大夫《しょうかたいふ》と三人で討論せよ」と命じ、その後の顚末を記したものなんです。

——結果や如何に（笑）というところですね。

「好色」と言うと、われわれ日本人はエロスの方に行くのですが、中国で「色」は雰囲気やたたずまいの意味です。この作品を読んでみるに、問題になっている「色」はどうも、容貌やしぐさ、性格、生活態度を含めたもののようです。

登徒子好色賦　幷序（抄）　宋玉《そうぎょく》

玉曰、天下之佳人、莫若楚国。楚国之麗者、莫若臣里。臣里之美者、莫若臣東家之子。東家之子、増之一分則太長、減之一分則太短。著粉則太白、施朱則太赤。眉如翠羽、肌如白雪。腰如束素、歯如含貝。嫣然一笑、惑陽城、迷下蔡。然此女登牆窺臣三年、至今未許也。登徒子則不然。其妻蓬頭攣耳、齞脣歴歯。旁行踽僂、又疥且痔。登徒子悦之、使有五子。王孰察之、誰為好色者矣。

登徒子《とうとし》 好色《こうしょく》の賦《ふ》 序《じょ》を幷《あは》す（抄）

玉曰《ぎょくいは》く、「天下《てんか》の佳人《かじん》、楚国《そこく》に若《し》くは莫《な》し。楚国《そこく》の麗《うるは》しき者《もの》、臣《しん》が里《り》に若《し》くは莫《な》し。臣《しん》が里《り》に美《うつく》しき者《もの》、臣《しん》が東家《とうか》の子《こ》に若《し》くは莫《な》し。東家《とうか》の子《こ》、之《これ》に増《ま》すこと一分《いちぶ》なれば則《すなは》ち太《はなは》だ長《たか》く、之《これ》に減《げん》ずること一分《いちぶ》なれば則《すなは》ち太《はなは》だ短《ひく》し。粉《ふん》を著《つ》くれば則《すなは》ち太《はなは》だ白《しろ》く、朱《しゅ》を施《ほどこ》せば則《すなは》ち太《はなは》だ赤《あか》し。眉《まゆ》は翠羽《すいう》の如《ごと》く、肌《はだ》は白雪《はくせつ》の如《ごと》し。腰《こし》は素《そ》を束《つか》ねたるが如《ごと》く、歯《は》は貝《かい》を含《ふく》めるが如《ごと》し。嫣然《えんぜん》として一笑《いっしょう》すれば、陽城《ようじょう》を惑《まど》はし、下蔡《かさい》を迷《まよ》はす。然《しか》れども此《こ》の女《じょ》 牆《かき》に登《のぼ》りて臣《しん》を窺《うかが》ふこと三年《さんねん》なるも、今《いま》に至《いた》るまで許《ゆる》さざるなり。登徒子《とうとし》は則《すなは》ち然《しか》らず。其《そ》の妻《つま》は蓬頭攣耳《ほうとうれんじ》、齞脣歴歯《げんしんれきし》なり。旁行踽僂《ぼうこうう る》にして、又《また》 疥《かい》にして且《か》つ痔《ち》なり。登徒子《とうとし》 之《これ》を悦《よろこ》びて、五子《ごし》有《あ》らしむ。王《おう》 之《これ》を孰察《じゅくさつ》せよ、誰《たれ》か色《いろ》を好《この》む者《もの》と為《な》す」と。

ざっと見ますと、宋玉が自己弁護して「私の東隣の娘は容貌も性格も非の打ち所がない。その娘はじつは私のことが好きで、三年間、家の隙間から私を覗き見ている。しかしそんな素晴らしい娘であっても私は相手にしていない。だから私は好色ではない」と主張するんです。それに引き換え、登徒子はどうか。その奥さんが、ざんばら髪で形の悪い耳や唇に乱杭歯《らんくいば》、歩き方はぎくしゃくして、できものだらけで下《しも》の病まである……。

――うわぁ、すごい、これはもう泥仕合ですね（笑）。

しかし登徒子はそういう奥さんをたいへん喜んで五人も子どもがいる。どっちが好色か、王様お考えください、というわけです。

――(笑)。

これは〝登徒子は容貌の悪い奥さんでも平気だから好色だ〟と言うのではなく、その奥さんは自己管理ができない、お化粧や、髪型を整えることとか、病気を治すとか。そういう自己管理能力や生活態度の悪さを気にしないで子どもをたくさん作るというのは、悪い意味で好色だというふうに言いたいらしいんですね。

そこに第三の男、章華大夫が進み出て発言します。〝宋玉は東隣の娘をほめたたえ、それに対する自分の態度を自慢しているが、そんな僻地の娘を話題にするのは愚かというもの。私は若いころ全国を旅して回り、北の都の美女と詩のやりとりをしました。しかしお互い礼儀を守り、過ちを犯しませんでした。これこそ誇るに足ることです〟と。その結果、宋玉は退けられずにすんだのですが、「好色」の基準がどこにあるのか、どうもわかりにくいまま終わってしまいます。

――難しいですねえ。ともかく好色の概念がわれわれとは違うということですね。言葉の元を辿ってゆくと、現代に生きる人間は根源的なところを忘れているんでしょうか。

洗い直す必要があるかも知れませんね。ともかく、この談義が紫式部にヒントを与えたと言われています。そして、このような宋玉の作風――二つの系列に共通する、装飾的・羅列的な手法は、次の前漢時代にさらに発展し、「賦」という形式となって、その後長く受けつがれてゆきました。この宋玉という作家は、もっと注目されてよいと思います。

三、楚調の歌——漢代の英傑たち

慷慨のしらべ

——今回から新しい章、「楚調の歌」ですね。

〝楚の国の歌〟ということですが、戦国時代の末から天下統一の秦、その次の漢代のはじめまで、中国では楚調の歌が大流行しました。

——南方の歌が流行《はや》ったということですか。

はい。動乱の時期、世の中にいろんな矛盾がはびこり、争いが引き起こされ、上下を問わず人々は義憤を感じていました。今回、「慷慨のしらべ」と題したのですが、「慷慨」とは気持ちを高ぶらせること、特に世の不正に対する憤りという意味が強く、それはまさに屈原の感情の根本ですよね。この時代の歌には、常にそういう気分が流れていたわけです。最初に登場するのは戦国末期の殺し屋の歌です。

――ヒットマンですか。

まさにそうです。当時は戦争や外交交渉が多く行われたのと同時に不正もさまざまに行われ、その一つが暗殺者を雇って敵国の要人を殺すことでした。暗殺自体は不当で非合法なことですが、暗殺のため敵国に乗り込む人物はまず勇敢であるとされたんです。絶対に生きては帰れませんからね。力量を見込まれ、頼み込まれたのを〝よし〟と引き受け、刃物を持って決死の旅に出る、そういう潔さというか、意気に感じて行動する勇者といったイメージがあるんでしょう。

――特攻隊のような……。

一種の崇高さというのかな。そういう、人間の尊厳について考えることを迫られるような重みがあるために、この時期大勢現れた暗殺者の伝記が『史記』に「刺客列伝」として残っているんです。これが『史記』の面白いところで、功成り名遂げた王様や政治家だけでなく、こういった裏街道で〝活躍〟した人の伝記もたくさん入っています。占い師や、酷吏《こくり》（無慈悲な役人）、さらに悪徳商人……。

――へえー、『史記』ってそういうものも書かれてるんですか？

歴史に対して複眼的な見方をしているんですね。「刺客列伝」には五人の刺客の伝記が収められていますが、その五人めに、荊軻《けいか》（？―前二二七）という戦国時代終わりの殺し屋が登場していて、『史記』の中でも一番面白い部分に数えられます。あらすじを紹介しますと、中国の東北方面、今の北京周辺に燕《えん》という国がありました（地図を参照）。ここの太子丹《たん》が、秦の人質になっていたんです。敵対関係を避けるため、当時はそういうケースも多かったようです。丹は秦王政《せい》（後の始皇帝）と幼馴染みでしたが、政は威信を笠に着たのか、丹を冷遇します。それを根に持った丹は、怒って燕に逃げ帰り、報復の機会をうかがいます。そんな時、彼は、南南西にあたる衛《えい》の国の荊軻という人物が賢者であるとの情報を耳にします。衛は今の河南省から河北省の一部に相当する小さい国です。

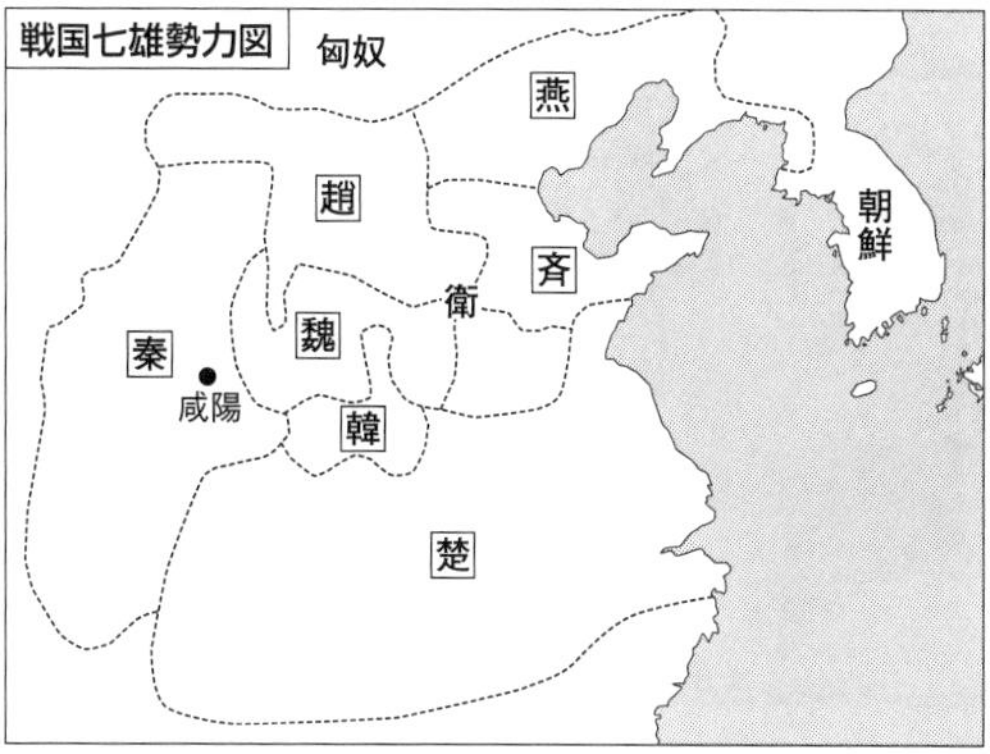

――燕と秦の中間にあたりますね。

ええ、それで丹は荊軻を燕に招き、政の暗殺を頼むことにしました。豪邸を与え、ご馳走は食べ放題、珍しい財宝、高級な車、美女……と、かゆい所に手が届くように優遇し、毎日訪問してご機嫌をうかがいました。まあ、死にに行ってもらうわけですから、それくらいはします。かくして丹は荊軻を説得し、秦に向かわせることになりました。いざ出発の際、荊軻が辞世の歌を作って歌いますが、それが『楚辞』ふうの歌になっています。友人による弦楽器の伴奏で歌う荊軻も、丹や見送りの燕の王族たちもみんな、死出の旅を意味する白装束でした。ここは荊軻の伝記の中でも盛り上がるシーンです。

荊軻が秦王（始皇帝）暗殺に挑む瞬間（山東省武梁祠画像石）

歌一首

歌《うたいっしゅ》一首　荊軻《けいか》

風蕭蕭兮易水寒　風蕭蕭《かぜしょうしょう》として　易水《えきすい》寒《さむ》し
壮士一去兮不復還　壮士《そうし》一《ひと》たび去《さ》つて　復《ま》た還《かへ》らず

歌の内容はわかりやすく、「風はさびしく吹き過ぎて、易水《えきすい》の水の冷たさよ」。易水はすぐそばに流れる川で、その川岸で歌ったんですね。「ますらおはひとたびここを去れば、それきり帰らないのだ」。『史記』によると、何度か繰り返して歌われ、悲しい調べからだんだん激烈な調子になり、その場にいた人はみんな目を怒らせ、髪はことごとく逆立ったそうです。

そして荊軻は秦の都に到着し、政と面会します。折を見て短剣を突き刺そうとするのですが、ほんの少しのところで体に届かない。政は逃げ、荊軻は追う。二人は宮中の柱の回りをぐるぐる回ります。やがて政が剣を抜いて切りつけ、とうとう荊軻は殺されてしまいました。あと一歩のところで暗殺は失敗したものの、しかし『史記』の名文によって彼は勇者として伝わり、この歌はいろんな作品集に収められて、今なお愛唱されています。

また衛も燕も北中国に属しているのですが、それにもかかわらず荊軻が南国の楚の歌を歌ったというのは、やはり当時、楚調の歌が流行していた証《あかし》でしょう。

——なにか音的にそういうものがあったんでしょうか。「兮《けい》」の字が入っていますが、これがいいリズムを醸し出すとか……。

「兮」は合いの手のような働きをしますが、たぶん極限状況におかれた時の心情を託するのにふさわしい調子があったのかも。楽譜は残っていないんですけどね。

——ロックを歌え！　みたいなもんでしょうか。

そういう感じですよね。で、秦は大いに怒って燕の国を滅ぼし、間もなく天下を統一します。政は天子の座について「始皇帝」と名のりました。ただ始皇帝はあまり急激な改革をしたため支持が得られず、南中国に巡回中、突然病気で亡くなります。それを待っていたかのように各地で反乱が起こり、また乱世に戻りました。この時、最初に反乱を起こしたのが陳勝《ちんしょう》と呉広《ごこう》で、そこから新しい物事を最初に手がける人のことを「陳勝・呉広」と、パイオニアの代名詞のように使ったりします。「陳呉《ちんご》」とも言い、「この新しいプロジェクトについては私が陳呉の役を務めましょう」とかね。

——ああ、聞いたことがあります。

そんな反乱のエネルギーが、最終的に項羽《こうう》（前二三二—前二〇二）に結集されます。項羽は楚の代々将軍を出した家の出身で、優秀な軍人です。ところが彼は天才的な人で、何でも自分でできるものだから、とかく自己中心で、人の気持ちがわからないところがある。それでだんだん支持を失い、配下として抜きん出ていた劉邦《りゅうほう》（前二四七―前一九五）と一騎打ちの形勢になります。これが名高い項羽と劉邦の対決です。

――劉邦は項羽の部下だったんですか。

はじめは項羽の部将として兵を挙げたんですね。項羽は当時三十歳くらいですが、劉邦はすでに四十過ぎ、農民出身の苦労人だったせいか、人心収攬《しゅうらん》術に長《た》けていて、項羽側の優秀な武将がどんどん劉邦に寝返りました。二人は約五年間、激しい戦いを繰り広げますが、項羽はだんだん追い詰められて、垓下《がいか》という所の砦《とりで》に立て籠ります。或る晩、包囲された砦の四方から楚の民謡が聞こえて来ました。敵軍の中から自分の故郷である楚の歌が聞こえて来るということは、故郷の人々も自分を裏切って敵方についてしまったのだ、と項羽は敗北を覚悟します。そして最後の宴会を開き、その場で辞世「垓下の歌」を歌いました。「抜山《ばつざん》の歌」とも呼ばれています。

力抜山兮気蓋世　　力《ちから》 山《やま》を抜《ぬ》き 気《き》 世《よ》を蓋《おほ》ふ
時不利兮騅不逝　　時《とき》 利《り》あらず 騅《すい》（項羽の愛馬） 逝《ゆ》かず
騅不逝兮可奈何　　騅《すい》の逝《ゆ》かざる 奈何《いかん》す可《べ》き
虞兮虞兮奈若何　　虞《ぐ》や虞《ぐ》や 若《なんぢ》を奈何《いかん》せん

悲しい歌ですね。「兮」の字がはさまれていて、『楚辞』ふうであることがはっきりわかります。

「私の力は山を引き抜くほど強く、心意気は山を蓋《おお》い尽くすほど盛んであった。しかし時の流れは私に味方せず、長らく乗ってきた名馬の騅《すい》ももう進めなくなった。騅の進めなくなったのをどうしたらいいいか。そしていつも私について来てくれた虞美人よ、虞美人よ、君をどうしようか、もはやどうしようもないなあ」。二句めから否定詞の「不」や疑問形が多く、項羽の気持ち、絶望感をよく表していますね。

——「四面楚歌」というのは単に敵に囲まれたというのではなく、同郷の人からも裏切られ、すべてが敵になったという意味だったんですね。

これも解釈が分かれていて、本当に楚の人々が裏切って劉邦についたとも、いや実は包囲した軍の司令官がわざと楚歌を歌わせたやらせだった、とも言われています。

——戦略としてですか。

はい。実際はどっちだったんでしょうね。

——どちらにせよ、項羽の気持ちになってみると、すべての信頼を失ったという絶望は深いですよね。僕は「虞《ぐ》や虞《ぐ》や　若《なんぢ》を奈何《いかん》せん」のフレーズしか知りませんでしたが。

この垓下の砦の場面は、日本でも中国でも非常に共感を得ていて、その背景には〝単純な成功者よりも、能力抜群なのにあと一歩のところで失敗した英雄を好む〟といった心情があるかも知れません。

——明智光秀ですか。

源義経とかね。この「四面楚歌」の場面は芝居にもなっていて、京劇の『覇王別姫《はおうべっき》』はまさにこのシーンです。ただ中国では項羽への批判もあって、〝英雄のくせに馬がどうの、愛人がどうのと言っているのは女々《めめ》しい〟と、けっこうシビアな意見です。それにはまた反論もあって、〝自分と運命をともにし、命まで捧げてくれる女性と出会えた、それでこそ英雄じゃないか〟という見方もあります。とり方はいろいろですが、まあ軍人として戦争の前線にまで女性を伴うのは、ちょっと常識はずれとは言えるかも知れませんね。いずれにしても項羽の傍にはずっと虞美

江戸時代の画家、原在中が描いた『覇王別姫図』（1785年）

人（？—前二〇二）が付き添っていて、伝説によると、この別れの宴会で、彼女が項羽の歌に合わせて剣《つるぎ》の舞を舞いながら歌った、という自作の詩も残っています。

漢兵已略地　　漢兵《かんぺい》已《すで》に地《ち》を略《りゃく》し
四方楚歌声　　四方《しほう》楚歌《そか》の声《こゑ》
大王意気尽　　大王《だいおう》（項羽のこと）意気《いき》尽《つ》く
賤妾何聊生　　賤妾《せんしょう》（わたくし）何《なん》ぞ生《せい》に聊《やす》んぜん

「漢兵《かんぺい》」は劉邦が率いる敵軍のこと。「劉邦の漢軍はすでに私たちの故郷である楚を略奪し、今や四方から楚の民謡まで聞こえます」。八方ふさがりというわけです。「項羽さま、さすがのあなたも闘志を失われたのですね。かくなる上は、この私だけがどうしておめおめと生き長らえることがありましょうか」。歌い終わった虞美人は、手にした剣で自らの首を斬って自決します。やがて彼女が倒れた場所に小さな芽が出て草がのび、ひなげしの花が咲きました。人々は虞美人を憐れんで、ひなげしのことを「虞美人草」と呼ぶようになった——と、ちょっと悲しい話が残っています。

——なんともロマンチックですね。ところで、彼女は自分のことを賤妾《せんしょう》と言っていますが。

これは女性の謙遜の一人称で、特に賤《いや》しめる意味はないでしょう。「妾」は日本では愛人のイメージがありますが、中国では必ずしもそうではなく、普通の女性の一人称です。

――ああ、そうでしたか。つい違う方向を想像してしまいました。

さて項羽に打ち勝った劉邦が天下を統一し、いよいよ漢王朝がはじまります。戦乱の世が続いて中国全体が非常に疲れていたものですから、劉邦の時代からはしばらく、なるべく何もしないという消極策がとられます。国力の回復を狙ったわけで、国全体にそういう風潮が広がりました。その頃、王朝で支配的だったのは道家、老荘思想で、「無為自然」、つまり何もしないで自然に任せることをイデオロギーとして国力回復に努めたわけです。

そして時代が推移して国庫も充実し、世の中がだんだん落ち着いて来た時に即位したのが武帝で、楚調の歌はその頃まで流行します。まずは漢の始祖、劉邦も楚調の歌を作っていますので、それを見てみましょう。天下を統一して故郷に錦《にしき》を飾った時の大宴会で発表した「大風《たいふう》の歌」です。百二十人の大合唱団を結成し、弦楽器の伴奏とともに合唱させた後、自分でも歌ったと記録されています。

――大イベントですね。

ただ、すでに帝王ですので、楚調の歌に本来あった憤りの感情や絶叫するような調子はなくなりつつあります。その変わり方に注目したいところです。

歌一首　　歌一首《うたいっしゅ》　　高祖劉邦《こうそりゅうほう》

大風起兮雲飛揚　　大風《たいふう》起《お》こつて　雲《くも》飛揚《ひよう》す

威加海内兮帰故郷　威《い》 海内《かいだい》に加《くは》はつて 故郷《こきよう》に帰《かへ》る
安得猛士兮守四方　安《いづ》くにか猛士《もうし》を得《え》て 四方《しほう》を守《まも》らしめん

雄壮な雰囲気で始まっていますね。「大風が吹いて、雲が乱れ飛び、ちりぢりになった」。ここは自分を大風に、乱世のさまざまな豪傑を雲にたとえて、〝そういう雲を吹き払って天下が統一された〟という意味でしょうか。二句め、「権威は中国全体に浸透して、私は故郷に帰って来た」。最後は願望で、「この上はどうにかして、勇敢なもののふたちを味方につけ、中国全体を守らせたいものだ」。もう天下人《びと》ですから、帝王の感傷というか、大らかな感情に転化しています。ただ漢王朝が成立して、だんだん楚調の歌が消えてゆくかというと、そうではなかったんです。

――それはなぜでしょうか。

話を秦と楚の対立に戻しますと、戦国時代に七つの地方国家が争ったのですが、実質的に強かったのは秦と楚です。天下を取るのは、秦でなければ楚であろうと言われていました。楚の国もそのつもりだったものの、秦が一枚上手《うわて》で、陰に陽に策略を駆使して楚を併合しました。楚の人々の恨みは骨髄に徹し、それで秦の始皇帝が亡くなって各地で反乱が発生した際、指導者はだいたい楚の人だったんです。先に出た陳勝も呉広も、項羽も劉邦も、みんな楚人《そひと》です。最終的に勝ったのは劉邦で、当然、側近も楚人。ですから漢の都となった長安は、地理的には北ですが、支える人材は楚の人だったわけです。戦勝国の文化が強引に敗戦国に入って来るようなものでしょうか、そういうわけで長安でも長い間、楚の歌が流行し続けたんです。武帝（前一五六―前八七）も次のような歌を作っています。

秋風辞

秋風《しゅうふう》の辞《じ》　武帝《ぶてい》

上行幸河東、祠后土。顧視帝京欣然。中流与郡臣飲燕、上歓甚。乃自作秋風辞。曰、

上《しょう》河東《かとう》に行幸《ぎょうこう》し、后土《こうど》を祠《まつ》る。帝京《ていけい》を顧視《こし》して欣然《きんぜん》たり。中流《ちゅうりゅう》に郡臣《ぐんしん》と飲燕《いんえん》し、上《しょう》歓《よろこ》ぶこと甚《はなは》だし。乃《すなは》ち自《みづか》ら「秋風《しゅうふう》の辞《じ》」を作《つく》る。曰《いは》く、

秋風起兮白雲飛
草木黄落兮雁南帰
蘭有秀兮菊有芳
携佳人兮不能忘
泛楼舡兮済汾河
横中流兮揚素波
簫鼓鳴兮発棹歌
歓楽極兮哀情多
少壮幾時兮奈老何

秋風《しゅうふう》起《おこ》つて　白雲《はくうん》飛《と》ぶ
草木《そうもく》黄落《こうらく》して　雁《がん》南《みなみ》に帰《かへ》る
蘭《らん》に秀《はな》有《あ》り　菊《きく》に芳《かんば》しき有《あ》り
佳人《かじん》を携《たづさ》へて忘《わす》るる能《あた》はず
楼舡《ろうこう》を泛《うか》べて汾河《ふんが》を済《わた》り
中流《ちゅうりゅう》に横《よこた》はつて　素波《そは》を揚《あ》ぐ
簫鼓《しょうこ》鳴《な》つて　棹歌《とうか》発《はつ》す
歓楽《かんらく》極《きは》まつて　哀情《あいじょう》多《おほ》し
少壮《しょうそう》幾時《いくとき》ぞ　老《お》いを奈何《いかん》せん

三段落に分けられ、まず第一段、最初の三句が季節感の描写です。「秋風が吹き起こり、白い雲が飛んでいる。草や木の葉は黄ばみ落ちて、渡り鳥の雁は南へ帰る季節となった」。そういう物寂しい季節の中でも、「蘭は愛らしい花を咲かせ、菊は馥郁《ふくいく》たる香りを放っている」。秋の悲しさを歌って動植物が出て来るところなど、宋玉の影響を感じさせます。たぶん武帝は宋玉を意識していたでしょう。

次の四句が第二段で、今の自分の状況を描写します。この歌は武帝が地の女神を祀《まつ》った時のものですので、四句めの「佳人《かじん》」は女神ととっていいと思います。「いま祀ってきた美しい女神のことが忘れられない」。しかし祭りは終わってもう帰るので、「こうして屋形舟《やかたぶね》を浮かべて汾河《ふんが》を渡り、流れを横切りながら白波をかきたてている。舟の上では縦笛や鼓が華やかに鳴り、舟歌が威勢よく湧き起こる」。ああなんという楽しいひとときだろう、というわけです。

最後の二句が第三段、そこから触発された感情を述べて終わります。「喜びや楽しみが極まり尽きると、かえって物悲しい気分が広がって来る。私のこの若い元気のよい時はいったいいつまで続くのか。しのびよる老年にどう対処したらよいのだろうなあ」。

――(笑)。なんだか悲憤慷慨が、帝王の大らかな歎きにすり替わっていますね。

そうなんです。武帝はそれまでの消極策で充実した国力を背景に、内政・外政ともに一気に積極策に打って出た人ですので、そういう前向きな、意気盛んな背景が反映しているわけです。

――歌は世につれ世は歌につれ、ですか。

駆落ちの代償——司馬相如と卓文君

時代は前漢の半ば、紀元前一〇〇年前後となりました。この辺りから中国の歴史には英雄豪傑がどんどん現れ、いろんなエピソード、それにまつわる詩が続出します。武帝の全盛時代に入り、文化政策の推進で文化人が優遇され、いろんな人材が登用されました。そのうち二大文化人とも言えるのが司馬遷（前一四五頃—前八六頃）と司馬相如《しばしょうじょ》（前一七九—前一一七）です。

——いよいよ司馬遷の登場ですか。で、司馬相如とは……？

名字は同じですが、親戚ではなかったようです。司馬相如は『楚辞』の作風の一面、きらびやかに言葉を飾り、テーマにかかわる物事をずらーっと並べてゆく、宋玉を代表とする流派を受け継いで、宮廷文学の「賦《ふ》」を確立した人です。文化が爛熟した一つのあり方なのでしょうか、大変華美で絢爛豪華。日本の江戸時代に琳派の華やかな絵が流行《はや》りましたよね。

——俵屋宗達《たわらやそうたつ》、尾《お》形光琳《がたこうりん》……。

ああいう様式の文字版と考えればいいでしょうか、文字で描いた一大絵巻物という……。以下は司馬相如の代表作からの抜粋です。

沸乎《ふっこ》として暴怒《ぼうど》し、洶湧彭湃《きょうようほうはい》、滭弗宓汩《ひつふつひついつ》、偪側泌瀄《ひょくそくひつしつ》す。横流逆折《おうりゅうぎゃくせつ》、転騰潎洌《てんとうへつれつ》たり。滂濞《ほうひ》沆漑《こうがい》、
穹隆雲橈《きゅうりゅううんどう》、宛潬膠盭《えんぜんこうれい》たり。
……崇山《しゅうざん》は矗矗《ちくちく》、巃嵸崔巍《ろうそうさいぎ》たり。深林巨木《しんりんきょぼく》、嶄巌嵾嵯《ざんがんしんし》たり。九嵕《きゅうそう》は巀嶭《せつげつ》、南山《なんざん》は峨峨《がが》たり。

巌陁《がんち》甗錡《けんき》、摧崣《さいい》崛崎《くつき》たり。

――すごいですねえ。舌を噛んじゃいそうです。

めくるめく漢字の饗宴で、読んでみると早口言葉みたいですよね。基本的には宮廷で朗読、吟詠したと思うのですが、当時の人は聞くだけで意味がわかったんですかねえ。

――やはり賦の様式で書かれたものも朗読されたんですか?

節をつけて朗詠されたのでしょう。これは相如の「子虚上林《しきょじょうりん》の賦」の一部分で、祭りの儀式や王様の旅行、狩猟や宴会のようすをざーっと描写して、王様の政治をほめたたえる大長編です。紙のない時代、木や竹の札に書いていて、配ることもままなりませんので、宴会の余興に節つきで披露したんでしょう。前半二行が川の描写で、水が泡立ちながら流れてゆく擬音的な効果があり、後半二行は山の描写で、山偏の字がいっぱい並んでいます。目で見ても面白いですし、耳で聞いても調子がいい。また山なら山、川なら川、動物なら動物についての種々の情報を盛り込むような作り方なので、賦は後世の人たちにとって百科事典のような役割を果たしたんです。

――情報が多いということで。

勉強にもなるし、詩作の参考にもなりますから。

――そのような賦は、武帝の時代に確立したわけですね。

ええ、その中心になったのが司馬相如で、彼は芸術家肌、天才肌の人ですが、一方で卓文君《たくぶんくん》という女性と駆落《かけお》ちした〝中国史上初の駆落ち文人〟でもあるんです。

――二千年以上も前に！　日本で駆落ちというと、江戸時代くらいからのイメージですか？

そうですね、近松の浄瑠璃なんかに出て来ます。

――中国はマセていたんですね（笑）。

その経緯ですが、司馬相如は中国南西奥にあたる四川省の蜀の出身で、その東隣が楚の国ですから、もともと『楚辞』に親しんでいたんでしょう。幼い頃から文武両道で、成人して武帝の父の景帝に仕えました。ただ景帝は文学嫌いの地味な人で、司馬相如も才能を評価されません。そこに梁の国から、孝王（景帝の弟・劉武）が朝廷にやって来ます。孝王はたいへんな文学、芸術好きで、周囲に文人たちが大勢集まっていました。相如はすっかりその雰囲気に惹かれ、官職を辞して孝王のもとに走ります。そこで文学談義を交わしたり、作品を批評し合ったり、楽しい時を過ごしたようです。ところが間もなく孝王が亡くなり、相如は故郷の蜀に戻ります。そして成都に住んでいた或る日、卓王孫《たくおうそん》という大富豪の宴会に名士として招かれます。卓王孫は使用人が八百人ほどもいる大富豪でした。真昼の宴席で、相如は余興で琴を弾いたのですが、その時、王孫の娘が扉の隙間からこっそり覗き見していたんです。相如はそれを知ってか知らずしてか、この娘を誘惑するような歌を作って歌いました。娘も相如の名声を前から聞いていて、素敵な人だと思ったのでしょうか、歌を聞いてますます惹かれ、その晩、二人はさっそく駆落ちします。

――えっ、少し早すぎませんか（笑）。

即断即決です。そして成都に出たものの、身一つですから貧乏です。考えた挙句、二人は酒場を開き、卓文君は美貌を生かしてカウンターに立って接客をしました。

——たくましいなあ（笑）。

生活力がありますね。司馬相如は後ろで皿洗いをしたり、酒のつまみを買いに走ったりしていたのですが、卓文君の父、王孫としては、こういうことをされてはどうも世間体が悪い。それでしぶしぶ財産の一部を分与しました。大富豪ですから一部と言っても大変なもので、二人は一気に金持ちの仲間入りをします。ついている時はついているもので、今度は相如が若い時に作った作品が、景帝に代わって即位した武帝の目に留まります。武帝は文化人をどんどん登用しましたから、相如も宮廷に招かれ、以後は宮廷文人としてすっかり羽根を伸ばして名文を多く作りました。最後は糖尿病で、卓文君に看取られて亡くなったそうです。

——幸せな人ですねえ。

中国の詩人としては例外的に幸せな人生を送りました。今回読む二首は、先ほどの卓王孫の宴席で、卓文君を誘惑するために自《みずか》ら琴を弾いて歌ったものです。

琴歌二首

琴歌《きんか》二首《にしゅ》　　司馬相如《しばしょうじょ》

其一　鳳兮鳳兮
鳳兮鳳兮帰故郷
遨遊四海求其凰
時未通遇無所将

其《そ》の一《いち》　鳳兮鳳兮《ほうやほうや》
鳳《ほう》や 鳳《ほう》や 故郷《こきょう》に帰《かへ》る
四海《しかい》に遨遊《ごうゆう》して其《そ》の凰《おう》を求《もと》む
時《とき》 未《いま》だ通遇《つうぐう》せず 将《ひき》ゐる所《ところ》無《な》し

何悟今夕升斯堂
有艶淑女在此房
室邇人遐毒我腸
何縁交頸為鴛鴦

何《なん》ぞ悟《さと》らん　今夕《こんせき》　斯《こ》の堂《どう》に升《のぼ》り
艶《えん》たる淑女《しゅくじょ》有《あ》り　此《こ》の房《ぼう》に在《あ》らんとは
室邇《しつちか》く　人遐《ひととほ》くして我《わ》が腸《はらわた》を毒《どく》す
何《なに》に縁《よ》つて　頸《くび》を交《まじ》へて鴛鴦《えんおう》と為《な》らんや

〝琴を弾きながら歌う歌〟という題で、二首から成ります。まず一首め、前半後半に分け、出だし三句は〝伴侶がいなくて困っている〟という自分の現状です。鳳凰《ほうおう》（おおとり）は想像上のめでたい鳥で「鳳」が雄《おす》、「凰」が雌《めす》。まず自分を鳳にたとえ、「私は鳳《おおとり》だ、鳳だぞ。今こそ故郷に帰って来たのだ」、大きく出ましたね。「今まで広い世の中、四方八方をさまよい歩いて伴侶となる雌の凰《おおとり》を探し求めていたが、まだ出会いの時に達せず、連れて来る相手はいなかった」。

そして後半の四句で〝伴侶となる人が見つかった〟と喜びを述べます。「何《なん》ぞ悟《さと》らん」は「どうして気づいたろうか、気づかなかった」、つまり「思いもよらないことに、今夜この広間に入ったところ」、卓王孫の宴会に招かれたことですね、まあ実際は昼間からの宴会だったようですが。「うるわしい乙女が部屋におられたのだ」。扉から覗き見している卓文君のことで、彼女もどきっとしたでしょう。「室邇《しつちか》く」は、この広間の中での私とあなたの距離は近いが、という意味、「二人の距離は近いのに、あなたの存在は遥かに遠く、私の胸を焦がし、痛めつける」。すぐそばにいるのに、立場上とても遠くて苦しんでしまうというわけです。「頸《くび》を交《まじ》へる」は親しくなること、「私はどうやってあなたと親しくなり、鴛鴦《おしどり》のような仲のよい夫婦になれるのでしょうか」、なんとかならないものか。最初は〝自分は鳳凰だ〟と大きく出て、最後は〝鴛鴦になってもいい〟と、全体が鳥を使ったしゃれた表現になっています。

――ずいぶんと態度が大きくないですか（苦笑）。

押しが強いのかな。あなたのためならどうなってもいい、という決意表明ともとれます。続く二首めは、一首めを発展させた内容になっています。

其二　皇兮皇兮
皇兮皇兮従我棲
得託孳尾永為妃
交情通体心和諧
中夜相従知者誰
双興倶起翻高飛
無感我心使予悲

其《そ》の二《に》　皇兮《おうや》皇兮《おうや》
皇《おう》や　皇《おう》や　我《われ》に従《したが》つて棲《す》まん
孳尾《じび》を託《たく》するを得《え》て　永《なが》く妃《ひ》と為《な》らん
情《じょう》を交《まじ》へ　体《たい》を通《つう》じて　心和《こころわ》諧《かい》せん
中夜《ちゅうや》　相従《あひしたが》はん　知《し》る者《もの》は誰《た》ぞ
双《なら》び興《お》き　倶《とも》に起《た》ちて　翻《ひるがへ》つて高《たか》く飛《と》ばん
我《わ》が心《こころ》に感《かん》ずる無《な》くんば　予《われ》をして悲《かな》しましむ

卓文君への呼びかけがより直截的で、ますます押しが強くなっています。「皇」は「凰」と同じで、雌のおおとり。卓文君に向かって、「凰よ、凰よ、あなたもおおとりだ。私について来て、一緒に暮らそうよ」。二句めの「孳尾《じび》」は見かけない言葉ですが、子どもを沢山産んで育てることだそうです。

――ダイレクトな表現ですね……。

ええ。「あなたに育児やお産を頼むことができて、いつまでも女房どのになって頂くことができたらなあ」。

――超ストレート（笑）。

次もそうで、「仲よく共に暮らせば、二人とも心が安らぎ、くつろぐだろう」。以上、前半三句が直接の愛情告白で、後半三句は〝じゃあどうするか〟と具体的な提案になります。「さっそく今日、真夜中に連れ立って行こうよ。それに気づく者は誰か、誰も気づきはしないさ。夜中に共に目覚め、一緒に出かけて、さあ、ひらりと舞い上がって高く飛んで行こう。この気持ちに応じてくれないのなら、私を悲しませることになるよ」とまあ、自信満々です。

――すごく説得力がありますね。答えはイエスしかありませんね。琴を弾き語りしながら歌っているということは、今だったらギター抱えて歌うわけですよね。

セレナードって言うのかなあ。二千百年前の歌ですが、何か心に響くものがあります。

――そして次は、司馬相如に熱烈・激烈な愛情告白を受けた卓文君の歌ですか。

これはエピソードがあって、成都での貧しい暮らしを脱して武帝に招かれた司馬相如は、宮廷文人になって暮らしに余裕ができると、奥さんを一人増やしたくなった、男の業《ごう》と言いましょうか。なんでもお金を積んで女性を招こうとしたらしく、それを察知した卓文君が、自分の気持ちを詩に書いて夫に送りました。彼女としては一世一代の大芝居のつもりでしたが、相如はこの詩を見て愛人を迎えることを思いとどまったとのことです。

——はあー、よかったですねえ、ではその先制の一撃を。

白頭吟

皚如山上雪
皎若雲間月
聞君有両意
故来相決絶
今日斗酒会
明旦溝水頭
躞蹀御溝上
溝水東西流
凄凄復凄凄
嫁娶不須啼
願得一心人
白頭不相離
竹竿何嫋嫋
魚尾何簁簁

白頭吟《はくとうぎん》　　伝　卓文君《たくぶんくん》

皚《がい》たること山上《さんじょう》の雪《ゆき》の如《ごと》く
皎《きょう》たること雲間《うんかん》の月《つき》の若《ごと》し
聞《き》く 君《きみ》 両意有《りょういあ》りと
故《ことさら》に来《きた》りて相決絶《あひけつぜつ》す
今日《こんにち》 斗《と》酒《しゅ》の会《かい》
明旦《めいたん》 溝水《こうすい》の頭《ほとり》
御溝《ぎょこう》の上《うへ》に躞蹀《しょうちょう》すれば
溝水《こうすい》 東西《とうざい》に流《なが》る
凄凄《せいせい》 復《ま》た凄凄《せいせい》
嫁娶《かしゅ》に啼《な》くを須《もち》ひず
願《ねが》はくは一心《いっしん》の人《ひと》を得《え》て
白頭《はくとう》まで相離《あひはな》れざらん
竹竿《ちくかん》 何《なん》ぞ嫋嫋《じょうじょう》たる
魚尾《ぎょび》 何《なん》ぞ簁簁《しし》たる

男児重意気
何用銭刀為

男児《だんじ》　意気《いき》を重《おも》んず
何《なん》ぞ銭刀《せんとう》を用《もち》ふるを為《な》さん

卓文君は相如と別れる決意をしてその気持ちを詩に込め、彼女から別れ話をもちかけた折にその場で贈ったような内容です。強い女性ですね。結果的に二人は最後まで一緒にいたというハッピーエンドなのですが、まあこういう波乱もあったということでしょうか。

——二人ともなんと言うか、根っこは熱烈な相思相愛だったんですね。

結局はそうなんでしょう。時々こうやって本音《ほんね》をぶつけ合うことで「雨降って地固まった」のかな。

四句ごとの段落で、第一段、〃自分は強い決意をもってここに来た〃という導入です。「私の潔白なこと、あの山の頂《いただき》の雪のように真っ白です。私の心が澄み切っていること、雲間《くもま》から射す月の光のようです」。すでに心は決まっていて動かせない、と言うんです。「両意《りょうい》」は二つの心、〃私と別の女性、その両方を愛する心〃ということで、つまり〃浮気心〃。「最近聞いたところでは、あなたは浮気心を起こされたそうですね。そこで私は思い切って、お別れしに参りました」と、最初からはっきり伝えます。

次の四句は、別れの面会の場面でしょう。お酒を飲みながら話し合い、外を散歩したようです。「今日ここで別れの杯を交わし、明日の朝、お堀の側でお別れしましょう。お堀の側をとぼとぼと歩いておりますと、その水は東と西に分かれて流れて行きます」。私たちも同じようにお別れなんですね、というわけです。それを受けて次の四句は自分の心ですが、まだ未練があるようなことをほのめかしていて、なかなか上手ですね。

――(苦・苦笑)。

「凄凄《せいせい》」は悲しい、寂しいようす。「私は寒さが身に沁みます」、心も寒いということでしょう。当時のことですから、男と女が一対一で外を歩くことはあまりなかったのか、もし歩いているとすれば、結婚が決まった二人が楽しそうに仲良く、というのが想像されるんでしょう。それで、「いま私たちが二人で歩いているのが嫁入りや嫁迎えに関わることならば、私は泣いたりする必要はないのですが」。別れ話だから泣いてしまうんだと。「それにつけても誠実なお方を伴侶にして、白髪になるまでご一緒したいものです」。これは本心でしょう。

そして最後の四句、相如に対するからかいと戒めです。まずたとえでからかいます。「竹の釣《つり》竿《ざお》は魚に引っ張られて、まあなんとしなしなとしなっていることでしょう。釣り上げられた魚の尻尾は、なんとまあびくびくと跳びはねていることでしょう」。ここは『詩経』の影響が感じられます。『詩経』で魚を釣ると言えば、男性が女性の愛情を求めるたとえでした。それを用いて、〝あなたはその魚に振り回されてしなっている〟と、ちょっと滑稽味ある表現です。最後は戒めで、「男性というのは心と心の通い合いをこそ重んじるものでしょう。どうしてお金なんかを使って事を有利に運ぼうとするものですか」。つまり〝金を積んで女性を引き寄せようなんて、あなたはなさいませんよね〟とダメを押し、釘を刺しています。

――こう言われたらもう負けです(笑)。なかなか頭のいい女性ですね。

ただ、この詩は残念ながら偽作の可能性があるんです。とは言っても、後世の或る段階で或る日突然、作られたのかどうか。或いは本当に卓文君が作った詩があったかも知れません。それが名作なので、印刷術がない時代、いろんな人が書き写して伝わって来た。書き写すのはその詩を読みたい読書人ですから、自分だったらこう表現する、と勝手に手を加えたことはよくあったようですし、そんな伝承の累積が今に伝わる「白頭吟」のかたちを作ったのではないか。伝言ゲームと言うと言い過ぎですが、或る時期にゼロから作られた偽作ではなく、長い時間をかけて、卓文君のオリジナルがさらにバージョンアップされた――そんな可能性も考えられます。

――たくさんの人々の手によって作品のパフォーマンスを高めてきたと。なかなか味わい深いですね。ところで卓文君は、文学史上で何か足跡があるんですか、たとえば「賦」とか?

卓文君が作った賦は残念ながら伝わっていないようです。ただ少女時代から文学的才能は豊かだったようで、それがあればこそ、司馬相如の琴の歌に感動し、駆落ちしてまでついて行ったんでしょうね。

逆境を糧《かて》として――李陵と蘇武

時代はさらに前漢半ば、武帝の全盛時代で、次は外交政策をめぐる人物を中心とした話です。武帝は対外的に積極政策をとり、辺境にどんどん出て行って領土を広げましたから、軍人や外交官の出番が多く、中でも代表的な二人、李陵《りりょう》（?―前七四）と蘇武《そぶ》（前一四〇?―前六〇）を取り上げます。

――まず李陵というのは、どんな方なんでしょう。

代々軍人の家に生まれた将軍で、お祖父さんが漢王朝宿敵の異民族、匈奴《きょうど》からたいへん恐れられた李広《りこう》です。李陵自身も優秀な軍人となり、武帝の時代にかなり活躍したのですが、自ら願い出て司令官として西方征伐に出かけた時、匈奴の大軍に囲まれたんです。味方はほとんど壊滅状態、李陵も刀折れ矢尽きて匈奴の捕虜になってしまいました。その報せが朝廷に届くと武帝はたいへんに怒り、あろうことか李陵の一族を皆殺しにしてしまったそうです。

――うわぁ、またひどい沙汰ですねえ。

本当だったらちょっと酷いですよね。その処置が発表された時に、李陵を弁護したのが司馬遷です。以前から李陵の人柄や見識、軍人としての実力を知っていたためですが、武帝は聞き入れるどころか司馬遷をも処罰してしまいました。

――司馬遷にも刑を科したんですか?

ええ、死刑よりも屈辱的と言われる宮刑、つまり子孫のできない体にしてしまいました。昔も今も、中国の人は子孫ができずに家が絶えることを非常に恐れます。われわれの感覚では想像できないくらいの気持ちらしいですよ。ただ、たとえば一定の金額を朝廷に納めるとか、有力者の弁護を受けるとか、宮刑を逃れる術《すべ》はいくつかあったらしいんです。でも司馬遷の場合、お金もなく、弁護してくれる人もいなかった、そうなるとあとは自殺しかないわけですが、死んでしまえば『史記』を書きつづけることもできない。そこで彼は、ひとえに『史記』を後世に残すことを心の支えにして、甘んじて刑を受けたようです。司馬遷はその後、宦官待遇となり、完成途上だったライフワーク『史記』百三十巻を、屈辱に耐えながら書き上げたんです。

――何年くらいで司馬遷はこの大作を……。

足掛け十年ちょっとでしょうか。

――そんなに短い期間に。

そして完成の二年後に司馬遷は亡くなったとされています。

――え!! それはまた何と言っていいか、悲劇ですね。じゃあ、『史記』にあの屈原が書かれているのも……。

ええ、司馬遷自身の思い入れが感じられます。たしかに『史記』を読んでいますと、司馬相如ら、功成り名遂げた偉人ももちろん取り上げられているのですが、非常に優秀で途中までうまくいったのに、何かがきっかけで転落して悲劇的な生涯を送った人の伝記がずいぶん入っています。そういう人を書く時、司馬遷の筆が一段と冴えわたっているようにも読めます。

――自分の人生と重ねて……。

そうですね。たとえば項羽や殺し屋の荊軻《けいか》（↓八八ページ）、また儒教の祖・孔子もそうです。孔子は今日では偉人中の偉人ですが、生前はどこにも登用されず、諦めて故郷に戻り、弟子の教育と古典の編纂で人生を終えましたから、不遇の生涯だったわけです。

――なるほど。そんな司馬遷が弁護した李陵の詩ですが、最初は「別《わか》れの歌《うた》」ですか。

ええ、これには事情があります。李陵は一族を皆殺しにされたので都に帰ることができなくなり、そのまま匈奴の土地に留まります。匈奴も彼のような優秀な人材を求めたんでしょう。そこで官職に就き、妻も迎え、二十年以上も暮らして亡くなりました。この歌は今回取り上げるもう一人、外交官の蘇武が関係していて、彼も後に匈奴の土地に留まることになるのですが、二人は漢王朝に勤めている間、そして匈奴にいる時期も親友だったようです。その後、蘇武だけが都に帰ることが決まった時、別れる気持ちを歌ったものです。

別歌　別《わか》れの歌《うた》　李陵《りりょう》

径万里兮度沙漠　万里《ばんり》を径《わた》つて沙《さ》漠《ばく》を度《わた》り
為君将兮奮匈奴　君《きみ》が将《しょう》と為《な》つて匈奴《きょうど》に奮《ふる》ふ
路窮絶兮矢刃摧　路《みち》 窮《きはま》り絶《た》えて矢刃《しじん》摧《くだ》け
士衆滅兮名已隤　士衆《ししゆう》滅《ほろ》びて 名《な》 已《すで》に隤《お》つ
老母已死　老母《ろうぼ》 已《すで》に死《し》せり
雖欲報恩将安帰　恩《おん》を報《むく》いんと欲《ほっ》すと雖《いへど》も 将《は》た安《いづ》くにか帰《き》せん

句の真ん中に「兮」が入っていますから『楚辞』ふうの歌で、楚調と言えば悲憤慷慨の感情を託するのにふさわしく、辞世の歌が多かったですよね。李陵も激しい感情を込めていて、一気呵成に読むことができます。一句め、自分の活躍ぶりを思い出し、「私は一万里の遠い道のりを超えて砂漠に遠征し、漢の天子さまに仕える将軍となって匈奴を大いに攻め、活躍した」。それが急転直下、負け戦になります。「しかし道は行き止まりとなって、弓矢も刀も砕け散り、味方の兵士もみんな撃滅され、私の名声もすっかり失われた」。最後は〝これからどうしようか〟と、とまどいの心情を蘇武にぶつけます。「老いた母上ももうこの世にいない」。武帝に皆殺しにされましたからね。「母上のご恩に報いたいと思っても、いったいどこに身を落ち着ければいいのだろうか」。「将《は》た」は疑問を強調します。お母さんの墓参りをするのに都に帰ることもできない、さあ困ったという気持ちです。

これは李陵の真作として伝えられています。素朴でわかりやすいですし、彼自身の痛切な体験も詠み込まれています。それに対して、次の「蘇武《そぶ》に与《あた》ふるの詩《し》」はやはり二人の友情関係から生まれた詩ですが、作風が少し変わっています。

——どのようにですか？

彼自身の体験の反映が感じられず、一般的な、親しい二人の友人同士の別れに抽象化されていますし、それに詩の形が違います。『楚辞』ふうの句形ではなく、一句五文字です。五言詩は当時、まだ一般化はしていませんでした。武帝の時代、シルクロードの発展とともに漢王朝に西域のいろんな珍しいもの、さらに楽器や音楽もどんどん入って来て、その影響でやがて五言詩が芽生えるんです。新しい音楽は新しい歌詞を必要としますので。

——すると次の詩はあまりにもきれいにデキ過ぎていると。

それで偽作ではないか、という説が濃厚です。ですがたぶん、前に見た卓文君の「白頭吟」（→一〇七ページ）と同じように、李陵が実際に作ったこの詩の原型が名作なので、人々が書き写して伝え、そのうちに表現をアレンジしていった、それが繰り返されるうちに、いろんな知恵やエッセンスが結集されてオリジナルより完成度が高くなっていった、という事情があるのではないでしょうか。

――じゃあ、一概に偽作とは言えませんね。多くの人が支持してきた結果であると。

与蘇武詩

蘇武《そぶ》に与《あた》ふるの詩《し》　　伝 李陵《りりょう》

携手上河梁
遊子暮何之
徘徊蹊路側
悢悢不能辞
行人難久留
各言長相思
安知非日月
弦望自有時
努力崇明徳
皓首以為期

手《て》を携《たづさ》へて河梁《かりよう》に上《のぼ》る
遊子《ゆうし》 暮《くれ》に何《いづ》くにか之《ゆ》く
蹊路《けいろ》の側《かたはら》に徘徊《はいかい》して
悢悢《りようりよう》として辞《じ》する能《あた》はず
行人《こうじん》 久《ひさ》しく留《とど》まり難《がた》し
各〻《おのおの》言《い》ふ 長《なが》く相思《あひおも》ふと
安《いづく》んぞ日月《じつげつ》に非《あら》ざるを知《し》らんや
弦望《げんぼう》 自《おのづか》ら時有《ときあ》り
努力《どりよく》して明徳《めいとく》を崇《たか》くせよ
皓首《こうしゅ》 以《もつ》て期《き》と為《な》さん

漢王朝に帰る蘇武といよいよ別れる、その場で作ったという設定です。前半四句と後半六句の二段落に分けられ、前半四句はおそらく宴会の後、蘇武の旅立ちに際して別れを惜しむ心情を歌っています。「私は君と手を取り合って橋の上に立った」。男同士で手を携えるのはちょっと変な気もしますが、詩の表現として後世まで、別れの場面では男の友人同士でも「手を携えて」が慣用的に使われますので、性別は関係ないようです。「旅人となる蘇武どの、君はこの夕暮れ、いったいどこへ向かうのか」。まあ漢王朝に帰るのですが、〝私を置いてどこへ行くのか〟という感じでしょう。「蹊路《けいろ》」は〝小道〟ですが、これから蘇武が歩いて行く道のことだと思います。「悢《りょう》悢《りょう》」は悲しみの気持ちを形容します。「小道の側をうろうろ歩き回ると、悲しみが込み上げるばかりで別れの挨拶もできないままだ」。「辞《じ》す」は〝別れの挨拶をする〟という本来の意味で使われています。

後半六句はいよいよ心を決め、別れの言葉を贈って結びます。「しかし旅人はいつまでも留まっていることはできない。そこでお互いいつまでも忘れずにいよう、と別れの挨拶を交わした」。次からはちょっと理屈に走り、「そうは言うものの、私たちのご縁は太陽や月と同じではないなどと、どうしてわかるだろう」。ここは反語ですから、言いたいのは「私たちのご縁は太陽や月と同じじゃないか」。その種明かしが次で、「弦望《げんぼう》」は半月や満月のこと。「半月や満月は時の巡りとともに現れる」。私たちも同じ、また時が巡ってくれれば再会ができるんじゃないかと。ちょっと技巧的ですね。

——でもなんだかカッコいいです。

最後は贈る言葉で、「これからもせいぜい努力して自分を鍛え、磨きたまえ。遅くとも白髪頭になった頃が再会の時となるだろう」、つまり白髪頭になるまでに是非、再会しようではないか。まあ、堂に入った作風です。ただ立派過ぎて、前の「別れの歌」とのギャップを感じることも確かですが。

——将軍の歌といった雰囲気です。

ああ、そうですね。格調が高いです。

——李陵は匈奴の中にいても、捕らわれ人の生活ではなかったわけですよね。

優秀な人材でしたからね。見方によっては李陵は、武帝や漢王朝を見限って新しい人生行路を選んだともとれます。

——ああ、一族が皆殺しにされましたもんね。

はい。さて今度は蘇武ですが、彼は外交官で、武帝の命令によって使者として匈奴に赴きました。ところが匈奴の王様は蘇武の要請を聞かず、逆に強い態度に出て降伏させようとしたんです。蘇武はそこで自殺を試みたのですが、手当てを受けて息を吹き返します。その後も能力を見込まれ、匈奴に仕えるようしつこく説得されます。やはり匈奴としても、優秀な漢民族を味方に引き入れて格を上げたいという心情があったのでしょう。その後も説得が続きますが、蘇武は応じない。ついに穴蔵《あなぐら》のような牢屋《ろうや》に入れられて、食べ物飲み物を断たれてしまいます。すると蘇武は雪を解かした水を飲んだり、毛織物を食べたりして生きのびるんです。

——正に徹底抗戦ですねえ。

匈奴の王に依頼され、蘇武に降伏するよう勧めに赴いた李陵が、それを告げず別れる場面を描いた中村不折『蘇李決別』（1929年）

そこで匈奴も〝これは神様である〟と考えて、北の最果ての無人の土地に送って羊を放牧させました。蘇武はそこでも野鼠《のねずみ》や草の実を食べて生き続ける。たいへんな信念の人です。後に武帝が亡くなり、昭帝《しょうてい》の世になって匈奴と漢民族が和睦した際、漢王朝が蘇武を釈放するよう使者を送ると、匈奴の王は「蘇武はもう死んだ」と嘘をつきました。すると使者は機転を利かせ、「ついこの間、都で王様が雁を射落としたところ、その足に蘇武からの手紙が結びつけてあった」と切り返します。

――これも嘘ですよね。

はい。この辺は外交交渉、虚虚実実の駆け引きです。そこで匈奴の王は驚いて蘇武を返すことにし、蘇武は十九年ぶりに帰朝することができました。帰国後はふたたび高い官職に就いて人生を終えたということで、軍人と外交官の違いはあるとはいえ、李陵とはずいぶん異なる後半生を送ったことになります。蘇武は匈奴にいる間、外交官の身分証明書代わりのような旗印《はたじるし》を片時も手放さなかったそうです。

——外交官としてのプライドを持ち続けたんですね。そんな彼が作った詩とは……。

四首の連作で、書いた時の境遇や動機はわからないのですが、いずれも人を送る詩です。

詩四首

詩四首《ししゅ》　　伝　蘇武《そぶ》

其三
結髪為夫妻
恩愛両不疑
歓娯在今夕
燕婉及良時
征夫懐遠路
起視夜何其
参辰皆已没
去去従此辞
行役在戦場

其《そ》の三《さん》
結髪《けつぱつ》　夫妻《ふさい》と為《な》り
恩愛《おんあい》　両《ふたつなが》ら疑《うたが》はず
歓娯《かんご》　今夕《こんせき》に在《あ》り
燕婉《えんえん》　良時《りようじ》に及《およ》ばん
征夫《せいふ》　遠路《えんろ》を懐《おも》ひ
起《た》つて夜《よる》の何其《いか》なるかを視《み》る
参辰《しんしん》　皆《みな》　已《すで》に没《ぼつ》す
去去《きよきよ》　此従《これよ》り辞《じ》せん
行役《こうえき》　戦場《せんじよう》に在《あ》り

相見未有期
握手一長歎
涙為生別滋
努力愛春華
莫忘歓楽時
生当復来帰
死当長相思

相見《あひみ》る 未《いま》だ期《き》有《あ》らず
手《て》を握《にぎ》つて一《ひと》たび長歎《ちょうたん》すれば
涙《なみだ》は生別《せいべつ》の為《ため》に滋《しげ》し
努力《どりょく》して春華《しゅんか》を愛《あい》し
歓楽《かんらく》の時《とき》を忘《わす》るること莫《なか》れ
生《い》きては当《まさ》に復《ま》た来《きた》り帰《かへ》るべし
死《し》しては当《まさ》に長《なが》く相思《あひおも》ふべし

連作四首ともに一般的な別れの詩で、それぞれ性質の違う四種の別れの場面を設定しています。ここに挙げた「其の三」は主人公が出征兵士で、妻と別れる心境を詠んだもの。四句一段の四段落からなっています。

第一段、出征前夜に奥さんと語り合う場面からはじまって、「私たちは成人して夫婦となり、お互いの愛情を疑ったことはなかった」。ところが別れることになり、水入らずの時間をもちます。「今夜、二人で語り合う素晴らしい楽しみがここにある。なごやかにくつろいで、この素晴らしい時を満喫しよう」。「及《およ》ばん」は〝逃《のが》さないで楽しもう〟ということです。

第二段、でもどうも落ち着かないようすです。「しかし明朝出征する私は、遠い旅路のことが気がかりで、つい立ち上がって夜のようすを見つめてしまう」。気もそぞろです。そして明け方になります。夜通し語り合っていたんですね。「参辰《しんしん》」ですから、「西の星も東の星も沈んでしまい、もう見えなくなった。夜明けだ、いよいよお別れだ」。

そして第三段は別れを惜しむ気持ち。「今回、命令が下った行く先は戦場だ。また会えるかどうか保証はない。しっかり君の手を握ってため息をつくと、それにつれてこの生き別れの悲しみに涙が流れてしまうよ」。そして別れに際して言葉を贈ります。「どうかしっかり努めて、君の花のような体を大切にして、楽しく過ごした日々のことを忘れないでくれたまえ」、最後の二句、「生きのびたら必ず帰って来るよ。死んでしまっても必ずいつまでも変わらず君のことを思い続けるよ」、そう約束して結びます。

——うーん、でもこれも偽作と言われているとか？

じつはそうなんです。蘇武が四種類の別れを設定してフィクションを作るというのもちょっとピンと来ないし、五言詩として完成度が高過ぎることがネックになっています。

——でもやはり愛唱され、長い時間をかけて歌い継がれてきた名作であることは間違いないですよね。

前漢の女性たち

武帝の時代、次は歴史ドラマのヒロインになりそうな女性たちを取り上げます。

——日本で言うとどんな女性でしょう？

静御前《しずかごぜん》とか、山内一豊《やまのうちかずとよ》の妻とかでしょうか。たとえば外交政策で異民族の国に嫁入りした宮中の女性、天子様の愛を首尾よく得た女性、逆に失った女性……。伝承の要素も多く、じつは今回取り上げる詩も偽作であるなどいろいろ言われていますが、いずれも長く広く親しまれて来ましたので、一つの文化として積極的に受け継いでゆきたいと思います。
最初の烏孫公主《うそんこうしゅ》（生没年不詳）は武帝の親族に当たる娘さんで、烏孫国という西方の国へ、外交政策の一環として嫁入りしてゆきました。遠い異国に嫁してから故郷を懐かしんで詠んだ歌です。句の真ん中に「兮」が入っていて、この時期はまだふつうに楚調の歌が作られていたんですね。

――南方の文化の影響が大であったと。

歌一首

吾家嫁我兮天一方
遠託異国兮烏孫王
穹廬為室兮氈為牆
以肉為食兮酪為漿
居常土思兮心内傷
願為黄鵠兮帰故郷

歌一首《うたいっしゅ》　　伝　烏孫公主《うそんこうしゅ》

吾《わ》が家《いへ》　我《われ》を嫁《か》す　天《てん》の一方《いっぽう》
遠《とほ》く異国《いこく》に託《たく》す　烏孫《うそん》の王《おう》
穹廬《きゅうろ》を室《しつ》と為《な》し　氈《せん》を牆《しょう》と為《な》し
肉《にく》を以《もっ》て食《し》と為《な》し　酪《らく》を漿《しょう》と為《な》す
居常《きょじょう》　土思《どし》して　心《こころ》　内《うち》に傷《いた》む
願《ねが》はくは黄鵠《こうこく》と為《な》りて　故郷《こきょう》に帰《かへ》らん

二句ごとに内容が変わり、出だしは自分の境遇です。「吾《わ》が家《いへ》」は漢王朝のこと、「天」は大空の意味で、「漢王朝は私をお嫁入りさせました、はるかな空の果てへ。遠い異国に預けたのです、烏孫の王様の妻として」。次の三・四句が見どころで、彼女の今の生活環境、つまり異民族の暮らしを住と食の面から詠んだ古い例です。「穹廬《きゅうろ》」は遊牧民特有の丸いテント、いわゆるパオですね。「氈《せん》」は毛織《けおり》の布。「丸い天幕を住まいとし、毛織の布を壁としています」。漢民族の住居とずいぶん違います。次は食事で、「酪《らく》」は馬や羊の乳を加工した食品。今ふうに言うと「飲むヨーグルト」みたいなものがあったのでしょうか。「けだものの肉を食糧とし、馬や羊の乳を加工して飲み物としています」。遊牧民はビタミンCが欠乏気味でした。ビタミンCは肉にも含まれていますが、加熱すると消えてしまうため、なまで食べる習慣がありました。生活の知恵とはいえ、肉にしろ野菜にしろ必ず火を通す漢民族の風習とは合いません。

――ふーむ、彼女にとっては辛い暮らしだったんでしょうね。

その気持ちを歌っているんでしょう。五・六句はそれを受けて望郷の思いで結びます。「居常《きょじょう》」は〝始終、しばしば〟の意味。「私は常に故郷への思いにとらわれて、心は人知れず傷つき、引き裂かれています。できることならば雁となって、故郷に帰りたいものです」。「黄鵠《こうこく》」は渡り鳥の雁です。

――武帝以来の領土拡張政策を背景にした、女性の悲劇の一例ですか。

ええ。まあこの時はたまたま烏孫国と和平政策が結ばれ、その証明として王族の女性を嫁がせたんですが。それと、彼女のような王族の女性は幼いころから帝王学を学んでおり、政治情勢によってはこういう成行きになるということは十分わかっていたでしょう。お嫁入りのときもたった一人でということはなく、何千人ものおつきの人々が連れ添って赴いたわけです。そこで、この詩はそういう彼女の命運に同情した一般の人々による偽作であろう、と言われています。

——そういう民間の視点からすれば犠牲行為になるわけですね。さて次は……。

李延年《りえんねん》（前一四〇?—前八七?）という宮廷歌手の歌です。或る時、新しい妃《きさき》として武帝に自分の妹を推薦しまして、そのコマーシャルといった内容です。もちろん武帝には幾人かの夫人はいましたが、当時は夫人は複数でよかったですから。

歌一首

北方有佳人
絶世而独立
一顧傾人城
再顧傾人国
寧不知傾城与傾国
佳人難再得

歌一首《うたいっしゅ》　　李延年《りえんねん》

北方《ほっぽう》に佳人《かじん》有《あ》り
絶世《ぜっせい》にして独《ひと》り立《た》つ
一《ひと》たび顧《かへり》みれば人《ひと》の城《しろ》を傾《かたむ》け
再《ふたた》び顧《かへり》みれば人《ひと》の国《くに》を傾《かたむ》く
寧《いづく》んぞ傾城《けいせい》と傾国《けいこく》とを知《し》らざらんや
佳人《かじん》は再《ふたた》び得《え》難《がた》し

詩の形が先ほどの楚調の歌とは異なっているところに注目したいのです。だいたい一句五文字で、五言詩という新しい詩形の最初の一例なんです。前にお話ししたように、武帝の時代、シルクロードが大いに発展し、それを通して西域の珍しいものがどんどん入って来ました。楽器や音楽もその一つで、内地で異なるリズムが流行したんですね。するとそのリズムに応じて歌詞も変化していったわけです。『詩経』は一句四文字のゆったりした二拍子でしたが、五言になると、たとえば一・二句めなら「北方・有《ゆう》・佳人」「絶世・而《じ》・独立」と、一・二・三、一・二・三、の三拍子に変わるんです。当時の音楽文化の変化が詩の変化を促したわけです。つまり誰かが〝五言詩を作りましょう〟と主張したのではなく、生活のリズムが自然に五言へと結晶したんですね。

——なるほど。この歌は内容も面白いんですよね。

ええ、宮廷歌手ですから王侯貴族を楽しませることに主眼があって、あまり深刻にならず、面白おかしい中に主張を込める手法が徹底しています。

やはり二句ごとに内容が変わります。出だし、「北国に素晴らしい女性がいて、世の中から一人、ひときわ目だっております」。三・四句で女性の素晴らしさをたとえを使って強調します。「一たび振り向いて流し目を送れば人々の住む町を傾け、もう一度振り向いて流し目を送れば国全体を傾けてしまうほどです」。要するに、彼女が流し目を送ると、大勢の人が側《そば》に寄りたくて殺到して来る、すると周りの土地が重くなって傾く。二度めになると、国全体の人が集まってドカーンと陥没してしまう……。

——(大笑)。これ、コミックソングなんでしょうか。

たぶんユーモラスな効果を狙っているんじゃないかな。ただその裏には、〝女性というのは危険なものだ、為政者が女性に迷うと朝廷、ひいては国を混乱させるに到る〟という寓意が込められています。なにか、女性をそういうふうにとらえるんですね。ヨーロッパでもファムファタルなんて言葉がありまして、「運命の女」と訳しますが。

——ああ、まさにそうですね。李延年の妹さんも「運命の女」なんですか？

この歌に刺激されて、武帝は実際に妹さんを妃に迎えるんです。李夫人と言いまして、二人はとても仲がよかったようです。ただ、李夫人は武帝より先に亡くなってしまい、たいへん悲しんだ武帝は霊媒師を呼び、彼女の魂を降ろして会話をしたという逸話もあります。

——ずいぶん寵愛したんですね。すると李夫人は前漢時代でも幸せな生涯を送った女性ということになりますか。

そうですね。最後の二句は字余りですが、武帝への励ましの言葉になっています。「彼女が町や国を傾けるほどの危険な魅力の持ち主であることを、どうしてわからないはずがありましょう」。王様も私も、そういう危険はよくよく知っている。でも、それを承知の上で私は妹を勧めます。なぜなら、「こんな素晴らしい女性はまたと得難いのです」。王様に〝情熱を掻き立てよ、男一匹の心意気でそういう女人を側に置き、自分の器量を試してごらんなさい〟と促しているような。ちょっと冒険してみては、と突《つつ》いてもいるのかな。

——ほう〜、実は深い意味があるんですねえ。

やはり宮廷歌手としての才覚があります。

——そして三人めの女性は、班婕妤《はんしょうよ》さんですか。

はい。時代は下って成帝の世、班婕妤（前四八？—前六？）はそこで見出《みいだ》されて宮廷に入った宮女です。たいへん賢明な女性で、或る時、成帝が車で彼女を横に乗せて後宮を行こうとしたんです。素敵な女性だから自慢したかったのかな。すると「立派な君主の側には常に賢い臣下がいて、だめな君主の側にはいつも女性がついているものです。私はあなた様を暗君にしたくないので、同乗はご遠慮いたします」と断ったそうで、成帝はそれにたいへん感心したということです。

怨歌行

新裂斉紈素
皎潔如霜雪
裁為合歓扇
団団似明月
出入君懐袖
動揺微風発
常恐秋節至
涼飈奪炎熱
棄捐篋笥中
恩情中道絶

怨歌行《えんかこう》　伝　班婕妤《はんしょうよ》

新《あら》たに斉《せい》の紈素《がんそ》を裂《さ》けば
皎潔《きょうけつ》にして霜雪《そうせつ》の如《ごと》し
裁《た》ちて合歓《ごうかん》の扇《せん》と為《な》せば
団団《だんだん》として明月《めいげつ》に似《に》たり
君《きみ》が懐袖《かいしゅう》に出入《しゅつにゅう》し
動揺《どうよう》して微風《びふう》発《はっ》す
常《つね》に恐《おそ》る　秋節《しゅうせつ》の至《いた》りて
涼飈《りょうひょう》　炎熱《えんねつ》を奪《うば》ひ
篋笥《きょうし》の中《うち》に棄捐《きえん》せられ
恩情《おんじょう》　中道《ちゅうどう》に絶《た》えんことを

愛の失われる予感を詠んだ悲しい詩です。自分の境遇を、夏は重宝されても秋が来るとしまい込まれて相手にされなくなる団扇《うちわ》にたとえています。その着想がたいへん見事なので、後世の漢詩の世界では、団扇は「失われた愛」の象徴になりました。

――じゃあ、とりわけ中国の女性には、間違っても団扇をプレゼントしちゃいけませんね！

ああ、誤解されるかも知れませんね（笑）。最初の六句は団扇について述べます。「斉《せい》の特産品の白い練り絹を、いま裁断したばかりです」。斉の国（今の山東省）は練り絹の名産地で、「新たに裂く」は、〝裁断したばかり〟といった感覚です。「輝くばかりに白く、霜や雪のようです」。艶があるんですね、それを加工します。「切って裏表《うらおもて》合わせ貼りの団扇に仕立てると、まんまるで明るい満月に似ています」。中国の団扇は、紙や布を円く貼ったものに柄の長い棒がついていて、それを動かして風を送ります。「この団扇はあなたの懐や袖に出入りして」、肌身離さず持ち歩かれて、「はたはたと動いてそよ風を起こしていました」。夏の日の思い出が、仲のよかった日々に重なっています。

ところがどうも最近私は不安だ、と後半四句に入ります。「常《つね》に恐《おそ》る」は四句全体にかかって、「いつも心配なのは、秋がやって来て、涼しい風が熱さを追い払い、それとともに団扇が箱の中に置き忘れられたままとなり、あなたの愛情が半ばにして消え失せてしまうことです」。実際、この予感が不幸にして的中して、班婕妤はこの後、悪名高い趙飛燕《ちょうひえん》姉妹のために位を奪われます。たいへん踊りが上手だった姉妹で、天子様の愛がすっかりそちらに移ってしまったんです。班婕妤は別の宮殿に引っ越して隠居のような生活を送るようになり、そして成帝が亡くなるとそのお

匈奴に赴く王昭君。菱田春草『王昭君』（1902年）より

墓を管理し、後に彼女自身もそこへ一緒に葬られたそうです。帝の死後も操を尽くしたことになりますね。

——すると、班婕妤は愛をまっとうした女性として記号化されるほどの……。

そういう人生を送った人ですよね。

——かつては素晴らしい女性が沢山いたんですね。最近はどうなんでしょう……いえ、それはともかく最後の女性は？

王昭君《おうしょうくん》（前一〇〇頃）です。こういった女性たちのトリと言いますか、真打ち登場です。彼女も外交政策の一環として匈奴の王様に嫁入りした宮女ですが、有名な説話があって、李白や杜甫など後世いろんな詩人が題材にしています。史実としては自ら願い出て嫁いだようですが、東晋の頃に潤色されて面白い話になりました。——前漢の元帝は、後宮に宮女が大勢いるので誰を寵愛してよいのかわからなかった。そこで、写真のない時代、宮廷に出入りする絵師に宮女一人ひとりの絵を描かせ、元帝はそれを見て「今夜はこの女性にしよう」などと決めていた。そんな噂が後宮に伝わると、宮女たちは王様の愛を得るために、絵師に賄賂を贈って美しく描いてもらった。ところが王昭君だけは、もともと美貌のうえ気位《きぐらい》が高かったため、賄賂を贈らなかった。絵師は腹いせもあってか、彼女を醜く描いた。そこへ匈奴の王に宮女を嫁がせるという話が生じ、元帝は肖像画を見て一番美しくない王昭君に白羽の矢を立てた。そしていよいよ出発の日、挨拶に来た王昭君を初めて見た元帝は、そのあまりの美貌に仰天。しかしすでに後の祭りで、予定通り、王昭君は匈奴に嫁いで行った――。彼女はそこで息子を産みましたが、夫である王様が早く亡くなったため、匈奴の習慣に従って先王の息子と結婚して、さらに二人の娘をもうけたそうです。そして人生を匈奴の領土で終えました。

――そんな彼女の思いが託された詩というわけですね。題名からして、何か奥深いものがありそうです。

怨詩

秋木萋萋　其葉萎黄
有鳥爰止　集于苞桑
養育毛羽　形容生光
既得升雲　上遊曲房
離宮絶曠　身体摧蔵

怨詩《えんし》　王昭君《おうしょうくん》

秋木《しゅうぼく》萋萋《せいせい》として　其《そ》の葉《は》萎黄《いこう》す
鳥《とり》有《あ》り爰《ここ》に止《とど》まり　苞桑《ほうそう》に集《とど》まる
毛羽《もうう》を養育《よういく》して　形容《けいよう》光《ひかり》を生《しょう》ず
既《すで》に雲《くも》に升《のぼ》るを得《え》て　上《かみ》のかた曲房《きょくぼう》に遊《あそ》ぶ
離宮《りきゅう》絶《はなは》だ曠《ひろ》くして　身体摧蔵《しんたいさいぞう》し

志念抑沈　不得頡頏
雖得餧食　心有徊徨
我独伊何　改往変常
翩翩之燕　遠集西羌
高山峨峨　河水泱泱
父兮母兮　道里悠長
嗚呼哀哉　憂心惻傷

志念抑沈《しねんよくちん》して　頡頏《けっこう》するを得《え》ず
餧《い》食《し》を得《う》と雖《いへど》も　心《こころ》に徊徨《かいこう》する有《あ》り
我《われ》独《ひと》り伊《こ》れ何《なん》ぞ　往《おう》を改《あらた》めて常《つね》を変《へん》ずる
翩翩《へんぺん》たる燕《つばめ》　遠《とほ》く西羌《せいきよう》に集《とど》まる
高山《こうざん》　峨《が》峨《が》たり　河水《かすい》　泱泱《おうおう》たり
父《ちち》や　母《はは》や　道里《どうり》　悠長《ゆうちょう》なり
嗚《あ》呼《あ》　哀《かな》しい哉《かな》　憂心《ゆうしん》　惻傷《そくしょう》す

長いですが、よくできた名作です。一句四文字で、『詩経』以来の古い形を使っています。心ならずも異民族の中で生活する王昭君が、漢民族の一番古い歌謡の形を採用したこと自体、どこか胸に迫るものがあります。

三段落に分けられ、『詩経』にも「興」というたとえの伝統がありましたが、最初の八句で自分を鳥にたとえます。季節は秋、「萋萋《せいせい》」は衰えしぼむようす、「秋の樹木は衰えて、その葉もしなびて黄色。そこへ鳥がやって来て止まり、桑の木の根《ね》方《かた》に住みつきました。そして羽毛を成長させ、光り輝くような立派な姿になりました」。「形容」は姿かたちのこと。「すでに雲の上にまで飛んで行くことができるようになり、尊い場所の奥の部屋に飛び回る身分になりました」。後宮に入って王様の近くに暮らすようになったんですね。

ここまではよかったんですが、どうも王様の愛情を得られない、その悩みを次の八句で述べます。「離宮」は宮城以外に建てられる宮殿の天子の別邸。「ところが離宮ははなはだ広く、私の体は疲れて損われ、これまでの抱負や願望は閉ざされ、自由に行動することができなくなりました」。不如意な生活だと言うわけです。「餧食《いし》」は日々の食事、「徊徨《かいこう》」はうろうろ休まらないようす。「日々の食事を頂いてはおりますが、心は不安で落ち着きません。私だけがいったいどうして、以前の幸せな暮らしを変えて、当たり前の生き方を失ってしまったんでしょうか」。ここは異民族への嫁入りを暗示しているのでしょう。

そして最後の八句、異国での暮らしを歎いて結びます。「西羌《せいきよう》」は西の異国。「ひらひらと飛ぶ燕は遠く西の異国にとどまったまま」。ここで初めて鳥が燕であることが明らかになります。「このあたりの高い山はごつごつとそびえ、川の水は深く広く流れ続けています」。そして故郷の両親に呼び掛けて、「父上、母上、あなたがたと私を結ぶこの道は、長く遥かに続いています。ああ、悲しいこと。悩みを抱いた私の心は歎き苦しむばかりです」。先行きが見えないまま、切なく結ばれています。

——いやあ、中国には意志が強く、忍耐強い女性がたくさんいたんですね。それは今も中国の人たちの記憶のどこかに留まっているということでしょうか。

そうですね。こういう生き方は一つの敬愛の対象になるのかも知れませんね。

四、民の訴え——後漢の古楽府

貧困と愛の顛末

今回から時代が一気に後漢に入り、「古楽府《こがふ》」というジャンルを扱います。

——「古楽府」とは……。

前漢の武帝が積極的に推進した文化政策の一つとして、「楽府《がふ》」という、音楽を司る役所を設けたことが挙げられます。中国特有の政治観として、民間にどんな音楽や歌謡が流行しているかを集めて研究し、政治の参考にするのですが、古楽府というのはそこに集められた民謡のことです。

——『詩経』もそうでしたよね。

ええ、これは中国の為政者の伝統的な姿勢で、伝承によればすでに神話時代の堯帝・舜帝も歌から民意を探っていたと言われます。武帝もそれにのっとったわけですが、ところが不思議なことに、前漢時代の民謡は残っていないんです。なぜかというと、武帝がいろんな政策を熱心にやり過ぎたためか、没後に国家財政が危うくなった。そこで朝廷は、塩、鉄、酒など民衆の生活必需品を専売制にするとか、いろんな政策で挽回を試みました。

――統一経済？　と言いたくなりますね。

ただ、あまりうまく進まずごたごたしたため、それに乗じて王朝がいったん王莽《おうもう》という外戚に乗っ取られるんです。それが短い「新」という王朝ですが、この時期に前漢の史料が焼かれたのかも知れません。ところが王莽の政策は余りに復古調で支持を得られず、すぐに前漢の王族が漢を復興させました。その際、都を長安から東の洛陽に移したために、それ以降を「後漢」として、前漢と呼び分けているわけです。後漢王朝はより厳重に儒教政策を行い、前半期はうまく治まっていたものの、後半からまた権力闘争でごたごたします。皇帝の母方の外戚勢力と宦官勢力、さらに学者・文化人の政治的発言も多く、三つ巴《どもえ》のようになりました。

――なるほど。それで後漢の時代にも楽府はあったんですか。

はい。幸い当時の民謡は残っていて、後漢の民謡を特に「古楽府《こがふ》」というのですが、世は上も下も疲弊していて、やはり歎きの声を反映したものがたいへん多いんです。ただ、そういうものばかり読みますと、時代の雰囲気はよく伝わりますが、陰陰滅滅としてしまいますので、ここでは愛の歌も織り込んでちょっと口直しをしようかなと。

――ありがとうございます（笑）。

当時の歌はだいたい三種類に分けられ、①さまざまな生活苦を扱うもの、②戦争や労役の苦しみを歌うもの——これらはつらい世の中を反映し、③男女の情愛の種々相を扱うもの——これは、そんな世の中だからこそ人々は愛に望みをかけた、というところでしょうか。

——最初の「東門行《とうもんこう》」はどのタイプの歌なんでしょう。

これは①で、生活苦をよく表して、たいへん追い詰められた感じがあります。

東門行

出東門不顧帰
来入門悵欲悲
盎中無斗米儲
還視架上無懸衣
抜剣東門去
舎中児母牽衣啼
他家但願富貴
賤妾与君共餔糜
上用滄浪天故
下当用此黄口児

東門行《とうもんこう》　（古楽府《こがふ》）

東門《とうもん》を出《い》でて　帰《かへ》るを顧《かへり》みず
来《きた》つて門《もん》に入《い》れば　悵《ちょう》として悲《かな》しまんと欲《ほっ》す
盎中《おうちゅう》　斗米《とべい》の儲《たくはへ》無《な》く
架上《かじょう》を還《かへ》り視《み》れば懸衣《けんい》無《な》し
剣《けん》を抜《ぬ》いて東門《とうもん》に去《ゆ》けば
舎中《しゃちゅう》の児母《じぼ》　衣《ころも》を牽《ひ》いて啼《な》く
他家《たか》は但《た》だ富貴《ふうき》を願《ねが》ふも
賤妾《せんしょう》は君《きみ》と共《とも》に糜《かゆ》を餔《くら》はん
上《かみ》は滄浪《そうろう》の天《てん》を用《もっ》ての故《ゆゑ》に
下《しも》は当《まさ》に此《こ》の黄口《こうこう》の児《じ》を用《もっ》てすべし

今非
咄行
吾去為遅
白髪時下難久居

今《いま》は非《ひ》なり
咄《とつ》 行《ゆ》かん
吾《われ》 去《ゆ》くこと遅《おそ》しと為《な》す
白髪《はくはつ》 時《とき》に下《お》ち 久《ひさ》しく居《を》ること難《かた》し

あまりの貧乏に絶望した夫が、半ば捨て鉢になって非合法の行いに走ろうとする、それを妻が止める――といった悲しい歌です。

――非合法の行い……とは？

歌の中ほどで剣を抜いて出てゆこうとしていまして、追いはぎだという説が有力です。

――切羽詰まった決断の歌というわけですね。

はい。発端の四句、久しぶりに帰った夫が我《わ》が家《や》の貧しさを目にして悲しみます。「私はかつて東の門を出たまま、帰ろうと思うこともなかった」。出征だか行商だかで、長く家を留守にしていたようです。「久しぶりに我が家の門を入ると、がっかりと気が抜けて悲しくなってしまった。かめの中にはわずかな米の蓄えもなく、振り返って衣桁《いこう》を見やれば、そこに掛かる着物もない」。「斗《と》」は〝わずか〟の意味です。そこで夫はかっとなり、なんとかこの事態を解決するために飛び出して行こうとします。それを妻が説得して思い留まらせようとする次の七句が、詩の中心部分です。

「気を取り直し、剣を抜いてまた東の門から出ようとすると、部屋の中の幼子《おさなご》を抱いた妻が袖を引いて泣く」。次の妻のせりふがいいんです。「賤妾《せんしょう》」は女性の謙遜の一人称で、「他の家では裕福になることばかりを願っていますが、私はあなたと一緒におかゆをすするだけでいいのです」。〝私にとってはそれだけで幸せなんです、だからどうぞ考え直して下さい〟と。そして「まず大空を見上げ、あの広い天の定めで私たちはこうなっているのだということをお考え下さい。次にこちらを見てこの幼い子どものことを考え、どうか思い留まってください」。「黄口《こうこう》」は〝幼い、未熟〟の意味です。そして「今は行ってはいけません」と止めるのですが、夫はなおも行こうとします。

結びの三句は夫のせりふ、一人称の直接話法です。「ええい、行くぞ。出発が遅れてしまう」、お前のせいで、というわけです。「わしはもう、白髪がしょっちゅう抜ける身になった」、もう年だ。「ここでぐずぐずしてはいられないのだ」。ここは、〝お前と話などしていられない〟という意味か、それとも〝もうおれはそれほど長く生きられないから急がなくてはならない〟という意味かも知れません。

——すごくリアルですね。

ええ、実録ものといった感じがします。夫は血気盛んで直情径行、それを奥さんが必死で止める。単純な夫と賢い奥さんといった図式が見えますが、お金持ちにならなくてもおかゆをすすればいい、あなたと一緒にいられればそれでいい、とまで言われたら、夫としては本望だと思います。

——儒教を重視した時代らしい歌だなあと感じます。

ああ、そういう見方もできますね。ちょっと教育的でね。

――でも、今でもありそうな情景で……だからこそ時代を超えて残っているんでしょうね。さて次は？

今度は失恋した娘さんの歌です。ここでもやはり主人公が自暴自棄になる雰囲気がありますが、作品系列で言えば③の〝愛の歌〟で、ちょっとユーモラスなところもあります。

有所思

有所思
乃在大海南
何用問遺君
双珠瑇瑁簪
用玉紹繚之
聞君有他心
拉雑摧焼之
摧焼之
当風揚其灰
従今以往
勿復相思

有所思《ゆうしょし》　（古楽府《こがふ》）

思《おも》ふ所《ところ》有《あ》り
乃《すなは》ち大海《たいかい》の南《みなみ》に在《あ》り
何《なに》を用《もっ》てか君《きみ》に問《と》ひ遺《おく》らん
双珠《そうしゅ》の瑇瑁《たいまい》の簪《しん》
玉《ぎょく》を用《もっ》て之《これ》を紹繚《しょうりょう》す
聞《き》くならく　君《きみ》に他心《たしん》有《あ》りと
拉雑《らつざつ》して之《これ》を摧《くだ》き焼《や》かん
之《これ》を摧《くだ》き焼《や》きて
風《かぜ》に当《あ》てて其《そ》の灰《はひ》を揚《あ》げん
今《いま》より以往《いおう》は
復《ま》た相思《あひおも》ふこと勿《なか》らん

相思与君絶
鶏鳴狗吠
兄嫂当知之
妃呼狶
秋風粛粛晨風颸
東方須臾高知之

相思《あひおも》ふとも 君《きみ》とは絶《た》たん
鶏《とり》鳴《な》き 狗《いぬ》吠《ほ》ゆれば
兄嫂《けいそう》 当《まさ》に之《これ》を知《し》るべし
妃呼狶《ひこき》
秋風《しゅうふう》粛粛《しゅくしゅく》として 晨風《しんぷう》 颸《し》たり
東方《とうほう》 須臾《しゅゆ》にして高《たか》ければ之《これ》を知《し》らん

――きっぱりさっぱりとした印象で、これって引導を渡しているんでしょうか……?

どうなんでしょう、恋人からのプレゼントを焼き捨てて、〝あの人とはもうおしまいだ〟と言っていますが、最後は冷静になっていますから、まだ考え直す可能性があるのかも知れませんね。題名の「有所思《ゆうしょし》」は「思ふ所有り」。この「〜する所」はよく出て来ますが、動詞の相手（対象）や内容を示します。「所思」は〝私が思う相手の人〟の意味になり、要するに恋人。つまり訳すと「私には好きな人がいます」となります。今の日本語でも、たとえば総理大臣の「年頭所感」は「感じている内容」の意味ですし、「所定の位置につけ」は「定めた対象となっている位置につけ」ということで、この「所」の使い方が残っています。

――はああ、そういうことですか。じゃあ「恋人あり」ですね。

はい、それが第一句にスライドしていて、「私には好きな人がいます。でもその人は広い海の南の方にいます」。ということは、この娘さんは北にいるんでしょう。後の描写にもどうも北中国の雰囲気があります。「さてどうやってあなたにお便りをし、お届けものをすればいいでしょうか」。目の前にあるのは以前あの人からもらったプレゼントで、楽しい思い出に浸っています。「対《つい》になった二つの真珠を飾りつけた、海亀《うみがめ》の甲羅で作った簪《かんざし》。宝石もちりばめてあります」。ここまで第一段の五句は、遠くに住む恋人を思う娘さんの描写です。

次の七句、恋人が浮気をしているという噂を聞いた娘さんは怒り心頭に発して、贈られた簪をこなごなに壊して焼いてしまいます。「ところがあなたは〝私を思う以外の心〟、浮気心を起こしたそうですね。この簪ももう、めちゃくちゃに叩き壊して焼いてしまいましょう。これを叩き壊して焼いて、風に当てて灰を吹き飛ばしてしまいましょう」。激しいです。風が吹いて灰が飛ぶところに北中国の気候風土を感じます。「今からはもう、決してふたたびあなたのことは考えません。仮に私が恋心を抱いたとしても、あなたとは関係ありませんよ」。ずいぶん怒っています。でも時間がたつとだんだん冷静になる、それが第三段です。

ここではもう夜明けですから、彼女は夜じゅう荒れたわけです。簪を壊して焼き、あちこち蹴飛ばし、床をのたうち回り、部屋の中がめちゃくちゃになったんじゃないかな。その後、我に返ります。「今はもう、鶏が鳴き、犬が吠える時刻。明るくなれば、兄嫁さまもこのありさまを見て事情がわかるでしょう」。当時は大家族ですから、両親・兄弟だけでなく叔父さんや叔母さんなども住んでいて、恥ずかしいというわけです。「妃呼狶《ひこき》」は歌謡によく出てくる間投詞で、詠嘆を表します。彼女はため息をつき、「ああ、みっともないことだわ」。次で季節が秋だとわかります。「秋の風は涼しく冷ややかに吹く。今朝《けさ》のこの風はひときわ私にとって肌寒い」。ここは彼女の心境の投影じゃないでしょうか。

――酔いが醒めた感じですか。

ええ、正気を取り戻した、われに返ったんですね。「須臾《しゅゆ》」は〝短い時間、間もなく〟。「東の空に間もなくお日さまが高く昇れば、すべてわかってしまうでしょう」。私の失恋が家族みんなにばれちゃうのね、と恥ずかしがる気持ちで結んでいます。まあリアルな歌ですが、さてどういう教訓があるのか、と考えると、何もない気がします。

――庶民の歌ですよね。

はい。先の「東門行」もそうですが、専門の歌い手がステージのような所で身振り手振りをまじえて芸能として歌い、お客さんを楽しませていたんじゃないかなあ。

――じゃあエンターテインメントの要素が強いということですか。ああ、そのように捉えると、たいへん演劇的な感じがします。

そうですね、きれいに序破急に分かれていますしね。

乱世の中で

後漢の後半はたいへんな乱世で、全盛期（永寿三年＝一五七）に五千六百五十万人近く登録されていた人口が、三国時代を経て西晋時代（太康元年＝二八〇）には約千六百十六万人となっています。つまりこの期間で全中国の人口が三分の一以下になったわけです。

——四千万人以上が死んじゃったんですか？

死者も多かったかも知れませんが、中央政府が把握し切れなかったとも考えられます。

——それだけ国が乱れていたと。

そうですね。朝廷では例の外戚・宦官・知識人による三つ巴の権力闘争が続いているうえ、庶民レベルでは、とりわけ農村の貧富の格差が大きく広がりました。豪農がどんどん貧農を吸収して豪族となり、貧しい人たちは小作人というより、使用人や奴隷のような扱いを受けたようです。農村から町に出て新しい仕事を探した人もいましたが、失敗する例が多かった。こうして農村社会が崩れたうえ、地震や日照りなど天災も続き、さらに異民族もしきりに侵入して来ます。人々は拠り所として新しい価値観を求め、そんな彼らの心を捉えたのが新しい宗教でした。

——それまで中国の宗教と言いますと……儒教は一般にも浸透していましたよね。

庶民の間では、古来の自然信仰、星占い、難しい教義を取り払った神仙思想や易《えき》の占いの思想、陰陽説などが広まっていたようです。それらがだんだんミックスされて、後漢の後半に確立したのが道教だったんです。

——ははあ。あれ、仏教はいつ頃入って来たんですか？

後漢の初期（六七年）ですからすでに百年くらいたっていて、道教の確立に仏教も大きく影響したようです。道教が目指すのは徹底的に現世利益で、「福禄寿」という言葉で表されるんですね。「福」は子だくさん、「禄」はお金持ちになること、「寿」は長寿。このように、皆が求めるわかりやすい教義で、農村で苦しんでいた人々の心をしっかり捉えたんです。

——宗教にすがるほど庶民は苦しみ、世の中が荒れていたということですか。

ええ。そしていろんな教団が生まれ、道教的な教えをうしろだてとする反乱があちこちで起こるようになりました。とくに一八四年の黄巾《こうきん》の乱は、後漢王朝が滅びるのに決定的な役割を果たし、その後、三国時代に入ってゆくわけです。つまり前項とこの項は、中国社会再編の過程の時期と言っていいでしょうか。

——時代の切り替わりに詠まれた歌ですか。

はい。それで、そういうすさんだ世相をよく反映した、悲しい歌が多いんですね。先の「東門行」（→一三五ページ）がその典型ですが、その系列ではほかに「孤児行」とか「婦病行」とかがあります。「〜行」は古楽府によくある題名のつけ方で、「孤児行」は〝みなし児《ご》の歌〟。これは、両親に死に別れて長兄夫婦に引き取られた少年が、もう朝から晩までこき使われ、あまりの心ない仕打ちに〝いっそ死んでしまおう〟と思いつめる歌。「婦病行」は〝妻の病気の歌〟ですね。これは夫《おっと》と別居中の奥さんが重い病に倒れ、自分のお父さんを呼んで遺言をします。〝この三人の子どもたちの面倒を、どうぞよろしくお願いいたします〟と。後半に入ると回想シーンのようになり、病に倒れる前の、この奥さんの貧しい生活ぶりが詠われます。或る寒い冬の日、冬着もないまま市場へ出かける。そこで会った友人からお金をもらって、何とか買い物をすませて家に帰る。奥さんは子どもたちを抱き上げて寂しい部屋を歩き回り、深いため息をつく……。

——悲しいですねえ。今風に言うと「負け組の悲劇」でしょうか。

そう言わざるを得ないですね。この二首などは、「東門行」よりももっと救いがない歌です。

――逆に次は「勝ち組」というか……。

そのようです。主人公は豪族に仕える使用人だと思います。或る時、仙人に出会って不老長寿の薬をもらい、屋敷に帰ってご主人にその薬を差し上げたという……。

――ぜんぜん雰囲気が違いますね。

長歌行

長歌行《ちょうかこう》　（古楽府《こがふ》）

仙人騎白鹿
髪短耳何長
導我上太華
攬芝獲赤幢
来到主人門
奉薬一玉箱
主人服此薬
身体日康彊
髪白復更黒
延年寿命長

仙人《せんにん》 白鹿《はくろく》に騎《の》り
髪短《かみみじか》くして 耳《みみ》 何《なん》ぞ長《なが》き
我《われ》を導《みちび》いて太華《たいか》に上《のぼ》り
芝《し》を攬《と》つて赤幢《せきとう》を獲《え》たり
主人《しゅじん》の門《もん》に来到《らいとう》し
薬一玉箱《くすりいちぎょくそう》を奉《ほう》ず
主人《しゅじん》 此《こ》の薬《くすり》を服《ふく》すれば
身体《しんたい》 日ゝ《ひび》に康彊《こうきょう》ならん
髪白《かみしろ》きも復《ま》た更《さら》に黒《くろ》く
延年《えんねん》 寿命長《じゅみょうなが》からん

——あっけらかんとしていて、何なんでしょう、この差は。

やはり生活環境の違いでしょうか。先に話した道教の影響が現れた最も初期の詩なので、或る面で時代をよく示しています。

最初の四句、導入で使用人が仙人から薬を授けられます。使用人の口ぶりで「或る日、仙人どのが白い鹿にまたがってお出《い》でくださった」。仙人は鹿に乗るものというイメージがあります。次の「短《みじか》く」は長短ではなく分量を表し、「その髪は薄く、耳はなんと長くて大きいことか」。福耳《みみ》なんですね。「仙人どのは私を導いて太華《たいか》山に登り」、「太華山」は仙人が住む山、「芝《し》」は霊芝《れいし》というキノコの一種です。「霊芝をつみとり、赤い薬草を採って下さった」。プレゼントしてくれたんですね。

後半の六句、使用人が屋敷に戻り、ご主人に薬を差し上げてお祝いを言います。「私はご主人さまのお屋敷の門に帰り着いて、仙薬の入った玉《ぎょく》の箱を差し上げた。御主人さまがこの薬を服用なされば、お体は日に日に健やかに丈夫に、また白い髪も黒くなり、年々伸びた寿命は、またうんと長くなることでしょう」、おめでとうございます、と。

——(笑)。

どうもこれ、誰か年配の豪族の長寿を祝う宴会か何かで歌われたものじゃないかな。

——同時代で先ほどの歌のような暮らしと、これだけの格差があるとは……。

格差社会ですね。こんなふうに農民に浸透した道教は、中国固有の自然崇拝、シャーマニズムにいろんな思想が混合された多神教です。日本にも影響が大きく、たとえば七五三の行事は本来、道教のものですし、相撲《すもう》の行司《ぎょうじ》さんの服装は道教のお坊さんのもの。神道にも道教が影響していますし、また仏教の観音様や閻魔大王は道教の神様にもなっています。

――つまり日本の宗教のルーツのひとつであると。

日本や日本人の宗教観における道教というのは、面白い研究テーマだと思いますよ。

悪代官に肘鉄を

――「悪代官に肘鉄《ひじてつ》を」って、なんだかハリウッド的なというか、映画のタイトルみたいですね（笑）。

次の話の主人公は元気のよい娘さんです。ハリウッド映画もそうですが、狂言などにも元気のよい娘が悪役のお代官さまをやりこめるプロットがよくあります。今回は「陌上桑《はくじょうそう》」という、そのルーツのような歌を読みます。

――これも古楽府《こがふ》、つまり後漢時代の民謡ですか。

はい。これまでの歌は時代の雰囲気をそのまま反映したような、民衆の暮らしや考えがよくわかる記録文学の要素がありましたが、こちらはフィクションの芽生えと言ってもいいでしょう、エンターテインメント作品の趣があって、諷刺や教訓も込められています。思えば『詩経』『楚辞』の時代から、庶民が諷刺の歌をみんなで歌ってうっぷんを晴らす伝統がずっとあって、そこにいろんな人の知恵が入り、作品の完成度がどんどん高まってゆきました。「陌上桑」もその一例で、芸能の系譜に入ると言えるかも知れません。後漢の民謡にしては珍しくコミカルなんです。

——為政者への不満を表すのに、コミカルなものの方が適していたんでしょうか。

『詩経』をはじめとして、これまで厳しい体制批判の詩もありましたが、ユーモラスな中に諷刺をこめる詩もありました。結局ユーモアというのは洗練された気持ちの産物ですから、そっちの方が広い支持を得て長く残るのかも知れませんね。

陌上桑

日出東南隅　照我秦氏楼
秦氏有好女　自名為羅敷
羅敷喜蚕桑　採桑城南隅
青糸為籠係　桂枝為籠鉤
頭上倭堕髻　耳中明月珠
緗綺為下裙　紫綺為上襦
行者見羅敷　下担捋髭鬚
少年見羅敷　脱帽著帩頭
耕者忘其犂　鋤者忘其鋤
来帰相怒怨　但坐観羅敷

陌上桑《はくじょうそう》　（古楽府《こがふ》）

日《ひ》は東南《とうなん》の隅《くま》に出《い》でて　我《わ》が秦氏《しんし》の楼《ろう》を照《てら》す
秦氏《しんし》に好女《こうじょ》有《あ》り　自《おの》ら名《な》づけて羅敷《らふ》と為《な》す
羅敷《らふ》は蚕桑《さんそう》を喜《この》み　桑《くは》を城南《じょうなん》の隅《くま》に採《と》る
青糸《せいし》を籠係《ろうけい》と為《な》し　桂枝《けいし》を籠鉤《ろうこう》と為《な》す
頭上《とうじょう》には倭堕《わだ》の髻《けい》　耳中《じちゅう》には明月《めいげつ》の珠《しゅ》
緗綺《しょうき》を下裙《かくん》と為《な》し　紫綺《しき》を上襦《じょうじゅ》と為《な》す
行《ゆ》く者《もの》　羅敷《らふ》を見《み》て　担《たん》を下《おろ》して髭鬚《ししゅ》を捋《ひね》り
少年《しょうねん》　羅敷《らふ》を見《み》て　帽《ぼう》を脱《だつ》して帩頭《しょうとう》を著《あらは》す
耕《たがや》す者《もの》は其《そ》の犂《すき》を忘《わす》れ　鋤《す》く者《もの》は其《そ》の鋤《すき》を忘《わす》る
来《きた》り帰《かへ》りて相怒怨《あひどえん》するは　但《た》だ羅敷《らふ》を観《み》るに坐《よ》る

使君従南来　五馬立踟躕
使君遣吏往　問是誰家姝
秦氏有好女　自名為羅敷
羅敷年幾何　二十尚不足
十五頗有余　使君謝羅敷
寧可共載不　羅敷前置辞
使君一何愚　使君自有婦
羅敷自有夫

東方千余騎　夫壻居上頭
何用識夫壻　白馬従驪駒
青糸繫馬尾　黄金絡馬頭
腰中鹿盧剣　可直千万余
十五府小史　二十朝大夫
三十侍中郎　四十専城居
為人潔白皙　鬑鬑頗有鬚
盈盈公府歩　冉冉府中趨
坐中数千人　皆言夫壻殊

使君《しくん》南従《みなみよ》り来《きた》り　五馬《ごば》立《たちどこ》ろに踟躕《ちちゆう》す
使君《しくん》吏《り》をして往《ゆ》かしめ　問《と》ふ　是《こ》れ誰《た》が家《いへ》の姝《しゆ》ぞと
秦氏《しんし》に好女《こうじよあ》有り　自《おのづか》ら名《な》づけて羅敷《らふ》と為《な》す
羅敷《らふ》は　年《とし》幾何《いくばく》ぞ　二十《にじゆう》には尚《な》ほ足《た》らざるも
十五《じゆうご》頗《すこぶ》る余《あま》り有《あ》り　使君《しくん》羅敷《らふ》に謝《しや》す
寧《むし》ろ共《とも》に載《の》る可《べ》きや不《いな》やと　羅敷《らふ》前《すす》みて辞《じ》を置《お》く
使君《しくん》一《いつ》に何《なん》ぞ愚《ぐ》なる　使君《しくん》自《おのづか》ら婦《ふあ》有り
羅敷《らふ》も自《おのづか》ら夫《をつとあ》有り

東方《とうほう》の千余騎《せんよき》　夫壻《ふせい》上頭《じようとう》に居《を》る
何《なに》を用《もつ》て夫壻《ふせい》を識《し》るや　白馬《はくば》に驪駒《りく》を従《したが》ふ
青糸《せいし》を馬尾《ばび》に繫《か》け　黄金《おうごん》もて馬頭《ばとう》を絡《まと》ふ
腰中《ようちゆう》の鹿盧《ろくろ》の剣《けん》は　千万余《せんばんよ》に直《あたひ》す可《べ》し
十五《じゆうご》にして府《ふ》の小史《しようし》　二十《にじゆう》にして朝《ちよう》の大夫《たいふ》
三十《さんじゆう》にして侍中郎《じちゆうろう》　四十《しじゆう》にして城《しろ》を専《もつぱ》らにして居《を》る
人《ひと》と為《な》り潔《きよ》くして白皙《はくせき》　鬑鬑《れんれん》として頗《すこぶ》る鬚《ひげあ》有り
盈盈《えいえい》として公府《こうふ》に歩《あゆ》み　冉冉《ぜんぜん》として府中《ふちゆう》に趨《はし》る
坐中《ざちゆう》の数千人《すうせんにん》　皆言《みない》ふ　夫壻《ふせい》は殊《しゆ》なりと

――いやあ、長い詩ですねえ。

でも、めりはりがあってよく出来ています。またすべて一句五文字に統一された五言詩で、完成度が高く、古楽府の中でも新しいものなんでしょう。

三段落に分けられ、第一段は主人公の娘さんを紹介してその魅力を延々と述べます。賦《ふ》の表現法に近いですね。さらに細かく四句ずつに分かれますが、この詩に限らず中国の長い詩は、たいてい四句ごとに読むとわかりやすいです、作る方がそういう意識で書いていますので。

出だし四句が導入で、「太陽が東南の隅から昇って、われらが秦氏《しんし》の屋敷を照らします」。今でも「われらがヒーロー」なんて言い方をしますが、あの感覚に近いでしょう。太陽が、この歌の主人公である娘のいる秦のお屋敷を照らし出しているわけです。長い歌だけに陽が昇るところから始まって、スケールが大きいです。「その秦の屋敷にきれいな娘さんがいて、誰言うともなく羅敷《らふ》と呼ばれています」。羅敷は本名ではなく一種の通称。美しい娘の呼び名で、日本で言う「○○小町《こまち》」といった感じです。次の四句で羅敷の仕事と持ち物を描写します。桑つみは当時の農家の娘さんの通常の仕事なので、羅敷が農家の娘であることがわかります。「彼女は蚕《かいこ》を飼うことと桑をつむことが大好きで」、働き者らしく、「今日も町の南の隅で桑をつんでいます。青い絹糸をより合わせて籠《かご》のひもにし、桂《もくせい》の枝をその把手《とって》にしています」。次の四句は対句になっていて、彼女の服装といでたちを述べます。「倭堕《わだ》の髻《けい》」は当時のニューモードで〝くずしまげ〟と言って、左右対称ではなく、ちょっと崩してあるんです。

――その頃の今様《いまよう》の髪型ですか。わりと新しもの好きなんですね。

そんなところにも彼女の性格が表れているんでしょうか。「頭には流行《はや》りのくずしまげ、耳には明月のように輝く真珠を飾っている」。「下裙《かくん》」はスカートのこと。「薄い黄色の裳《もすそ》をつけ、赤茶色の半そでの袷《あわせ》を着ています」。伝統的な漢民族の衣裳は上下が分かれていました。いわゆるチャイナドレスはワンピースですが、あれは清王朝の女真《じょしん》族のものですからね。

――そうなんですか。で、この配色は当時、一般的だったんですか？　けっこう派手な感じもしますが。

くすんだ黄色と赤茶色だとすれば、一般的じゃないかなあ。ちょっと農村ぽくて。唐代の壁画などに、こういう配色をよく目にするように思います。次の四句が他者の反応。「道行く人が羅敷を見かけると、背中に担いでいた荷物を下ろして口ひげをひねりながら見とれてしまう。若者たちが羅敷を見かけると、慌てて帽子を脱いであて布を直したりする」。当時は帽子の下に幅広《はばびろ》の鉢巻をつけて髪を安定させていたらしいです。ここは面白いですね、今でも向こうから素敵な女性が歩いて来ると、反射的に袖を直したり、髪の毛に手をやったり……。

――あ、先生もそんなふうにされますか。

……なんか無意識のうちにね（笑）。次の四句も他者の反応の強調ですが、やはり農村のようです。「畑を耕す者が彼女を見れば、犂《すき》をあやつることを忘れる」。この「犂《すき》」は牛に引かせる大きなもので〝からすき〟などと呼ばれます。「土をすき起こしている人が彼女を見れば、鋤《すき》を動かすのを忘れてしまうほどだ。彼らは家に帰ると、互いに小言や愚痴を言ったりする」。具体的には夫婦喧嘩をはじめることで、たぶん羅敷を見てうきうきしたご主人が、アドレナリンが多くなって、家に帰っても興奮状態のままということかな。

――(笑)。すると奥さんが怒って……。

ごたごたしたりすると。「それはただひとえに羅敷に見とれたことによる」、ちょっと罪つくりな娘さんです。さて第二段に入ると、波乱が起こります。「使君《しくん》」は長官で、県知事かも知れませんが、その人が登場して羅敷に言い寄ります。「さて知事さまが南の方からおいでになり、五頭立ての馬車が羅敷の近くで突然立ち止まったまま、進まなくなった」。

――五頭立ての馬車というと、今なら大きな外車、リムジンですかね。

そうですね、そこから知事の身分が想像できます。その知事が車を止めたわけです。「知事さまは付き添いの役人を遣わして尋ねた。そこなるは、どこの家の娘か」。次は本人ではなく、側《そば》の通行人が答えているんでしょう。「秦の家に娘がいて、誰言うとなく〝秦の小町〟と呼んでおります」。すると知事がさらに尋ねます。「小町とやらの年ごろはいかほどか」、また通行人が、「二十《はたち》歳にはなっておりませんが、十五よりは年かさでございます」。当時の中国、特に農村地区ではお嫁に行くのが十四、十五くらいでしたから、ちょうど適齢期ですね。そしていよいよ知事さまが馬車を降りて羅敷に近づきます。「そこで知事さまが自ら羅敷に尋ねて言うには、どうじゃいっそのこと、わしと一緒に車に乗って行かぬか」。

――(笑)。

「寧《むし》ろ～や不《いな》や」は選択疑問ですが、一緒に車に乗るということは、当時は求愛を受け入れることを意味したんです。

――へえ、今どきの若い女性に教えてあげたいですね。むやみやたらに車に乗っちゃいけないよと。

ああ、教訓としてね。「わしと一緒に来れば、旨い物がいっぱい食えるし、いい生活ができる」というわけです。それに対して羅敷は見事に言い返します。「羅敷は姿勢を正し、前に進み出て申し上げます。知事さまはまあ、なんとおろかなこと。あなたさまは奥様がおありでしょうに。私は私で夫がございますのよ」。「自《おのづか》ら」は〝私は私で〟のニュアンスがあります。そして次の第三段はすべて羅敷のせりふで、えんえんと夫自慢をするんです。ただ、羅敷が本当に結婚していたかどうか、どうも疑う余地もあって……というのも、先に「好女《こうじょ》」とありましたが、「女」は娘の意味ですし、第三段で語られる夫がすでに四十歳を過ぎていて、十五、六歳の娘の夫にしてはどうかと……。

――今だったら犯罪ですよね（笑）。

まあ当時、二十や三十の歳の差はそれほど珍しくはなかったようですが。ただ夫が非常に高い官職についていたらしく、妻である羅敷が農家で仕事をしているのは不自然な面もあります。ともかく内容を見てみましょう。出だしの四句で夫の身分を明かします。「東の地方に本拠を置く千人余りの騎兵部隊があり、私の夫はその長官です」。トップの地位にいると。「どうやって夫を見分けるのか、それは白い馬に乗って後に黒い馬を従えている人です」。次の四句は夫のいでたちです。第一段では羅敷のいでたちを一つ一つ詳しく述べていましたし、こういう所は『楚辞』の影響があるのかな。以前、女神が失恋する「山鬼《さんき》」という作品で、女神の服装や持ち物などを詳しく描写していましたね（↓六五～六六ページ）。「青いひもに馬の尻尾を結びつけ、黄金の飾りを馬の頭につけてあります」。その辺が目印だと。「腰につけた鹿盧《ろくろ》の名剣は、黄金何千何万という貴重なものです」。鹿盧は剣の銘柄ですが、柄《つか》に鹿盧の形が装飾してあるようで、名剣の代名詞ととっていいでしょう。次の四句が夫の職歴で、「あのお方は十五歳で役所の書記官になり、二十歳で朝廷の中級役人になり、三十歳で侍従官になりました」。侍従官は天子さまのもとに仕える側近ですから、たいへんな出世です。

――エリートですか。

超エリートですね。三十歳でそこまで行くというのもちょっと不自然な感じがあって、またそういう人が農家の娘さんを妻に迎えることも、ないとは言えないでしょうが……。その辺のギャップが芸能としては面白くて受けるのかな。さらに「四十歳で一地方長官になりました」。次の四句が夫の容貌と動作です。「人と為《ひとな》り」は〝人柄〟ですが、ここでは特に〝表情〟や〝顔つき〟の意味で、「あの人のおもざしはすっきりと色白で、こざっぱりとした薄いひげを蓄えておられます」。「盈盈《えいえい》」はゆったりしたさま。こせこせしないで、「ゆったりとお役所に向かって歩まれ」。「冉冉《ぜんぜん》」は小刻みに歩くようす。当時、役所内では大股ではなく小刻みに歩くのがエチケットで、「小刻みに役所の中を歩いていらっしゃいます」。「趨《はし》る」とあるのは、ちょこちょこ歩く歩き方のことです。そして最後、「お役所の数千人の同僚の方はみんなおっしゃいます。あなたのご主人はとても優秀で別格ですぞ」。

――のろけですか（笑）。やや不自然でフィクションの可能性があるというのは、まさにこれは芸能なんでしょうねえ？

そうですね。記録ではなく、虚構の中に世界を作ってゆく……。

――エンタメの芽生えですね。しかもそれが『詩経』『楚辞』からずっとつながって来たと言うわけですね。

或る夫婦の相聞歌――五言詩の登場

『詩経』『楚辞』「古楽府」と辿って来ましたが、いよいよこのあたりから、漢詩の歴史の本格的なスタートという感じになります。と言うのも、民謡だけでなくお役人や知識人たちも盛んに五言詩を作るようになり、だんだん人間が見えて来るんです。背景には、武帝が推し進めた儒教政策が百年くらいたって浸透して来たことがあります。儒教思想は教育、読書などの学問を重視しますので、農村地区にも塾がたくさんでき、或る程度裕福な家の子がそこで学んで役人になるケースもあり、識字率も高くなったんですね。内容面でも、これまでは大勢で共有する仕事歌や演劇風の物語などが多かったのですが、後漢のこの辺から人間同士の気持ち、私的感情が表れ始めます。

――その頃、世情の方は安定して来たのでしょうか。

いいえ、詩の形が確立して来たのとは裏腹に、政治の方は混乱が始まっていました。幼い皇帝の即位が続き、それが外戚・宦官の権力闘争を引き起こし、さらにそれに対して知識人たちが大々的に批判活動を行う……農村社会も格差の広がりが加速していました。

――そんな中で作られた次の歌は、どこかラヴソングのようですが……。

夫婦同士のやりとりなんです。上も下も大混乱の世の中、人々は過酷な環境において自分を見つめ、或いは身内に一層、親愛の眼差しを注ぐ気運が生まれたんでしょうか。

——これまでに夫婦の相聞歌、つまり「私」を表現したジャンルはありましたっけ……。

こういう自分の体験から出た感情をそのままつづっている詩は、過去にあまりないと思います。たとえば屈原は自分の恨みや嘆きを作品にぶつけましたが、彼は位の高い政治家でしたから、どうしても己《おのれ》の理想や理念につながってしまいます。今回の作者はお役人の夫婦ですが、世直しの理想というより、生活の中の気持ちを素直に歌っています。

——庶民感情と言うことですか。

それに近いです。そういうものを詩に作るようになって来たんですね。

——お祭りで歌う歌でもなさそうですし、ここで初めて「私」を歌った歌が登場し、詩における〝己〟が目覚めたわけですね。でも、歌を個人的に書き付けるということは当時、可能だったんでしょうか。

そうですね。やはり今の感覚とは違って、紙も筆もたいへんな貴重品でしたから、改まったと言うか、晴れがましいと言うか、儀式に似た行為だったと思います。

——記念写真のような……。

それに近いです。自分の体験や思いや証《あかし》を残しておこうという気持ちかな。

——ああ、個人の記録として。今だとデジカメやビデオですね。

そうですね。これは秦嘉《しんか》(一四七ごろ在世)というお役人の夫が妻に贈った詩です。

贈婦詩　三首

婦《つま》に贈《おく》るの詩《し》　三首《さんしゅ》

秦嘉《しんか》

其一　　其《そ》の一《いち》

人生譬朝露　　人生《じんせい》は朝露《ちょうろ》に譬《たと》ふ
居世多屯蹇　　世《よ》に居《を》れば屯蹇《ちゅんけん》多《おほ》し
憂艱常早至　　憂艱《ゆうかん》は常《つね》に早《はや》く至《いた》り
歓会常苦晩　　歓会《かんかい》は常《つね》に苦《はなは》だ晩《おそ》し
念当奉時役　　念《おも》ふ　当《まさ》に時役《じえき》を奉《ほう》じて
去爾日遥遠　　爾《なんぢ》を去《さ》ること　日《ひ》に遥遠《ようえん》なるべきを
遣車迎子還　　車《くるま》を遣《つか》はして　子《し》を迎《むか》へ還《かへ》らしめんとせしに
空往復空返　　空《むな》しく往《ゆ》いて　復《ま》た空《むな》しく返《かへ》る
省書情悽愴　　書《しょ》を省《み》て　情悽愴《じょうせいそう》
臨食不能飯　　食《し》に臨《のぞ》むも　飯《はん》する能《あた》はず
独坐空房中　　独《ひと》り空房《くうぼう》の中《うち》に坐《ざ》し
誰与相勧勉　　誰《たれ》と与《とも》にか相勧勉《あひきんべん》せん
長夜不能眠　　長夜《ちょうや》　眠《ねむ》る能《あた》はず
伏枕独展転　　枕《まくら》に伏《ふ》して独《ひと》り展転《てんてん》す

憂来如循環　憂《うれ》ひの来《きた》つて循環《じゅんかん》するが如《ごと》し
匪席不可巻　席《むしろ》に匪《あら》ず 巻《ま》く可《べ》からず

ちょっと悲しい詩ですね。それと言うのも、秦嘉は西方に転勤になるんですが、奥さんの徐《じょ》淑《しゅく》が長患《ながわずら》いでずっと実家に帰っているんです。ちなみに中国では夫婦別姓を名のる場合が多く、徐は奥さんの実家の名字です。夫としては〝別れにあたって一目会いたい〟と、その実家に馬車をやったのですが、奥さんは馬車に乗ることができないほど病が重かった。それで会えないまま出発しなきゃいけなくなったんです。これはおそらく病床の奥さんに手紙を書き、その付録として贈った詩だと思います。当時、手紙に詩を付けて贈る習慣があったので。

——おしゃれと言うか、奥床しいですね。

そういう習慣が復活するといいですね。今だと、手紙に写真を付けて贈ることはありますが。

——メールに写真データを添付して送ったりしますが、味気ないですね（笑）。

長い詩ですが、素直に作られています。四句ごとに見てゆきます。〝この世はままならない〟という一般論から始まっていて、〝思索しながら詩を作る〟態度が見えます。そういう内省的なところがすでに民謡や古楽府とは異なっていますね。「人が生きるということは朝露《あさつゆ》のように消えやすくはかないもので、この世にいると、災いやつまずきばかりである」。「屯蹇《ちゅんけん》」は難しいですが、『易《えき》』の言葉です。こういう儒教の本の言葉がぽ<ruby>ん</ruby>と引用されているところに儒教の浸透が感じられます。「心配ごとや難儀なことは、いつだってとかく早くやって来るが、楽しく会っている時間はいつもなかなか訪れない」。奥さんと会えないことを指しているんですね。

——非常にわかりやすいです。

次から具体的な回想に入ってゆきます。転任が決まって赴任の際、妻に会おうとしたが叶わなかったことを思い出します。「念《おも》ふ」はじっと考え込むこと。「当《まさ》に〜べし」は確実性の強い推量ですね。〝きっとこうなるに違いない〟。「今のこの役目をお受けして、君の居場所から日に日に遠くなってゆくに違いないことを、私はじっと考えてしまう。私は馬車をやって実家にいる君を迎え、こちらに帰らせようとしたが」。「遣《つか》はす」は使役に近い動詞ですので、結びが「〜せしむ」と使役形になります。ところが予想外に奥さんの病が重く、「馬車はむなしく戻って来た」。次は今の心境です。「書」は手紙。「書簡」という言葉がありますね。この詩を贈るのに先立って、奥さんから手紙が来たんでしょう。たぶん〝お迎えが来たのにうかがえなくてすみません〟といった内容で、それと一緒に馬車が戻って来たのかな。「君の手紙を読んで、我が心は悲しみ痛み、食事にのぞんでも喉を通らない。今は一人、君のいない部屋にぽつんと座るばかりで、誰と一緒に日々の生活を頑張ればいいのか」。張り合いがないわけです。

——すごい愛妻家ですねえ。

今読んでも心に響くものがあります。最後の四句はユーモアを利かせたのかも知れません。「長い夜じゅう、私は眠ることもできず、枕に頭をつけて、一人ぼっちで寝返りを打っている」。不眠状態です。「心配や悩みばかりが次々に湧き起こって、ぐるぐる渦を巻くようだ」。ここは前の句を受けて〝体はぐるぐる寝返りを打ち、心はぐるぐる悩みが渦を巻いている〟と言うんでしょう。そして最後、たとえを使って「その悩みはむしろではないので、巻き取って片付けることはできないのだ」。

――なかなか機知に富んでますね。大昔の人とは思えません。

ウィットがありますね。最後の〝心はむしろではないから巻き取れない〟というのは、『詩経』からの引用です（邶風《はいふう》―柏舟《はくしゅう》「我が心 石に匪《あら》ず／転ず可《べ》からざるなり／我が心 席《むしろ》に匪ず／巻く可からざるなり」）。儒教では『詩経』もたいへん重視されましたから、やはり儒教の浸透を感じさせます。こういう引用は、読む側も『詩経』を読んでいることが前提になっていますからね。

――なるほど。いやあ、これはまさにモノローグと言うか、私情の発露ですね。

ええ、お祭りで発表する歌や、仕事中に唄《うた》う歌では全くありません。そしてこの詩を読んで、奥さんが送った返事が次の詩です。

秦嘉妻答詩 一首

秦嘉《しんか》の妻《つま》の答詩《とうし》 一首《いっしゅ》　　徐淑《じょしゅく》

妾身兮不令　妾《しょう》が身《み》 令《よ》からず
嬰疾兮来帰　疾《やまひ》に嬰《かか》りて来《きた》り帰《かへ》る
沈滞兮家門　家門《かもん》に沈滞《ちんたい》し
歴時兮不差　時《とき》を歴《ふ》るも差《い》えず

曠廃兮侍覲
情敬兮有違
君今兮奉命
遠適兮京師
悠悠兮離別
無因兮叙懐
瞻望兮踴躍
佇立兮徘徊
思君兮感結
夢想兮容輝
君発兮引邁
去我兮日乖
恨無兮羽翼
高飛兮相追
長吟兮永歎
涙下兮霑衣

侍覲《じきん》を曠廃《こうはい》し
情敬《じようけい》違《たが》ふ有《あ》り
君《きみ》今《いま》命《めい》を奉《ほう》じ
遠《とほ》く京師《けいし》に適《ゆ》く
悠悠《ゆうゆう》たる離別《りべつ》
懐《おも》ひを叙《じよ》するに因《よ》る無《な》し
瞻望《せんぼう》して踴躍《ようやく》し
佇立《ちよりつ》して徘徊《はいかい》す
君《きみ》を思《おも》うて感結《かんむす》ぼれ
容輝《ようき》を夢想《むそう》す
君《きみ》発《はつ》して引邁《いんまい》し
我《われ》を去《さ》つて日《ひ》に乖《そむ》く
恨《うら》む羽翼《うよく》の
高《たか》く飛《と》んで相追《あひお》ふ無《な》きを
長吟《ちようぎん》永歎《えいたん》し
涙下《なんだくだ》つて衣《ころも》を霑《うるほ》す

これも率直でわかりやすいです。三段に分けて、最初の六句で自分の今の状況を述べます。

「妾《しょう》」は女性の謙遜の一人称で「私の体は調子が悪く、病にかかってここに帰って参りました。実家でぐったりと休んでいますが、長い月日が経過しても治りません」。次は少し難しくて、「侍《じ》覲《きん》」は側にいて世話をすること、「曠廃《こうはい》」は遠ざかることとです。

——当時、こんな難しい言葉がふつうだったんですか。

どうなんでしょう、後世の詩にもあまり見ませんね。「お側《そば》であれこれお世話をすることから も遥かに遠ざけられ、あなたに愛情と敬意を抱いているのに、その心にそむく状態が続いていま す」。

次は八句をひとまとまりに考えて、夫と一緒に赴任できず、いてもたってもいられない気持ちを歌います。「あなたは今、命令を受けて遠く都へと出発なさいます」。「悠悠《ゆうゆう》」は遠く遥かなようす。「私たちはますます遥かに遠い、生き別れの暮らしとなります。この思いを述べようとしても、拠り所がつかめません」。〝何と言っていいかわからない、言葉が見つからない〟という感じですね。「あなたのおられる方角をずっと眺めるうち、胸騒ぎがして、じっと佇《たたず》んだり、うろうろ歩き回ったりしてしまいます」。病気で寝ている筈なのでここはちょっと変ですが、まあ、詩的表現なのかな。「あなたのことを思うと胸がつかえ、苦しくなってしまいます」。つらい気持ちが心の中でどんどん積み重なって、大きなしこりになっている感じでしょうか。「あなたの素敵なお姿を夢の中にばかり見ています」。こちらも愛情が深いですね。

さらに最後の六句で、共に暮らせない悲しみを強調します。「あなたがこれから旅立てば、私の居場所から遠ざかり、日ごとに反対の方角へ進んで行くでしょう」。結びはたとえが出て来ます。「恨《うら》む」は次との二句全体にかかって、「恨めしく嘆かわしいのは、空高く飛んであなたを追いかける鳥の翼がないことです」。居ても立ってもいられぬ思いで、鳥になりたいと。「私はこうして長い歌を歌い、いつまでも歎き、涙はさめざめと流れて衣をうるおすのです」。

――夫婦と言うより、恋人同士の切ない別れといった感じです。

そうですね。年齢はよくわかりませんが、これが二世紀半ば頃の夫婦というわけです。こういう夫婦のあり方が広く支持されてずっと伝えられ、今日に至っているのですね。なお、妻の方の詩は、句の真ん中に例の「兮《けい》」が入っている楚調です。これは、最初は四言詩で作ったものの、〝この形はもう古い、今風の五言詩にしましょう〟と「兮」を入れたのかな。まあ、それだけ五言詩が浸透していた証拠にはなりますけど。

――それにしても人間ってやっぱり変わらないと思うのと同時に、距離感と言うか、この場合は奥さんが病気ですが、今はこういった離別感がわかりにくくなっていますね。列車で別れて「またなー」とか、飛行機で一時間なんてのと違って、この想いのエネルギーをどうとらえたらいいのか……。便利になった分、現代人はそういうエネルギーが落ちて、感動が存在しにくくなっていますよね。

そういう点では不幸かも知れませんね。

五、知識人の挫折――「古詩十九首」

生き別れ

後漢の後半から末期、いよいよ五言詩が中国の詩の中心として発展し始めます。そのきっかけとなった作品群の一部が、後世「古詩十九首《こしじゅうきゅうしゅ》」としてまとめられています。

――「古詩十九首」って、詩集か何かの名前ですか?

連作の形を取ったもので、この時代にたくさん作られた五言詩のうち、優れたものが後に十九首まとめられて伝わったんです。後漢の後半、各地方で流行していた民間歌謡に五言の形式が定着しつつありました。そんな五言詩を、あとでお話しするように、地方に潜伏していた知識人たちも自らの思いを託するのに採用しはじめ、多くの詩を作りました。それらは中央の宦官に抹殺されてもおかしくなかったのですが、出来がよかったためか、地下水のように脈々と受け継がれます。それが表面化したのは相当時間がたってから、約三百年後の南北朝時代の後半（六世紀前半）で、そのころ編纂された名作集『文選《もんぜん》』に「古詩十九首」と銘打って掲載されたんです。

――まるで『楚辞』が、屈原がいた時代より遥か後に成立したのと似てますね。あれは劉向さんがまとめましたが、すると「古詩十九首」は『文選』の編者が編集したんですか？

そうとも言い切れないんです。『文選』は王族の昭明太子《しょうめいたいし》が学者たちに依頼して編集されましたが、その時に初めて「古詩十九首」がまとめられたのかどうか……。

――以前にまとまっていたものを学者が採用した可能性もあると。ミステリーですねえ。

やはり政治的な対立があると、表面に出て来るまでそれだけ時間がかかるんでしょうか。当時は相変わらずの乱世で、朝廷では外戚、宦官、知識人の三つ巴の権力闘争が続いていましたが、詩に関して言えばここでは知識人が主役となります。

――知識人というのは、学校の先生とかですか？

中国の場合、官僚が中心ですね。背景として、後漢の中ごろから短命な皇帝が続き、幼くして皇帝が即位した場合、実際に政治を執るのはその母親、太后《たいこう》だったんです。そうなると身内にいろいろ相談しますから、太后の親戚（外戚）の勢力が伸びて来ます。また太后は大臣や政府高官と交渉や相談をする仲立ちに宦官を使いましたから、極秘情報などを得た宦官も権力志向を強めました。宦官は古くエジプトやメソポタミアにもあったと言われていますが、中国では春秋時代にはじまり、最初は奴隷の身分だったようですが、だんだん朝廷の、特に後宮の事務を担当するようになりました。後宮は男子禁制ですので、〝男性でない男性〟として入ることができたんですね。中国の歴史では、宦官はしばしば宮廷の女性たちと親密になって権力を伸ばしています。そして、そこにさらに加わった第三の勢力が知識人なんです。

――官僚ですね。

官僚に加え、その予備軍として書生、太学《だいがく》で学ぶ学生なども含みます。太学は、儒学にもとづく官僚養成機関として前漢の武帝の時代に設置され、後漢の後半には卒業生が大人数になっていました。彼らは独自のネットワークを持っていて、中央にいても地方にいても連絡が密で、連帯感が強かったようです。それで朝廷の官僚から権力闘争の実態が伝わると、儒教的な政治理念をみっちり教わって来た知識人たちは「これではいけない」と思ったわけです。身内で固めた権力や金権政治が横行して民衆が忘れられている、この現状は見過ごすわけにはゆかない――こうして知識人が団結して朝廷と民間に向けて政治批判、朝廷批判の言論活動を始めるんです。こういうグループ化した知識人のことを「党人《とうじん》」と呼びました。そこでまず、宦官と知識人が団結して外戚を批判した結果、外戚が勢力を失います。次は宦官と知識人の対立になりましたが、そこは宦官の方が一枚上手《うわて》だったんです。

――知識人が負けちゃったんですか。

ええ、二回にわたって宦官勢力が知識人階層を大規模に弾圧しました。これが「党錮《とうこ》の禁」(一六六年・一六九年)で、党人たちを禁錮して、政治社会に出入りすることを禁じたんです(「党錮」は党人の禁錮、「禁」は命令)。一度めは投獄で済んだようですが、二度めは知識人が相当数殺されたようで、そうなると生命の危険を逃れるため、彼らは伝手《つて》を頼って地方にちりぢりに逃げて行きます。しかしプライドが高い人たちですので、政治活動は諦めたとしても、その後もいろいろな形で、世直しの提案や政府批判の言論を続けました。それと共に、政治参加の希望を断たれた絶望感、無力感を詩の形で発表したんです。

――それが「古詩十九首」のもとになった、というわけですか。

ええ。彼らとしては悲運の中で作ったものですが、結果的にはたいへん完成度の高い作品になっています。

――無名氏となっていますが、意味があるのですか？

やはり覆面で発表しないと、宦官に目をつけられて危なかったのかな。詩の表現にも本心を隠している部分がありますので、ちょっと注目していただければ。

古詩十九首　古詩十九首《こしじゅうきゅうしゅ》　無名氏

其一　其《そ》の一《いち》

行行重行行　行《ゆ》き行《ゆ》きて 重《かさ》ねて行《ゆ》き行《ゆ》く
与君生別離　君《きみ》と生《い》きながら別離《べつり》す
相去万余里　相去《あひさ》ること万余里《ばんより》
各在天一涯　各〻《おのおの》天《てん》の一涯《いちがい》に在《あ》り
道路阻且長　道路《どうろ》 阻《そ》にして且《か》つ長《なが》し

会面安可知
胡馬依北風
越鳥巣南枝
相去日已遠
衣帯日已緩
浮雲蔽白日
遊子不顧返
思君令人老
歳月忽已晩
棄捐勿復道
努力加餐飯

会面《かいめん》 安《いづく》んぞ知《し》る可《べ》けん
胡馬《こば》は北風《ほくふう》に依《よ》り
越鳥《えっちょう》は南枝《なんし》に巣《す》くふ
相去《あひさ》ること日《ひ》に已《すで》に遠《とほ》く
衣帯《いたい》 日《ひ》に已《すで》に緩《ゆる》やかなり
浮雲《ふうん》 白日《はくじつ》を蔽《おほ》ひ
遊子《ゆうし》 顧返《こへん》せず
君《きみ》を思《おも》へば人《ひと》をして老《お》い令《し》む
歳月《さいげつ》 忽《たちま》ち已《すで》に晩《く》る
棄捐《きえん》せらるるも復《ま》た道《い》ふ勿《なか》らん
努力《どりょく》して餐飯《さんぱん》を加《くは》へよ
——悲しみがあふれた別離の歌のようですが……。
連帯感の強い知識人たちが強制的に四散させられた、その気持ちが自然に出ているんですね。
——冒頭など特に、日本語にしてもすごくリズムがいいですねえ。

やはり五言のリズムは安定しているんでしょう。前半は夫が妻に贈るメッセージ、後半はそれを受けて妻が夫に返すメッセージ、と二段構えになっていて、当時としても珍しい形式です。なんらかの事情で生き別れしているのですが、夫はどうやら旅路にあって、妻は留守を守り、互いの身を案じ合っています。

最初は夫の一人称です。「私はどこまでもどこまでも旅を続け、こうして君と生きながら別れている。互いに一万里以上も隔たって、お互い大空の彼方に生きている」。「天《てん》の一涯《いちがい》」はよく出て来る言葉で、李白や杜甫の詩にも見られます。電話や電子メールのある現代とは違って、夫婦が遠く離れてしまうことはたいへん深刻な不安、悲しみをもたらしたことでしょう。「二人をつなぐ道のりは険しく、えんえんと長く続いており、再びまみえることがあるかどうか、どうしてわかるものか」、もう会えないかも知れないというわけです。治安も衛生状態も今に比べて悪いですから、生別が死別になる可能性が大きかったんですね。次はたとえを使って自分の気持ちを告白します。「胡馬《こば》」は北方産の馬。「北で産まれた馬は、大きくなっても北風に身を寄せるものだ」。故郷を懐かしがるんですね。「越《えつ》」は南中国の長江下流の古い国名で、「南の国から来た鳥は、北へ行っても南側の枝に巣を作るものだ」。動物たちでさえそうやって故郷を懐かしがるのだから、まして人間である私は故郷と故郷にいる君のことを忘れないよ、というメッセージです。

後半は奥さんの一人称形式です。「お互い隔たること毎日ますます遠くなり、私の衣の帯は日に日にゆるくなって参りました」。悲しみのあまり痩せて来たのは、食べ物が喉を通らないからですね。「空を流れる雲が太陽の光を蔽い隠したようにあなたの姿は見えず、旅するあなたは戻って来て下さいません」。ここがキーワードで、「浮雲《ふうん》 白日《はくじつ》を蔽《おほ》ふ」は、当時流行した〝邪《よこしま》な臣下が賢い人間を妨害すること〟のたとえなんです。

――ははあ、邪な臣下が宦官、賢者が知識人と言うことですか。

ええ。旅人は帰りたくても帰れないんですね。なぜなら、邪な宦官の魔の手が待ち受けているからです。ここまで読んで来ると、〝ああこの詩には裏の意味があるな〟と、わかる人にはわかるわけです。「古詩十九首」にはあちこちにこういう表現があります。

――なるほどー。単に離別を悲しんだ歌のごとく装って、知識人ネットワークの中で、何かしらそういったニュアンスを仄めかしているわけですか。

ええ、それによってまた連帯感を新たにしていたと。最後の四句、詩の中の「人」はしばしば自分のことですので、「あなたのことを思い詰めていると、私は一層老け込みます。歳月はあっと言う間に過ぎ、すぐに年の暮れになってしまうでしょう」。ここは一年が暮れる意味と、自分が年を取ってしまうことの両方を掛けています。そしてあきらめの気持ちで結びます。「あなたに捨てられてしまっても、もうこれ以上何も言うのをやめましょう」。或いはここは、「棄捐《きえん》して復《ま》た道ふ勿《なか》らん」と読んで「もうこんな愚痴はやめて、何も言うのはやめましょう」ともとれるでしょうか。そして「ただあなたに一言申し上げたい、どうぞ努めてお食事をしっかり召し上がって、お体を大事になさって下さい」。

――ふーむ、中央に対して言いたいことはいっぱいあるでしょうが、今はそれよりも体調を整えて下さいと……。当時はこういう形でしか連絡のしようがなかったんでしょうか。

あまり表立って連絡を取り合うと、宦官もいろんなネットワークがあるでしょうから、危なかったんですね。それで、こうして暗号を交えて詩を贈ったわけです。

あきらめと無常観

「古詩十九首」には、地方にちりぢりになって政治に携われなくなった知識人たちのあきらめの気持ちや、〝儒教を信じて来た自分たちの人生は間違っていたのだろうか〟などの思考の跡が色濃く表れている一方、仏教が伝わり、道教が体系化された背景もあり、それまで中国の詩や文章には見られなかった「無常観」という価値観が表れるようになりました。

其十　　　　　無名氏

迢迢牽牛星
皎皎河漢女
纖纖擢素手
札札弄機杼
終日不成章
泣涕零如雨
河漢清且浅
相去復幾許
盈盈一水間
脈脈不得語

其《そ》の十《じゅう》

迢迢《ちょうちょう》たる牽牛星《けんぎゅうせい》
皎皎《きょうきょう》たる河漢《かかん》の女《じょ》
纖纖《せんせん》として素手《そしゅ》を擢《ぬき》んで
札札《さつさつ》として機杼《きちょ》を弄《ろう》す
終日《しゅうじつ》 章《しょう》を成《な》さず
泣涕《きゅうてい》 零《お》つること雨《あめ》の如《ごと》し
河漢《かかん》 清《きよ》くして且《か》つ浅《あさ》し
相去《あひさ》ること復《ま》た幾許《いくばく》ぞ
盈盈《えいえい》として一水間《いっすいへだ》て
脈脈《みゃくみゃく》として語《かた》るを得《え》ず

一・二句めに牽牛《けんぎゅう》と織女《しょくじょ》（河漢《かかん》の女《じょ》）が出て来ます。

──七夕《たなばた》ということですか？

ええ、この詩は中国の七夕伝説を扱った最初期の例なんです。遡《さかのぼ》れば春秋時代の『詩経』に牽牛星と織女星、彦星《ひこぼし》と織姫《おりひめ》ですね、その名前は出ていますが、伝説として形がまとまったのはだいたいこの後漢の時代でした。星の世界の話で、日本とは違って中国では天帝が登場します。牛に農具を牽かせて畑を耕す彦星、機《はた》を織る織姫、二人はともに働き者でした。その勤勉さに感心した天帝は、お互いを引き合わせます。ところがお見合いでひとめぼれした直後から、二人は仕事をしなくなってしまい、怒った天帝は二人を天の川の両岸に引き離したんです。

──要するに、いちゃいちゃして仕事をしなくなったから、いい加減にしろと。

はい、それで七月七日にだけ会えることになりました。その晩、晴れていれば鵲《かささぎ》が飛んで来て橋を架け、それを渡って織姫が彦星に会いに行くんだそうです。

──女が男に会いに行くんですか、日本の平安時代なんかとは逆ですね。

日本では通《かよ》い婚の風習があったので、七夕伝説も日本に入ってからそれに合わせて変形したのかも知れません。実は、日本には中国とは別に特有のたなばたという行事があったんです。ちょっと混同しやすいのですが、〝棚機《たなばた》〟という秋の神様を迎える祭事で、崖《がけ》の棚状になった所に小屋を建てて、そこに選ばれた娘さんが籠《こも》り、秋に神様が着る着物を織るんです。文字通り、棚のところで機を織るわけです。それがちょうど旧暦の七月にあたり、そこに彦星と織姫が出て来る中国の七夕《しちせき》伝説が入って合体した、つまり日本の機織りの行事に、中国の星の世界のロマンチックな伝説がミックスされたんですね。

――はあー、そうだったんですか。

この詩は、彦星と織姫の伝説に託して、懐かしい人と離れている悲しみや、満たされない思いを歌っています。作者が地上から空を眺めながら、特に織姫の立場に同情しています。夜空を仰ぎ見ると、「遥か遠くに彦星が輝いている」。そして天の川を隔てたこちら側には「明るく輝く天の川の娘がいる」。「河漢《かかん》」は天の川、「河漢の女《じょ》」は織姫です。以下は織姫の描写が中心になります。「素手《そしゅ》」の「素」は〝白い〟、「札札《さつさつ》」はカタコトと言う擬音。「織姫はほっそりとした白い手を持ち上げて、カタコトと音を立てながら機織《はたお》り機を動かしている」。ここまでが第一段、織姫が機織りにいそしむようすです。

次の四句が第二段、織姫が悲しんでいる原因を述べます。「章《しょう》」は〝織り上がった布地《ぬのじ》〟で、「しかし彼女は一日中かかっても布地を織り上げることができず、涙が雨のように流れるばかりだ」。これはもちろん、彦星と会えないからですね。でも地上から見れば、「天の川は清く澄んで浅い。二人が隔てられていること、いったいどれくらいであろうか」。〝そんなに離れていないように見える、川を渡れば会えそうなのになあ〟と言うわけです。

そして最後の二句は、やはり二人が隔たっていることを強調して結びます。「盈盈《えいえい》」は水が満ちあふれるようす、「脈脈《みゃくみゃく》」はじっと見つめること。「しかし実際には天の川には水がいっぱいにあふれ、一筋の流れが二人を阻んでいるために、二人はただじっと見つめ合うばかりで言葉を交わすこともできないのだ」。これはわかりやすいですね、つまり彦星と織姫が連帯感の強い知識人同士で、天の川や伝説の天帝が二人を引き裂いた宦官グループのたとえになっていて、絶望の気分が強く表れています。

——うーん、ラヴソングと思っていたのが、暗号めいた裏を知ってしまうと、そんな風にしか読めなくなってしまいますねえ。

其十四　　　無名氏

去者日以疎
来者日以親
出郭門直視
但見丘与墳
古墓犂為田
松柏摧為薪
白楊多悲風
蕭蕭愁殺人
思還故里閭
欲帰道無因

其《そ》の十四《じゅうし》
去《さ》る者《もの》は日《ひ》に以《もっ》て疎《うと》く
来《きた》る者《もの》は日《ひ》に以《もっ》て親《した》しむ
郭門《かくもん》を出《い》でて直視《ちょくし》すれば
但《ただ》 丘《きゅう》と墳《ふん》とを見《み》るのみ
古墓《こぼ》は犂《す》かれて田《でん》と為《な》り
松柏《しょうはく》は摧《くだ》かれて薪《たきぎ》と為《な》る
白楊《はくよう》 悲風《ひふう》多《おほ》く
蕭蕭《しょうしょう》として 人《ひと》を愁殺《しゅうさつ》す
故《もと》の里閭《りりょ》に還《かへ》らんことを思《おも》ひ
帰《かへ》らんと欲《ほっ》するも 道《みち》 因《よ》る無《な》し

この詩にはお墓が出て来て、当時の死生観など深い問題が含まれた作品です。

——当時といえば儒教があり、道教が体系化され、仏教が入り始めていましたよね。

儒教では死や死後の世界をあまり問題にしません。『論語』で孔子さまも言っています、「私はいまだに人生のこともわからないのに、死のことなど考えようとは思わない」と。

——たしかに（笑）。

その儒教を学んだ知識人たちが死後の世界やお墓について詠むのは珍しく、理由は後で考えましょう。この詩は一句めが有名です。「去《さ》る者《もの》は日《ひ》に以《もっ》て疎《うと》し」。

——聞いたことがあります。

よく同窓会の案内状などで、「去る者は日々にもって疎しと申しますが、皆さんお元気ですか」なんて書いてあります。でも実は、この「去る者」は〝死んだ人〟の意味で、同窓会の手紙に使うのはちょっと不吉なんですがね。詩の主人公は旅人で、人の世の虚しさに打ちひしがれ、しかも故郷に帰ることもできずに絶望している。当時の知識人のあり方と二重写しになる設定です。

出だしの四句、第一段で人間関係のはかなさを歎きます。「世を去った者は日ごとにどんどん忘れられ、生きて始終訪れのある者は日増しに親しみ深くなる、それが世の常だ」。「来《きた》る者《もの》」は生きている人です。「或る日、私は町外れの城壁の門を出て前をまっすぐ見つめると、なんとまあ、見わたす限り、たくさんのお墓が見えるばかり」。こんな景色が実際にある筈はなく、虚構の描写です。これは主人公の絶望感、先行きの見えない閉塞感のたとえでしょう。

次の四句が第二段、お墓を見て触発されて考えたことで、時間の流れの冷酷さを悲しみます。

「古い墓はお参りする人もいなくなり、やがて掘り返されて畑となることもあるだろう」。「松柏《しょうはく》」、つまり松とヒノキは常緑樹で、枯れない、萎《しぼ》まない、永久不変のたとえになります。「永遠に枯れない筈の松やヒノキさえ、いつか切り倒されて薪にされてしまうだろう」。時間の流れとはそういうもんだと。主人公はここで我に返ります。「白楊《はくよう》」はポプラの一種のハコヤナギで、お墓に植える木です。彼は歩きながら墓地に入っていったんでしょう。「墓に植えられたハコヤナギに悲しい秋風が盛んに吹きつけ、寂しい音をたてて私を深く悲しませる」。「悲風《ひふう》」はこれ以後、秋風のことを言うようになりました。

――へ～、**悲風と言えば秋風なんですか。**

そうなります。結びの二句が、故郷へ帰りたいけれどその術《すべ》もない絶望。異郷暮らしが辛《つら》いんですね。「里閭《りりょ》」は村里の門のことですが、故郷の村ととっていいでしょう。人の世のつれなさ、はかなさを思うにつけ、「我が故郷に帰りたいと思うのだが、いざ帰ろうとしても辿るべき道がとざされてしまっている」。都に帰りたくても帰れない知識人の悲しみとぴったり重なります。

――**それ以上にやはり無常観が漂っています。以前は、詩に「無常観」はなかったんですか。**

たとえばこの詩と同じ〝秋の悲しみ〟を詠んだ宋玉（→七五ページ）にしても、無常観とまでは行かなくて、男として生きていて功績が挙げられない、手柄が立てられない、才能が発揮できない、そのまま歳月が流れ去って、今年ももう後半の秋になった、ぐらいのレベルにとどまっていたと思うんです。

――**するとやはり、ここに至って初めて無常観が表現されたと。**

そこに仏教や道教の影響があるんじゃないでしょうか。実は〝古い墓がやがて畑になり、常緑樹が薪になる〟と言うのは、道教関係の仙女の伝説に基づいているんです。仙女の麻姑《まこ》が或る時、お役人に会って話すには、「私はもう三千年も生きていて、向こうの山が川となり、その川が畑になるのを三回、この目で見ました」。実際、地殻変動などの現象によって、長い時間の流れの中で環境はまったく変わってしまいますね。ともあれ、こういう仙女伝説といい、日常をはるかに超えた時間の感覚といい、この詩には仏教、道教の影響が感じられますし、また別の説として、後半の七〜十句（「白楊《はくよう》 悲風《ひふう》多《おほ》く」から終わりまで）は、お墓の中にいる死者からのメッセージだとする解釈もあります。そうなるとますます超現実的な内容になって、当時の人々が人間の生死の問題とか、あの世の問題とかをいろいろ考えていたことが強調されて来ます。その背景にはもちろん、仏教・道教がある。

――ふーむ。ともかくここに来て登場した無常観が、後世の偉大な詩人たちに受け継がれて行くわけですね。

わが鎌倉末期、吉田兼好《けんこう》（一二八三？―一三五〇？）の随筆『徒然草《つれづれぐさ》』第三十段にも引用されています。「年月経ても、つゆ忘るるにはあらねど、「去る者は日々に疎し」といへることなれば、さは言へど、そのきはばかりは覚えぬにや、よしなしごと言ひてうちも笑ひぬ。からは、気《け》うとき山の中にをさめて、さるべき日ばかりまうでつつ見れば、ほどなく卒塔婆《そとば》もこけむし、木の葉ふりうづみて、夕べの嵐《あらし》、夜の月のみぞ、こととふよすがなりける……」。

妻の悲しみ

漢詩の伝統の中には、妻の悲しみをテーマにする系譜が脈々とありますが、その出発点がこの「古詩十九首」辺りなので、次はそれを読んでみます。

其二　　　　無名氏

青青河畔草
鬱鬱園中柳
盈盈楼上女
皎皎当牕牖
娥娥紅粉妝
纖纖出素手
昔為倡家女
今為蕩子婦
蕩子行不帰
空床難独守

其《そ》の二《に》

青青《せいせい》たる河畔《かはん》の草《くさ》
鬱鬱《うつうつ》たる園中《えんちゅう》の柳《やなぎ》
盈盈《えいえい》たる楼上《ろうじょう》の女《じょ》
皎皎《きょうきょう》として牕牖《そうゆう》に当《あた》る
娥娥《がが》たる紅粉《こうふん》の妝《よそほひ》
纖纖《せんせん》として素手《そしゅ》を出《いだ》す
昔《むかし》は倡家《しょうか》の女為《じょた》り
今《いま》は蕩子《とうし》の婦為《つまた》り
蕩子《とうし》　行《ゆ》きて帰《かへ》らず
空床《くうしょう》　独《ひと》り守《まも》ること難《かた》し

これは旅ばかりしている夫――行商人なんでしょうか、そういう夫に嫁入りした妻の歎きが表面上詠《うた》われますが、例によって暗号があります。
四句ごとに区切れ、第一段の四句では妻の視点から春景色をとらえます。「青青《あおあお》と萌《も》え出《い》でる河辺《かわべ》の若草」、視線を転ずると「鬱蒼《うっそう》と茂っている庭の柳」、それを見ている女性がいます。「盈《えい》盈《えい》」はもとの〝水があふれるようす〟が転じて〝あふれるように美しい〟の意味もあって、ここは「満ちあふれるような美しさを発散させている高楼《たかどの》の上の女性」といったところです。ちょっとふっくらとした感じでしょうか。「皎皎《きょうきょう》」は〝白く輝くようす〟。「輝くように色白のその姿が、窓辺に寄り添っている」。第二段四句はさらに、この奥さんのようすと素性を語ります。「娥娥《がが》」は美しさの形容です。

――「蛾眉《がび》」と関係があるんでしょうか。

蛾は虫偏《むしへん》ですが、そこから出た可能性もありますよね。「なよやかに美しいその姿を、紅《べに》おしろいのお化粧がさらに引き立てている。彼女はほっそりとした白い手を見せている」。たぶん窓辺で頬杖《ほほづえ》をついているんでしょう。当時は男も女も、手や足など素肌をあまり出さず、たいてい長袖でした。それで頬杖をつくと袖がずり下がって白い手が見えるわけです。絵のような情景ですね。

――非常に慎ましやかなエロチシズムを感じます。

やはり表現が洗練されて完成度が高いです。「彼女は以前、演芸場に勤める娘であった」、歌姫か舞姫だったと。「倡家《しょうか》」は遊廓ではなく、歌や踊りや楽器の演奏でお客さんをもてなす女性たちがいる所です。そういう女性にもランクがあって、庶民的な方にゆくと歌や踊り以外のサービスもしたり、場合によっては風俗関係と密接なつながりもあったようですが。

──うーん、ほんとに人間って変わらないんですね──。

次の「蕩」は〝動く〟の意味、「蕩子《とうし》」で〝居場所が定まらず動いてばかりいる若者〟。かつて歌姫か舞姫だった娘は、「今では旅ばかりしている夫の妻になっている」。

そして最後の二句、彼女の悲しみを推し量って結びます。「夫は家を出たままずっと帰って来ない。さだめし彼女は、夫のいない寝床で独り過ごすことがつらいんだろうなあ」。これはやはり、旅する夫と別れている若妻に託して、当時の知識人の、仲間と会えない、朝廷の天子様に会えない嘆きが表現されています。それを特に感じさせるのが第二句、「鬱」という字で植物を形容するのはたいへん珍しく、思い浮かぶのが『詩経』の歌です。「鴥《いつ》たる彼《か》の晨風《しんぷう》／鬱《うつ》たる彼《か》の北林《ほくりん》／未《いま》だ君子《くんし》を見《み》ず／憂心《ゆうしん》 欽欽《きんきん》たり」（秦風─晨風）、「さっと激しく吹く朝風、うっそうと茂る北の森。そちらの森の方角にいる賢者に会えない、私の心は悩んでばかり」。つまり〝鬱蒼と茂る樹木〟というのは、りっぱな人、慕わしい人に会えないことを言う枕詞《まくらことば》のようになっている。そこがこの詩とだぶるんですね。

──でも『詩経』の知識がないとわかりませんね。

ええ。だから少なくとも、『詩経』が広く定着した後漢以後に作られた詩だと推測できます。

──それにしても「古詩十九首」はずっとダブルミーニングで来てますねえ。

それが特徴ですね。お気づきでしょうが、主人公がたいてい女性で、その裏に作者である知識人層の悲しみが込められています。漢詩の一つの大きなジャンルである「閨怨詩《けいえんし》」は、「閨」が女性の部屋で、〝女性が部屋で歎くことを歌う歌〟の意味です。表面的には男性の愛が得られない女性の歎きを歌いながら、その裏に、才能があるのに君主に用いられない作者の歎きを重ねるわけです。そして、女性の容貌や服装をつとめて美しく描写します。なぜなら女性が美しければ美しいほど、作者の才能が優れていることを示すからで、そういう詩が清朝末期まで脈々と作られ続けました。

――その目覚めが「古詩十九首」なんですか。

ええ、五言詩の名作集であるだけでなく、その点でも「古詩十九首」は画期的です。われわれ日本人には、男が女の口を借りて心情を述べるという姿勢、しかもその伝統が近代まで延々と続いたというのはわかりにくいのですが、そこは大多数の中国の詩人が役人だったことに関係するんじゃないでしょうか。詩の内容が、彼らにつきものの政争や筆禍事件に結び付くのを避けるにはうまい方策だったんでしょう。〝いやあ、これは女心なんだ〟と、言い逃れがしやすいですからね。

――なるほど、お役人はたいへんだったんですね。深いなあ。

閨怨のテーマと言えば、次の「其の十九」もたいへん有名です。

其十九　　　　　　　　　　無名氏
明月何皎皎
照我羅牀幃

其《そ》の十九《じゅうきゅう》
明月《めいげつ》 何《なん》ぞ皎皎《きょうきょう》たる
我《わ》が羅《うすぎぬ》の牀幃《しょうい》を照《てら》す

憂愁不能寐
攬衣起徘徊
客行雖云楽
不如早旋帰
出戸独彷徨
愁思当告誰
引領還入房
涙下沾裳衣

憂愁《ゆうしゅう》して寐《い》ぬる能《あた》はず
衣《ころも》を攬《と》りて 起《た》ちて徘徊《はいかい》す
客行《かくこう》 楽《たの》しと云《い》ふと雖《いへど》も
早《はや》く旋帰《せんき》するに如《し》かず
戸《こ》を出《い》でて独《ひと》り彷徨《ほうこう》し
愁思《しゅうし》 当《まさ》に誰《たれ》にか告《つ》ぐべき
領《うなじ》を引《ひ》いて 還《かへ》りて房《へや》に入《い》れば
涙下《なんだくだ》つて裳衣《しょうい》を沾《うるほ》す

この詩もやはり、遠く旅に出た夫の帰りを待つ妻のようす。彼女は月の明るい晩、眠れぬまま外へ出てゆきます。しかしなすすべもなくまた部屋に戻り、涙にくれてしまう……。この詩の〝夜中の不眠→明月の光→不安のため歩き回る〟という設定はひろく支持されまして、後漢から三国時代にかけて、同じような詩がたくさん作られています。

——さて次の詩は、これまでと違って番号がついてなくて、単に「古詩」とあるんですが……。

これは「古詩十九首」に収められていない、当時の古詩です。「古詩十九首」と内容や雰囲気を比較しながら読んでみたいと思います。何かの事情で別れた夫婦が主人公で、或る日偶然に出会って問答を交わす内容です。たぶん二人は庶民の夫婦で、農家か織物業者だったと思います。

古詩

上山採蘼蕪
下山逢故夫
長跪問故夫
新人復何如
新人雖言好
未若故人姝
顔色類相似
手爪不相如
新人従門入
故人従閤去
新人工織縑
故人工織素
織縑日一匹
織素五丈余
将縑来比素
新人不如故

古詩《こし》

無名氏

山《やま》に上《のぼ》つて蘼蕪《びぶ》を採《と》り
山《やま》より下《くだ》つて故夫《こふ》に逢《あ》ふ
長跪《ちょうき》して故夫《こふ》に問《と》ふ
新人《しんじん》復《ま》た何如《いかん》と
新人《しんじん》　好《よ》しと言《い》ふと雖《いへど》も
未《いま》だ故人《こじん》の姝《しゅ》なるに若《し》かず
顔色《がんしょく》は類《おほむ》ね相似《あひに》たるも
手爪《しゅそう》は相如《あひし》かずと
新人《しんじん》　門《もん》より入《い》り
故人《こじん》　閤《かく》より去《さ》る
新人《しんじん》は縑《けん》を織《お》るに工《たくみ》にして
故人《こじん》は素《そ》を織《お》るに工《たくみ》なり
縑《けん》を織《お》ること日《ひ》に一匹《いっぴつ》
素《そ》を織《お》ること五丈余《ごじょうよ》
縑《けん》を将《もつ》て　来《きた》つて素《そ》に比《ひ》すれば
新人《しんじん》は故《こ》に如《し》かず

第一段四句は、女が元の夫と偶然出会う場面。「山に登って蘼蕪《おんなかずら》という草をつみとり、山から降りたところで元の夫に出会った。丁寧にお辞儀をして尋ねた、〝今度の奥さんはいかがですか〟」。なんだか痛々しいですね。

――夫は再婚していたわけですか。

そうですね。しかし、どうも彼女は元の夫のことを思い続けているようです。『詩経』で草つみのたとえが出て来たように（「芣苢《ふい》」→二一ページ）、女性が草をつむのは、離れている夫や恋人の健康、また再会を祈ることを表します。それで願いが叶って元の夫と会えたわけです。第二段の四句は夫の答えです。「新しい妻より君の方がよかった……」。

――（苦笑）。

これは新しい奥さんに失礼な感じもしますけれども。「新しい妻はいい人ではあるが、君の美貌には敵わない」。「姝《しゅ》」は見目《みめ》好いこと、「手爪《しゅそう》」は手芸や針仕事で、「容貌がだいたい同じだとしても、手芸の腕前は君に敵《かな》わないよ」。女性が元の夫のことを思い続けているのと同じように、夫の方でも、元の奥さんの方がいいと思っていることになりますね。次の四句はこの言葉を受けた、二人の手芸の腕前の比較です。夫のせりふの続きと見る説もありますが、とりあえず地の文と取ります。「新しい妻が表門から入った時、元の妻は台所から去って行った。新しい妻は手の込んだかとり絹を織るのが上手で、元の妻はしろ絹を織るのが上手だった」。「一匹《いっぴつ》」は長さの単位で四丈になり、「新しい妻がかとり絹を織るのは一日に四丈で、元の妻がしろ絹を織るのは一日に五丈を超えていた」。元の奥さんの方がたくさん織ったわけで、「かとり絹をしろ絹に比べて見ると、新しい妻は元の妻にかなわない」。

——(笑)。いったい何が言いたいんでしょう?

想像ですが、これは当時の手工業者の集まりの余興で歌われたんでしょうか。

——『詩経』みたいですね。

ええ、事実、出だしは『詩経』のたとえを受け継いでいますし、たいへん素朴で暗号もなく、むしろこういう古詩の方が、後漢に流行していたオリジナルに近いのかも知れません。「古詩十九首」は全て暗号が入っていて、起承転結もきちんとして完成度が高いですよね。たぶんこの詩は当時歌われたそのままの姿で伝わったんでしょう。一方、「古詩十九首」は『文選《もんぜん》』によって表面に出るまで三百年間、宦官の勢力を恐れながら密《ひそ》かに歌い継がれるうちにいろんな人の知恵が入ってアレンジされ、完成度が高くなったと考えられますので。

——ああ、なるほど。

また内容の面では、今なお愛情を抱いている二人が、何かやむを得ない事情のために離別している感じがあって、後漢後半の非常に苛酷な世の中で懸命に生きる民衆の姿が見えます。その点では前に読んだ古楽府「東門行」(→一三五ページ)の方に似ています。

——いずれにしろ歌というものには、その時々の人たちのさまざまな想いが込められて、脈々と歌い継がれてきたというわけですね。

悲憤の詩――蔡琰

――次はまた、タイトルがすごいですね……重厚というか……。

乱世が続く後漢の末、稀に見る体験をした女性がそれを綴った大長編なのですが、結果として五言詩の発展過程に大きく寄与しました。

――女性が書いたんですか（驚き）、いったいどんな人なんでしょう。

名前は蔡琰《さいえん》といって、お父さんが蔡邕《さいよう》（一三三―一九二）という大文化人です。彼女自身も文才、音楽の才能、弁舌などに優れ、文字通り才媛《さいえん》でした。それが後漢末の大混乱の中で、なんと異民族に拉致されてしまったんです。その後十二年間、匈奴の地にとどまって二人の子どもをもうけました。そういう彼女を救い出したのが、あの曹操《そうそう》なんです。大文化人・蔡邕の血が絶えるのを惜しみ、巨額のお金を出して彼女を都に連れ戻しました。

――それはまたすごい話ですね、曹操と言えば三国時代の大将軍ですよね。

ええ。思えば、過去に異民族の土地に連れ去られた女性に王昭君がいましたよね。ただ彼女の場合は王族で、史実としては、異民族政策の一環として納得づくでお嫁に行ったわけですが、蔡琰は王族でも貴族でもない在野の人であるうえ、強制的に連れ去られて異郷での生活を強いられたわけで、状況はだいぶ違います。二人とも自身の体験を詩に作ったのですが、王昭君の場合は王族、つまり公人としての立場から抜けられなかった。一方、蔡琰は一個人としての気持ち、主張を思う存分、詩に吐き出すことができました。結果として「悲憤詩」には個人の感情が非常に

蔡琰

強く打ち出されています。以前、夫婦が互いに五言詩を作り合ったものがありました（→一五六・一五九ページ）が、ああいう私生活、個人の感情を詠みこんだものは、当時としてはほかにあまり例がなく、この「悲憤の詩」はそれに続く作例というわけです。

——王昭君は、異民族の土地で暮らしていても四言でとおしていましたよね。

たぶん望郷の思い止《や》み難く、あえて中国の、漢民族のリズムで作ったんでしょう。『詩経』以来、四言は漢民族のリズムでしたから。それに対して蔡琰の場合は、都に戻ってから作られたにも拘わらず、五言詩になっています。

——体に五言のリズムが入っていた……王族でもないので、こだわるものもないですからね。

十二年間、五言三拍子の調子が生活に根付いた匈奴の土地で暮らすうち、それが体の中に染み込んで、自然とこういう長い五言詩が作れるようになったんでしょう。

——なるほど。これは名作と言われているわけですね。でも長いですよねえ。

百八句あります。全体に自身のつらい体験を実録風に記していますが、そこに自らの気持ちも溶け込ませてあります。第一段は後漢末の混乱の記録です。ざっと見てゆきましょう。

悲憤詩二首（抄）

悲憤《ひふん》の詩《し》二《に》首《しゅ》（抄）

蔡琰《さいえん》

其一

漢季失権柄
董卓乱天常
志欲図簒弑
先害諸賢良
逼迫遷旧邦
擁王以自強
海内興義師
欲共討不祥
卓衆来東下
金甲耀日光
平土人脆弱
来兵皆胡羌
猟野囲城邑

其《そ》の一《いち》

漢季《かんき》 権柄《けんぺい》を失《うしな》ひ
董卓《とうたく》 天常《てんじょう》を乱《みだ》す
志《こころざし》 簒弑《さんし》を図《はか》らんと欲《ほっ》し
先《ま》づ諸〻《もろもろ》の賢良《けんりょう》を害《がい》す
逼迫《ひょくはく》して旧邦《きゅうほう》に遷《うつ》らしめ
王《おう》を擁《よう》して以《もっ》て自《みずか》ら強《つよ》うす
海内《かいだい》 義師《ぎし》を興《おこ》し
共《とも》に不祥《ふしょう》を討《う》たんと欲《ほっ》す
卓《たく》が衆《しゅう》 来《きた》つて東下《とうか》し
金甲《きんこう》 日光《にっこう》に耀《かがや》く
平土《へいど》は人《ひと》 脆弱《ぜいじゃく》
来兵《らいへい》は皆《みな》 胡羌《こきょう》
野《の》に猟《かり》して城邑《じょうゆう》を囲《かこ》み

所向悉破亡
斬截無孑遺
尸骸相掌拒
馬辺懸男頭
馬後載婦女
長駆西入関
迴路険且阻
……（中略）……

向《むか》ふ所《ところ》　悉《ことごと》く破亡《はぼう》す
斬截《ざんせつ》して孑遺《げつい》無《な》く
尸骸《しがい》　相掌拒《あひとうきょ》す
馬辺《ばへん》には男頭《だんとう》を懸《か》け
馬後《ばご》には婦女《ふじょ》を載《の》す
長駆《ちょうく》して西《にし》のかた関《かん》に入《い》るに
迴路《けいろ》　険《けん》にして且《か》つ阻《そ》なり

「漢王朝も末になり、国を運営してゆく手立てが失われた。そこに董卓《とうたく》という男が現れ、天から定められた正しい道を大いに混乱させた」。名指しで出て来る董卓というのは、後漢末の後の乱世を招き寄せた、中国史上見逃せない悪役です。軍事的な手柄で出世を重ね、黄巾《こうきん》の乱に討伐軍を差し向けるかたちで登場した時は、すでに朝廷軍も敵わないほどの大軍閥の領袖となっていました。彼は結果として北中国を暴れまわって大破壊を行い、後漢王朝にとどめを刺します。さらに他の将軍たちが宦官を撲滅するクーデタを企画したりするうち、どさくさに紛れて都の洛陽に入り、皇帝を擁立します。これが後漢の最後から二番めの皇帝で、その後、董卓は彼を殺害し、自分の意のままになる新皇帝を立てて実権を握りました。ところが彼の軍隊は暴虐が甚だしく、あちこちで乱暴狼藉を働いたためにだんだん支持を失い、曹操らの反董卓軍が同盟を組んで攻撃を仕掛けて来ます。すると今度は洛陽を焼き払って西の長安へ遷都しました。

――ひどい奴ですねえ。

董卓の残虐さは類例がなくて、北中国の或る村祭りに何の前触れもなく乱入し、男の村人を皆殺しにしてその頭を戦車の周りに飾り付け、女性は全員生け捕って戦利品として連れ帰り、なぐさみものにしたなんて記録もあります。お祭りの場は村の連帯感や一体感を確かめる、共同体の絆を新たにする場です。そういうところに乱入するとは……。ですから想像ですが、董卓はもしかしたら異民族系の人かも知れません。もともと異民族と仲がよかったようですし、宗教や信仰が違うと、そういう破壊行為に心がとがめない面がありますから。

――漢民族ではないと。そんな董卓が暴れまわった時代に蔡琰さんは……。

当時、北中国に出入りしていた異民族に、おそらくどさくさ紛れに連れ去られたんです。詩の第一段で、今お話ししたような董卓の乱暴狼藉、朝廷軍も敵わず洛陽がめちゃめちゃに破壊されたことを述べたてた後、第二段は、いよいよ彼女自身の体験の告白に入ります。異民族に拉致されて西に連れ去られる道行きが描写され、自身の歎きも織り交ぜられます。

豈敢惜性命　　豈《あに》敢《あへ》て性命《せいめい》を惜《をし》まんや
不堪其詈罵　　其《そ》の詈罵《りば》に堪《た》へず
或便加棰杖　　或《ある》いは便《すなは》ち棰杖《すいじよう》を加《くは》へ
毒痛参幷下　　毒痛《どくつう》参ゝ《こもごも》幷《あは》せ下《くだ》る

旦則号泣行　旦《あした》には則《すなは》ち号泣《ごうきゆう》して行《ゆ》き
夜則悲吟坐　夜《よる》には則《すなは》ち悲吟《ひぎん》して坐《ざ》す
欲死不能得　死《し》を欲《ほつ》すれども得《う》る能《あた》はず
欲生無一可　生《せい》を欲《ほつ》すれども一《いつ》の可《か》なる無《な》し
彼蒼者何辜　彼《か》の蒼《そう》たる者《もの》 何《なん》の辜《つみ》ありてか
乃遭此厄禍　乃《すなは》ち此《こ》の厄禍《やくか》に遭《あ》ふ

……（中略）……

この時、彼女一人だけではなく、かなり多くの人が一緒に連れ去られたようです。第一句、「私はどうして是が非でも命を惜しもうとするでしょうか」、必ずしも命は惜しくありません、それよりもむしろ、異民族たちに「口汚く罵られることがとても耐えられませんでした」。道中、「時にムチや棒を当てられ、その度にひどい痛さが体じゅうに走りました。朝になれば号泣しながら出発し、夜になれば悲しみ呻きながら座り込む日々を送りました」。そんな境遇の中、「死にたくても死に切れず」、ここは「得《う》る能《あた》はず」ですから、死ぬ機会が得られなかった。刃物もないし、何もできなかったんですね。かといって「生きようと思っても今後はどうなるか、一つとしてよいことはなさそうです」、前途の希望は全くない、そして天に向かって訴えます。「彼《か》の蒼《そう》たる者《もの》」は〝遥か彼方に続く青い天〟のこと。漢民族の人は追い詰められると必ず天に訴えます。ヨーロッパのような人格的な神様ではないのですが、中国では世の中を運営する主宰者としての天を頼りにしていたフシがあります。

――漠として天を崇めるんですか、それは宗教として？

うーん、一種の宗教でしょうか、でも教団や教義はなくて、最後の拠り所なんですね。「遥かに続く青い天よ、私は何の罪があってこんな災いに見舞われたのでしょうか」。「乃ち《すなは》」は〝なんとまあ〟、と言った感じです。なす術《すべ》もなく、最後は天に訴えるしかないと。

そして第三段では、とうとう異国に着きます。その風土と、それに馴染めない自分、当然湧き起こる望郷の思いが述べられ、やがて意外にも故国から迎えの使節がやって来ます。

――曹操が差し向けた使節ですね。

ええ、しかしなんと彼女一人だけが呼び戻されるんです。現地で授かった二人の子どもや、一緒に連れ去られて来た他の人たちは依然として残ることになり、そこにまた葛藤が生じます。そのようすが次の第四段に述べられて、クライマックスとなります。

存亡永乖隔
不忍与之辞
児前抱我頸
問母欲何之
人言母当去
豈復有還時

存亡《そんぼう》 永《なが》く乖隔《かいかく》す
之《これ》と辞《じ》するに忍《しの》びず
児《じ》は前《すす》んで我《わ》が頸《くび》を抱《いだ》き
問《と》ふ 母《はは》は何《いづ》くにか之《ゆ》かんと欲《ほっ》する
人《ひと》は言《い》ふ 母《はは》 当《まさ》に去《さ》るべし
豈《あに》 復《ま》た還《かへ》るの時有《ときあ》らんやと

阿母常仁惻
今何更不慈
我尚未成人
奈何不顧思
見此崩五内
恍惚生狂痴
号呼手撫摩
当発復回疑
兼有同時輩
相送告別離
慕我独得帰
哀叫声摧裂
馬為立踟躕
車為不転轍
観者皆歔欷
行路亦嗚咽
去去割情恋
遄征日遐邁

阿母《あぼ》は常《かつ》て仁惻《じんそく》なり
今《いま》何《なん》ぞ更《さら》に慈《じ》ならざる
我《われ》 尚《な》ほ未《いま》だ人《ひと》と成《な》らず
奈何《いかん》ぞ顧思《こし》せざると
此《これ》を見《み》て五《ご》内《だい》崩《くづ》れ
恍惚《こうこつ》として狂痴《きようち》を生《しよう》ず
号呼《ごうこ》して手《て》もて撫摩《ぶま》し
発《はつ》するに当《あた》つて復《ま》た回《かへ》り疑《うたが》ふ
兼《か》ねて同時《どうじ》の輩《はい》有《あ》り
相送《あひおく》つて別離《べつり》を告《つ》ぐ
我《わ》が独《ひと》り帰《かへ》るを得《う》るを慕《した》ひ
哀叫《あいきよう》して声《こゑ》 摧裂《さいれつ》す
馬《うま》は為《ため》に立《た》ちて踟躕《ちちゆう》し
車《くるま》は為《ため》に轍《てつ》を転《てん》ぜず
観《み》る者《もの》 皆《みな》 歔欷《きよき》し
行路《こうろ》も亦《また》 嗚《お》咽《えつ》す
去《さ》り去《さ》りて情恋《じようれん》を割《さ》き
遄《すみ》やかに征《ゆ》きて日《ひ》に遐《とほ》く邁《ゆ》く

悠悠三千里　悠悠《ゆうゆう》たり　三千里《さんぜんり》
何時復交会　何《いづ》れの時《とき》か復《ま》た交会《こうかい》せん
念我出腹子　我《わ》が腹《はら》より出《い》でし子《こ》を念《おも》へば
胸臆為摧敗　胸臆《きょうおく》為《ため》に摧敗《さいはい》す

堅い表現が多いですね。当時の読書人の家ではこういう表現が普通だったんでしょうか。

――その頃、女言葉と男言葉の差はあったんですか？

文字使いや文法はあまり変わらなかったんじゃないでしょうか。

――すると、いわゆる「女性文学」はまだ存在してなかったんですね。

そういう形ではちょっと考えられないように思います。口語での「女言葉」はあったかも知れませんが、文語は共通だったんじゃないかな。

さて別れのシーンになり、二人の子どもや漢民族の仲間と別れて一人帰国する時のようすです。一句め、「私と二人の子どもは、これから生き永らえるか死んでしまうかわからないけれど、どちらにしても永久に隔てられてしまう。別れの挨拶などとてもできない。そう思っているところへ、子どもたちが進み出て私の首を抱きしめ、こう尋ねました。お母さんはこれからどこへ行かれるのですか」。以降はしばらく、子どもの一人称形式になります。五句め、「近所の人たちはみんなおっしゃいます、あなたのお母さんはもう行ってしまって帰って来ることはないのだよ、と」。「当《まさ》に」は〝きっと～なる〟という確実性の強い予想、「豈《あに》」は〝どうして～だろうか、そんなことはない〟という否定です。そこで子どもたちは自分の意見を述べます。「阿母《あぼ》」の「阿」は接頭語で、これが付くと親しみを込めた呼び方になりますので〝お母ちゃん〟ですね。「お母ちゃんはずっとお優しかったのに、今はどうしてそんなに冷たくするの。私たちはまだ成人していないのに、どうして心づかいを忘れて見捨ててしまわれるのですか」。以下は彼女自身の感想です。「五内《ごだい》」は〝五つの内臓〟で、そこから〝心の中〟〝胸のうち〟の意味になり、「子どもたちのその姿を見、声を聞くと私の胸は引き裂かれ、我を忘れて正気を失ったようになってしまった」、わかる気がします。「大声で泣いて、この手で子どもたちを撫でさすり、もう出発だというのにやはり思いを引かれ、帰っていいものかどうか迷ってしまう」。さらに追い討ちをかけるのが次です。「そのうえ、私と一緒に連れ去られた女性が見送りに来て、別れの挨拶をする。私だけが国へ帰れるのを羨ましく思って悲しく泣き叫び、その声は震え、ひび割れている」。たいへん臨場感があります。さらに、「馬もこのようすに心を打たれてか、立ったままぐずぐずとためらい、馬車はそのために車輪を動かすことがない。この別れを見ている人はすすり泣き、通りすがりの人々もむせび泣いている」。みんなが貰《もら》い泣きしているわけです。しかしとうとう彼女は出発します。「私はついに前進し、なお残る未練を振り切って先を急ぎ、日に日に異民族の土地から遠ざかって行きます。遥かに遠い三千里の隔たり。いつまた会えることがあるでしょう」、たぶん会えないでしょう。「自分のお腹《なか》を痛めた子らのことをずっと思い続け、私の胸は砕け、つぶれてしまうのです」。「念《おも》へば」とあるのは、単に思うのではなく、〝じっと思い続ける〟という強い気持ちを示します。

続く第五段は、〝帰国してみると、北中国は破壊し尽くされてひどい状態だ〟と描写されます。また曹操の計らいで再婚した夫はいい人で、その愛情に感謝しながらも、今後また同じような体験をするんじゃないか、とおびえを垣間見せて結びます。強烈な体験による心の傷は最後まで癒えない、という結末ですね。

既至家人尽
又復無中外
城郭為山林
庭宇生荊艾
白骨不知誰
従横莫覆蓋
出門無人声
豺狼嘷且吠
煢煢対孤景
怛咤靡肝肺
登高遠眺望
魂神忽飛逝
奄若寿命尽

既《すで》に至《いた》れば家人《かじん》尽《つ》き
又《また》 復《ま》た中外《ちゅうがい》無《な》し
城郭《じょうかく》は山林《さんりん》と為《な》り
庭宇《ていう》に荊艾《けいがい》を生《しょう》ぜり
白骨《はくこつ》は 知《し》らず 誰《た》ぞ
従横《じゅうおう》にして覆蓋《ふうがい》莫《な》し
門《もん》を出《い》づれば人声《じんせい》無《な》く
豺狼《さいろう》 嘷《さけ》び 且《か》つ吠《ほ》ゆ
煢煢《けいけい》として孤景《こけい》に対《たい》し
怛咤《だった》して肝肺《かんぱい》を靡《び》す
高《たか》きに登《のぼ》って遠《とほ》く眺望《ちょうぼう》し
魂神《こんしん》 忽《たちま》ち飛《と》び逝《ゆ》く
奄《えん》として寿命《じゅみょう》の尽《つ》くるが若《ごと》くなるも

傍人相寛大
為復彊視息
雖生何聊頼
託命于新人
竭心自勗励
流離成鄙賤
常恐復捐廃
人生幾何時
懐憂終年歳

傍人《ぼうじん》　相寛大《あひかんだい》なり
為《ため》に復《ま》た彊《し》ひて視息《しそく》し
生《い》くと雖《いへど》も何《なに》にか聊頼《りようらい》せん
命《めい》を新人《しんじん》に託《たく》し
心《こころ》を竭《つく》して自《みづか》ら勗《つと》め励《はげ》ます
流離《りゆうり》して鄙賤《ひせん》と成《な》り
常《つね》に復《ま》た捐廃《えんぱい》せられんことを恐《おそ》る
人生《じんせい》　幾何《いくばく》の時《とき》ぞ
憂《うれ》ひを懐《いだ》いて年歳《ねんさい》を終《を》へん

——子を想う母の気持ちは年月がたっても変わらなくて、生々しいですね。

ドキュメンタリータッチと言いたい詠みぶりで、中国の詩には今後もしばしば、そういう作風のものが現れます。ただ思えば、『詩経』の歌謡も〝民の事情や心をよく映し出しているので参考になる〟と、為政者が集めたものでした。詩といえば、われわれは〝詩人が胸にあふれるロマンを書き付ける抒情の文学〟というイメージを思い浮かべますが、中国の詩は出発点からちょっと違って、事柄や心を〝記録して伝える〟要素が強いような気がします。記録文学と言うのかな。後世では杜甫などに顕著ですが、その伝統様式が確固として現れた初期の例が、この「悲憤詩」だったと言えるんじゃないでしょうか。

六、抵抗と逃避のあいだに――三国時代から魏へ

傷心の豪傑――詩人曹操

いよいよ三国志の立役者、曹操《そうそう》（一五五―二二〇）の登場です。とりわけ小説『三国志演義』の前半では主人公の観もある英雄ですね。女流詩人の蔡琰《さいえん》を異民族の土地から救い出したりしましたが、詩人としても功績を挙げています。彼は実は宦官の家系出身で、お祖父さんの曹騰《そうとう》が後漢で権勢を揮《ふる》った宦官、お父さんはその養子になっています。

――宦官と言えば、「古詩十九首」の辺りで知識人を追い出した人たちですよね。

知識人にとっては不倶戴天《ふぐたいてん》の仇《かたき》にあたりますが、曹操のお祖父さんもお父さんもその一派だったわけです。そういう家系が人格形成に影響を与えたのか、曹操は儒教的な価値観とはあまり縁がなく、伝統や前例、手続きにとらわれず、悪く言えば野望の赴くままのし上がっていった印象

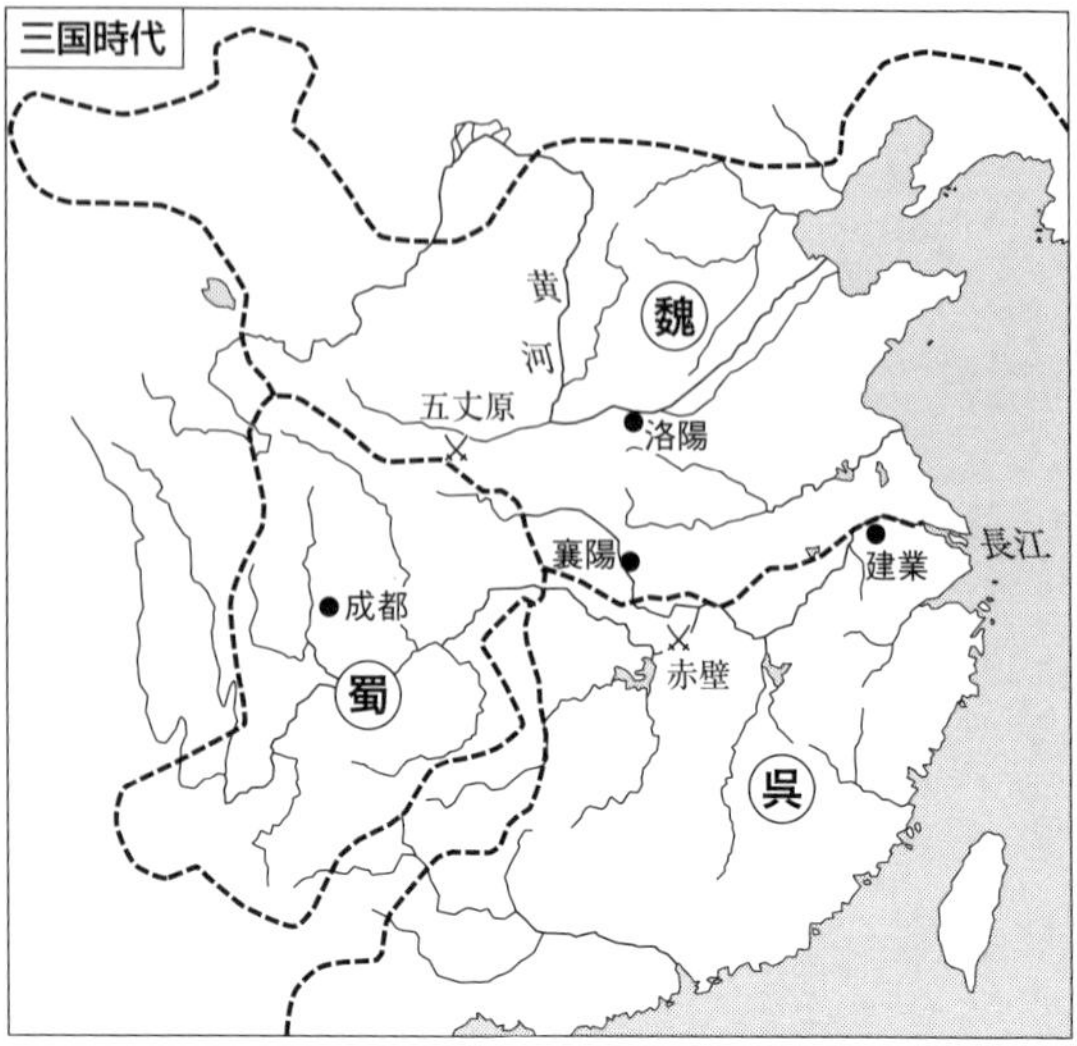

があります。

——例の董卓《とうたく》も暴君でしたが……。

まあ、同じ穴の貉《むじな》と言いますか、でもこういう乱世は、八方破れでアクの強い人物がのし上がる時代なのかも知れません。曹操も黄巾の乱を討伐して朝廷から官位をもらい、頭角を現しました。考えると、黄巾の乱は追い詰められた貧しい農民が宗教で結束し、待遇改善を求めて起こした反乱ですから、それを潰そうとした曹操は、最初から民の視点には立っていない、世の中のためというようなことは考えていなかったんですね。

彼はまず山東省の長官となり、そこを基盤に勢力を広げるうち、洛陽では董卓が好き放題の乱暴狼藉を働きます。そのあまりの残虐さに反董卓軍が結成され、曹操もそれに加わったのですが、やがて董卓が部下に殺されると、今度は反董卓軍の内部で戦いが始まります。とまあ、後漢の末はめちゃくちゃな時代で、そのどさくさの中で曹操は後漢最後の皇帝を擁して将軍となり、董卓にさんざん破壊された洛陽の復興に着手します。同時にライバルを次々と滅ぼし、とうとう北中国全体を支配下に置きました。これが「魏」です。

曹操はつづいて南中国の征服を企て、大軍を率いて南下する計画を立てますが、その情報が伝わった南中国では、すでに半独立化していた南西部と東南部の政権、「蜀」と「呉」が手を組んで迎え撃ちます。それが「赤壁《せきへき》の戦い」(二〇八年)です。連戦連勝だった曹操軍はここで大敗北、中国統一の野望は挫かれて、以後、魏・呉・蜀の三国時代が始まりました。

その後、曹操は魏の基礎固めに邁進するのですが、政治面、軍事面での功績は大きく、特に土地の開発や税制に思い切った改革を断行します。たとえば屯田制や戸調制、兵戸制など、通念にとらわれない斬新なやり方が、この時期はうまくいったようです。一方で彼は、都に一流の文人たちを多く集めました。歴史を眺めますと、日本でも豊臣秀吉がお茶に凝ったり、支配者というのは権勢欲が一段落すると文化に力を入れる傾向があるようですね。

――ヨーロッパでもそうですよね。

それによって格を高める、箔《はく》をつける気持ちが働くんでしょうか。『三国志演義』での曹操は完全に悪役ですが、史実として、文学面での功績が高かったことは否定できません。彼が集めた有能な文人の中でも特に優れた七人は「鄴下《ぎょうか》の七子《しちし》」、または「建安の七子」と呼ばれています。「鄴《ぎょう》」は曹操が都を置いた町の名前、建安は後漢最後の年号です(一九六〜二二〇年)。また曹操自身とその二人の息子、曹丕《そうひ》・曹植《そうしょく》もたいへん文才に優れ、この三人を「三曹《さんそう》」と呼びます。宮廷には文壇のサロンが結成され、文人たちはしばしばそこに集まって詩や文章を競作し、批評し合うようになりました。それによって互いに腕を磨きますから、詩文はレベルアップし、題材も様々に開拓され、いわばこの「三曹七子」によって五言詩はさらに大きく展開していったんです。

——すると曹操は詩人としてもそれなりに評価されているんですか。

ええ、彼自身にも詩才があり、二十首余りの作品が残っています。当時の時代背景をよく映していますし、自身の感慨や主張が強く出ていて、先の蔡琰を継ぐような詩風になっています。まあ、単なるむくつけき武人でなかったことは確かでしょう。特に「苦寒行《くかんこう》」は、血も涙もない残虐な曹操像とはかなり違って、ギャップが面白いです。

苦寒行

北上太行山
艱哉何巍巍
羊腸坂詰屈
車輪為之摧
樹木何蕭瑟
北風声正悲
熊羆対我蹲
虎豹夾路啼
谿谷少人民

苦寒行《くかんこう》　曹操《そうそう》

北《きた》のかた太行山《たいこうざん》に上《のぼ》るに
艱《かん》なる哉《かな》　何《なん》ぞ巍巍《ぎぎ》たる
羊腸《ようちょう》の坂《さか》　詰屈《きっくつ》たり
車輪《しゃりん》　之《これ》が為《ため》に摧《くだ》かる
樹木《じゅもく》　何《なん》ぞ蕭瑟《しょうしつ》たる
北風《ほくふう》　声《こゑ》　正《まさ》に悲《かな》し
熊羆《ゆうひ》　我《われ》に対《たい》して蹲《うづく》まり
虎豹《こひょう》　路《みち》を夾《はさ》んで啼《な》く
谿谷《けいこく》　人民《じんみん》少《すくな》く

雪落何霏霏
延頸長歎息
遠行多所懐
我心何怫鬱
思欲一東帰
水深橋梁絶
中路正徘徊
迷惑失故路
薄暮無宿棲
行行日已遠
人馬同時飢
担嚢行取薪
斧氷持作糜
悲彼東山詩
悠悠使我哀

雪落《ゆきお》ちて　何《なん》ぞ霏霏《ひひ》たる
頸《くび》を延《の》べて長歎息《ちようたんそく》し
遠行《えんこう》して懐《おも》ふ所《ところ》多《おほ》し
我《わ》が心《こころ》　何《なん》ぞ怫鬱《ふつうつ》たる
一《ひと》たび東《ひがし》に帰《かへ》らんと思欲《しよく》す
水深《みづふか》くして橋梁《きようりよう》絶《た》え
中路《ちゆうろ》　正《まさ》に徘徊《はいかい》す
迷惑《めいわく》して故路《ころ》を失《うしな》ひ
薄暮《はくぼ》に宿棲《しゆくせい》する無《な》し
行《ゆ》き行《ゆ》きて　日《ひ》　已《すで》に遠《とほ》く
人馬《じんば》　同時《どうじ》に飢《う》う
嚢《ふくろ》を担《にな》ひて　行《ゆ》きて薪《たきぎ》を取《と》り
氷《こほり》を斧《き》りて　持《も》つて糜《かゆ》を作《つく》る
彼《か》の東山《とうざん》の詩《し》を悲《かな》しみ
悠悠《ゆうゆう》として　我《われ》をして哀《かな》しま使《し》む

題は「寒さに苦しむ歌」と訳せばいいでしょうか。魏の政権がまだ固まっておらず、各地に反対派もまだ大勢いる、その中の一つの集団を征伐しに出かける過程で詠まれました。そういった反乱の一つを収めて都に帰る途上で作られた、という説もあります。

四句ごとの六段落に分かれ、第一段は自身の率いる軍隊が行く山道の険しさを述べて導入にしています。「我々は北に向かって太行山《たいこうざん》に登る。その山道はまことに険しい。何とまあ山が高くそびえているのだろう」。この詩の一つの特色は、疑問の「何ぞ〜たる」がたくさん出て来ることです。「羊腸《ようちょう》」はうねうねと曲がりくねる形容。「うねうねと続く坂は曲がりくねっていて、車輪もそのために壊れてしまいそうだ」。険しさを強調しています。

第二段四句は、冬の山林の眺めです。叙景ですが、その厳しくつらい眺めが、第三段以降、自分の気持ちを述べる伏線になっていて、この辺はなかなかうまい構成です。「山中の樹木はなんと寂しい音をたてることだろう。北風が吹く音はまことに悲しい。熊やヒグマがわれわれに向かってうずくまり、虎や豹が路の両側で吠えている」。本当にこういう猛獣がいたのかな、冬ですから熊は冬眠している気もしますが……。たぶんこれは、〝前途にはまだ強敵がたくさんいる〟という比喩なんでしょう。

第三段は人けのない谷の描写。雪まで降りはじめます。「山の谷間は行く人も稀で、雪さえまあなんと激しく降ることだろう」。「霏霏《ひひ》」は激しく降る形容です。そんな中、「私は首を伸ばして故郷の方を眺め、深いため息をついてしまう」。「頸《くび》を延《の》べて」は、待ち望んでじっと眺める意味です。特に旅人が故郷を、或いは奥さんが旅に出ている夫の方角を眺める場合が多いのですが、ここは曹操がこれから帰る都の方を眺め、早く帰りたいなあとため息をつくんでしょう。「長い旅路、思うことがいろいろ湧き起こって止まない」。この辺から自身の感情の描写に移って行きます。叙景から入って、それに触発されるかたちで感情表現に移るわけですね。

第四段は故郷に帰りたい思い、しかしそれには障害やハプニングが多いという描写です。「私の心はなんと心配で落ち着かないことか」。「怫鬱《ふつうつ》」は心配ごとのために気が滅入る、心が塞《ふさ》いでしまう意味の形容語です。「一《ひと》たび」は〝ひとえに〟という強調でしょう、「私の想いはひとえに東の故郷へ帰ろうとすることに集中している」。なのに、「やっと辿り着いた川の水は深く、しかも橋は壊れていて、路の途中でうろうろするしかない」。

第五段では道に迷い、一同が次第に飢えてゆきます。「われわれは迷って元の道筋を見失い、夕暮れになったというのに泊まる場所も見つからない」。雪の山中でこうなるとたいへんです。「それでもどこまでも歩き続けて日数が重なるばかり、人も馬も共に飢えてゆく」。

――なんだか八甲田山を思い出します。

まさにそうですね。第六段は結びです。かろうじて飢えをしのぎ、自分の不甲斐なさを歎くのですが、曹操にしては珍しく弱気になって愚痴をこぼしています。「ふくろを担《かつ》いで出かけて行って薪《たきぎ》を取り、氷を割って粥《かゆ》を作る生活だ。そんな中で私は昔の東山《とうざん》の歌謡を思い出す」。「東山」は『詩経』にある歌謡です。周公という儒教の聖人が軍隊を率いて東へ遠征して戻った時、彼をほめたたえて歌われたものです。

――ちゃんと『詩経』の引用をしているんですね。

ええ、〝それと比べて自分はだめだ〟と言うんです。「私はあの周公が部下の労苦をねぎらい、部下からたたえられたことを悲しく思い出す」。周公のようにゆかない自分、「その歎きは深まって、ますます私を悲しませる」。

――なにやら名君のようですねえ。印象が変わってきました。

どこか人格者の雰囲気ですが、悪意に取れば、曹操の側近が代作したかも知れませんね。

――うわあ、そうなんですか、「勝者の歴史」の延長ってわけですか。

こういう詩が残れば、人格円満な名君として評判も高まりますから。

亀雖寿

神亀雖寿　猶有竟時
騰蛇乗霧　終為土灰
老驥伏櫪　志在千里
烈士暮年　壮心不已
盈縮之期　不独在天
養怡之福　可得永年
幸甚至哉　歌以詠志

亀雖寿《きすいじゅ》　曹操《そうそう》

神亀《しんき》は寿《いのちなが》しと雖《いへど》も　猶《な》ほ竟《をは》るの時《とき》有《あ》り
騰蛇《とうだ》は霧《きり》に乗《じょう》ずるも　終《つひ》に土灰《どかい》と為《な》る
老驥《ろうき》櫪《れき》に伏《ふ》すとも　志《こころざし》は千里《せんり》に在《あ》り
烈士《れっし》暮年《ぼねん》　壮心《そうしん》已《や》まず
盈縮《えいしゅく》の期《き》は　独《ひと》り天《てん》に在《あ》るのみならず
養怡《ようい》の福《ふく》は　永年《えいねん》を得《う》可《べ》し
幸甚《こうじん》至《いた》れる哉《かな》　歌《うた》うて以《もっ》て志《こころざし》を詠《えい》ず

――なにやらカッコいい詩ですが、これも偽作なんでしょうか。

どうでしょう。これはたぶん、魏の宮廷で催された大宴会の際に作って歌われたものだと思いますが、全体としては〝運を天に任せず積極的に切り開こう〟という内容です。

——素晴らしいじゃないですか、真作なら。

楽天的な人生観です。四句ごとに分かれ、第一段では〝伝説上の動物にも寿命はあるだろう〟と始めます。「霊力のある不思議な亀は千年万年生きると言われているが、それでも死ぬ時はやって来るだろう。天に昇る龍は霧に乗って自由自在に飛び回るが、それも最後には土埃《つちぼこり》になってしまうだろう」。なにか思わせぶりな出だしです。

次の四句、〝そうではあるが、人も動物も心を強く持って生きることが大事だ〟と、まず馬の例を出します。「年老いた駿馬は厩《うまや》に寝そべる身になっても、心の目標はまだ千里の彼方まで走り回ることにある」。立派な馬はそういうもので、人間も同じ、「心正しく情熱を失わない男は晩年になっても、そのような盛んな心意気は衰えないものだ」。自分もそうありたいというわけです。

次の四句は〝長生きするために最大限の努力をしよう〟という提案です。「運命の良い悪いは、ひとえに天の命ずるところにだけあるわけではない」、努力次第で何とかなる、「心の安らぎを養い育てる幸福によって、長い寿命を得ることもできるであろう」、平常心が大事だと言っているんでしょうか。まあ、なかなかそれができないから苦労するんですけどね。

——ですよねえー、大いに一人で納得しているような。

〝いろいろ考えてそうとわかった〟、最後の二句はこれを受けて、「そういう幸せこそ最も素晴らしいのだ。それに気づいた私はこの歌を歌って、そんな気持ちを述べることにしよう」。

――なかなか深い感じもしますが……。

教訓的ですね。ただやはり、功成り名遂げた帝王の感慨にも思えます。中国全体はまだ乱世で、農村も破壊されたまま復興していません。作品だけ見れば立派なんですが……。

――あくまで個人的な歌というわけですか。調子のよさや勇猛果敢な雰囲気に騙されてしまうのかな。でも「苦寒行」は五言詩で、こちらは四言詩と、使い分けてますね。

そうですね。宮廷の宴会など、かしこまった場では四言を使い、出征の途中など自分の気持ちを込めたい場合は五言詩と、題材や発表の場によって使い分けたんでしょうか。だとすると、それだけ真剣に詩を作っていたという見方もできます。

漂泊の魂――曹植

曹操は戦場にいても、閑な時は武器を脇に置いて本を読み、詩を作る人でしたし、その息子たちも、政治や文学にたいへん優秀な才能を持っていました。うち四男の曹植《そうしょく》（一九二―二三二）は、実は杜甫が出るまでは中国最高の詩人として尊敬されていた大詩人なんです。ところが優秀な息子たちゆえに後継者争いが熾烈になり、彼はそれに巻き込まれてまことに不運な人生を送りました。

――ありがちな話ですねえ。

長男が早世したため、次男の曹丕《そうひ》が跡を継いだ、これは自然なのですが、三男の曹彰《そうしょう》は不思議な死に方をし、曹植は曹丕の即位後、追いやられて地方を転々とさせられました。ですので曹丕は、とかく記録の上では悪役になりがちです。

――いやなお兄ちゃんというわけですか。曹彰が不可思議な死に方をしたというのは？

曹植が三十二歳の夏、曹丕はすでに即位して文帝となっていました。以下は史実かどうかわかりませんが、曹彰が母である太后の部屋で棗《なつめ》を食べながら碁を打っていた時、才能のある弟を憎んだ曹丕が、あらかじめ棗のへたに毒を仕込んでおいたんです。自分は食べないようにしていましたが、曹彰は構わず口に入れたものですから、毒が回って倒れてしまいます。太后は水を飲ませて助けようとしたものの、曹丕が事前に井戸のつるべを壊しておいたので水が用意できず、曹彰はこと切れてしまったそうです。

――えぇーっ、やっぱりいやな奴ですねえ。でも自分が即位してしまえば、わざわざ四男の曹植を追いやる必要はないですよね？

おそらくこの後継者争いは、曹植自身は位を狙う気持ちはなかったにもかかわらず、もともと野心のあった側近たちが彼を担ぎ上げて位につかせ、自分たちものし上がろうと企んだんじゃないでしょうか。そういうケースは世界史の中に時々ありますよね。

――じゃあ、それを恐れた曹丕サイドが、あいつは危ないから遠ざけようと。

どうもそれが真相に近いような気がします。曹丕も側近に利用された可能性があって、だから単純に曹丕は悪役、曹植は犠牲者といった図式どおりには行かないと思うのですが。

――なるほど。それで追いやられた曹植はどうなったんでしょう。

転々と地方官を務めました。やがて曹丕が早く亡くなり、その跡を息子の曹叡《そうえい》が継ぎます。明《めい》帝《てい》といって、ちなみにこの時代に日本から使者が来たことが『魏志倭人伝』に載っています。曹植はこの明帝にも疎まれ、相変わらず地方を転々としました。曹植自身「都へ戻りたい」「野心はない」と陳情をするのですが、叶えられず、わずか四十一で亡くなります。当時としても若死にだったでしょう。

――そんな悲運の曹植は、詩の世界でどのような功績を上げたのでしょうか。

これまでの詩は、集団で歌う仕事歌、芸能歌謡、「古詩十九首」では連帯感の確認など、あまり個人の人生や境遇は歌い込まれていませんでした。その中からしだいに、秦嘉・徐淑や蔡琰のように、まったく私的な体験を詠んだ例が出て来ましたが、曹植はこれを承けて、自分自身の人生・境遇と、そこから来る不遇感や憤りをエネルギー源にして、いろいろの題材を取り上げ、さまざまの手法を開拓しました。言ってみれば曹植によって〝これが漢詩だ〟という、漢詩の基本形が確立されて、後世に受け継がれていった、そういう意味で大きな存在です。南朝時代には「曹植は偉大な詩人であり、倫理・道徳の世界における孔子に匹敵する」とまで絶讃されています。

――それは大変な評価ですね。その辺を念頭において、一首めの「吁嗟篇《うさへん》」に参りますか。

吁嗟篇

吁嗟篇《うさへん》　曹植《そうしょく》

吁嗟此転蓬
居世何独然
長去本根逝
夙夜無休間
東西経七陌
南北越九阡
卒遇回風起
吹我入雲間
自謂終天路
忽然下沈淵
驚飈接我出
故帰彼中田
当南而更北
謂東而反西
宕宕当何依
忽亡而復存
飄颻周八沢
連翩歴五山

吁嗟《ああ》 此《こ》の転蓬《てんぽう》
世《よ》に居《を》ること 何《なん》ぞ独《ひと》り然《しか》るや
長《なが》く本根《ほんこん》を去《さ》りて逝《ゆ》き
夙夜《しゅくや》 休間《きゅうかん》無し
東西《とうざい》 七陌《しちはく》を経《へ》
南北《なんぼく》 九阡《きゅうせん》を越《こ》ゆ
卒《には》かに回風《かいふう》の起《おこ》るに遇《あ》ひ
我《われ》を吹《ふ》いて雲間《うんかん》に入《い》らしむ
自《みづか》ら謂《おも》へらく 天路《てんろ》を終《を》へんと
忽然《こつぜん》として 下《くだ》つて淵《ふち》に沈《しづ》む
驚飈《けいひょう》は我《われ》を接《むか》へて出《い》で
故《ことさら》に彼《か》の中田《ちゅうでん》に帰《かへ》らしむ
当《まさ》に南《みなみ》すべくして更《さら》に北《きた》し
東《ひがし》せんと謂《おも》ふに 反《かへ》つて西《にし》す
宕宕《とうとう》として 当《まさ》に何《いづ》くにか依《よ》るべき
忽《たちま》ち亡《ほろ》びて復《ま》た存《そん》す
飄颻《ひょうよう》として八沢《はったく》を周《めぐ》り
連翩《れんぺん》として五山《ござん》を歴《へ》たり

流転無恒処
誰知我苦艱
願為中林草
秋随野火燔
糜滅豈不痛
願与根荄連

流転《るてん》して恒処《こうしょ》無《な》し
誰《たれ》か我《わ》が苦艱《くかん》を知《し》らん
願《ねが》はくは中林《ちゅうりん》の草《くさ》と為《な》り
秋《あき》 野火《やか》に随《したが》つて燔《や》かれん
糜滅《びめつ》 豈《あに》 痛《いた》ましからざらんや
願《ねが》はくは根荄《こんがい》と連《つら》ならん

――うーん、いったい何を言っているんでしょうか……。

全体としては第一句に出て来る「転蓬《てんぽう》」という植物がテーマです。日本では見られませんが、丸く球状に生長して、枯れると根から離れ、風に吹かれながらころころ転がる草です。

――西部劇によく出てくるアレですか。中国にもあるんですね。

ええ、あの同類で和名を「ころがりぐさ」と言います。それに自分の人生をなぞらえて詠んだ自画像、おそらく三十五歳以後の、彼の早すぎる晩年期の作と言われています。四十年ちょっとの人生でしたが、前半生はわりと幸福で、父の曹操も彼の才能を気に入って、十代ぐらいから「建安の七子」の文壇サロンに出入りして多くの影響を受け、すくすくと才能を伸ばしてゆきました。それが二十三歳頃から後継者争いが表面化し、お兄さんが皇太子になると、それまで野望をもって曹植に近づいていた人はさーっと離れてゆきますよね。その辺から人生は暗転し、曹操が亡くなって曹丕が即位して以降は、都に戻れませんでした。ですからこの詩は、運命の暗転から十年以上たって作られたことになり、当時はまさに、毎年のようにあちこち移動させられていたわけです。

――なるほど、我が身を転蓬に置き換えて悲運の境涯を訴えたわけですか。

さすらいの生活の悲しみです。そういうたとえは、同じような経験をしていない人にはわかりにくいですよね。あちこちに左遷されたり、単身赴任させられたりした人が読めば共感できる、だからこの詩は個人的なものに立脚しているんです。

――でも、たとえ自体は『詩経』以来ありましたが……。

これまでのたとえは、たとえば女性の美しさを花や月にたとえたり（『詩経』）、夫と妻の仲のよさを蔓《つる》植物が絡み合うことで表現したり（「古詩十九首」）、その時代の誰が読んでもわかる最大公約数的なもの、或いは自分の機知やユーモアを誇るためのものでしたが、ここに到って、作者自身の人生に根ざしたものに変わったわけです。

――ははあ、かつてはみんなが共通項としてもっていたものが一転して個性化されたと。

はい。この詩も曹植の人生を知ったうえで読めばたいへん共感できますし、同様の境遇にあればまさに他人事《ひとごと》とは思えないでしょう。

――そこが、曹植が文学界の孔子のように言われる所以《ゆえん》なんでしょうか。

孔子は儒教の体系を確立した人です。大きな目で見ると、古今東西を問わず、文学や芸術の或る形式が出はじめた時、最も早い段階でその典型を確立してしまう天才というか、大物が現れますよね。和歌でいえば柿本人麻呂、能なら世阿弥、俳句なら芭蕉とか。それぞれ初期にいろんな可能性を模索し、或る形式を決定し、後世のお手本を作った。曹植は漢詩の世界でまさにそういう人です。

——ほんとに偉い人なんですね。彼は自分の境涯を愁えた詩ばかり作ったんですか？

数自体はそんなに残っておらず、七十首ほどですが、内容としてはそういうものがほとんどです。すべての作品に曹植の顔が見えると言っていいかも知れません。「吁嗟」は歎き悲しむこと、「〜篇」は〝〜の歌〟ですので、題名は「歎きの歌、悲しみの歌」という意味になります。

四句ずつきれいに分かれ、第一段はころがりぐさの哀れさを述べて導入にします。「ああ、ころがりぐさよ。この世に過ごしていて、どうしてお前だけがそうなのか。遥か遠くに元の根元から離れて転がってゆき、朝早くから夜遅くまで休むことができない」。以下、えんえんところがりぐさのようすを描写します。

そして第二段、「東へ西へと七つのあぜ道を渡り、南へ北へと九つのあぜ道を越えてゆく。突然、つむじ風が巻き起こり、わが身を吹いて雲の中に吹き入れてしまった」。ここでころがりぐさを「我」と言っていて、読む人はあれ？　と思います。作者ところがりぐさが一体化するわけです。以下はころがりぐさの動きにもご注目下さい。

第三段、空から落下してまた上昇する、上下の動きです。「ああ、これで空の果てまで行きつけると思った途端、ふいに下界に落ちて深い淵に沈んでしまった」。「淵」は川の深い所です。「と思うと、今度は突風が私を吹き上げ、ご丁寧にもとの畑に帰してくれようとする」。

第四段は、水平の動きです。「これから南へ行く筈が、逆にどんどん北へと飛ばされた。東へ行こうと思えば逆に西へ飛ばされる」。「宕宕《とうとう》」は〝当てもない、果てもない〟こと。「どこに行くのか果てしもなく、何を頼りにしていいのか。ふと消えたかと思うと、どっこいやっぱり生きていた」。

——(笑)。

いったい何が言いたいのか、事情を知らないで読むと、何をこんなにこだわっているのかということになります。

次の第五段は動きがさらに拡大していきます。「ふわりふわりと八つの沼をめぐり、ひらりひらりと五つの山岳を通る。さすらい続けて落ち着き場所がない。いったい誰が私のこの難儀をわかってくれるだろう」。すでに「私の苦しみ」となっていますし、空間が「八沢《はつたく》」「五山《ござん》」へとわあっと拡大していって、ここまで来ればもう、単なるころがりぐさの描写と思う人はいないでしょう。

そして第六段、苦し紛れに「もう死にたい」と痛ましく結びます。「出来ることなら森の中の草になり、秋になったら野火《のび》に焼かれてしまいたい」。「野火」は山の自然発火です。「焼けただれるのはまことに痛く苦しいが、たといそうなるとしても、あちこち転がるよりは元の根っことつながっていたいんだ」。ここで言う〝根っこ〟は、やはり曹丕がいる宮廷を指すんでしょう。

——なんとも悲しいですねえ……。次はそんな曹植が、またお兄ちゃんに痛められる歌なんですよね。

はい、「七歩《しちほ》の詩」と呼ばれています。

兄の曹丕に命じられて「七歩の詩」をつくる曹植
(『三国志通俗演義』より)

文帝嘗令東阿王七歩中作詩。不成者行大法。応声便為詩。曰、
文帝《ぶんてい》 嘗《かつ》て東阿王《とうあおう》をして七歩《しちほ》の中《うち》に詩《し》を作《つく》ら令《し》む。成《な》らざる者《とき》は大法《たいほう》を行《おこな》はんとす。声《こゑ》に応《おう》じて便《すなは》ち詩《し》を為《つく》る。曰《いは》く、

煮豆持作羹　漉豉以為汁　豆《まめ》を煮《に》て持《もっ》て羹《あつもの》と作《な》し　豉《し》を漉《こ》して以《もっ》て汁《しる》と為《な》す
萁在釜下然　豆在釜中泣　萁《まめがら》は釜下《ふか》に在《あ》りて然《も》え　豆《まめ》は釜中《ふちゅう》に在《あ》りて泣《な》く
本自同根生　相煎何太急　本《もと》 同根《どうこん》より生《しょう》ずるに　相《あひ》煎ること何《なん》ぞ太《はなは》だ急《きゅう》なると

帝深有慚色。
帝《てい》 深《ふか》く慚《は》づる色《いろ》有《あ》り。

——なにか、非常に含みがあるように思えるのですが。

いいたとえで有名な詩で、何が何をたとえているかに注目して頂きたいのですが。南朝時代に編まれた有名人のエピソード集『世説新語《せせつしんご》』に載っている詩で、前後に説明がついています。「文帝」は即位した曹丕の称号、「東阿王《とうあおう》」の「東阿」は山東省の地名で、曹植が晩年そこにいたので曹

植を指します。「文帝曹丕が以前、曹植に命令して、七歩あるくうちに詩を作らせた」。その際、「出来なければ大法《たいほう》を行うぞと言った」。大法は〝重大な刑罰、極刑〟で、死刑を指すことも多いです。本当でしょうかねえ、冗談としてもちょっと極端な話です。が、それを聞いた曹植は慌てず騒がず「命令に応じてすぐ次の詩を作った」と。

そこで詩に入ります。「羹《あつもの》」は肉や野菜が入った濃い汁、ポタージュスープですね。「豉《し》」は豆で作った調味料。「豆を煮て濃い汁物《しるもの》を作り、豆で作った調味料を滴《したた》らせて味を調《ととの》える」。豆を煮る時、燃料に豆がら、つまり豆の実を取ったあとのさやとか枝とか葉とか、捨てるものを使います。そこで、「豆がらは鍋の下で燃え続け、一方、豆は鍋の中で煮られて泣いている。豆がらと豆はもともと同じ根から生長したものなのに、豆がらはどうして豆をそんなに激しく煮立てるのでしょう」。「相煎《あひに》る」は、ここでは豆がらが豆を煮ること。すると、「その歌を聞いた文帝は、深く恥ずかしがる表情を見せた」。

——つまり、豆と豆がらはどちらがどちらかと言うと……。

当然、豆がいじめられる方ですから曹植、いじめる豆がらが曹丕なんですが、豆はそのままでも食べられるうえ調味料にも使える、応用範囲の広い優れものです。曹植はこれを自分にたとえた。片や、豆がらはカスですよね。しかも、豆を煮るために自ら燃え尽きて無くなってしまう、その豆がらにお兄さんをたとえているのですから、相手をせせら笑うような、かなりきつい諷刺です。それなのに、最後にお兄さんが〝深く恥じ入る表情を見せた〟というのは……おかしいですよね。

――お兄ちゃんはその場でわからなかったのでしょうか。

曹丕は建安時代のリーダーですから、わからなかった筈はないと思います。こんな詩を見せられたら、即刻曹植を罰した筈ですが……。

――偽作の疑いもあるんですよね。

ええ、曹植個人の文集には入っていませんので。ただ、唐の時代にはもう曹植の作として伝えられていますが、それはつまり、その時点で既にこの兄弟の関係が通俗的な、興味本位の話題になっていたことを示しているのでしょう。

――兎も角も曹植は機知に富んだ詩も書いたと。さらに彼は〝ダ・ヴィンチ〟的家系の人であったそうな……？

そうなんです。曹家の人々はみな優秀ですね。たとえば曹植の異母弟で、曹沖《そうちゅう》という神童がいました。彼が五歳のころ、お父さんの曹操から象の体重の測り方を問われて、こう答えたそうです。〝まず象を大きな船に載せる。重みで船は少し沈みますが、その船べりの水ぎわのところに印をつける。次に象の代わりに石をどんどん積み込み、印のところまで船が沈んだら、石の重さを一つ一つ測って合計すれば象の体重が出る〟……独創的な人ですね。

――曹植は〝詩の孔子〟、またその弟は〝中国のアルキメデス〟だったんですね。

主題と変奏――曹植、そして曹丕

曹植の作風の一つの特徴は、「主題と変奏」とも言えます。すでに知られている作品に基づいて、そこに自分の個性を加えてゆく作り方ということです。たとえば「七哀《しちあい》の詩《し》」は元歌《もとうた》の「古詩十九首」其の十九（→一八〇ページ）と比べると歴然とします。ともに夫が旅に出てなかなか帰って来ない奥さんが主人公で、月夜の晩に眠れず悩むという内容ですが、古詩の方はその状況や悲しむようすを横から見ているような単純な描写であるのに比べ、曹植の詩はどうなっているか、それを念頭に置いて見てゆきたいと思います。

七哀詩

七哀《しちあい》の詩《し》　曹植《そうしょく》

明月照高楼
流光正徘徊
上有愁思婦
悲歎有余哀
借問歎者誰
言是宕子妻
君行踰十年
孤妾常独棲
君若清路塵
妾若濁水泥

明月《めいげつ》 高楼《こうろう》を照《て》らし
流光《りゅうこう》 正《まさ》に徘徊《はいかい》す
上《かみ》に愁思《しゅうし》の婦《ふ》有《あ》り
悲《ひ》歎《たん》 余《よ》哀《あい》有《あ》り
借問《しゃもん》す 歎《たん》ずる者《もの》は誰《た》ぞと
言《い》ふ 是《こ》れ 宕子《とうし》の妻《つま》なりと
君《きみ》 行《ゆ》きて十年《じゅうねん》を踰《こ》え
孤妾《こしょう》 常《つね》に独《ひと》り棲《す》む
君《きみ》は清路《せいろ》の塵《ちり》の若《ごと》く
妾《しょう》は濁水《だくすい》の泥《どろ》の若《ごと》し

浮沈各異勢
会合何時諧
願為西南風
長逝入君懐
君懐良不開
賤妾当何依

浮沈《ふちん》 各〻《おのおの》勢《いきほ》ひを異《こと》にす
会合《かいごう》 何《いづ》れの時《とき》か諧《かな》はん
願《ねが》はくは西南《せいなん》の風《かぜ》と為《な》り
長逝《ちょうせい》して君《きみ》が懐《ふところ》に入《い》らん
君《きみ》が懐《ふところ》 良《まこと》に開《ひら》かずんば
賤妾《せんしょう》 当《まさ》に何《いづ》くにか依《よ》るべき

——朗読をしても、つい感情移入してしまいます。

そこが曹植の偉さかも知れません。この詩もきれいに四句ずつに分かれます。一句めの「高《こう》楼《ろう》」は二階建て以上の建築物、そこで悲しみに沈む奥さんを登場させ、「明るい月が高楼《たかどの》を照らし、降り注ぐ光はまるでゆらめくようだ」。「徘徊《はいかい》」はうろつき回ることですが、明月の光ですからここは詩的表現で、揺れるようにあふれる光の雰囲気でしょう。

——なにかこう、月の光がふわぁっと射している感じが見えてきます。

唯美的というか、うまい表現ですね。そのあふれる光の中に奥さんがいます。「高楼の上の部屋に悲しそうな人妻がいて、その歎きは、尽きることのない悲しみを伝えて来る」。これが舞台設定でしょうか、古詩と比べるとずいぶん手が込んでいます。

第二段は、問い掛けに答えて奥さんが自己紹介してゆきます。「借問《しゃもん》す」は〝ちょっとお尋ねします〟の決まり文句。作者が顔を出す設定で、「ちょっとお尋ねするが、そこで歎いているのはどなたでしょうか」。すると「彼女は答えて、私はさすらい人の妻でございます」。「宕子《とうし》」の「宕《とう》」は〝とめどがない、あてがない〟の意味で、旅人にたとえられます。夫は旅行中なんですね。以下は奥さんの答えが一人称形式で続き、「あの人は出かけたきりもう十年以上たち、孤独な私はそれ以来ずっと一人暮らしなのです」。

第三段も奥さんの告白で、夫との境遇の隔たりを、曹植得意のたとえを使って述べます。ここも独創的で、「あの人はきれいな道路の上の塵のように、ふらふらとさまよいがちです」。つまり風が吹けばすぐどこへでも行ってしまう。それに比べて「私は濁った水たまりの底の泥のように、ただじっとしているしかない」。軽いふわふわしたものと、下の方でじっとしているしかないもの、その二つの対比で両人の境遇を表したのを受けて、「さまようあの人と、沈み込む私と、お互いの状況がまったく違ってしまいましたが、再会はいつになったら叶えられるのでしょうか」。

そして第四段、願望で結びます。「できることなら西南から吹く風に乗って、遥かに空を吹き渡り、あの人の胸の中に飛び込みたい」。〝でも〟、とちょっと不安を出します。「賤妾《せんしょう》」は女性の謙遜の一人称で、「しかしあの人の懐《ふところ》がずっと開かないままで終わってしまったら、この私はいったい何にすがればいいのでしょう」。

——曹植は、前作ではころがりぐさを自分の境涯にたとえましたが、こちらは何を言いたいんでしょう？

これは主人公の奥さんが曹植自身のたとえで、最後の「あの人」は魏の都そのもの、或いは兄の曹丕、またはその跡を継いだ息子の曹叡を指しているんでしょう。西南からの風に乗って東北の都に行くとすれば、この時、曹植は都の西南方面に飛ばされていたんですね。

——彼の心中には常に「都に戻りたい」という気持ちが強くあったということですか。

ええ、彼にはこういった作品が多く、中でもこの詩のように、不幸な女性に自身をたとえて〝どうにかならないものか〟と訴えるパターンが目立ちます。そういう、不幸な女性に自分の気持ちや主張を託する閨怨詩は、以後、曹植が確立したジャンルとして受け継がれてゆきました。その閨怨詩に登場する、恵まれない不幸な女性は〝思婦《しふ》〟と呼ばれます。

——それにしても冒頭の「明月《めいげつ》 高楼《こうろう》を照《てら》し……」は非常に映像的な感じがしますし、続く「上《かみ》に愁思《しゅうし》の婦《ふ》有《あ》り／悲歎《ひたん》 余哀《よあい》有《あ》り」などは、ト書きの印象があります。

ああ、その舞台設定の部分はまさにト書きなんでしょうね。それに主人公が出て来て喋《しゃべ》りはじめます。

——ええ、だから続くせりふに感情移入できてしまうんです。さらにその台詞は抒情的で、どこかシェイクスピア劇の趣《おもむき》さえ感じてしまいます。

曹植は詩人で、これは詩なんですが、そう言われると、劇のミニチュアという気もして来ました。作者の中にそういった世界を作ろうという設計図がはっきりあって、それに従って表現してゆく構成意識が感じられますね。

——以前にこういう詩はあったんでしょうか。

遡れば『楚辞』の「山鬼《さんき》」も、最初に舞台装置が設定されて、女神のせりふが続く展開になっていました。娘さんが主人公の古楽府《こがふ》「陌上桑《はくじょうそう》」も、対話が続いたあと、娘さんの夫自慢の独白になっていました。だから形はあったんですね。

——すると曹植はちゃんと古典を勉強していたのでしょうが、でも彼の方がなにかダイレクトに訴えて来るような……。

吸引力が強いというか、それだけ曹植が女主人公と一体化していて、作者自身が投入されているせいかも知れません。『楚辞』は宗教歌謡、「陌上桑」は民間歌謡で、個人の顔が見えない場でしたから。

——なるほど。さて、そんな曹植が、いじめられながらも「お兄ちゃんのいる都へ帰りたい」と訴える相手の曹丕も、詩を書いているんですね。

という以上に、曹丕は実質的には建安時代の文壇のリーダーとして活躍しました。いろんな実験的な試みをした人で、四言、五言、六言、そして今回読む詩は『楚辞』ふうと、様々な形式で詩作し、さらに評論家としても文学評論の先駆『典論《てんろん》』を書きました——そのうち〈論文〉篇のほか、清の時代にいくつかが発掘されて伝わっています。父・曹操の背中を見て育ったので、息子たちも文武両道になったんでしょう。

——優秀でないわけはないと。そんな曹丕の詩は「寡婦《かふ》」という題名なんですが。

未亡人のことですが、これは事情があって、曹丕が自ら序文をつけています。「私の友人の阮《げん》元瑜《げんゆ》（名は瑀《う》。元瑜はその字《あざな》で、建安の七子の一人です）が、早くに亡くなり、その奥さんが一人で暮らしているのを悲しんで、彼女のために作った」と。友人の奥さんの境遇、心境を思いやって作った心やさしい作品というわけです。

——奥さんといえば、曹丕には曹植の恋人にまつわる逸話があるそうですが……。

有名な話です。かつて曹植は、宮廷に出入りする或る人の娘さんが好きだったのですが、どんな事情があったのか、父の曹操はその娘さんを兄の曹丕の嫁にしてしまったんです。

――ひどい話ですねえ。

それで曹植はたいへん苦しみます。その後、曹丕は即位して文帝となり、娘さんは甄《しん》皇后となりました。やがて曹植が都に来て兄と面会した時、曹丕は曹植に彼女の枕を見せたんです。じつはそれは形見で、彼女はすでに他の宮女から告げ口されて殺されていたということです。魏の宮廷は後継者争いにとどまらず、さまざまな軋轢《あつれき》があったんですね。

――ふーむ、となるとその女性が二人の作品に影を落としているのでは、と勘ぐってしまいます。とすると、曹丕のこの人妻を思いやった詩も、違う読み方ができるかも？

ああ、なるほど。これも主人公の奥さんの口ぶりで一貫されています。どういう心境でしょうか、ちょっと奥がありそうな感じもしますね。

寡婦

霜露紛兮交下
木葉落兮淒淒
候雁叫兮雲中
帰燕翩兮徘徊

寡婦《かふ》　曹丕《そうひ》

霜露《そうろ》　紛《ふん》として交ゝ《こもごも》下《くだ》り
木葉《ぼくよう》　落《お》ちて淒淒《せいせい》たり
候雁《こうがん》は雲中《うんちゅう》に叫《さけ》び
帰燕《きえん》は翩《へん》として徘徊《はいかい》す

妾心感兮惆悵
白日忽兮西頽
守長夜兮思君
魂一夕兮九乖
悵延佇兮仰視
星月随兮天廻
徒引領兮入房
窃自憐兮孤栖
願従君兮終没
愁何可兮久懐

妾《しょう》が心《こころ》 感《かん》じて惆悵《ちゅうちょう》し
白日《はくじつ》 忽《こつ》として西《にし》に頽《くづ》る
長夜《ちょうや》を守《まも》つて君《きみ》を思《おも》ひ
魂《こん》は一夕《いっせき》に九《ここの》たび乖《そむ》く
悵《ちょう》として 延佇《えんちょ》して仰《あふ》ぎ視《み》るに
星月《せいげつ》 随《したが》つて天《てん》に廻《めぐ》る
徒《いたづ》らに領《うなじ》を引《ひ》いて房《ぼう》に入《い》り
窃《ひそ》かに自《みづか》ら孤栖《こせい》を憐《あはれ》む
願《ねが》はくは君《きみ》に従《したが》つて終《つひ》に没《ぼっ》せん
愁《うれ》ひは何《なん》ぞ 久《ひさ》しく懐《いだ》く可《べ》けん

——たとえば曹植の恋人だった娘さんが、彼の元へ行きたい、一緒にいたいと願う気持ち、そして曹丕にすれば、心を開かない彼女を想う気持ちが底辺にあるのでは……というのは深読みですかね。

ははあ、表面的には〝死せる夫をなお忘れられない奥さんの純情〟ですが、そこに亡くなった甄皇后への曹丕の気持ちが重ねられているんでしょうか。詩の中で甄皇后になりかわって、彼女の本当の気持ちを想像して詠んでいる……。

——歴史の彼方の話ですから、いろんな想像ができちゃいますね。曹丕もなかなかナイーヴな人だったんでしょうか。若くして死んだとのことで、あまり体が強くなかったとか？

この詩を読むと、曹操や曹植に比べれば繊細、悪くいうと弱々しい感じがします。四句ずつに分かれ、秋の季節感の描写から始まります。「霜と露が入り混じり、共に地上に降り注ぎます」。古代中国では霜も露も空から降って来ると考えられていたので、こういう表現になります。「木の葉も散り落ち、寒さが身にしみます」。「候雁《こうがん》」は季節の鳥、雁です。「渡り鳥の雁は雲の中に鳴き叫び、南に帰る燕はひらひらと飛び回っています」。霜、露、木の葉、雁、燕などを並べるのは、宋玉が秋の悲しみを歌った「九弁」(→七五ページ)を思い出します。

第二段四句、そういう秋の夜に夫をしのぶ心境を告白して、「私の心は秋の寂しさに打たれてしょんぼりしてしまい、いつの間にか太陽は西に沈んでゆきました」。「忽《こつ》として」は〝ふと、いつの間にか〟の意味です。「この長い夜、眠れず過ごしてあなたを想い、私の魂は一夜のうちに九回も我が身を離れ、あなたのところへ行こうとしています」。

――ラヴソングですかねえ、これは。

次は自分の悲しみを強調して、「がっかりした気持ちのまま、じっとたたずんで夜空を眺めると、星と月がいっしょに大空をめぐり動いています」。私もそんなふうにあなたといっしょに夜を渡ってゆきたい、でもあの人はもういない。「そこで私はむなしく首を伸ばすようにあなたを想い、部屋に戻り、なおも人知れず自らの一人暮らしを悲しむのです」。

最後の二句は願望で結び、「どうかあなたの側へ行って人生を終えたい。このような愁い、悲しみは、どうしていつまでも抱き続けることができるでしょう」。〝私には耐えられません〟と。

――こうなると曹丕もかなりデリケートで、弟の曹植をいじめていた兄とは思えませんね。

やはり例の骨肉の継承争いは、二人の対立ではなく、自らの野望を達成しようとたくらむ側近たちがあおり立てたものだったと感じます。実は曹植は、曹丕が先に亡くなった時、その追悼文を書いていて、その内容は真情にあふれているんです。どうもずっと兄を敬愛していたフシがあって、やはり曹丕を悪者に、曹植を犠牲者にするのは伝承の世界でのことと思えてなりません。

――**歴史は一筋縄ではゆきませんねえ。**

建安詩壇の人々

ここでは曹操が主宰した文壇サロンに集まった優秀な文人「建安の七子」のうち、三人を取り上げます。最初の王粲《おうさん》（一七七―二一七）と劉楨《りゅうてい》（?―二一七）は、曹操親子をいろんな面で助けた双璧です。

――**ほおー、大政《おおまさ》・小政《こまさ》、助さん・格さんというところですか。**

（笑）。まあ、そんな感じですね。もう一人の徐幹《じょかん》（一七一?―二一七?）は、この時代としては珍しい詩風ですし、生き方自体も少し示唆的なので取り上げました。

――**まず王粲というのはどんな人だったんでしょう。**

名門出身で、天才肌といいますか。若くして亡くなったのですが、追悼文を曹植が書いていて、「彼は発想が泉のごとく次々に湧き出て、いったん筆を下ろすとたちどころに詩ができる」とほめています。

また長安にいた十代半ば頃、文壇のボスだった蔡邕《さいよう》（異民族に拉致された蔡琰《さいえん》〔↓一八五ページ〕のお父さんです）を訪問した時のこと。当時、人気の高かった蔡邕のもとへは毎日大勢のお客があったのですが、〝王粲が来た〟と聞くと、蔡邕は大慌てで靴をさかさに履いて迎えに出、座敷に招き入れました。そこで彼を紹介すると、みんな口々に「あなたはなぜこんな貧弱な小男を尊敬するのですか」と驚きます。もともと病弱の王粲は容貌がよくなく、体格が貧弱だったからです。しかし蔡邕は「とんでもない。この少年はたいへん素晴らしい才能があって、私もかなわない。私が死ぬ時は、家にある書物をすべてこの少年に与えたい」と答えたそうです。

――へぇーっ、そんな天才少年の詩というわけですね。

七哀詩三首　七哀《しちあい》の詩《し》三首《さんしゅ》　王粲《おうさん》

其一

西京乱無象
豺虎方遘患
復棄中国去
委身適荊蛮
親戚対我悲
朋友相追攀

其《そ》の一《いち》

西京《せいけい》　乱《みだ》れて象《しょう》無《な》く
豺虎《さいこ》　方《まさ》に患《わざはひ》を遘《かま》ふ
復《ま》た中国《ちゅうごく》を棄《す》てて去《さ》り
身《み》を委《い》して荊蛮《けいばん》に適《ゆ》く
親戚《しんせき》　我《われ》に対《たい》して悲《かな》しみ
朋友《ほうゆう》　相追攀《あひついはん》す

出門無所見　門《もん》を出《い》づれども見《み》る所《ところ》無《な》く
白骨蔽平原　白骨《はっこつ》 平原《へいげん》を蔽《おほ》ふ
路有飢婦人　路《みち》に飢《う》ゑたる婦人《ふじん》有《あ》り
抱子棄草間　子《こ》を抱《いだ》いて草間《そうかん》に棄《す》つ
顧聞号泣声　顧《かへり》みて号泣《ごうきゅう》の声《こゑ》を聞《き》き
揮涕独不還　涕《なみだ》を揮《ふる》って独《ひと》り還《かへ》らず
未知身死処　未《いま》だ身《み》の死《し》する処《ところ》を知《し》らず
何能両相完　何《なん》ぞ能《よ》く両《ふた》つながら相完《あひまった》うせん
駆馬棄之去　馬《うま》を駆《か》って 之《これ》を棄《す》てて去《さ》り
不忍聴此言　此《こ》の言《げん》を聴《き》くに忍《しの》びず
南登霸陵岸　南《みなみ》のかた霸陵《はりょう》の岸《きし》に登《のぼ》り
回首望長安　首《かうべ》を回《めぐ》らして長安《ちょうあん》を望《のぞ》む
悟彼下泉人　悟《さと》る 彼《か》の下泉《かせん》の人《ひと》の
喟然傷心肝　喟《き》然《ぜん》として心肝《しんかん》を傷《いた》ましむるを

深刻な内容です。これは王粲がまだ十七歳、曹操に仕える前の作です。魏の北中国での覇権が確立しておらず戦乱が続いていたため、王粲は長安で蔡邕に面会した直後、身の安全のため南の方に落ち延びました。湖北省の荊州《けいしゅう》で長官を務めていた劉表《りゅうひょう》が彼のお祖父さんの弟子だったので、そこへ身を寄せようとしたわけですが、その道中でたいへん悲惨な状況を目にし、実録風に印象を綴ったのがこの詩です。

――なんとなくこの詩風、後世の杜甫に似ているような……。

ドキュメンタリータッチというか、乱世にあって民衆の災難や悲惨な状況をそのまま述べる点などですね。

――杜甫は当然、王粲の詩を読んでいたんですよね。

ええ。王粲ら建安の七子の作品は、例の名作集『文選《もんぜん》』にたくさん収められていて、杜甫は『文選』を熟読していましたから、栄養分を吸収したでしょう。

やはり四句ごとに区切られ、第一段は〝自分はこれから都落ちする〟と述べます。「西京《せいけい》」は西の都、長安のこと。「長安はすっかり乱れ、礼儀も秩序もなくなった」。「象《しょう》」は掟《おきて》、道筋の意味で、もはや無秩序、無政府状態であると。「山犬や虎のような凶悪な連中が今まさに災いを行っている。私は国の中心を見捨てて去り、身を守ってもらうべく南の方、荊州地方に赴くことにした」。

第二段は、長安を発《た》つ別れの場面と郊外の悲惨な状況です。「親戚たちは私の前で別れを悲しみ、友人たちは追いすがるようにしてくれた」。そしていよいよ出発します。「門《もん》」は市街区のはずれの城門でしょう。「町の門を出て行くと見えるものは何も無く、ただ白骨が野原を一面に蔽《おお》っているばかりだ」。そこが戦場になったんですね。

そして第三段、道中で母と子を見かけます。たいへん痛ましい場面で、「途中、飢えた女性が、抱っこしていた赤ん坊を草むらに置き去りにした。彼女は振り返って赤ん坊の泣き声を聞いていたが、涙をほとばしらせたまま、もはや戻ろうとはしなかった」。

次の二句は母親のせりふです。「私自身、自分の死に場所がわかりません」。どこで野垂れ死にするかわからないのに、「ましてこの子と二人、両方とも生き永らえることは無理でしょう」。それを聞いて、「私は馬を走らせてそこを逃れた。彼女の言葉をそれ以上聞いていられなかったのだ」。

最後の第五段は、よき前漢時代を思い出し、これからの平和への願望をにじませて終わります。作者は馬を進め、前漢の名君、文帝の墓を訪れます。「私はやがて覇陵に向かい、文帝の墓のほとりの高台に登った。そして振り返って都長安を眺めた。今こそよくわかった、むかし「下泉《かせん》」の歌を歌って古《いにしえ》の明君を慕っていた人々の心境が」。「下泉」は『詩経』に収められた歌謡の一つで、古注・新注ともに、悪政のもとで民衆が昔の明君を思う心を詠んだものとしています。これが一つの意味。さらに「下泉」には〝黄泉《よみ》の国、あの世〟の意味もあって、〝今は世を去った文帝自身と、その周りにいて前漢の全盛時代を担った人たちは、この後漢末の乱世を見て悲しんでいるだろうなあ〟という意味にもとれそうです。

――若い時の詩とのことですが、非常に感性が豊かですよね。

この後、王粲は荊州の劉表のもとに居候《いそうろう》して多くの著作をしたという記録があります。そして曹操に認められ、魏ではなんと侍従職に抜擢されるんです。魏の国の儀礼や制度は彼がほとんど一人で整えたらしく、若くして一種の重臣扱いでした。ただ曹操に仕えてからは、こういった実録風の詩は作れなかったかも知れません。

――その辺にまた何かありそうですね。さて次は劉楨《りゅうてい》さん、彼はどんな人なんですか？

王粲と並び称される建安の七子のリーダー格ですが、この人はどちらかというとコツコツ努力する実務家肌かな。やはり曹操に仕えて高い官職に就いています。

――すると天才肌の王粲さんと実務派の劉楨さんでちょうどバランスよく、やはり大政・小政ですか、曹操を支えるぞ！ といった感じで。この「雑詩」というのは……。

週刊誌や月刊誌のことを雑誌といいますが、「雑」は〃いろいろ取り混ぜた〃という意味で、「雑詩」という詩題は、要するにさまざまな内容が混じっていて、特定の分類ができない内容の詩をいいます。いろいろな例がありますが、日常身辺のあれこれを書き留めたものが多いです。

雑詩

職事煩塡委
文墨紛消散
馳翰未暇食
日昃不知晏
沈迷簿領書
回回自昏乱

雑詩《ざつし》　劉楨《りゅうてい》

職事《しょくじ》 煩《はん》として塡委《てんい》し
文墨《ぶんぼく》 紛《ふん》として消散《しょうさん》す
翰《ふで》を馳《は》せて 未《いま》だ食《くら》ふに暇《いとま》あらず
日《ひ》 昃《かたむ》いて 晏《いこ》ふを知《し》らず
簿領《ぼりよう》の書《しょ》に沈迷《ちんめい》し
回回《かいかい》として自《みづか》ら昏乱《こんらん》す

釈此出西城
登高且遊観
方塘含白水
中有鳧与鴈
安得粛粛羽
従爾浮波瀾

此《これ》を釈《す》てて西城《せいじょう》を出《い》で
高《たか》きに登《のぼ》つて且《しばら》く遊観《ゆうかん》す
方塘《ほうとう》 白水《はくすい》を含《ふく》み
中《うち》に鳧《ふ》と鴈《がん》と有《あ》り
安《いづ》くにか粛粛《しゅくしゅく》たる羽《はね》を得《え》て
爾《なんぢ》の波瀾《はらん》に浮《うか》ぶに従《したが》はん

——どことなく、疲れている感じがしますが。

その通り、仕事がたいへんで疲れているという内容です。

——いかにも実務家が書きそうな内容ですね。

でも当時、こういう日常の事柄を書き留める詩は珍しいです。四句ごとに見てゆきますと、出だしは「仕事が煩わしく積み重なって」、「文墨《ぶんぼく》」は紙や筆ですが、書類の意味になり、「あちこちに書類が紛れて見えなくなったり散らばったりしている」。私もラジオ番組のテキストの原稿など書いているとまさにこういう状況で、他人事《ひとごと》じゃありません。

——（大笑）。お疲れ様です。

「書類を処理するため懸命に筆を動かしているが、一向に食事の時間がとれないままだ。夕暮れ近くになっても休むことを考えるどころではない」。

第二段は、もう気がおかしくなりそうなので、ちょっと外へ出ようという展開です。「帳簿や記録の中に沈没してしまい、目が回るようで、自分でもわけがわからなくなって来た。物狂おしい状態から抜け出し、西の城門を出て小高い丘に登り、しばし辺りの景色を眺めた」。郊外に行って、外の空気を吸うわけです。

すると遠くの方に鳥たちが見え、第三段、〝私は鳥になりたい〟と歌って結びます。「四角い池に澄んだ水がたたえられ、鴨《かも》や雁《かり》が浮かんでいる」。「安《いづく》にか〜を得ん」は願望、「粛粛《しゅくしゅく》」ははためく音の形容で、「爾《なんぢ》」は鳥を指します。「どうかしてはたはたと羽ばたく翼を我が身に得て、おまえたちが波の上に浮かんで泳いでいる中に加わりたいものだ」。

――（笑）。かなりお疲れですねえ。

鴨や雁は渡り鳥ですから、どこか遠い所へ行けるということもあるんでしょうか。

――ああ、遠くへ逃げちゃいたい、と。

ひたすらね。鳥は漢詩ではよく願望をかける対象として出て来て、烏孫公主や曹植にもありました。劉楨は他にもこういう日常の暮らしを詠んだ詩を作っていて、たとえば〝長患《ながわずら》いで寝込んでいる時、恐れ多くも曹丕どのが見舞いに来て下さった〟なんて詩も残っています。

――日常をとおして心象風景を書くのが得意だったんですね。さて最後は徐幹《じょかん》さんですが、この人だけ、やや毛色が違うとのことでしたが？

曹操は気難しくて疑い深く、気に入らない連中はすぐ殺してしまうような人ですから、その気風は魏の宮廷に蔓延し、謀略と人間不信が渦巻いていました。そんな中で、彼は立派な人柄だったと伝えられていまして……。

——立派、というところに含みがありますね。

出世欲がなく読書好き、隠遁願望をもっていて、地位や名声を求めて自分を売り込む人が多いのを嫌ってそっぽを向いていたとのことです。

雑詩

浮雲何洋洋
願因通我詞
飄飄不可寄
徙倚徒相思
人離皆復会
君独無返期
自君之出矣
明鏡暗不治
思君如流水
何有窮已時

雑詩《ざつし》　徐幹《じょかん》

浮雲《ふうん》　何《なん》ぞ洋洋《ようよう》たる
願《ねが》はくは　因《よ》りて我《わ》が詞《し》を通《つう》ぜん
飄飄《ひょうひょう》として寄《よ》す可《べ》からず
徙倚《しい》して徒《いたづ》らに相思《あひおも》ふ
人《ひと》　離《はな》れては皆《みな》　復《ま》た会《かい》するに
君《きみ》　独《ひと》り返《かへ》るの期《き》無《な》し
君《きみ》の出《い》でて自《よ》り
明鏡《めいきょう》　暗《くら》うして治《ち》せず
君《きみ》を思《おも》ふこと流水《りゅうすい》の如《ごと》し
何《なん》ぞ窮《きはま》り已《や》むの時《ときあ》有らん

——内容がよくわからないくらい単純に思えるのですが……。

さっぱりとした詩で、そのまま読んでいいと思います。徐幹は当時、詩人としてたいへん名声があり、曹植とも王粲とも親しかったのです。題はさっきと同じ「雑詩」で、とりとめもない中に少し含みのありそうな感じですが、女性の立場で愛する男性と別れた悲しみを述べる、いわゆる「閨怨詩」の形をとっています。

第一段四句は、女主人公が空を眺めるシーン。「空に浮かぶ雲はなんとゆったり動いていることでしょう。あの雲に頼んでどうか私の言葉をあの人に伝えてもらいたい。ところが雲はふわふわと動いてしまって当てにできません。そこで私はうろうろ歩き回って、むなしくあなたのことを考えるばかりです」。「相思《あひおも》ふ」の「相」は〝私があなたを〟の意味です。

彼女の思索が深まるのが第二段で、「人は離れ離れになってもみんなふたたび巡り会うものなのに、あなただけは私のもとに帰って来るご予定がありません」。〝どうして私だけがこんな目に〟というわけですが、これは一種の被害妄想のような……いつの世でも、離れてしまった二人が必ず再会できるとは言えなかったでしょうからね。

「あなたが出発なさってから、鏡も曇ったままで磨く気にもなれません」。お化粧する気にもならないと。「私があなたを思う心はあの川の流れと同じ、どうして尽き果てることがあるでしょうか、いいえ、いつまでも続いて止みません」。

――こう言ってはなんですが、よくありがちの詩のような……。

そこですが、まさにこういう通俗的で平凡な詩を作ることが、詩人としての彼の生き方じゃなかったかと思うんです。ダブルミーニングや諷刺の意味を込めた詩は曹操の怒りに触れる恐れがあって、というのも、建安の七子のなかにも、曹操の怒りに触れて殺された人がいるんです。孔《こう》融《ゆう》という、孔子の子孫とされる人ですが、宦官の家系出身だった曹操は、もともと知識人階級の出身者に軋轢やコンプレックスがありました。孔融自身もプライドが高く、ことある毎《ごと》に曹操に意見をし、とうとう憎まれて殺されてしまったんです。それを間近に見た徐幹は自ら別の道を選んだ、つまり直言するよりは保身に走り、無難な詩を作って曹操の目を逃れたと。実は彼は政治学の才能も豊かで政治哲学の大著を書いていますが、その執筆のために何年間も詩作をせず没頭したそうです。

――へえー、政治学の大著を。彼の詩からは全く想像できませんね。

政治学者としての顔は見えないですね。むしろ見えなくしたのかなあ。

――なるほどー、一つの作品だけを見て人を判断しちゃいけませんね。

一見平凡な詩でも、裏には非常に苦いものが潜んでいたかも知れません。

凍てつける孤独――阮籍

――今回は純文学風の見出しですが。

〝凍《い》てつける孤独〟とは、阮籍《げんせき》（二一〇―二六三）という人が選んだ生き方を表しますが、これは実は、当時の難しい境遇のなかで強いられたものでした。時代は少し進んで、魏から晋に移り変わる頃です。曹操のあと、息子の曹丕・曹植の勢力争いなどで陰惨な空気がたちこめ、さらに曹丕の跡を継いだ息子の曹叡《そうえい》はあまり優秀な君主ではなく、特に軍事面、国防面を将軍の司馬氏に一任しました。それでだんだん権力欲を強めた司馬氏は、魏の後半からは敵対勢力を少しずつ除き始めたんです。

司馬氏は時に軍事クーデタも起こしましたから、当然、反発する知識人が出て来ました。歴史を遡ると、後漢の後半からそういう時の知識人の行動はパターン化しています。その発端と言えるのは、党錮《とうこ》の禁を経て地方に潜伏しながら政府批判などを続けた人々ですが、彼らに共感する人々も当然いましたから、そういう在野の知識人たちは一定の社会的な力をもち、しだいに或る程度世論をリードする立場になってゆきました。このような、世の中の表面から隠れて言論を続ける知識人のことを「逸民《いつみん》」と呼び、その系譜が続いていたわけです。曹操がいったん彼らを大々的に募集して朝廷に入れたこともあります。曹操はとにかく得になることは何でもやる合理的な人で、「昨日の敵は今日の友」が平気でしたから。

――すると「今日の友は明日の敵」でもあるわけですか。

ええ、逆も言えます。先の孔融は、だから殺されたんですね。それで司馬氏の勢力が強まった魏の後半から、逸民の活動がまた活発になります。そこに出て来たのが「竹林の七賢《しちけん》」（竹林に籠った七人の賢人）と言われる人たち――阮籍《げんせき》、嵆康《けいこう》、山濤《さんとう》、向秀《こうしゅう》、劉伶《りゅうれい》、王戎《おうじゅう》、阮咸《げんかん》――です。ただ、これは後世の人がつけた呼び名で、当時七人が集まって名乗ったわけでもなく、実際に一緒に行動した史実もないようです。あくまで当時の体制に抵抗した反骨の七人、ということでしょう。

彼らは、簒奪者の司馬氏が自分の立場を正当化するため、儒教を悪用して〝支配―従属の論理〟にしてしまったことに反発し、わざと世間の常識に背を向けて生活しました。名声名誉、出世、金もうけなどを拒み、山にこもり、詩を作ったり、儒教の対極にある老荘思想に傾倒したり……。そんなふうに体制の外で人生を送る彼らは、それによってますます名声を高めました。そのような「竹林の七賢」、その代表格が、阮籍です。七賢の中にも権力の怒りにふれて殺された人がいるのですが、彼は狂人を装って難を逃れ、生き延びました。

――狂気ですか……そのあたり、詩からどんな風に読み取れるんでしょうか。

詠懐詩八十二首

阮籍《げんせき》

詠懐詩《えいかいし》八十二首《はちじゅうにしゅ》

其一
夜中不能寐
起坐弾鳴琴
薄帷鑑明月
清風吹我襟
孤鴻号外野
翔鳥鳴北林

其《そ》の一《いち》
夜中《やちゅう》 寐《い》ぬる能《あた》はず
起坐《きざ》して鳴琴《めいきん》を弾《だん》ず
薄帷《はくい》に明月《めいげつ》鑑《て》り
清風《せいふう》 我《わ》が襟《えり》を吹《ふ》く
孤鴻《ここう》 外野《がいや》に号《さけ》び
翔鳥《しょうちょう》 北林《ほくりん》に鳴《な》く

徘徊将何見　徘徊《はいかい》して将《は》た何《なに》をか見《み》る
憂思独傷心　憂思《ゆうし》して独《ひと》り心《こころ》を傷《いた》ましむ

――閑散とした雰囲気ですね。

寂しい詩です。月の出た真夜中、悩みがあって寝られず外に出て行く、このパターンは「古詩十九首」や曹植にもありました。しかし先行する作品に見られる艶めかしさ、ロマンの雰囲気が全然なく、冷え切っています。

――殺伐とした……。

まさにそうで、全体としては〝夜の闇の中、何も希望がない〟と訴えています。「詠懐」というのは〝自分の胸の奥底に秘めた気持ちを用心深く歌い出す〟という、阮籍が開拓した詩題です。いろんなわかりにくい象徴や比喩、神話の世界を引用しながら注意深く自分の思いを告白していて、狂気を装った彼の奥に隠された本音《ほんね》が見えて来ます。

この「其の一」は前半と後半、四句ずつに分けられ、出だしは「夜中になっても寝つくことができず、起き出して座り、琴をつまびいて気晴らしをしようとした」。ふと窓辺を見ると、カーテンがかかっていて、「窓辺の薄いとばりに明るい月が照り、吹き込む夜風が私の襟元をなでる」。その夜風と月に誘われて外に出て行くのですが、外灯もネオンもない時代、真っ暗です。

何も見えない代わりに音が聞こえて来るのが次で、「群れからはぐれた一人ぼっちの鴻《おおとり》が遠い野原で鳴き叫び、夜空を巡り舞う小鳥たちが北の方の森で鳴いているのが聞こえる」。「鴻《おおとり》」は雁の一種、「外野《がいや》」は遠くの野原です。鳥は夜、寝つくはずなんですが、起きて騒いでいる、何か意味ありげです。その音を聞きながら、「私はこうしてうろうろとさまよって、いったい何を見ようとしているのか」。いや、何も見えない、仲間は誰もいないというわけです。「かくして私は一人恐れ悩み、心を苦しめるばかりである」。夜中で真っ暗、世の中みんな真っ暗といった雰囲気です。ただ鴻《おおとり》はよく賢者のたとえになりますから、ここは作者自身を指し、やかましく騒ぐ小鳥は邪《よこしま》な小人物たちのたとえで、もしかしたら、〝つまらない小人どもが宮廷を牛耳っている〟と間接的に言いたいのかも知れません。まあ、そこまで読まなくても、孤独感や絶望感は全体から感じられます。

――出口なし、ですね。

シリアスな詩ですが、実は阮籍にはとんちんかんなエピソードが多いんです。たとえば、お客さんが来た時、気に入った人物だと黒眼で応対し、嫌な奴だと白眼で対応したと。人に対する好き嫌いが激しいことを「青眼白眼」と言ったり、人のことを「白い眼で見る」「白眼視する」、なんて言い方もここから出ています。阮籍の場合はたぶん、権力にこびる人が訪ねて来ると白眼を剝いたんだと思いますが。他に、猛スピードで馬車を走らせて、道が行き止まりになると突然、大声で泣き出して帰ったとか……。

――それ、コワイですね。意識してやったんでしょうか。

たぶん意識したうえでのことでしょう。さらに、隣に住む美人の奥さんがアルバイトか何かで酒場に勤めていました。阮籍はそこへ通い詰め、いつも酔いつぶれて彼女の隣で寝ていたそうです。そこで二人の仲を疑った奥さんのご主人が密かに阮籍を観察してみると、下心がないことがわかった、というオチがついています。そういう奇行を、彼はすべて計算してやっていたんだろうとされています。

――司馬氏や軍部からマークされないようにですか。

ええ。かなり極端な方法ですが、かつて建安の七子の徐幹《じょかん》も似たような生き方をしましたね。政治的な見識が高くて詩人としても優れていたのに、わざと平凡な詩を書いて曹操の目を逃れた、こういう生き方を試みた人は当時、多かったんでしょう。中国の知識人は、日本とは少し違って常に政治の現場とコンタクトがありましたから、生き延びるのも大変だったと思います。

――為政者の意に沿わなければ、すぐに命を取られちゃいますからね。

其六十

阮籍《げんせき》

儒者通六芸
立志不可干
違礼不為動
非法不肯言
渇飲清泉流
飢食甘一箪
歳時無以祀

其《そ》の六十《ろくじゅう》

儒者《じゅしゃ》は六芸《りくげい》に通《つう》ず
志《こころざし》を立《た》てて干《をか》す可《べ》からず
礼《れい》に違《たが》はば 為《ため》に動《うご》かず
法《ほう》に非《あら》ずんば 肯《あへ》て言《い》はず
渇《かつ》して飲《の》むは 清泉《せいせん》の流《なが》れ
飢《う》ゑ食《くら》ふに 一箪《いったん》に甘《あま》んず
歳時《さいじ》にも以《もっ》て祀《まつ》る無《な》く

衣服常苦寒
屣履詠南風
縕袍笑華軒
信道守詩書
義不受一餐
烈烈褒貶辞
老氏用長歎

衣服《いふく》は常《つね》に寒《さむ》きに苦《くる》しむ
屣《り》を履《は》きて南風《なんぷう》を詠《えい》じ
縕袍《うんぽう》もて華軒《かけん》を笑《わら》ふ
道《みち》を信《しん》じて詩書《ししょ》を守《まも》り
義《ぎ》として一餐《いっさん》をも受《う》けず
烈烈《れつれつ》たる褒貶《ほうへん》の辞《じ》
老氏《ろうし》も用《もっ》て長歎《ちょうたん》せり

――なんだか勇ましいですね。

これは儒者をほめたたえた詩です。実は先ほども少し述べましたが、司馬氏が政権を奪取するに当たって、儒教を前面に出しました。

――すると本来なら知識人は喜んでいいですよね。

ですからこの詩も表面だけ見ると、本来自分たちの支えである儒教を重んずる、司馬氏への礼賛になっています。ただ司馬氏は本来の儒教を標榜したのではなく、歪曲したんですね。儒教というのはもともと、人間の可能性を信じ、〝一人一人が一所懸命に自分を磨けば世の中はよくなる〟という考え方ですが、それは歪曲されやすく、つまり〝自分を磨くにはこうしなきゃいけない、世の中をよくするにはこうすべき、あれはいけない〟と、人を締めつける思想に結びつきやすい。戦国時代の法家思想はその一例で、これは儒家から派生したものです。司馬氏はそこに目をつけ、儒教の名を借りて人々にいろんなことを強いました。竹林の七賢らはそこに気づいて反発したんです。この詩も一見、司馬氏のやり方を擁護し、ほめたたえながら、実は諷刺している、非常に危ない離れ業を披露しています。

――ちょっと外すと政権批判ですか。

ええ、後半に少しその辺の雰囲気が出てしまっていますが、よく大丈夫だったと思います。

――狂人を装っていたから許された面もあるんでしょうか。

ありますね、危険な綱渡りだったはずです。最初の四句は儒家をほめたたえ、「儒者先生は儒教の古典をよく読み、その上で心の目標や理想を立てて誰にも干渉されない」。「六芸《りくげい》」は「六《りく》経《けい》」――儒教の六種類の古典的書物（『詩経』『書経』『易経』『春秋』『礼記《らいき》』『楽記《がくき》』）のことです。「礼儀にそむいた事柄が目の前に出て来ても動こうとしないし、法律や約束事に外れたことが目の前に出て来ても発言しようとしないものだ」。「肯《あ》て」は意志を示し、それを否定すると〝絶対に～しようとしない〟という意味になります。

第二段は衣食住から儒者の外面生活、環境を述べます。「のどが渇いた時に飲むのはあくまで、澄んだ泉の水だけだ」。これには故事があって、孔子が「盗泉《とうせん》」という名の泉の側を通った時、のどが渇いていたけれどもその水は飲まなかった、名前が悪いからです。儒者はそれほど潔癖だということでしょうか。「空腹になって食事をする時も、茶碗一杯でよしとする」。「一箪《いったん》」は竹を編んで作った、ご飯をよそう器で、破子《わりご》という大和言葉がありますね。儒者は満腹や美食を求めないと。また「季節ごとの行事にも、お祀《まつ》りするための蓄えがないほど財布が心細い」。今なら五月五日にこいのぼり、七月七日に笹の葉を飾ることもできないほど貧乏だというわけです。さらに「着る物もいつも持ち合わせがなく、寒い時にはたいへんな思いをする」。要するに、物質的満足を求めないのが儒者だというんですね。

第三段は内面生活、儒者の心の持ち方。この辺りに諷刺を感じます。「儒者は履《は》きものを引きずるように履き、いつも南風の歌を口ずさむ」。これは太古の理想的な王、舜帝が、位についてもあくせく働かず、ただ琴をつまびいて南風の歌を歌っていた、それでも世の中は治まった、という故事にもとづき、「無為の治」に共感を寄せているわけです。司馬氏の政治のやり方と正反対ですから、相当な批判です。「縕袍《うんぽう》」は粗末な服。「粗末な服を着て、お偉い方々のぜいたくに飾ったようすをあざ笑うものだ」。「華軒《かけん》」はきらびやかに飾った車ですが、服装も含めたぜいたくぶり全体を指すんでしょう、ちょっときついですね。「儒教の教えを信じ、詩書六経の内容を拠り所とし、人の生きる筋道として、やたらに食事の施しを受けない」。「一餐《いっさん》をも受《う》けず」は〝一回の食事でさえ安易にご馳走にはならない〟。なにかそれにまつわる故事があったのかも知れません。

最後の二句、「烈烈《れつれつ》」は〝激しい〟という意味と〝深く世の中を憂える〟の意味があって、「儒者は世の中を深く憂えてあれこれと論評をする」。以上述べたような儒者本来の生き方に対しては、「かの老子もため息をつくしかないだろう」。この最終句は『史記』の老子伝にある記事をふまえていると思います。孔子が周の都に赴いたとき、老子に面会して教えを乞いました。老子は孔子よりもだいぶ年長だったのです。そのとき老子は「良賈《りょうこ》は深く蔵して虚《むな》しきが若《ごと》し」ということわざを引いて、孔子に忠告しました。「あなたはその自負心と野心、わざとらしさ、雑念を捨てなさい」。つまり世の中への執着を捨てろということですね。

しかし阮籍はここで、そのような執着を鍛えに鍛えた結果、儒者が到達する一徹な境地、これには老子も圧倒されて、脱帽するだろう、と言うわけです。

――かなりのボディ・ブローですね。

ええ、竹林の七賢はしばしば老荘思想を用いて談話や論評をしたと言われますが、やはりそちらはカムフラージュで、ここに本来の儒教を広めたい考えがよく出ているような気がします。

――でもかなりきつい諷刺で、よく逃れられましたね。そして最後の詩です。

其十七　　阮籍《げんせき》

独坐空堂上
誰可与歓者
出門臨永路
不見行車馬
登高望九州
悠悠分曠野
孤鳥西北飛
離獣東南下

其《そ》の十七《じゅうしち》
独《ひと》り坐《ざ》す　空堂《くうどう》の上《うへ》
誰《たれ》か　与《とも》に歓《よろこ》ぶ可《べ》き者《もの》ぞ
門《もん》を出《い》でて永路《えいろ》に臨《のぞ》むに
行《ゆ》く車馬《しゃば》を見《み》ず
高《たか》きに登《のぼ》りて九州《きゅうしゅう》を望《のぞ》めば
悠悠《ゆうゆう》として　曠野《こうや》分《わか》たる
孤鳥《こちょう》　西北《せいほく》に飛《と》び
離獣《りじゅう》　東南《とうなん》に下《くだ》る

日暮思親友　日暮《にちぼ》　親友《しんゆう》を思《おも》ひ
晤言用自写　晤言《ごげん》して　用《もっ》て自《みずか》ら写《のぞ》かん

阮籍の三首はすべて「詠懐詩《えいかいし》」連作八十二首からとっています。この三首めは最初の詩と同様、自身の孤独感を強調した作品です。

最初の四句、〃私には友だちがいない〃と歌い出します。「たった一人で、誰もいない座敷に座っている。一緒に親しく語り合うにふさわしい人は誰か、いやその相手はいない。気晴らしに家の門を出て、遥かに続く路上にたたずんでみても、道を行く馬車や馬は見えない」。実際には、都大路《みやこおおじ》に出れば必ず人はいますから、これは心象風景でしょう。心を許せる人がどこにもいない、その孤独感を示すわけですね。

第二段は、そのシュールな描写がさらに広がってゆきます。「高い山に登って見渡す限り天下を眺めても」。周の時代に中国全体を九つの州に分けたことから、「九州《きゅうしゅう》」は中国を指します。ただし、丘に登っても中国全体が見えるわけがなく、これも心象風景でしょう。「はるばると遥かに大平原が続いてゆくだけだ」。「分《わか》たる」は〃大平原がところどころ区切られて続いてゆく〃といった意味のようです。どこまで行っても自分は一人ぼっち、どこにも友だちはいないと。心の中に巨大な穴がぽっかりとあいたような欠落感、喪失感をこんなふうに表現したのでしょう。眼差しを転ずると動物たちが目に入り、「たった一羽の鳥が西北を目指して飛び、群れを離れた獣が東南へと駆け下って行った」。この鳥や獣は、彼ら自身孤独ですし、主人公とも何のかかわりももとうとしない。主人公の孤独感をいやが上にも強調しています。

そして結び、「やがて暮れ方となり、懐かしい親友のことを思い出した」。「晤言《ごげん》」は面会して話すこと。「なんとか彼と語り合って、自分からつらい気持ちを晴らしてしまいたいものだ」。

——寂しいですねえ。中国の知識人の悲しみを集約したような……。

心の中に風が吹く、なんとも言えない詩です。屈原の時代から、知識人の悩み、絶望の系譜はずっと受け継がれているんですね。

誇り高き反骨——嵆康

次は「竹林の七賢」のうちのもう一人、嵆康《けいこう》（二二四？—二六三？）を取り上げます。先の阮《げん》籍《せき》はとかく奇行の多い人でした。それは、狂気を装って権力者の眼を逃れていたわけですが、阮籍に比べ、嵆康はそういうことが出来なかった人です。

——というと、うまく当たり障りのない生き方をしたと？

逆に、正面きって司馬氏に反抗したんです。そのために憎まれ、四十歳で処刑されてしまいました。

——あらららー。そんな嵆康さん、どんな詩を詠んだのでしょうか。

贈秀才入軍五首　四言

嵆康《けいこう》

秀才《しゅうさい》の軍《ぐん》に入《い》るに贈《おく》る五首《ごしゅ》　四言《しごん》

其二
軽車迅邁
息彼長林
春木載栄
布葉垂陰
習習谷風
吹我素琴
咬咬黄鳥
顧儔弄音
感悟馳情
思我所欽
心之憂矣
永嘯長吟

其《そ》の二《に》
軽車《けいしゃ》　迅《と》く邁《ゆ》き
彼《か》の長林《ちょうりん》に息《いこ》ふ
春木《しゅんぼく》　載《すなは》ち栄《さか》え
葉《は》を布《し》き　陰《かげ》を垂《た》る
習習《しゅうしゅう》たる谷風《こくふう》
我《わ》が素琴《そきん》を吹《ふ》き
咬咬《こうこう》たる黄鳥《こうちょう》
儔《とも》を顧《かへり》みて音《おん》を弄《ろう》す
感悟《かんご》して情《じょう》を馳《は》せ
我《わ》が欽《よろこ》ぶ所《ところ》を思《おも》ふ
心《こころ》の憂《うれ》ふる
永嘯《えいしょう》し　長吟《ちょうぎん》す

——一見、非常に穏やかな雰囲気なんですが。

ひとつには、これが四言詩ということもあります。四言は一般にのびやかでおだやかな調子を作りますから。

――あれ、この時代は五言詩じゃなかったんですか？

ええ、それが嵇康はあえて四言を選んだんです。理由は後から考えるとして、題名にある「秀《しゅう》才《さい》」は、官職につく任官候補者のことで、ここでは嵇喜《けいき》という人を指します。この人は嵇康のいとこであるという説もありますが、通常はお兄さんであるとされ、ここでもそう取っておきましょう。それで「兄上の嵇喜が軍隊に入るにあたって贈った詩」となります。連作五首で、全体として〝入隊後にお兄さんはこうなるであろう〟と想像した作品（其の一、四）と、別れてからの自分の寂しい境遇を想像して歌う作品（其の二、三、五）とで構成されています。うち「其の二」は、〝楽しいはずの春も、兄がいないと寂しくなるだろう〟といった内容です。

四句ずつ三段落に分かれ、出だしは春、馬車に乗って森に行くようす。「軽やかに走る私の馬車はどんどん進み、向こうの鬱蒼と茂った森の中で休む」。さわやかな導入です。阮籍についての逸話に〝衝動的に馬車を走らせて道が行き止まりになると大声で泣いて帰った〟というのがありましたが、嵇康はそれを知ったうえで違う内容に作ったんでしょう。「森では春の木々が盛んに花を咲かせている」。「栄《さか》える」は〝花が咲く、草木が生い茂る〟といった意味があります。そして「青葉を広げ、大地に影を落としている」。

第二段では、森の中で見るもの、聞くものを想像して述べます。「谷風《こくふう》」は『詩経』の言葉で、谷に吹く風ではなく〝穀物の風〟です。春に雨を呼んで穀物を育てる恵みの風、ぐらいの意味でしょう。「そよそよと吹いて万物を育てる春風が、私の白木《しらき》の琴を吹く」、嵇康は琴が大好きで、この時も持参していたんですね。

——今ならギター片手に、という感じですか。

そうですね、携帯用の琴をいつも持っていたんでしょう。「咬咬《こうこう》」はよい声の形容で、「美しくさえずるうぐいすが、仲間と目と目を見交わしながら心ゆくまで鳴いている」。「弄《ろう》す」は〝もてあそぶ〟の意味もありますが、〝ほしいままにする、存分に発揮する〟という意味で用いることが多いです。〝仲間と一緒で和やかなうぐいすのようすに比べ、私は一人ぼっちだ〟と結びに入ります(「黄鳥」はこうらいうぐいす。春の鳥ですが、厳密には日本のうぐいすとは別種の鳥で、体は黄色く、羽と尾に黒がまじります)。

第四段、お兄さんと別れるつらさを述べ、「私はふと気づいて思いを馳せる」。「〜する所」は〝〜する相手、〜する内容・対象〟を表しますから、「私が敬い慕っている相手、兄上のことを思い出すのだ」。でもお兄さんはここにいません。だから「私は悩み、歎き、深くため息をつき、声長く歌って自分をなぐさめるしかない」。お兄さんと別れた後、自分はこういう心境を味わうだろうと、別れの宴会で発表したわけです。

——これもさらさらと壁に書いたんでしょうか。

そうでしょうね。その場で妓女が歌ったかも知れません。

——ならばあまり突っ込んだことは書けませんか。

ええ、大勢参加者がいますから。詩そのものはわりと爽やかで、ちょっとセンチメンタルでもあり、無難な気がします。次の「其の五」は、秋の夜の自分を想像しています。

其五
閑夜粛清
朗月照軒
微風動袿
組帳高褰
旨酒盈樽
莫与交歓
鳴琴在御
誰与鼓弾
仰慕同趣
其馨如蘭
佳人不存
能不永歎

其《そ》の五《ご》　嵇康《けいこう》
閑夜《かんや》 粛清《しゆくせい》にして
朗月《ろうげつ》 軒《のき》を照《てら》す
微風《びふう》 袿《そで》を動《うご》かし
組帳《そちよう》 高《たか》く褰《かか》ぐ
旨酒《ししゆ》は樽《たる》に盈《み》つるも
与《とも》に歓《かん》を交《まじ》ふる莫《な》し
鳴琴《めいきん》は御《ぎよ》に在《あ》るも
誰《たれ》と与《とも》にか鼓弾《こだん》せん
仰《あふ》いで同趣《どうしゆ》を慕《した》ふ
其《そ》の馨《けい》 蘭《らん》の如《ごと》し
佳人《かじん》 存《そん》せず
能《よ》く永歎《えいたん》せざらんや

——これもずいぶん穏やかで静かですねえ。

ええ。秋の明月の夜、作者は窓辺に立って夜景を眺めながら、〝琴もお酒もあるのにお兄さんがいないために楽しめない〟と歎くんですね。

——あのう、今さらですが、本当にお兄さんなんですよね、熱烈なる兄弟愛というか……。

ちょっとわれわれの感覚では、親友ならまだしも、肉親にここまでねえ。

——或いは恋人であるとか。それにしてもたいへんな兄思いですね。

いとこ相手のほうがまだ自然に感じられるかも知れませんね。これもきれいに三段落に分かれて、今の自分の状況を述べて導入にします。秋、「静かな夜は身が引き締まるように涼しい。明るい月が屋敷の軒をはっきり照らし出している」。「軒《のき》」は廊下という説もあります。とすると、嵆康が自分の部屋から外を見て、廊下に当たる月光を眺めていることになり、その方がムードがあります。「微《かす》かに吹く風が私の袖を揺らし、とばりは高く巻き上げられている」。「組帳《そちょう》」はカーテンです。三・四句は逆に読んだほうがわかりやすいようです。〝とばりが高く巻き上げられているから風が入って袖をなびかせる〟と。

第二段はお酒や琴が近くにあることを示します。「旨《うま》い酒が酒樽《さかだる》に満ちているのだが、楽しみを共にする人はいない」。この詩はお兄さんを送る宴会の場で作ったので、今は近くにいるわけですが、これから別れて遠くに行ってしまう、ということです。そうなれば〝秋の夜に自分はこうなるだろう〟と想像する、手の込んだ作り方です。さらにお酒だけではない、「琴も私の側にあるのだが、誰と一緒に弾くというのか、兄上がいないと弾く気にもならない」。「鳴琴《めいきん》」は琴を二文字で表現したもの、「御《ぎょ》に在《あ》る」は側にあるの意味で、『詩経』に使われた表現です。

そして第三段、「私は思わず上を見上げ、気の合う兄上のことを懐かしんでしまうだろう」。「其《そ》の馨《けい》蘭《らん》の如《ごと》し」は『易経』からの故事があります。「蘭」は親友同士の交わり、「馨《けい》」は香りのことで、〝二人が気の合う仲間であれば、語り合う言葉の内容や雰囲気は蘭の香りのようにかぐわしく美しい〟というほめ言葉です。それを踏まえ、「私たちの語らいの言葉や内容は、和やかでうるわしいものであった」。ちょっとべたべたしてますね（笑）。「佳人《かじん》」は男にも女にも使いますし、君主から見た優秀な臣下、臣下から見た立派な君主も「美人」「佳人」と言います。

――日本語の感覚とはかなり違いますね。

ええ。ここではお兄さんのことを指して、「立派な兄上がここにおられない」。「能《よ》く～せざらんや」は反語で、〝どうして私は歎き続けないでいられようか、歎いてしまうなあ〟。

――少々べたついてはいますが、リズミカルで使っている言葉はとてもきれいですよね。

そうですね。社交の作としてよくできた、無難な詩だと思います。

――阮籍とは違って、嵇康さんは一般的な感覚をもっていたんでしょうか。

それが、彼の行動についてのいろんな記録を見るとそうでもなくて、この詩もあえて言えば、『詩経』以来、漢民族本来の復古調の四言を使ったところに何か主張があるのかも知れません。当時主流だった五言詩は、考えてみるとシルクロードを通して西から入って来た、もとは異国のリズムです。

――なぜ、あえて四言を用いたんでしょう。

司馬氏が専横を極める乱れた世の中で、みんなが五言詩を作っている、自分はそれに反対だと言いたいのかな。中国の本来の詩のリズムは四言である、詩だけではなく、政治も社会も昔の方がよかったんだ、だから俺は四言詩でやる――そんな宣言と取れないこともないです。

――根底には司馬氏に対する反駁心があったと。

はい、嵆康は司馬氏に同調しませんでした。たとえば阮籍は、形の上では司馬氏に歩み寄って官職を得ましたが、嵆康は断っています。もともと博学な人ですが、嵆康の奥さんは曹操の孫の娘さん、つまり曹操のひ孫のお嬢さんで、彼は魏の官職についていました。他方、司馬氏としては、彼のような博識な有名人を引き入れれば箔がつくし、役にも立つ。それでしばしば官職に誘ったのですが、頑として受けませんでした。親友の山濤《さんとう》（字《あざな》・巨源《きょげん》）という、これも「竹林の七賢」の一人が、やはりやむを得なかったためか、晋（司馬氏）の官職についたのですが、何かのきっかけで辞職する時、後任に嵆康を推薦したんです。すると嵆康は激怒し、〝もうお前とは絶交だ〟と手紙を突きつけました。

――激しい気性の人なんですね。

ええ、「山巨源に与へて交はりを絶つの書」というもので、〝自分はどうしても官職に向かない、嫌いなんだ〟と九つの理由を挙げ、思う存分、本音をぶちまけています。一つは、官職につけば好きな朝寝ができなくなる、二つ、琴を抱えて歩きながら歌うことや、好きな狩り、魚釣りができなくなる、三つめに、自分は正座をするとすぐにしびれるし、しらみがわきやすい体質でいつも体を掻いているのに、正装して役所に行けばそれもできない。四つめに、物を書くのが苦手で、役所の書類処理や手紙の返信もおっくうなのに、役人になると毎日これがついて回る……。

――(笑)。何と言うか、屁理屈というか……。絶対にやりたくないという。

駄々をこねているような、こんな調子で〝とにかく自分は怠け者でわがままで大雑把、心のおもむくままに生きたいんだ、だからお前とは絶交だ〟とずけずけ書き立てたんですが、調べてみると、二人はその後も交際を続けたようで、いったい何を考えていたんだか……。

――(笑)。

たぶん個人的な手紙だから本音が書けたんですね。他に息子たちには処世術を残していて、軽々しく人の意見に同調するなとか、酒癖に気をつけろとか、常識的なことを書いています。あれこれ理屈ではわかっていても行動が矛盾してしまう、理念と現実のギャップが大きかった人なのかも知れませんね。

――非常に慎重な人にも思えますが。

慎重さに徹し切れなかった、そういう悲劇の人とも言えるでしょう。

――なるほど、ちょっと複雑な人と見ました。

季節の折ふしに――程暁と傅玄

ここからは「竹林の七賢」と同時代に生きた人たちですが、司馬氏による知識人への圧力の中、七賢のように主張ができず、大家族を守るためなどの理由で違う生き方を選んだ人たち――官職に就き、密《ひそ》かな主張や諷刺を込めた詩を作ることで心情を吐露し、闘った――の中から、二人を取り上げます。

――言わば〝影の七賢〟ですか。

そうですね。両方とも、なかなか面白い詩だと思います。程暁《ていぎょう》（生没年不詳）も魏から晋への交代期に生きた人で、魏の時代にずいぶん高い官職につきましたが、晋での位はわかっていません。やはり文筆が達者で、文集二巻がありましたが、今は詩が二首残るのみです。

——時の政権に入って、静かに生きた人のようですね。

嘲熱客　熱客《ねつかく》を嘲《あざけ》る　程暁《ていぎょう》

平生三伏時
道路無行車
閉門避暑臥
出入不相過
今世褦襶子
触熱到人家
主人聞客来
顰蹙奈此何
謂当起行去
安坐正咨嗟
所説無一急

平生《へいぜい》 三伏《さんぷく》の時《とき》
道路《どうろ》 行車《こうしゃ》無し
門《もん》を閉《と》ざして 暑《しょ》を避《さ》けて臥《ふ》し
出入《しゅつにゅう》 相過《あいよぎ》らず
今世《こんせい》の褦襶子《だいたいし》
熱《ねつ》に触《ふ》れて 人家《じんか》に到《いた》る
主人《しゅじん》 客《かく》の来《きた》るを聞《き》き
顰蹙《ひんしゅく》すれども此《これ》を奈何《いかん》せん
当《まさ》に起《き》行《こう》し去《ゆ》くべしと謂《おも》ひ
安坐《あんざ》して 正《まさ》に咨嗟《しさ》す
説《と》く所《ところ》 一《いっ》の急《きゅう》なる無《な》く

嗒唅一何多
疲倦向之久
甫問君極那
揺扇臂中疾
流汗正滂沱
莫謂為小事
亦是一大瑕
伝戒諸高朋
熱行宜見呵

嗒唅《とうかん》　一《いつ》に何《なん》ぞ多《おほ》き
疲倦《ひけん》　之《これ》に向《むか》ふこと久《ひさ》しくして
甫《はじ》めて問《と》ふ　君《きみ》　極《きは》まりしかと
扇《あふぎ》を揺《ゆる》がせば臂中《ひちゆう》疾《や》み
流汗《りゆうかん》　正《まさ》に滂沱《ぼうだ》たり
謂《い》ふ莫《なか》れ　小事《しようじ》為《た》りと
亦《また》　是《これ》れ一《いつ》の大瑕《たいか》
戒《かい》を伝《つた》ふ　諸《もろもろ》ゝの高朋《こうほう》に
熱行《ねつこう》は　宜《よろ》しく呵《か》せらるべし

――とてもユーモラスな感じがしますが。

でもその裏に何かがありそうです。題は、「暑い日に訪ねて来るお客さんを嘲る」。

――「暑苦しい客」じゃないんですか。

(笑)。いえ、「熱客」というのは真夏の日の訪問者ですね。作者の実体験を記録したのか、フィクションなのか気になりますが、キーワードが含まれていて、そこに注目して読んでゆきたいと思います。

例によって四句ごとに分かれ、〝夏の日は、ふつうはこうするものだ〟と一般常識から説き起こします。「三伏《さんぷく》」は真夏の暑い盛りの時期のこと。この言葉には由来があって、土用の時期、つまり立秋前の十八日間は、秋の涼しい気が暑い気に圧倒されて、深く隠れ伏している、その期間を初伏・中伏・末伏の三つに分けて「三伏」と言うんです。「ふつう夏の暑い盛りの時期は、外の通りには車一台通らないものだ」。みんな暑くて外出できないと。「誰もが家の門を閉じて、暑さを避けて横になり、お互いに出入りして訪問などしない」。

第二段は、〝最近ではそういう常識を破る輩《やから》がいる〟と、ちょっと癪《しゃく》に触ったような言い方になります。「褦襶子《だいたいし》」は難しい言葉ですが、「褦襶」は日傘《ひがさ》。青い絹の布製で日光をさえぎります。「子」は先生のことなので、直訳すると「真夏の日傘先生」となるんです。

——え？ それって造語みたいなものですか。

ええ。〝真夏の暑い日に着飾って人を訪ねる人物〟という意味ですが、要するにそういうことをするのは非常識な人だと、わからずやの代名詞のように用いています。「ところが今の世のものわからない人ときたら、猛暑もおかまいなしに人の家にやって来る」。中国語の「触れる」は〝タッチする〟意味ではなく、〝勢いよく突き当たる、委細構わずに突き進む〟といった感じです。「主人」は自分のことでしょうか、「家の主《あるじ》は客がお見えになったと聞けば眉をひそめるけれど、どうしようもない」。

第三段はしぶしぶ応対する自分、人の気も知らないで喋り続ける客人、その対比が描かれます。「当《まさ》に〜べし」は〝どうしても〜しなきゃいけない〟、「お客が来たからには立ち上がってお迎えしなくてはいけないと思い、客間に行って席につくけれど、どうしてもため息が出てしまう」。「咨嗟《しさ》」は歎きのため息です。いよいよお客の話が始まります。「説《と》く所《ところ》」は〝話す内容〟、「急《きゅう》」

は〝急ぐ〟というのではなく、切迫していることです。「お客が話す内容には一つとして切実なところはなく、ただぺちゃくちゃと、なんとまあ口数が多いことか」。「嗒唅《とうかん》」はべらべらと口数の多い形容詞で、辟易したようすです。

それを受けて第四段は、作者が疲れ果てます。「私は疲れて退屈しながら長いこと相手をし、やっとのこと、〝もうその辺でよろしいでしょうか〟と尋ねる段階になる」。

——（笑）。

まあ、迷惑ですよねえ。冷房がないですから、「私は扇を使い通しだったので腕が痛い」。「臂《ひ》」は日本語では肘《ひじ》ですが、中国語では手首から肘までのことです。「流れる汗はだらだらと、流れ続けていた」。

それを受けて友人たちへの忠告で結びます。「こういう経験をつまらないことだなどと言って下さるな。これも一つの大きな罪悪なのだ」。「高朋《こうほう》」はありがたい友人のこと、「ご注意申し上げます、大事な友人たちに。暑い日の訪問は罰せられて当然なのです」。「宜《よろ》しく～べし」は〝～にふさわしい〟、原文の「見」の字はここでは動詞の上について受身を表し、「呵《か》す」は〝叱る、罰する〟の意味ですので、「処罰されて当然の大きな罪なんですよ」と釘を刺しているわけです。

——ほんとに面白い詩ですが、いったい何を言いたいんでしょう。

ちょっと大げさな感じもしますが、たぶん五句めの「褦襶子《だいたいし》」がキーワードでしょう。今のわからずやども。人の気持ちや境遇におかまいなしの無神経で無節操な人たち、これは密かな時勢批判で、何も考えず司馬氏に迎合し、取り入っている人、ひいては司馬氏そのものを批判しているのかも知れません。暑い日にやって来て、ずかずか入り込んでお喋りをやめない客、疲れながらも一所懸命に応対する私——いろいろ無理難題を押し付ける司馬氏とその周辺、苦労をしながら家族のためにがんばって応対する私、なんとかしてくれと。

——ああ、なるほど。程暁さんの苦しみが見えるようです。

それをこのようにユーモアにくるんで表現するのは大人ですね。

——すると相当な抵抗の詩ですね。嵇康さんにはそういう所が見られませんでしたよね。

ええ、彼は詩に関する限りは紳士的で無難、社交的でした。

——行動は楯突いていたのに。

司馬氏からの誘いを正面切ってシャットアウトした嵇康は、かえって、複雑な心境を託した詩を作る必要が無かったかも知れませんよね。

——逆に程暁さんはそういう行動ができない、その抑圧された分を、詩にくるんで皮肉っぽくやったと。

自由に物の言えない時代、権力の中にいる人の方が、うまく切り抜けるため表現に工夫が多くなるのかも知れません。

——視点を変えないと見えないことがあるんですね。次は傅玄《ふげん》（二一七—二七八）さんですか。

彼もやはり魏から晋にかけて生きた人です。博識で文学や音楽によく通じ、魏末に官職についていましたが、むしろ晋に入ってから一層出世しました。ただ最後は何か事件に巻き込まれて免職になり、その後間もなく亡くなっています。まあ世間的には成功した人生で、著作も文集百巻を残しました（百五十巻という説もあります）。大物ですね。

——傅玄も、司馬氏のやり方には同調できなかったんでしょうか。

次の詩を読むとそれを感じます。

雑詩

志士惜日短
愁人知夜長
摂衣歩前庭
仰観南雁翔
玄景随形運
流響帰空房
清風何飄颻
微月出西方
繁星依青天
列宿自成行
蟬鳴高樹間
野鳥号東廂
纖雲時髣髴

雑詩《ざつし》　　傅玄《ふげん》

志士《しし》は日《ひ》の短《みじか》きを惜《をし》み
愁人《しゅうじん》は夜《よる》の長《なが》きを知《し》る
衣《ころも》を摂《かか》げて前庭《ぜんてい》に歩《ほ》し
仰《あふ》いで南雁《なんがん》の翔《かけ》るを観《み》る
玄景《げんけい》　形《かたち》に随《したが》つて運《めぐ》り
流　響《りゅうきょう》　空房《くうぼう》に帰《き》す
清風《せいふう》　何《なん》ぞ飄颻《ひょうよう》たる
微月《びげつ》　西方《せいほう》に出《い》づ
繁星《はんせい》　青天《せいてん》に依《よ》り
列宿《れつしゅう》　自《おのづか》ら行《こう》を成《な》す
蟬《せみ》は高樹《こうじゅ》の間《かん》に鳴《な》き
野鳥《やちょう》は東廂《とうしょう》に号《さけ》ぶ
纖雲《せんうん》　時《とき》に髣髴《ほうふつ》たり

渥露霑我裳
良時無停景
北斗忽低昂
常恐寒節至
凝気結為霜
落葉随風摧
一絶如流光

渥露《あくろ》 我《わ》が裳《もすそ》を霑《うるほ》す
良時《りようじ》は景《かげ》を停《とど》むる無《な》く
北斗《ほくと》は忽《たちま》ち低昂《ていこう》す
常《つね》に恐《おそ》る 寒節《かんせつ》至《いた》り
凝気《ぎようき》の結《むす》んで霜《しも》と為《な》り
落葉《らくよう》 風《かぜ》に随《したが》つて摧《くだ》け
一絶《いちぜつ》 流光《りゆうこう》の如《ごと》くならんことを

「雑詩」という題は前にも出ましたが、折に触れて興のおもむくままに作った、とりとめもない内容の詩です。実はそこに託して深いものが詠みこまれている場合が多いことは確かですが。この詩は、言葉を追ってゆくと阮籍の影響が大きく、月の明るい晩、眠れなくてうろつき回ると風が吹き、小動物がざわめいている——これは「詠懐詩」其の一（→二三七ページ）の舞台設定ですよね。阮籍は「竹林の七賢」の代表格ですから、傅玄とも面識があった筈です。あの詩を意識して作ったということは、やはり何か裏の意味を託したんじゃないかと予想ができます。

四句ごとに見てゆきますと、まず一般論からはじまり、「心に目標をもつ人は、毎日が短いのを惜しむ」。やることがたくさんあるからですね。「悲しみを抱いている人は、夜の時間が長いのを知っている」。悲しみのあまり眠れないためです。それを受けて、実は私は「愁人（＝悲しみを抱えている者）」だ、と述べています。「私は気分が落ち着かず、衣の裾《すそ》を掲げて屋敷の前の庭を歩き、空を仰いで南へ行く雁を眺めている」。三・四句から逆に考えると、一・二句は作者のことを言っているんじゃないでしょうか。〝自分は志をもつ男だが、状況からして実現できない、こと志《こころざし》に違《たが》うことが多い、その悲しみのため、今夜も眠れず、外を歩いている〟と。出だしから何かメッセージ性があります。

続く第二段は夕方から夜の眺めを描写します。「玄景《げんけい》」は文字通りには「黒い姿」ですが、月を背にして逆光のため雁が黒く見える姿を「玄景」と言ったのか。ただそのままだと「雁の影はその姿とともに移動する」となって変なので、イメージで取ればいいでしょう。月が出ている夜空を雁が飛んでゆくのを、手の込んだ描写にしたのかも知れません。

――月に雁というのは浮世絵にもあったような。

安藤広重《ひろしげ》ですね。たしかに絵になるイメージです。「流響《りゅうきょう》」は雁の鳴き声で、「空を流れる雁の鳴き声は、私しかいない部屋に届けられる」。「帰《き》す」は〝落ち着く、届く〟の意味があって、雁の鳴き声が届いてこだまするようすを言いたいのでしょうか。次は風と月で、阮籍の詩と同じです。「涼しい風はなんとさわやかに吹くことか。細い月が西の空に出ているのが見える」。

第三段、あたりが真っ暗な月夜、当然、星が見えます。「青天《せいてん》」は夜空、日本でも「青い夜空」という言い方がありますね。「たくさんの星屑《ほしくず》が夜空のあちこちに散らばり、星座はそれぞれあるがままに形を作っている」。「列宿《れっしゅう》」は連なる星座の意味で、星座の場合は「しゅく」でなく「しゅう」と読みます。この辺、観察が細かいです。次に小動物が出て来るのも阮籍と共通で、「蟬《せみ》は高い木の中で鳴き、野鳥は東の別棟《べつむね》で叫んでいる」。蟬にしろ野鳥にしろ、夜は休む筈なのに鳴き続けている。これは何かありそうです。蟬は樹液を養分として生きて、夏が終わればいさぎよく死ぬことから、後世、穢《けが》れのない、潔白で志ある人物のたとえになります。野鳥は阮籍の詩だと朝廷を取り巻く小人物のたとえでしたが、ここは蟬が自分、野鳥は小人どもをたとえているんでしょうか。

続いてそろそろまとめの段階に入ります。第四段、「細く薄い雲が時々微《かす》かに見え、おびただしい露が私のもすそをうるおしている」。外を歩いてだいぶ時間がたちました。露も自分を妨害するもののたとえになることがあって、特にのちの陶淵明がそうです。ただ、この時期にそういう使い方をしていたかどうか。でもそう取ると面白いですね。「良時《りょうじ》」は今の素晴らしい秋の月夜のこと、「この美しい夜はそのありさまをいつまでも止めてはくれない。北斗星もいつの間にか動いてしまった」。北斗星はふつう動かないものなのに、それさえも動いているではないかと。

そして結びの第五段、「常に恐《つねにおそ》る」は四句全体にかかり、「私はいつも心配している。やがて寒い季節がやって来て、凍りつくような気が凝り固まって霜となり、落ち葉が風と共にこなごなに砕けて無くなり、消え去るのがきらめく光のように素早いことを」。

――う一ん、かなり深い感じがします、大人の男の感慨というか。

やはり寓意があるのかなあ。世の中全体がどんどん冬の時代になってしまうのでは、とか。

――官職をキチッと務めながら、自分の意と権力の中枢とのバランスを保ったほどの超エリートですし、表面だけ読んで感傷とのみ捉えるわけにはゆかない気がします。

表向き安穏に暮らしながら、〝実はこういう危険があるんだぞ〟と詩にして表明する、それが詩人の尊厳だったんでしょうか。

――まさに中国の詩人らしい、言い方をかえれば、エリート官僚らしい生き様というわけですね。

七、それぞれの個性——西晋の詩人

悲運の文人宰相——張華

魏末から西晋の初めにかけて、詩人であり政治家だった張華《ちょうか》(二三二—三〇〇)は、当時の知識人としては例外的に筋の通った生き方をし、後の流れを切り開く働きをした、たいへんな大物です。これまで知識人の生き方として、一つには「竹林の七賢」に代表される、体制を避けて言論を続けた人たち、またもう一つは権力の内部に入って人生を全うした人たち——の二通りを見て来ました。ところが張華はそのどちらでもなく、一番難しい道を歩きました。混乱してゆく晋王朝をなんとか正しい道に引き戻し、それを保とうと、実際に行動した人です。

——カッコいいですねえ。

そう思います。彼は貴族ではなく、貧しい家の出身でした。地方官だった父親が早く亡くなり、彼自身が羊飼いなどをして生計を立てていたようです。ただ勉強熱心で、郷里の人たちに推薦されて中央に行き、その直後に阮籍に認められて一挙に名声が高まりました。このことからやはり、阮籍も体制外にいながら名士として定評があったことがわかります。張華は蔵書が多くて博識、礼儀作法に詳しく弁舌巧み、軍事的才能もあって、辺境での勤務中は異民族をよく説得してその地方を平和に導いた――学問と実務の両方に優れていたわけです。

――優秀な人なんですねえ。

また彼は魏の末頃から、自分のもとに人材を積極的に集めはじめ、サークルというか、結社のようなものを作ったんです。

――詩を作るグループということでしょうか。

詩作やその批評も大きな活動ですし、政治論も戦わせました。根底には儒教があって、儒教は世直しの思想なので当然、政治論や経済論が関わって来ますが、一方で人徳を磨くことを求め、文学や文化も重視する。つまり政治と文学が車の両輪だったんです。それで当時、張華に限らず、権力者はよくまわりに人材を集めました。

――するとそういったサークルはいっぱいあったと。

ええ、それでお互いにライバル意識を燃やしたり、共同で活動したりもしたようです。張華も、北中国からも南中国からも、優秀な人はどんどん集めました。そのとき彼のもとにやって来た人たちが、次の時代、「太康《たいこう》・元康《げんこう》文学」の代表的な詩人になってゆきます。たとえば陸機《りくき》・陸雲《りくうん》兄弟、左思《さし》……、陶淵明の曾祖父にあたる陶侃《とうかん》も、自分から面会に赴いたそうです。

――みんな〝張華ゼミ〟の出身者というわけですね。

張華には人を見る眼があったんですね。また政治的な面からすれば、王朝がみるみる崩れてゆく流れをなんとか堰《せ》き止めようと、それを支えるに足る人を発掘し、掌握しようとしていたフシがあります。西晋王朝は計五十一年間続きましたが、初代の武帝司馬炎が亡くなるとすぐ混乱が始まりました。武帝の跡を継いだ恵帝はあまり優秀でなく、勢力を伸ばした外戚同士の争いに他の王族も加わり、「八王の乱」という大混乱に発展します。張華はその過程を見て、これはいけないと強く感じたようです。やがて彼は宰相になりますが、すでに権力を伸ばしていた恵帝の大叔父、司馬倫《しばりん》が王朝を簒奪する計画を立て、張華を味方に引き入れようと相談に来ます。それをきっぱりと拒絶した張華は、翌年に司馬倫がクーデタを決行した際、一族もろとも殺されました。

――うわあ、悲劇ですねえ。

背筋を伸ばして行動して来た理想主義者がそういう結末を迎えた。彼の死はすべての人に惜しまれたそうで、やはりこの時代としてはトップクラスの立派な人物だったと思います。

――そんな彼の作った詩、心して読みたいと思います。「情詩《じょうし》」とありますが。

「情」には〝愛情〟の意味がありますので、「愛情の歌」という題になります。

情詩五首

情詩五首《じょうしごしゅ》　張華《ちょうか》

其二

其《そ》の二《に》

明月曜清景
朧光照玄墀
幽人守静夜
廻身入空帷
束帯俟将朝
廓落晨星稀
寐仮交精爽
覿我佳人姿
巧笑娟権靨
聯娟眸与眉
寤言増長歎
悽然心独悲

明月《めいげつ》 清景《せいけい》を曜《かがや》かし
朧光《ろうこう》 玄墀《げんち》を照《てら》す
幽人《ゆうじん》 静夜《せいや》を守《まも》り
身《み》を廻《めぐ》らして空帷《くうい》に入《い》る
束帯《そくたい》して将《まさ》に朝《ちょう》せんとするを俟《ま》ち
廓落《かくらく》として晨星稀《しんせいまれ》なり
寐仮《びか》 精爽交《せいそうまじ》はり
我《わ》が佳人《かじん》の姿《すがた》に覿《あ》ふ
巧笑《こうしょう》 権靨娟《けんようみめよ》く
聯娟《れんけん》たり 眸《ひとみ》と眉《まゆ》と
寤言《ごげん》 長歎《ちょうたん》を増《ま》し
悽然《せいぜん》として 心《こころ》 独《ひと》り悲《かな》しむ

——勇ましい人だからラヴソングもそんな感じかと思いきや、そうでもないですね。

生き方からすれば、詩も拳《こぶし》を振り上げて天下国家を論ずるような作風かと思えば全然違って、その理由も後で考えたいと思います。これは五首の連作で、設定としては、単身赴任か何かで生き別れしている夫婦の往復書簡のような形になっています。或る作品は旅をしている夫から、或る作品は留守をまもる奥さんからという風に。

——張華の奥さんなんですか？

どうでしょうか。虚構かも知れません。この「其の二」は、あきらかに夫が主語になっていて、奥さんを思いやっています。四句ごとに区切れ、第一段は秋の夜、眠れぬまま外の景色を眺めていると、明け方になります。「明るい月がさわやかな光を輝かせ」、それをじっと見ていると、「その月のおぼろな光が玄墀《げんち》をぼんやりと照らし出している」。「玄墀」はわかりにくいのですが、「墀《ち》」は階段のたたきで平らな空間、「玄」は〝黒く塗った〟という意味、だから「黒く塗ったたたき」というのが一説で、または単に「暗くかすんでいるたたき」とも取れます。いずれにしても、夜明けのぼんやりした景色です。「幽人《ゆうじん》」は隠者を指すことが多いのですが、ここでは〝ひっそりと暮らす私〟。都で官職に就いている設定なのですが、奥さんと離れている心境を言っているのでしょう。「ひっそりと寂しく暮らす私はこの静かな夜をじっと過ごし」、「夜を守る」は眠れずにじっと時間を過ごすような意味です。「やがて身を翻《ひるがえ》し、誰もいないとばりの中に入った」。今まではベランダに出て外を見ていたんですね。

第二段、そろそろ出勤の支度をします。春秋時代頃から中国の役人はたいへん朝が早く、星が見えるうちから出勤しました。その身支度の後にふと居眠りをしてしまい、妻の姿を夢に見るんです。ここがこの詩の新しさ、見どころです。「束帯《そくたい》」は役人の正装で、「私は身なりを整えて朝廷に行く時間が来るのを待っている」。外を見ると、「広がる夜空に明け方の星がまばらに見える」。そこでうとうとします。「寐仮《びか》」はうたた寝、仮眠、「精爽《せいそう》」は魂です。「私はふとうつらうつらしてしまい、魂が交流して、妻の姿を目にした」。

最後の第三段、夢に現れた妻の姿を再現し、目覚めた後の悲しみで結びます。「巧笑《こうしょう》」は美しい微笑みの意味で、『詩経』にもある言葉です。日本だと「巧」の字からなにか作り笑いのような感じですが、中国では単に〃魅力的な微笑《ほほえ》み〃です。「権靨《けんよう》」は「権」が〃頬〃の意味で、えくぼのこと。「美しい微笑み、頬のえくぼもうるわしく、形よく並んでいる瞳と眉」。かなりリアルに夢に見たんですね。「寤言《ごげん》」は目が覚めて話しかけること。「はっと目覚めてつい妻に話しかけてしまい、深い歎きはますます募《つの》る。私の痛んだ心はひとえに悲しみに沈むばかりであった」。「独《ひと》り」は〃ただそれだけ、ひとえに〃といった強調ですね。

――これこそが理想主義の張華さんが書いた「愛の賛歌」というわけですね。

彼の詩風はこういう傾向が主で、後に「女性や子どものような、繊細でやわらかい感情表現が多く、天下国家を論ずる豪快な気分は少ない」（『詩品』）と評せられています。それをどう見るかですが、彼は意図してこの方向を選んだんじゃないでしょうか。実際は天下国家のために奔走しましたので、その気になれば詩の中でも、いくらでもそれを論じられたでしょうし、そうしたかったと思うのですが、彼は結社のリーダーで大勢の配下がいます。そんな立場で天下国家を論じる詩を作って睨まれれば、グループのメンバーも殺される可能性があります。だからこちらの方向に進まざるを得なかったのではないか。或いは、彼は王朝交代期の権力闘争やその醜さ、世の移ろいを多く見て来ました。だから、それを今さら詩に持ち込む気になれなかったのかも知れません。ますらおぶりではなく、たおやめぶりの詩ですから、堂々と天下国家のことを詠んだ作品と比較するとつまらなく思われがちですが、儒教でも男女の愛情は大切にしています。『孟子』

にも、〝人間男女の愛情は根本的なものだ〟という一節があります。また、女性の愛情や恋心を詠むものとして、すでに「閨怨詩」がありましたが、張華が開拓したこの〝男性から女性へ愛情を述べる詩〟は、以後、脈々と受け継がれて近代まで作られ続けます。愛の大切さを目覚めさせた、そういう点では画期的です。

――愛の伝道者、ロッカーですね。

ええ。ちなみに張華は経歴から想像できるような肩肘《かたひじ》張った人ではなく、さばけた人だったようで、いろんなエピソードが残っているんです。先に触れた陸雲が初めて面会に来た時、張華先生が長い顎鬚《あごひげ》にリボンを結んでいたので、思わず大笑いしてしまったとか……。

――(笑)。あのー、それってふつうのことじゃないですよね。阮籍さん的ですね。

意外に心安い雰囲気の人だったのかな。怪談話が好きで、当時巷《ちまた》に伝わるそういう話を集めて『博物志』という書物を編集し、それがきっかけで西晋から東晋にかけて怪奇小説が流行したとか。そういう面でも影響が大きかった人です。

――へえー、天下国家から怪談話までとは。こんな人が現代にいれば、楽しいですねえ。

忘れじの妻――潘岳

張華以外にも、当時は外戚などにも文学集団を抱える人が大勢いて、潘岳《はんがく》(二四七?―三〇〇)はそんないくつかの集団に関与し、いずれにおいてもリーダー格だった詩人です。文才があり、容貌動作が美しかったと定評があります。

――相当な二枚目だったということですか。

そうですね。魏の末頃から機運が熟し始めていた貴族社会が、西晋時代にいよいよ形成されました。「竹林の七賢」ら知識人の反体制も徐々に形骸化し、超然として高踏的というか、政治社会を俗なものとして見下しはじめ、その点でも貴族化していったと見られます。それにつれて、人物を評価する尺度が外面的な事柄――血筋・財産・才知・容貌に傾いていったんです。その点、潘岳は有利で、わりと順調に世に出てゆきました。ただ多少出世を焦って、発言や行動に感心しない面もあったようですが。五言詩を発展させた一人で、張華は男女の愛情を扱った詩を開拓しましたが、潘岳もそうで、おそらく張華の影響があるのでしょう。じつは気の毒なことに奥さんが早く亡くなり、彼女を思う詩がいくつも残っています。中でも哀悼の三首連作が歴史に残る名作として、後世に大きな影響を与えました。まずその詩を読んでみましょう。

悼亡詩三首　悼亡《とうぼう》の詩《し》三首《さんしゅ》　潘岳《はんがく》

其一
荏苒冬春謝
寒暑忽流易
之子帰窮泉

其《そ》の一《いち》
荏苒《じんぜん》として冬春《とうしゅん》謝《しゃ》し
寒暑《かんしょ》 忽《たちま》ち流易《りゅうえき》す
之《こ》の子《こ》 窮泉《きゅうせん》に帰《き》し

重壌永幽隔
私懐誰克従
淹留亦何益
僶俛恭朝命
迴心反初役
望廬思其人
入室想所歴
幃屏無髣髴
翰墨有余跡
流芳未及歇
遺挂猶在壁
悵怳如或存
周遑忡驚惕
如彼翰林鳥
双棲一朝隻
如彼游川魚
比目中路析
春風縁隙来

重壌《ちようじよう》 永《なが》く幽隔《ゆうかく》す
私懐《しかい》 誰《たれ》か克《よ》く従《したが》はん
淹留《えんりゆう》 亦《また》 何《なん》の益《えき》かあらん
僶俛《びんべん》として朝命《ちようめい》を恭《つつ》しみ
心《こころ》を迴《めぐ》らして初役《しよえき》に反《かへ》る
廬《ろ》を望《のぞ》んで其《そ》の人《ひと》を思《おも》ひ
室《しつ》に入《い》つて歴《へ》し所《ところ》を想《おも》ふ
幃屏《いへい》に髣髴《ほうふつ》たる無《な》く
翰墨《かんぼく》に余跡《よせきあ》有り
流芳《りゆうほう》 未《いま》だ歇《や》むに及《およ》ばず
遺挂《いけい》 猶《な》ほ壁《かべ》に在《あ》り
悵怳《ちようきよう》として 或《ある》いは存《そん》するが如《ごと》く
周遑《しゆうこう》として 忡《うれ》へ 驚惕《けいてき》す
彼《か》の林《はやし》に翰《はね》うつ鳥《とり》の
双棲《そうせい》 一朝《いつちよう》にして隻《ひとり》なるが如《ごと》く
彼《か》の川《かは》に游《およ》ぐ魚《うを》の
比目《ひもく》 中路《ちゆうろ》に析《わか》たるるが如《ごと》し
春風《しゆんぷう》 隙《げき》に縁《よ》つて来《きた》り

晨霤承簷滴
寝興何時忘
沈憂日盈積
庶幾有時衰
荘缶猶可撃

晨霤《しんりゅう》 簷《のき》を承《う》けて滴《したた》る
寝興《しんこう》 何《いづ》れの時《とき》か忘《わす》れん
沈憂《ちんゆう》 日《ひ》に盈積《えいせき》す
庶幾《こひねが》はくは時《とき》有《あ》りて衰《おとろ》へ
荘缶《そうふ》 猶《な》ほ撃《う》つ可《べ》きならんことを

――非常にリズムが取りにくいというか、単純に言えば、ぎくしゃく感があるんですが……。

潘岳は比較的、言葉遣いが難しくて硬く、そのつながり具合も「ぎくしゃく」という印象がぴったりですね。またこの詩はテーマがテーマですし、あまりすらすら読める名調子では感情がこもりません。意図してそういったリズムを採用したのでしょうか。

――じゃあもっと噛んで含むように、たっぷりと読んだほうがいいですかね。

ああ、そうかも知れません。「悼亡《とうぼう》」は亡くなった人を悼《いた》むことで、潘岳のこの詩以降、特に〝亡くなった奥さんを悼む〟意味が加わり、だんだんそちらが主流になりました。

四句ずつ区切って読んでゆきますと、第一段、妻が亡くなって季節がどんどん移り変わってゆくようすを導入にします。「荏苒《じんぜん》」はよく出て来る言葉で、物事が徐々に変化してゆくこと。「少しずつ、しかし着々と冬も春も去ってゆき、暑さと寒さがいつの間にか移り変わる」。「之《こ》の子《こ》」は『詩経』の言葉で、ここでは〝私の妻〟の意味になります。「妻は黄泉《よみ》の国に旅立ち、お墓の盛《も》り土《つち》が私たち二人をいつまでも遠く隔てることになってしまった」。

第二段、なんとかその悲しみを振り払おうとします。「こういう私の思いに、誰がいつまでも共感してくれるか、してくれない。そんな気持ちにいつまでもとらわれていて、何のいいことがあろうか、いやない」。努めて気を取り直そうと、「さあ、朝廷の命令をしいかと心に言い聞かせ、心を立て直して勤めに戻ろう」。いつまでも喪に服した感覚じゃだめだぞと、自らを励まします。

しかし第三段、勤め先から家に帰るとやっぱり妻を思い出してしまいます。「廬《ろ》」は自分の家を謙遜する言葉、〝粗末な我《わ》が家《や》〟です。「とはいっても勤め帰りに我が家を見れば、やはり妻のことを思い出し、部屋に入れば、一緒に暮らしていた頃のあれこれが次々としのばれる」。部屋の調度品などを見ると、「カーテンや屏風《びょうぶ》に妻の面影は残っていない」。奥さんが元気だった頃は、よくカーテンの横や屏風の側《そば》に立っていたんでしょう。唯一、「妻が書き残したものにその筆跡が留められている」。それが彼女をしのぶよすがなんですね。

——当時は写真もないですしねえ。

そうですね。第四段もやはり落ち着かない自分の心です。「流芳《りゅうほう》」は残り香。奥さんの香水の香りなどが残る衣服や布団を形見として取ってあるのか、「残り香がまだ消えないで、妻の衣服が今も壁にかけられている」。それらを見ている心境が次の二句で、「ぼんやりしていると、ふと妻がまだ生きている気分になり、慌《あわ》て悲しみ、厳粛な気持ちになる」。

第五段はそういう気持ちの理不尽さを、たとえを使って訴えます。「今の自分の境遇は、森にはばたく鳥が、いつもつがいで暮らしていたのに急に一羽になってしまったような、川を泳ぐ魚が、いつも並んで泳いでいたのに途中で引き離されたような、理不尽な心地だ」。「比目《ひもく》」は目を並べることで、魚が二匹一緒に泳ぐことを表します。

第六段は眠れずに過ごした夜明けの描写で、季節が春であることが明らかにされます。主人公は寝台に横たわり、窓から外を見たり、音を聞いたりしている。「晨溜《しんりゅう》」は朝の雨だれ。「春風が戸や窓の隙間から吹き込んで、夜明けの雨だれのしずくが軒端《のきば》を伝《つた》って滴《したた》りおちるのが見える」、もしくは音が聞こえる。いまだにこんなふうに、いつも夜眠れないわけです。「寝ても醒めてもどうにも忘れられない。この深い悲しみが日に日に募ってゆく」。

そして最後の二句、切ない願望で結びます。「庶幾《こひねが》はくは〜ならんことを」は願望を示す決まった言い方で、「どうか、いつかこの悲しみが薄れ、かつて荘子《そうじ》が叩いたかめを、この私も叩けるようにと願うばかりだ」。「荘缶《そうふ》」は故事があって、「缶《ふ》」は酒などを入れる素焼きのかめ。戦国時代、老荘思想の大家・荘子も奥さんに先立たれましたが、達観していたため悲しまず、逆に素焼きのかめを叩いてリズムを取り、歌を歌ったそうです。生死を達観しているたとえとしてよく用いられ、潘岳はこれを引いて〝まだとても荘先生の心境になれないが、いつかはそうなれないかなあ〟と願って結んだわけです。

——最初の方で奥さんを「之《こ》の子《こ》」と表していますが、「佳人」などにせず『詩経』を引用したのは何か意味があるんでしょうか。

『詩経』は古典中の古典なので、そういう言葉を使うと格調が出るんですね。それによって、奥さんがいい人だったことが強調されますし。「佳人」だと、よく使われる言葉なので月並みになるんでしょう。

――なるほど。次の詩も恋の歌なんですか。

ええ、潘岳はずいぶん愛妻家だったようで、妻を思う詩を多く残しています。次の詩はまだ奥さんが元気だった頃、単身赴任先で郷里の妻をしのんだものです。

内顧詩二首　内顧《ないこ》の詩二首《しにしゅ》　潘岳《はんがく》

其二　其《そ》の二《に》

独悲安所慕　独《ひと》り悲《かな》しんで　安《いづ》くにか慕《した》ふ所《ところ》ある
人生若朝露　人生《じんせい》　朝露《ちょうろ》の若《ごと》し
綿邈寄絶域　綿邈《めんばく》（はるかに遠く）　絶域《ぜついき》に寄《よ》せ
眷恋想平素　眷恋《けんれん》（恋いしたって）　平素《へいそ》を想《おも》ふ
爾情既来追　爾《なんぢ》が情《じょう》　既《すで》に来《きた》り追《お》ひ
我心亦還顧　我《わ》が心《こころ》　亦《また》　還顧《せんこ》す（ふり返って見る）
形体隔不達　形体《けいたい》　隔《へだ》たりて達《たっ》せず
精爽交中路　精爽《せいそう》　中路《ちゅうろ》に交《まじ》はる
不見山上松　見《み》ずや　山上《さんじょう》の松《まつ》
隆冬不易故　隆冬《りゅうとう》　故《こ》を易《か》へず
不見陵澗柏　見《み》ずや　陵澗《りょうかん》の柏《はく》

歳寒守一度歳寒《さいかん》一度《いちど》を守《まも》る

無謂希見疎謂《い》ふ無《な》かれ 疎《うと》ぜらるるを希《ねが》ふと

在遠分弥固遠《とほ》きに在《あ》りて 分《ぶん》弥《いよ》いよ固《かた》し

これも四句ごとに区切れ、まず自分の現状を述べます。「私は今、ひとりぼっちで悲しく、妻はどこにいるのか。人生は朝露《あさつゆ》のようにすぐ消えてしまうはかないものなのに、離れているとつらいよ。遥か遠い場所に身を寄せながら君のことが忘れられず、君のふだんの姿や言葉をいつも思い出してしまう」。切実な告白です。

第二・三段の八句がこの詩の一つの見どころで、先の張華に始まる〝男性から女性への愛情を歌う〟かたちで、夢に女性のまぼろしを見る場面が出て来ます。「君の愛情は私を追いかけ、私の心も同じように君を思い出していた」。「形体《けいたい》」は体、「精爽《せいそう》」は魂で、張華も使っていた言葉です（→二六八ページ）。潘岳は明らかに張華の影響を受けていますね。「二人の体は遠く隔てられて互いの側《そば》に届かないけれど、魂が途中で出会った」。夢の中で出会ったわけです。そして妻に語りかけます。「さあご覧、あの山の頂上の松の木を。冬のさなかにも元の緑色を変えはしない。さあご覧、谷間のひのきを。歳《とし》の暮れになっても同じ緑色を守り続けている」。松もひのきも常緑樹で、固い信念、どんなときにも変わらないまごころにたとえられます。

〝私の君に対する愛情も、この松や柏《ひのき》のように、ずっと変わらないよ〟というわけで結びに入り、「だからゆめゆめ思うなよ、私が、君と離れていることを望んでいるなんて」。単身赴任だと、男によっては自由の身をいいことに、新しい女性と親しくなる人もいるでしょうし……。ここは、そういう男とは一緒にしないでおくれ、と言ってるんでしょう。

——一応、言い訳をしたと。

そうですね。「こうして遠くにいると、夫としての気持ちは強くなるばかりだ」。ますます君のことだけを深く愛しているよ——潘岳は、単身赴任で奥さんと離れているだけでこれほどの愛情表現をするのですから、先立たれた歎き、悲しみはたいへんなものだったでしょう。

——こんなふうに女性の面影を追う詩の形は、潘岳さんで確立したことになるんですか。

張華あたりから始まった「太康文学」の一つの結実でしょう。この潘岳の「悼亡詩」以後、唐、宋、元、明、清と近代まで、死別生別を問わず、親しく愛する女性の面影を追い、夢の中で語り合う伝統は受け継がれてゆきます。思えば魏から晋にかけて、言論の抑圧された、生きにくい時代です。天下国家のことを誰もがあからさまに口にできない中で、それとは違ったもう一つの大切な分野——愛情の問題が注目され、開拓された結果と言えるでしょう。

もっとも潘岳は、理想に邁進して悲劇的な最期を遂げた張華とはずいぶん違う人だったようで、大局観がなく、目先にとらわれて出世を焦ったのか、むしろ外戚に接近しました。たとえば二代目の恵帝の時に、実権を握った皇后が皇太子を退けようとした際、潘岳はそのきっかけを作るための怪文書の作成を命じられ、その文書のために皇太子は排斥されて殺されたんです。その文書が残っていて、潘岳が皇后に取り入っていた証拠になります。また権勢ある外戚が馬車で外出すると、車の後に立つ砂埃《すなぼこり》に向かっていつまでも最敬礼していたそうです。それが「後塵《こうじん》を拝する」（権勢ある人に追従する）という言葉の出典になりました。

まあ、あちこちに出入りしてそういう行動をしていましたから、人格的には尊敬されなかったのかな。でも美男でしたから、彼が馬車ではなく羊に車を引かせて町を行くと――貴族社会の一つの行動パターンで、とにかく個性を売り物にするため人と違うことをやるんです――娘たちが大勢出て来て、我勝《われが》ちにその車の中に果物を投げ込んだそうです。果物を投げるのは『詩経』以来、女性の求愛のしるしで、その名残《なご》りがこの時代にも行われていたんですね。また、町の飲食店では潘岳が羊の車でやって来ると知ると、店の前に盛《も》り塩をしたそうです。

――それはまた、どういう意味で……？

塩は羊の好物で、盛ってあれば止まって舐《な》めますよね。その隙《すき》に潘岳を引っ張り込んじゃおうという魂胆でした。今の日本でも行われている盛り塩の起源はここらしいですよ。

また潘岳は多少、短気なところがあって、役人だった父親の家来で孫秀《そんしゅう》という小役人とどうもウマが合わず、事ある毎《ごと》に彼を殴ったり足蹴《あしげ》にしたり、邪険に扱ったんです。ですが、意外に世渡り上手の孫秀はやがて外戚の実力者、司馬倫《しばりん》の懐《ふところがたな》刀にまで出世します。

――クーデタを起こした際、張華一族を皆殺しにした人ですよね。

ええ、だから孫秀の出世を知った潘岳は「ああ俺の運命は終わりだ」と悟ったそうです。その予感通り、張華が殺されたクーデタの時、潘岳も孫秀の告げ口によって殺されました。

――うわー、まったく因果応報というか。人生もさまざまですが、少なくとも潘岳さんは、詩においては自分の世界を築いて後世に伝えたということですね。

名将の孤独――陸機

――次は軍人でもある詩人、陸機《りくき》（二六一―三〇三）ですね。

彼は西晋の「太康《たいこう》・元康《げんこう》文学」の、とりわけ元康年間の詩壇を支えた文武両道の詩人です。もともと西晋に滅ぼされた南の呉の、代々大将軍の家柄に生まれました。三国時代、蜀の劉備の軍や、北から攻めて来る魏の軍を撃退した陸遜《りくそん》の孫に当たります。

――ということは、呉を守り、支えた軍人一家の出であると。

そうですね。ところが二十歳の時、西晋が南下して呉を滅ぼします。陸機の親類もかなり殺されたようで、失望した陸機は弟の陸雲《りくうん》とともに十年ほど隠居します。その後、北上して西晋に仕えることになります。

――あれ、彼らは軍人ですよね。呉が滅びた時に殺されずに済んだんですか？

なぜか免れているんです。捕虜として一度、洛陽に連れて行かれたという説もありますが、記録がはっきりしません。もしかすると武術だけではなく文学面にも優れていたので、抱き込んで利用しようという西晋の権力者たちの思惑が働いたんでしょうか。

――当時そういうケースがよくあったんですか。優れた人材は生かして取り込む……。

しょっちゅうあったと思います。「竹林の七賢」の阮籍や嵆康もそうで、魏の官職に就いていた時に司馬氏が抱き込もうとしました。奇行を装って逃れた阮籍、正面切って拒否した嵆康のように、後世でも、応じる人もあれば拒否して殺される人もあり、いろいろ出て来ます。

――すると陸機・陸雲兄弟は応じたわけですか。

そういうことになります。ただ、朝廷の誘いに乗ったというより、例の張華先生の招きに応じたようです。

――張華先生というと、変人の面もありながら理想主義者だった人ですね。

ええ、張華は王朝を正道に戻すための方策として全国から人材を集めましたが、陸機らはその際、彼に懇願されて北へ行ったとも想像できます。

――なるほど、それだけ優秀な兄弟だったんですね。

まさにそうでしょう。当時、張華と潘岳を代表とする文学の流れに、陸機・陸雲兄弟が、それとは異なる南方の文学を持ち込みました。とは言え、はじめはずいぶん嫌がらせを受けたようです。なにしろかつての敵国から来たため警戒されますし、思想的な背景もありました。と言うのは、北中国では西晋王朝が儒教を歪曲して厳格な倫理思想を押し付けようとしたのに対抗して、「竹林の七賢」らが老荘思想に傾倒していました。そんな中、陸機らは南から本格的な儒家思想を背負って来ましたので、ずいぶん疎外感や孤独感を感じたようです。たとえば、おそらく宴会の場でのことですが、或る政府高官が、大皿に羊乳のヨーグルトを山盛りにして、「君の出身地の呉にはこんなうまいものはないだろう」とからかったそうです。が、陸機は落ち着いて「いや、呉の名物といえばじゅんさいの羹《あつもの》です」と答えた。「羹」は肉と野菜で作ったとろみのあるスープで、彼はさらに「それには塩だの味噌だの、よけいな味を付けない方がいいのです」とも付け加えたそうです。羊の乳製品はおそらくシルクロードを通って西から入って来たもので、〝そんなのは本来の漢民族の食べ物じゃない〟と一本取ったわけです。

——ああ、なるほど。でもいやがられたでしょうね。

敵も多かったんじゃないかな。そういう発言や行動のエピソードから、かなり我《が》の強い頑固者の印象を受けますので。

——ひと言多かったと。

それに対して弟の陸雲は控え目な文人肌の人だったようで、一緒に朝廷から帰る時、「兄上、あそこまで言わなくてもよかったんじゃないですか」とたしなめ、陸機が「いや、あれでいいのだ」と言い返すなんてこともよくあったようです。しかし、そのうち彼らも北の詩壇に馴染んだのか、自ら南方出身者のサークルを作って活動するようになりました。ただやはり南出身のハンディキャップが解消されず、やがて内乱に巻き込まれ、陸機は一方のグループの指揮官として戦って大敗します。大勢の戦死者の亡骸を川に投げ込んだため河南省の川の流れが堰き止められたそうで、陸機はその責任を問われ、さらに「謀叛をたくらんでいる」と讒言もあって、とうとう処刑されました。結局、自身の性格のきつさもあったとはいえ、最後まで北に溶け込み切れなかった、そんな人生だったんじゃないでしょうか。

——弟さんはどうなったんですか。

当時よくあったケースで、陸機と一蓮托生ということで共に処刑されました。また陸機の二人の息子も殺されました。

——あらら……。

もともと親族が西晋王朝にかなり殺されていて、その彼自身も、弟とともに西晋に殺された——悲劇の大将軍と言っていいでしょう。ですから心の奥に常に鬱積したものがあり、彼の詩はそれを吐き出したものととらえればわかりやすいかも知れません。次の詩は「洛《らく》に赴《おもむ》く道中《どうちゅう》の作《さく》」とありますが、陸機が張華の招きに応じて初めて南から北へ、西晋の都・洛陽に向から旅の途中で作ったものです。

赴洛道中作二首
洛《らく》に赴《おもむ》く道中《どうちゅう》の作《さく》二首《しゅ》

陸機《りくき》

其二　　其《そ》の二《に》

遠遊越山川　　遠遊《えんゆう》 山川《さんせん》を越《こ》ゆれば
山川修且広　　山川《さんせん》 修《なが》くして 且《か》つ広《ひろ》し
振策陟崇丘　　策《むち》を振《ふる》うて崇丘《すうきゅう》に陟《のぼ》り
安轡遵平莽　　轡《たづな》を安《やす》んじて平莽《へいもう》に遵《したが》ふ
夕息抱影寐　　夕《ゆふべ》に息《いこ》うては 影《かげ》を抱《いだ》いて寐《い》ね
朝徂銜思往　　朝《あした》に徂《ゆ》きては 思《おも》ひを銜《ふく》んで往《ゆ》く
頓轡倚高巌　　轡《たづな》を頓《とど》めて高巌《こうがん》に倚《よ》り
側聴悲風響　　悲風《ひふう》の響《ひびき》を側聴《そくちょう》す

清露墜素輝
明月一何朗
撫枕不能寐
振衣独長想

清露《せいろ》 素輝《そき》を墜《おと》し
明月《めいげつ》 一《いつ》に何《なん》ぞ朗《ろう》なる
枕《まくら》を撫《ぶ》して寐《い》ぬる能《あた》はず
衣《ころも》を振《ふる》うて独《ひと》り長《なが》く想《おも》ふ

心が晴れればれとしないようすが伝わって来ます。四句ごとの三段落で、第一段は故国の呉を出て洛陽へ続く旅路の長さを強調します。なにか気の進まない足取りといった感じです。「私は遠く旅を続けて山を越え、川を渡る。その山や川は長く続き、大きく広がっている」。「修」の字は〝長い〟の意味になるんですね。三・四句めが旅中の具体的な行動で、「或る時は馬のむちをふるって高い丘に登る」、早く進めと励まします。「また或る時はたづなをゆるめて平らな野原を進んで行く」。「平莽《へいもう》」は草の茂った平原、「轡」は日本ではくつわですが、中国語ではたづななんですね。

——雰囲気が重いですね。

第二段、旅につきまとう孤独感を強調します。「夕暮れとなって休む時はたった一人、自分の影と共に眠りにつく」。「影《かげ》を抱《いだ》く」は、孤独を感じることを象徴的にたとえる表現です。「朝になって出発すれば、複雑な思いを心に秘めて旅路を行く」。前途に希望がないような……あまり楽しそうじゃないですね。

——ほんとに楽しくなさそうです。

そして今日も一日が暮れます。なにか疲れている感じで、「私はたづなを止めて高い岩に寄りかかり、悲しい秋風の響きにじっと耳を澄ませる」。「悲風《ひふう》」は秋風の意味。この句の読み方ですが、「悲風《ひふう》の響《ひびき》を側聴《そくちょう》す」は、平安時代以後の日本の読み方です。ただ、これが前の句と対句だとすれば、「轡《たづな》を頓《とど》めて」に対応して「耳を側《そばだ》てて」と読む方がいいですし、後半は「高巌《こうがん》に倚《よ》り」に対応して「風響を悲しむ」と読む必要が出て来ます。すると句全体は「耳を側てて風響を悲しむ」となり、訳は「私は耳をそばだてて風の響きを悲しく聞く」となる。まあ、どう解釈するかですけれどね。

――へえー、面白いものですねえ。

陸機は対句の名手と言われていましたので、対句風に読む方がいいのかも知れません。

最後の第三段、〝自分はまた眠れぬ夜を過ごすんだ〟と結びます。「素輝《そき》」は真っ白の輝きで、月の光を指します。まず「地上を見れば、透明な露はきらめく月の光を宿している」。そこで夜空を眺めれば、「明るい月が、まあなんと輝かしく照っていることだろう」。「一《いっ》に何《なん》ぞ～なる」は詠嘆の形です。ベランダかどこかに出ていた作者は、やがて部屋に入りますが、「枕に頭をつけたまま眠ることができない」。「衣《ころも》を振《ふる》うて」は衣を取り出して用意する意味で、「衣を取り出し、はおって起き直り、ひたすらじっと考え込んでしまう」。

――相当に悩みを背負っている感じですねえ。

そうですね。朝廷での言行といい、職務といい、彼はますらおであるわりに、詩はずいぶんデリケートで傷つきやすい印象があります。

――そこが詩人たる所以《ゆえん》なのでしょうか。陸機は他に、目立った仕事をしたんですか？

文学理論の方面になりますが、「文の賦」という画期的な作品を残しています。曹操のサロン以来、他人の作品を批評する風潮はあったのですが、自分自身がどうするかといった内省的な問題はまだ見られず、そこに陸機が「文の賦」によって一つの内省的な風潮を生み出しました。頑固者で主張が強い彼のことですから、内容はさぞドグマチックに〝こうあらねばならぬ〟と打ち出しているかと思いきや、全くそうではない。まず「人はなぜ文を作るか」「人間というのは誰しも食欲、知識欲、表現欲がある」といったことから出発し、〝書くことは人間の根源的な行為なのだ〟という点を見据えています。さらに〝文章を書くことは基本的に楽しい行為で、言葉は使えば使うほど感覚も豊かになり、内容も深くなる。ただし文章は人を表すから、作者の性格によって、同じことを言おうとしても表現はそれぞれ異なる〟と、けっこうフレキシブルで融通性があります。

――ずいぶん印象が違いますね。

やっぱり彼は、根本は軍人であるより文人、詩人なのかな……それが朝廷に出れば、公的な立場が優先して肩肘《かたひじ》を張ってしまうところがあったのかも知れませんね。

寒士の一分――左思（一）

――「武士の一分《いちぶん》」ならぬ「寒士《かんし》の一分」とは……。

「寒」は〝身分が低い、経済的に恵まれない〟意味で、「寒士」となると〝身分や境遇に恵まれない男〟といった感じです。左思《さし》（二五〇？—三〇五）はまさにそういう人でしたが、その中で素晴らしい仕事をしました。西晋時代、やはり張華に抜擢されて洛陽に上《のぼ》りますが、出身は山東省、つまり孔子さまの故郷で、代々儒教を修める家柄でした。

——えーと、当時は貴族社会が定着しつつありましたよね。

ええ、それで左思も、〝貴族社会に入って官職へ〟のルートを進もうとするのですが、うまくゆかないんです。と言うのも、知識人が社会的名誉を得るのに、血筋、財産、才知、容貌、といった要素が重視されはじめたからです。

——容貌はそんなに大切だったんですか。

非常に大きかったようで、美男だった潘岳は、わりと早く世に出られましたよね。かたや左思は、出身は地方の小さな役人の家で、財産も大してなく、才知は別として、実は容貌に恵まれなかった。風采が上がらなかったのです。弁舌も下手で、吃音が少しあったのですが、当時の貴族社会ではそういうことは非常にマイナスになりました。痛々しいエピソードがあって、潘岳は車で町に出ると若い女性たちが果物を投げ込みましたが、左思が町に出ると、子どもたちが大勢で石や瓦《かわら》を投げつけたそうです。

——それはヒドい、酷すぎる！

別の伝承では、町中《まちなか》でお婆さんたちに唾を吐きかけられたとも言います。気の毒というか……。まあ、伝承ですけれどもね。張華の引きで洛陽に来てもそんな風になかなか芽が出ない中、彼は

「自分にあるのは才知だ、これで勝負をしよう」と発奮し、大作の執筆を決意します。そして三国時代の三大都市、蜀の成都、呉の建業（南京）、魏の鄴《ぎょう》の繁栄のありさまを賦の形式で書こうとしました。同じような構想をもっていた陸機がそれを聞いて「あんな田舎者に何が出来るか」と公言したのですが、左思が十年をかけて大作「三都《さんと》の賦《ふ》」を完成させて発表すると、いち早くそれを読んだ陸機は大いに感服し、同じテーマで賦を作る構想をあきらめたそうです。「三都の賦」は張華からも絶賛されて洛陽で大評判となり、人々は争って筆写しました。

――当時はもう紙があったんですね。

ええ、ただ印刷術がなかったため、手元に置いておくには筆写するしかありませんでした。おかげで洛陽は紙不足となり、紙の値段が急騰します。これが「洛陽の紙価《しか》を貴《たか》からしむ」の故事で、現在でも新刊書が大いに売れることをこう言いますね。

――ははあ、すると一躍ベストセラー作家になったわけですか。

はい。こうして左思の目論見《もくろみ》は成功したのですが、それだけではまだ宮中に入れません。ただ左思には左芬《さふん》というきれいな妹さんがいたんです。お兄さんに似てなかったのかな（笑）。或る時、彼女が抜擢されて後宮に入ると、左思もそのつながりで官職を得ました。

――すると妹さんのコネクションを活用して……。

そうなります。ただ何分《なにぶん》にもそんな事情ですから出世はできず、役職に関しては、左思は終生、不遇感、不満感を抱き続けたようです。

――冷遇されたわけですね。仕事場でも相当つらかったでしょうに。

まあ、もともと貴族でもなく財産も容貌もだめ、そのうえ妹のおかげで宮中に入ったとなれば、溶け込めなかったかも知れません。さらに王朝が政権争いでごたごたしましたから、最後は愛想をつかして隠居し、そのまま亡くなりました。ですから当時の詩人としては珍しく、殺されることはありませんでした。

——次の詩は「招隠詩《しょういんし》」とありますが。

「招隠」は隠者を訪ねる意味です。「招隠詩」はゆくゆく詩の大きなジャンルに発展してゆきますが、左思が先鞭をつけたかたちです。

招隠詩二首　　招隠詩《しょういんし》二首《にしゅ》　　左思《さし》

其一　　其《そ》の一《いち》
杖策招隠士　　策《つゑ》を杖《つ》いて隠士《いんし》を招《たづ》ねんとす
荒塗横古今　　荒塗《こうと》は古今《ここん》に横《よこ》たはる
巌穴無結構　　巌穴《がんけつ》には結構《けっこう》無《な》く
丘中有鳴琴　　丘中《きゅうちゅう》には鳴琴《めいきん》有《あ》り
白雲停陰岡　　白雲《はくうん》は陰岡《いんこう》に停《とど》まり
丹葩曜陽林　　丹葩《たんば》は陽林《ようりん》を曜《て》らす
石泉漱瓊瑶　　石泉《せきせん》は瓊瑶《けいよう》を漱《すす》ぎ

纖鱗亦浮沈
非必糸与竹
山水有清音
何事待嘯歌
灌木自悲吟
秋菊兼糇糧
幽蘭間重襟
躊躇足力煩
聊欲投吾簪

纖鱗《せんりん》も亦《また》浮沈《ふちん》す
糸《し》と竹《ちく》とを必《ひつ》するに非《あら》ず
山水《さんすい》に清音《せいおん》有《あ》り
何《なん》ぞ嘯歌《しょうか》を待《ま》つを事《こと》とせん
灌木《かんぼく》は自《おのづか》ら悲吟《ひぎん》す
秋菊《しゅうぎく》は糇糧《こうりょう》を兼《か》ね
幽蘭《ゆうらん》は重襟《ちょうきん》に間《まじ》はる
躊躇《ちゅうちょ》して足力《そくりょく》煩《わづら》ふ
聊《いささ》か吾《わ》が簪《しん》を投《とう》ぜんと欲《ほっ》す

——静かな詩ですねえ。

「招隠詩二首」は、いずれも山の中の風景に心を惹かれ、〝煩わしい俗世を捨ててここにとどまろう〟と詠みます。こういう詩が作られる背景にはやはり、西晋のごたごたがあるんでしょうか。また「竹林の七賢」あたりから人びとの心をとらえ始めた老荘思想は自然に価値を置きますので、それもこのような詩が増えたきっかけかも知れません。

やはり四句ごとに分かれ、〝訪ねていった隠者先生が留守だった〟と導入します。「杖をついて隠者先生を訪ねて行くと、荒れた山道が昔も今も同じように横たわり続けていた」。過去と現在を超越したところに隠者先生は住んでいる、と言いたいのか。「山中に入ると岩穴には建物らしいものもない。そこに隠者先生は住んでいる筈だが、丘の辺りから琴の調べが聞こえて来るばかりだ」。隠者先生は丘の上に行って琴を弾いていたんですね。主人公は面倒臭くなって、その辺を散歩しはじめます。

第二段、隠者に会えないまま山中の景色を眺めます。まず目に見えるもので、「白い雲が山の北側の丘にとどまり、赤い花が南の森を照らすように咲いている」。山の北側を「陰」、南側を「陽」とする習慣があります。つまり太陽が当たらない側が「陰」、当たる側が「陽」になるのですね。視点を転じ、川の流れを見ます。「岩と岩の間を流れる水は宝石のようにきれいな石を洗い、その中に小さな魚が浮いたり沈んだりして元気に泳いでいる」。

次の四句は耳に聞こえるものです。「このような美しい景色の中、弦楽器や管楽器の演奏は必要ではない。なぜなら、山や水がさわやかな澄んだ響きを聞かせてくれるからだ」。なにか琴を弾いている隠者先生を否定するようなことを言ってます。「どうして声を長く引いて歌うことを必要としようか」、必要ない、自然の音声がいろいろある。ここは、「何事ぞ嘯歌《しょうか》を待《ま》たん」と、理由を尋ねるふうにも読めるでしょう（「何事《なにごと》ぞ」は〝なぜ、どうして〟と、理由を問う疑問詞です）。「丈《たけ》の低い木々が風に吹かれて悲しげにさざめいている」。山、川、木、それ自体が奏でる自然の音楽こそ趣深いじゃないかと。

結びは、〝俗世を避けてここにとどまりたい〟と述べます。「秋の菊は糇糧《こうりょう》を兼ねることが出来る」。「糇糧《こうりょう》」は炊いたお米を干して乾かした食糧、乾飯《ほしいい》と言うのかな。菊の花びらも干して食べられたんですね。「静かに咲く蘭の花も、重ね着の襟に刺して飾りにすることができる」。食生活や衣服も山中では不自由がないと。「躊躇《ちゅうちょ》」は〝ためらう、ぐずぐずして進まない〟の意味ですが、ここでは辺りの趣深い風景を立ち止まり立ち止まりしながら歩を進めるようすで、「そんな風に歩くうちに私は足がだるくなってしまった。こんな素晴らしい環境であるならば、しばらくは簪《しん》を投げ捨ててしまおうかなあ」。簪を投げ捨てるのは、役人生活を辞めることのたとえです。〝山中は素晴らしい、不自由もない、しばらく役人を辞めてここに居続けられたらいいなあ〟と。

――相当な心境の変化か、それとも宮中の疲れをアウトドアでいやしているんでしょうか。

どちらとも取れますが、左思にはいろんな側面があって、作風も多様です。「詠史詩」ではずいぶん激しく宮廷の現状を批判していますが、次に読む詩は家庭生活を歌っていますし、右の「招隠詩」は穏やかな自然讃美です。根底には彼自身が役人生活に疲れていることもあるでしょうが、一方で当時の流行に乗った面もあるかも知れません。実は張華や陸機も「招隠詩」を作っていて、サークルの課題テーマとして流行《はや》っていた可能性もあります。

――ああ、なるほど。当時流行のスタイルを取り入れたと。

このテーマはもとを辿れば『楚辞』にあって、当時は文字通り隠者を招く、つまり〝山に隠れている隠者を誘い出して役人にする〟という意味でした。在野の名士を宮中に招くために作られたプロパガンダ文学のようなもので、〝山の中は不衛生で気候も悪い、危ない猛獣もいるから早く出て来て仕えなさい〟という内容だったんです。それがだんだん自然観も変わり、こうして西晋時代になると意味が逆転してしまった。むしろ宮中が醜くて危ないから、山に入って隠者先生と一緒に暮らそうという内容になったわけです。

娘と私——左思（二）

次は左思が自分の娘を題材にした長い作品ですが、読めば彼の特異な位置というか、今まで扱ってきた詩人たちと違う立場だったことがよくわかります。

——それはどういう点で？

まず左思は官職に恵まれなかったので、王朝の中枢とは距離がありました。強いられてそういう立場になったのか、途中で開き直ったのかはわかりませんが、ともかく政治的な配慮や気兼ねをする必要がなかったんです。

——目に入らない位置にいたわけですね。

ええ。それで文才はありましたから、興味のあるものを素直に詩に作ることが出来た、つまり本来の詩人の眼で物を見て、詩を作って生きられたんです。ただそれを考慮しても、子どもを主人公にした詩は非常に珍しく、これまでも今後もほとんど出て来ません。実は、中国では伝統的な社会通念があって、子どもはあくまで未完成、早く成長して一人前になるべきものとして、正面から詩文に取り上げるほどのものではないと考えられていたんです。一方で、当時の貴族社会では神童をたいへん重んじました。

——神童と言えばモーツァルトだとか、特殊技能を持ったワラベですか（笑）。

そうですね。小さい頃から大人顔負けの特異な手業《てわざ》を持っているとか、頭脳抜群であるとか。左思もいろんなサークルに出入りしていたので、あちこちで神童の噂も聞いたんでしょう。そういう鼻持ちならない風潮への反発があったのか、彼としては〝子どもは本来そういうものじゃない、もっと本質をよく見るべきだ〟という皮肉な視点で、自分の娘を主人公にこの詩を作ったのかも知れません。左思には二人の娘がいて、共にまだ十歳未満だったようです。

——それにしても長い詩ですが、どんな構成になっているんでしょう。

三段落に分かれ、まず妹のあどけない発言や動作を描写し、途中から姉のようすに移り、最後は二人のやんちゃで元気いっぱいの振舞いを描いて結びます。段落ごとに見てゆきましょうか。

嬌女詩一首　嬌女《きょうじょ》の詩《し》一首《いっしゅ》　左思《さし》

吾家有嬌女　吾《わ》が家《いへ》に嬌女《きょうじょ》有《あ》り
皎皎頗白皙　皎皎《きょうきょう》として頗《すこぶ》る白皙《はくせき》
小字為紈素　小字《しょうじ》を紈素《がんそ》と為《な》し
口歯自清歴　口歯《こうし》 自《おのづか》ら清歴《せいれき》
鬢髪覆広額　鬢髪《びんぱつ》 広額《こうがく》を覆《おほ》ひ
双耳似連璧　双耳《そうじ》 連璧《れんぺき》に似《に》たり
明朝弄梳台　明朝《みょうちょう》 梳台《そだい》を弄《ろう》し
黛眉類掃跡　黛眉《たいび》 掃跡《そうせき》に類《るい》す
濃朱衍丹唇　濃朱《のうしゅ》 丹唇《たんしん》に衍《えん》し

黄吻瀾漫赤
嬌語若連瑣
忿速乃明𢡄
握筆利彤管
篆刻未期益
執書愛綈素
誦習矜所獲

黄吻《こうふん》 瀾漫《らんまん》として赤《あか》し
嬌語《きょうご》は連瑣《れんさ》の若《ごと》く
忿速《ふんそく》 乃《すなは》ち明𢡄《めいかく》なり
筆《ふで》を握《にぎ》つて彤管《とうかん》を利《り》とするも
篆刻《てんこく》は未《いま》だ益《えき》を期《き》せず
書《しょ》を執《と》りて綈素《ていそ》を愛《あい》し
誦習《しょうしゅう》 獲《う》る所《ところ》に矜《ほこ》る

ここまでが妹娘の描写です。言葉が難しいですね。

——なんだか跳ねている感じがするんですが。

ああ、それは左思の愛情の反映なのかな。

——彼は良き家庭人だったんですか。

そう思いますが、当時のことですからやはり核家族ではなく、何世代もの人々が広大な屋敷に同居する大家族でした。もしかしてこの詩も、親族一同が集まった催しで発表されたのかも知れません。少なくとも宮廷の宴会で出すものではないですね。

まず妹娘の紹介から。四句ごとに区切れ、「私の家には可愛い娘がいる」。出だしそのものがユニークですね。「嬌女《きょうじょ》」の「嬌」は中国では〝艶めかしい、色っぽい〟の意味はなく、可愛らしく、愛くるしいことです。「つやつや光るように瑞々《みずみず》しい、まことに白い肌をしている」。「小字《しょうじ》」

してきり彼女の口元も歯もすっきりしている」。「歴《れき》」は〝一つ一つ見える〟の意味ですが、すっきり爽やかと取ればいいでしょうか。

次は顔立ちや仕草の描写で、「この娘《こ》の髪は広い額をおおっている」。まだ小さいから髪を結わないいんでしょう。「左右の耳は二つの璧《へき》をつけたようである」。「璧」はドーナツ状の玉で、可愛い耳にたとえています。その行動はと言えば、「明るい朝はお化粧台をいじくる」、化粧の真似事を始め、「黛《まゆずみ》を塗った眉は、なんだか箒《ほうき》で払ったように見える」。

次も化粧の真似事とお喋りのようすです。「濃い口紅が赤い唇からはみ出すように塗られ、おかげで小さなお口はべったりと赤くなってしまった」。「衍《えん》」は〝はみ出す、あふれる〟、「黄吻《こうふん》」の「黄」は〝幼い、未熟〟の意味があります。そして、「可愛い舌足らずのお喋りは次から次へと止まらない」。「連瑣《れんさ》」は鎖《くさり》状に繋がった飾り玉で、そんなふうに後から後から話が繋がってゆくんでしょう。「忿速《ふんそく》」は怒って早口でまくし立てること。「怒って早口でまくし立てることがあるが、その時もなかなかどうしてきっぱりと歯切れがいいではないか」。この「乃ち《すなは》」は〝なんとまあ〟など、意外の感じを表す副詞です。

最後の四句はお習字と読書の真似事です。「彼女は筆を手にする時、赤いのがいいわと言う」。赤色が好きなんですね。「彤管《とうかん》」はもともと、紀元前の頃に女官が使った文房具だそうです。「篆《てん》刻《こく》」は石を削って印鑑などを作ること。「しかし篆刻にはまだ面白みは期待できないらしい」。小さい子には難し過ぎるんでしょう。次は書物を手に取りますが、当時は巻物の形をしています。「本を手に取ると、綈素《ていそ》が気に入ってしまう」。「綈素」は本を作る材料、「綈」は紬《つむぎ》、「素」は白絹です。本が彩《いろど》り鮮やかな布で出来ているのを面白がってしまう。内容より造りの方に興味があるんですね。時にはお父さんの前で素読の練習でもするんでしょうか。その成果が表れ、内容を暗誦できたりすると大得意《だいとくい》になります。「朗読、暗誦のお稽古をすると、出来たことを大喜びする」。両親を前に何度もやってみせるのかな。

——じつに可愛いですねえ。映像的で、動き回っているさまが見えるようです。

四つか五つくらいでしょうか、声まで聞こえて来そうですね。後世、杜甫が長篇詩「北征」で、やはり娘がお化粧をしたりするようすを描いています。おそらく左思の詩を読んだんでしょう。

——杜甫にまで影響を与えていると。こうなると、次のお姉さんも期待出来ます。

其姉字恵芳
面目燦如画
軽妝喜楼辺
臨鏡忘紡績
挙觶擬京兆
立的成復易
玩弄眉頰間
劇兼機杼役
従容好趙舞

其《そ》の姉《あね》 字《あざな》は恵芳《けいほう》
面目《めんもく》 燦《さん》として画《えが》くが如《ごと》し
軽妝《けいしょう》 楼辺《ろうへん》を喜《この》み
鏡《かがみ》に臨《のぞ》んで紡績《ぼうせき》を忘《わす》る
觶《し》を挙《あ》げて京兆《けいちょう》に擬《ぎ》し
的《まと》を立《た》つるに 成《な》りて復《ま》た易《か》ふ
玩弄《がんろう》す 眉頰《びきょう》の間《かん》
劇《はげ》しきこと 機杼《きちょ》の役《えき》を兼《か》ぬ
従容《しょうよう》として趙舞《ちょうぶ》を好《この》み

延袖象飛翮
上下絃柱際
文史輒巻襞
顧眄屛風画
如見已指摘
丹青日塵闇
明義為隠賾

袖《そで》を延《の》べて　飛翮《ひかく》に象《かたど》る
絃柱《げんちゅう》を上下《じょうげ》するの際《さい》
文史《ぶんし》　輒《すなは》ち巻襞《けんぺき》す
顧眄《こべん》す　屛風《びょうぶ》の画《ゑ》
如《も》し見《み》なば　已《すで》に指摘《してき》す
丹青《たんせい》　日《ひ》に塵闇《じんあん》
明義《めいぎ》　為《ため》に隠賾《いんさく》す

やはり紹介から始まります。「さてお姉さんは、字《あざな》を恵芳《けいほう》という」。「恵芳」は美しい香り、よい香りですが、日本風に言うと〝かおるちゃん〟でしょうか。「目《め》鼻立《はなだ》ちは華やかで、絵に描いたようである」（「画」の字には〝区切る、整える〟の意味もありますが、ここは〝描く〟でよいでしょう）。彼女もお化粧が好きで、「軽いお化粧をして、二階の窓辺にいるのを好む」。窓から外を見て、その姿を注目されるのが好きなのか……。

——マセてますねえ。

ええ。或いは屋敷の側に立っているのが好きなのかな。「鏡にじっと見入ったまま、糸を紡《つむ》ぐお手伝いのことも忘れるほどである」。自分の顔に見とれているんですね。

次は仕草の記録に移ります。「觶《し》」は杯《さかずき》。お酒を飲むのではなく、杯がいろんな形をしているので興味があるんでしょう。「京兆《けいちょう》」は有名な故事があって、前漢の長官（京兆尹《けいちょういん》）だった張敞《ちょうしょう》はたいへんな愛妻家で、しばしば奥さんの眉を描いてあげたそうです。そこまでやるか、と思いますが（笑）。それで「京兆」という言葉だけで、夫婦や男女の仲がいいたとえになります。「彼女は杯を挙げ、将来の優しい旦那様との乾杯を心に描く」。次はお化粧で、「的《まと》」はつけぼくろ。赤い色をした、額《ひたい》の真ん中につけたりするものです。「つけぼくろをするのに、つけたと思うとまた移し変える」。次もつけぼくろのことだとすれば、「眉や頬の辺《あた》りでしきりにつけかえ、手がせわしなく動くようすは機織《はたお》りをしているのかと見間違えるほどである」。すばしこい感じかな。

しかし彼女はおしとやかな面もあって、踊りや琴のお稽古事をします。「ゆったりと構えて趙《ちょう》の国の踊りを好んでお稽古する」。趙の国は踊りが盛んで、美女が多かったとも言われています。ところがすぐに飽きて、いたずらをします。「服の袖を広げてばたばたさせ、飛ぶ鳥の真似をする」。やはりやんちゃなんですね。次はお琴。「絃柱《げんちゅう》」はことじ、左右に動かして音の調子を整えるコマです。「上下」は、音階を上下させるんでしょう。「文史《ぶんし》」は巻物になった楽譜で、「ことじをあちこち動かして琴を弾いていると、前に置いてある譜面に袖が触れ、そのたびに丸まったり捲《まく》れたりする」。袖が長いので、てんやわんやの状態になる、ちょっとユーモラスな描写です。

次は絵。彼女は絵が好きなんですね。「顧眄《こべん》す」はあちこち見ること。「彼女は絵屏風を見渡し、お気に入りの図案が目に入るとすぐに指でなぞる」。小さい子は興味のあるものはすぐ手で触ったり、指で突いたりしますからね。「丹青《たんせい》」は赤や青の絵具。「そのため、きれいな色使いで描いてある絵も日毎《ひごと》に汚れてしまう」。「塵闇《じんあん》」は、汚れにまみれて黒ずむこと。「絵のはっきりとした図柄が、そのために隠れてわからなくなる」。

——お姉ちゃんだから多少は大人かなあ、と思えばやっぱり子どもですね。

その辺がよく表れています。七つか八つくらいでしょうか。以下、最後まで二人でいろいろと遊び回るようすが描かれます。

馳騖翔園林
果下皆生摘
紅葩掇紫蔕
萍実驟抵擲
貪走風雨中
眒忽数百適
務躡霜雪戯
重綦常累積
并心注肴饌
端坐理盤槅
翰墨戢函按
相与数離逖
動為鑪鉦屈
屣履任之適

馳騖《ちぶ》 園林《えんりん》に翔《かけ》り
果下《かか》 皆《みな》 生摘《せいてき》す
紅葩《こうは》 紫蔕《してい》を掇《と》り
萍実《ひょうじつ》 驟《には》かに抵擲《ていてき》す
貪《むさぼ》り走《はし》る 風雨《ふうう》の中《うち》
眒忽《しんこつ》 数百適《すうひゃくせき》
務《つと》めて霜雪《そうせつ》を躡《ふ》んで戯《たはむ》れ
重綦《ちょうき》 常《つね》に累積《るいせき》す
并心《へいしん》 肴饌《こうせん》に注《そそ》ぎ
端坐《たんざ》 盤槅《ばんかく》を理《をさ》む
翰墨《かんぼく》 函《はこ》に戢《をさ》めて按《あん》じ
相与《あひとも》に 数〻《しばしば》離逖《りてき》す
動《やや》もすれば鑪鉦《ろしょう》の為《ため》に屈《くつ》し
屣履《しり》 之《これ》が適《ゆ》くに任《まか》す

止為茶荈拠
吹嘘対鼎鑩
脂膩漫白袖
煙薫染阿緆
衣被皆重池
難与次水碧
任其孺子意
羞受長者責
瞥聞当与杖
掩涙倶向壁

止《ただ》 茶荈《ちやせん》の為《ため》に拠《きょ》し
吹嘘《すいきよ》 鼎鑩《ていれき》に対《たい》す
脂膩《しじ》 白袖《はくしゆう》に漫《まん》たり
煙薫《えんくん》 阿緆《あせき》を染《そ》む
衣被《いひ》 皆《みな》 重池《ちようち》
与《とも》に水碧《すいへき》を次《なら》べ難《がた》し
其《そ》の孺子《じゆし》の意《い》を任《ほしいまま》にするも
長者《ちようじや》の責《せき》を受《う》くるを羞《は》づ
当《まさ》に杖《つゑ》を与《あた》へらるべしと瞥聞《べつぶん》すれば
涙《なんだ》を掩《おほ》うて 倶《とも》に壁《かべ》に向《むか》ふ

まず二人が家の外で元気いっぱいのようすです。「二人は外へ出て走り出し、庭の木立の間を飛ぶように駆け抜けて行く。果樹の下ではいつも青いまま実をつみとってしまう」。青い果物はきれいだからかな。そして「赤い花びら、木の実の赤茶色のへたをつみとったり、林檎の実を放り投げたりして遊ぶ」。手毬《てまり》のようにですね。

次の四句は、「風雨の中でも飽きずに走り回り、あっという間に何百回も行き来したかと思うほど」。冬になれば、「霜柱《しもばしら》や雪を見つけると、ここぞと踏んで遊ぶ」。「務めて」は、〝どこにあるかなあ〟と探して、見つかるとすぐさま、といった感じでしょうか。

——僕も霜柱を見つけると今でもやります。けっこう楽しいんです、これが。

ああ、さくさくとした音や感触がね、足跡が残ったりして。「綦《き》」は足跡で、「二人の重なった足跡が、そういう冬の日にはあちこちに残される」。

次の四句は部屋の中です。言葉が難しいのですが、「二人は心を合わせてご馳走に向かい、お行儀よく席について大皿の果物をきれいに並べ直す」。やはりご馳走は好きなんですね。また「墨や筆を箱に入れて、撫でたり触ったりする」。次はお習字の稽古の時の描写でしょうか、「ところが二人一緒にときどき逃げていったりする」、エスケープするんですね。

——こうですよ、子どもが何人か集まると。

次は行事の時のようす。「しばしば法事には我慢できなくなり、靴をひきずって気儘《きまま》にどこかへ行ってしまう」、小さい子には苦痛かも知れません。ただしお茶をたてる時はじっとかしこまって、息をふうふう吹いて茶釜に向かう」。湯気《ゆげ》を吹くのが好きなんですね。

次はおてんばな二人の服装です。「油のしみが白い袖に広がり、煤《すす》が上等な絹の服について取れない」。まあやんちゃだから仕方がありません。「彼女たちの着物はみんな、縁取《ふちど》りがついている」。フリルつきが好きなのかな。「水晶玉も一緒に飾りたいなあと言うけれど、それはちょっと難しいぞ」。

そして最後、「二人はそういう子どもらしい心を縦横に発揮する」、やりたい放題だけれど、「目上の人に叱られるのは恥ずかしい」。おいたが過ぎればお仕置きしなきゃいけません、「〝お尻ぱちんだぞ〟と耳にすると、涙を浮かべ、揃って壁の方を向いてしゅんとしてしまう」。こんな風にちょっと微笑みを誘ったところで結びます。

——いやあ、可愛いですねえ。左思さんは娘たちを愛していたんでしょうねえ。

愛情の賜物《たまもの》といった感じがします。決して神童ではないですね。少し後に、陶淵明が〝我が子らはみんな出来が悪い〟といった詩（「子を責《せ》む」→三八九ページ）を作っていて、それも愛情の裏返しに思えます。

——それにしても左思はいろんなジャンルの詩を書いたんですね。

「詠史詩」「招隠詩」など、文学史の上では漢詩のジャンルの開拓に貢献したと言われます。ただそういう分類は後世の文学者・研究者の視点で、作家自身としてはジャンル分けを考えないで作詩するのでしょうね。

——確かに、「今回は○○詩を書くぞ」とジャンルを決めて書くのではなく、その時の気分ですよね。

才能の幅が広ければ自ずとジャンルが広がってゆくわけで、映画監督でいえばウィリアム・ワイラーなんかそうでしょうか。

——『ベン・ハー』の。

ええ、彼の作品には歴史物あり、コメディあり、戦争物、西部劇、ミュージカルもあります。あれはやはりワイラーの才能がそうさせるのであって、ジャンルは前提になっていません。日本なら木下恵介監督がそうですか。

——恋愛系から社会系まで……いろんな作品がありますよね。

左思は政治の中心にいなかった分、詩人の資質を純粋に生かすことができたんでしょうね。

八、動乱の中で——西晋から東晋へ

もののふの熱涙——劉琨

ここからは「動乱の中で」ということで、まずは劉琨《りゅうこん》（二七〇—三一七）という武将の詩を読みます。少し時代が下り、西晋から東晋に移る頃です。乱世が続いた西晋では、やがて外戚の横暴に端を発して八人の王族が争う「八王の乱」（二九一〜三〇六年）が起こると、それにつけこんだ北の異民族が侵入したり、天災があったりで、西晋末には王族、貴族、政府高官が大勢、南方に移動しました。

——疎開ですか。

それに近いかな。記録によれば、西晋の全所帯のうち十二分の一にあたる三十万世帯が南に移ったそうです。中国の歴史にはそういう大規模な移動がしばしば見られますが、この時も含め、農民や工業技術関係の人たちは元のまま留まることが多かったんです。

――すると、貴族たちが移って来た土地には、先住の人達がいたわけですね。

はい。それで当初は南方の豪族と北から移ってきた貴族たちが、頻繁に内戦を起こしたようです。そんな中で西晋王朝は命脈を保たねばならず、軍人の活躍の機会が増え、あちこちに派遣されて守備をさせられることになりました。

――かなり辛い職務ですね。

ええ。劉琨もそういう中で生きた将軍で、名字からわかるように漢王朝の子孫です。お祖父さん、お父さんともに高位高官に昇り、本人も軍人として活躍して要職を歴任しました。やがて北方の治安を任された時、鮮卑《せんぴ》族の将軍と同盟を結ぶのですが、結局はその将軍に疎まれて抑留され、そこで殺されてしまいました。終始、西晋王朝の正道を守ろうと力を尽くした人生で、かつて理想に生きた張華を思い起こさせます（ちなみに西晋王朝は結局、異民族である匈奴の劉聡《りゅうそう》に滅ぼされました――この人も名字が劉で、自分たちが建てた国を漢と名づけていたので、ややこしいですね）。

――なるほど。そんな劉琨さんの遺した詩というのは……。

詩人としては四首しか残っていません（そのうち一首は彼の作品かどうか疑われています）。軍人としての心境を歌っていて、さぞ勇ましい軍歌かと想像するのですが、読んで見るとたいへんにセンチメンタルです。

扶風歌

扶風《ふふう》の歌《うた》　劉琨《りゅうこん》

朝発広莫門
暮宿丹水山
左手彎繁弱
右手揮龍淵
顧瞻望宮闕
俯仰御飛軒
拠鞍長歎息
涙下如流泉
繫馬長松下
発鞍高岳頭
烈烈悲風起
泠泠澗水流
揮手長相謝
哽咽不能言
浮雲為我結
帰鳥為我旋
去家日已遠

朝《あした》に広莫《こうばく》の門《もん》を発《はっ》し
暮《くれ》に丹水《たんすい》の山《やま》に宿《やど》る
左手《さしゅ》に繁弱《はんじゃく》を彎《ひ》き
右手《ゆうしゅ》に龍淵《りょうえん》を揮《ふる》ふ
顧瞻《こせん》して宮闕《きゅうけつ》を望《のぞ》み
俯仰《ふぎょう》して飛軒《ひけん》を御《ぎょ》す
鞍《あん》に拠《よ》つて長歎息《ちょうたんそく》し
涙下《なんだくだ》ること流泉《りゅうせん》の如《ごと》し
馬《うま》を長松《ちょうしょう》の下《もと》に繫《つな》ぎ
鞍《くら》を高岳《こうがく》の頭《いただき》に発《はっ》す
烈烈《れつれつ》として悲風《ひふう》起《おこ》り
泠泠《れいれい》として澗水《かんすい》流《なが》る
手《て》を揮《ふる》つて長《なが》く相謝《あひしゃ》し
哽咽《こうえつ》して言《ものい》ふ能《あた》はず
浮雲《ふうん》は我《わ》が為《ため》に結《むす》び
帰鳥《きちょう》は我《わ》が為《ため》に旋《めぐ》る
家《いへ》を去《さ》つて日《ひ》に已《すで》に遠《とほ》く

安知存与亡
慷慨窮林中
抱膝独摧蔵
麋鹿游我前
猿猴戯我側
資糧既乏尽
薇蕨安可食
攬轡命徒侶
吟嘯絶巌中
君子道微矣
夫子故有窮
惟昔李騫期
寄在匈奴庭
忠信反獲罪
漢武不見明
我欲竟此曲
此曲悲且長
棄置勿重陳

安《いづく》んぞ存《そん》と亡《ぼう》とを知《し》らん
窮林《きゆうりん》の中《うち》に慷慨《こうがい》し
膝《ひざ》を抱《いだ》いて独《ひと》り摧蔵《さいぞう》す
麋鹿《びろく》 我《わ》が前《まへ》に游《あそ》び
猿猴《えんこう》 我《わ》が側《かたはら》に戯《たはむ》る
資糧《しりよう》 既《すで》に乏尽《ぼうじん》す
薇蕨《びけつ》 安《いづく》んぞ食《くら》ふ可《べ》けん
轡《ひ》を攬《と》つて徒侶《とりよ》に命《めい》じ
絶巌《ぜつがん》の中《うち》に吟嘯《ぎんしよう》す
君子《くんし》の道《みち》 微《び》なり
夫子《ふうし》も故《もと》より窮《きゆう》すること有《あ》り
惟《おも》ふ昔《むかし》 李《り》は期《き》を騫《あやま》り
寄《よ》りて匈奴《きようど》の庭《てい》に在《あ》り
忠信《ちゆうしん》 反《かへ》つて罪《つみ》を獲《え》て
漢武《かんぶ》に明《あき》らかにせられず
我《われ》 此《こ》の曲《きよく》を竟《を》へんと欲《ほつ》す
此《こ》の曲《きよく》 悲《かな》しくして且《か》つ長《なが》し
棄《す》て置《お》きて 重《かさ》ねて陳《の》ぶる勿《なか》らん

重陳令心傷　重《かさ》ねて陳《の》ぶれば　心《こころ》をして傷《いた》ま令《し》めん

「扶風《ふふう》」は地名で、陝西省の咸陽《かんよう》市付近です。咸陽はかつて始皇帝の秦の都《みやこ》があり、英雄豪傑が多く出る土地柄でした。これは劉琨が都・洛陽の少し北にある山西省の并州《へいしゅう》に赴任を命ぜられ、そこへ向かう途中に作った詩です。当時、その辺りはすでに異民族がしょっちゅう出入りしていて、この旅も千人ほどの部下を引き連れ、あちこちで異民族と戦いながらの道行きでした。

――ただ移動するだけじゃなかったんですね。相当に悩みを抱えた雰囲気があります。

暢気《のんき》な旅ではないでしょう。それにしても、これから任地に向かうというのにこんなに悩みや悲しみを出していいものかと、意外な感じもします。その理由も考えながら読んでゆきましょう。

四句ごとに分けて、第一段は洛陽を出てからの経緯を述べます。「私は朝、都・洛陽の広莫門《こうばくもん》を出発して北へ向かい、夕暮れには山西省の丹水の山に宿る」。「広莫《こうばく》の門《もん》」は洛陽の東にある城門で、「丹水《たんすい》の山《やま》」は正確には丹朱嶺《たんしゅれい》といいます。しかしそれまでがたいへんでした。「繁弱《はんじゃく》」「龍《りょう》淵《えん》」は弓や刀の銘柄で、「左手には繁弱の大弓《おおゆみ》を構えて引きしぼり、右手には龍淵の名剣を振るって戦いに明け暮れていた」。そしてやっとここまで来たわけです。

第二段は都を思い出して、ふと落涙してしまいます。「振り返って都の宮殿の方を眺める」。「宮闕《きゅうけつ》」は厳密にいうと〝宮殿の門〟です。「上に下に、ようすを見ながらまた馬車を全速で走らせて行く」。「俯仰《ふぎょう》」は〝周りの危険を注意しながら〟といった意味でしょう。やがて休憩地につきます。「馬の鞍《くら》にもたれて深いため息をつくと、涙が流れること滝の如くである」。なんだかめそめそしてますね。

――というか、軍人さんですよね。それにしては個人の感情を非常にあらわに出していますよね。

まさにそこがこの詩の価値です。軍人が公務で任地に赴くわけで、朝廷ではもちろん「悲しい」だの「つらい」だの、口が裂けても言えません。それが詩の中では許されるようになって来ていたわけです。

――ははあ、時代が変わって来たんですね。

そう感じます。それでこの詩も読み継がれ、今に伝わったんじゃないでしょうか。こういう、〝公の場では言えないことを詩の中でだけ打ち明ける〟という傾向は後に継承されてゆきます。

次の四句、休憩した山頂で辺りの情景を描きます。「馬を高い松の木の下につなぎ、鞍を高い山の頂で解いた」。「鞍《くら》を発《はっ》す」は鞍を外《はず》すことのようです。「強い勢いで悲しい秋風が吹きはじめ」、「悲風」は秋風の代名詞としてよく使われます（→一七五ページ）。「冷冷《れいれい》」は水が澄んでいる形容、もしくは涼しげな音声の形容で、ここは音の方かな。「清らかな音をたてて谷川が流れている」。

次の四句でまた感傷的になります。出発の時の悲しみがよみがえり、「私は思い出す、手を振っていつまでも名残り惜しく別れを告げたあの時のことを。私はのどが詰まってしまい、ものが言えなくなった」。大自然の雲や鳥もそれに反応してくれます。「空の雲も私たちのために流れるのを止めてくれ、ねぐらに帰る鳥もぐるぐる飛び回り、去って行かなかった」。

――とても感傷的ですねえ。武人とはいってもデリケートな感性をもっていたんですね。

ええ。劉琨も武術一辺倒でなく、やはり文学サークルに入っていました。張華のところではなく、外戚の人が作った集団に属し、陸機・陸雲兄弟や左思とも交流があったようです。

次の四句は、家族の安否を気遣《きづか》って気分が沈みます。「我が家を出てから日に日に遠くへ進むばかりだ」。次は反語で、「家族たちが無事か否《いな》か、どうしてわかるだろう、その手立てはない」。「存《そん》」は無事に生き永らえていること、「亡《ぼう》」は亡くなることですね。「深い森の中で、私は悲しみ、歎いてしまう」。「慷慨《こうがい》」はふつう、天下国家のために憤る時に使うことが多いのですが、まれに個人的な歎きにも使い、劉琨は意外にも後者で用いています。「膝《ひざ》を抱《いだ》いて」は孤独のたとえで、「摧蔵《さいぞう》」の「摧《さい》」はくじく、砕く、「蔵《ぞう》」は隠れる意味なので、「悲嘆に暮れ、膝を抱えてたった一人、打ちひしがれて落ち込んでしまう」といった感じでしょうか。それにしても、千人の部下を引き連れた将軍がこんなことを言っていいものなのか。おそらく部下たちとの宴会で発表したんでしょうが……。

——こういうのを部下の前で発表するんですか。軍隊の士気が下がりませんか。

そこがわからないのですが、「〜の歌」という題名の詩はみんなに歌われ、広まることを意図したものです。だから一般公開したと思いますし、千人ですから非常に大きなホールのような場所で、管弦の響きを伴奏にして歌われたんじゃないでしょうか。

——ああ、すると兵士たちの心を代弁している、というわけですか。

それがあるかも知れませんね。詩の続きに戻りますと、今度は森の動物たちが現れ、その動物たちと自分たちの境遇を比較して、悲観的な要素がますます深まってゆきます。この辺から故事が増えます。「森の鹿が私たちの目の前で歩き回り、猿たちは私たちの側《そば》で戯れている」。「麋鹿《びろく》」はトナカイのようななれしかとしかで、国が滅びるたとえです。かつて春秋時代、呉越の戦いの時、呉の伍子胥《ごししょ》が将軍に忠告しても容《い》れられませんでした、それで彼は「呉の国はこのままでは滅び、立派な都もただ鹿が遊ぶだけになってしまうだろう」と言ったそうです。それを踏まえているとすれば、劉琨はここで西晋王朝が滅びることを予感していることになります。また猿は『楚辞』以来、旅人に望郷の想いをそそる声で鳴くとされています（→七〇ページ）。すると劉琨は国が滅びることを予感して、せめて故郷に帰りたいと思っている、とも連想されます。さらに「食糧ももはや不足して来た。かといって、山の中の蕨《わらび》やぜんまいを食べるわけにもゆかない」。〝身が持たない〟ということですが、これにも故事があって、『史記』に、伯夷《はくい》・叔斉《しゅくせい》が周王朝に仕えることを拒んで山に隠れ、わらびを食べて暮らした、とあります。これを踏まえ、自分は公務で北へ赴くのだから、彼らのように隠居することは出来ない、と言いたいんでしょう。

――う～ん、奥深いものがありますね。

文学サークルに出入りして修練を積んだ成果でしょうか。次は少し場所を移動して、世の中の乱れをさらに歎きます。「私はたづなを取って部下たちを励まし、険しい岩山で声長く歌う」。どんな歌かというと、次の二句がその内容で、「君子の道は衰えてしまった」。「夫子《ふうし》」は孔子のことで、「あの孔子さまでさえ、全国を説いて回る旅の中で、迫害されて窮することがあった」。〝われわれも同じような目に遭うのかなあ〟というわけです。「夫子《ふうし》も故《もと》より窮《きゅう》すること有《あ》り」は『論語』衛霊公《えいれいこう》第十五にあります。孔子が門人たちとあちこちの地方国家を説いて回った時、衛の国から陳の国へ移動したところで食糧がなくなり、門人たちもすっかり疲れて立つこともできなくなりました。この詩でも、直前に〝食糧がなくなった〟と言っているのは、この故事を出すための伏線だったんでしょう。すると気短《きみじか》で熱血漢の門人子路《しろ》が「先生のような立派な君子でもこんなに苦しめられることがあるんですか」と八つ当たりしたんです。すると孔子さまは「もちろん君子でも苦しめられることはあるさ。しかし君子は困ったからといって取り乱さないもんだ。それによってふだんの志を曲げることはないんだよ」と諭したそうです（「陳に在りて糧《りょう》を絶つ。……子路《しろ》　慍《いか》りて見《まみ》えて曰く〝君子も亦《また》　窮すること有るか〟と。子曰く〝君子　固《もと》より窮す。小人《しょうじん》　窮すれば斯《ここ》に濫《らん》す〟」）。とすると劉琨はここで〝自分もそれにならって頑張ろう〟と自らを励ましていることになりますね。

それでも次でまた悲観的になります。今度は前漢の将軍李陵《りりょう》の悲劇（↓一一〇ページ）を思い出し、「考えてみると昔、李陵将軍は戦《いくさ》の時期を誤って敗北し、その身を匈奴に寄せた」。李陵が匈奴に仕えたことに激怒した漢の武帝は、その家族を皆殺しにしました。「李陵の誠実で裏表《うらおもて》のない行動はかえって処罰を蒙ることとなり、武帝に理解されないまま終わってしまった」。自分たちにもそういう前途が待っているのでは、という怯《おび》えの感情があるんでしょう。

そして最後、「私はもうこの歌を終わりにしたい。この曲は悲しいうえに、ずいぶん長くなった。もはや諦めて、何か言うのをやめにしよう。このうえ続ければ、我が心を痛めつけるだけになりそうだ」。

――最初は単に愚痴を言ってるだけかと思ったら、印象がだいぶ変わりました。兵士の前で歌ったとすれば、

ずいぶん共感を得たのではないでしょうか。同時に、異民族がどんどん侵入して来る中で、都でのうのうとしている王族や貴族の命令で前線に出された人たちの気持ち、時代の閉塞感も表れています。千人の兵士と共有した私情の吐露が、すでに公に近いものとなっているのは、やはり時代の変化なんでしょうね。

たしかに「個」が重みを増しつつあると言えそうです。もうすぐ陶淵明が登場しますが、ああいう人が出て来る伏線のような位置にあるというか、こういった詩が受け入れられる精神的な土壌が出来はじめていたんですね。似たような詩で思い出すのは陸機の「洛に赴く道中の作二首」ですが、劉琨に比べると抽象的で、あまり〝個〟が感じられません。陸機の場合はやはり配慮して、わざとそういう要素を消したのかも……。軍人としては批判の対象になりそうですから。そういう点では劉琨のこの詩、なかなか価値が大きく、彼は実にヒューマンな軍人さんだったことになるでしょう。

思索のゆくえ――郭璞

西晋から東晋へ移る頃、歪曲された儒家思想への対抗として竹林の七賢らが好んだ道家・老荘思想、それをもとに彼らが語り交わした「清談《せいだん》」は徐々に形骸化し、単に抽象的、神秘的、観念的な、話が面白いだけのものになってゆきました。それがだんだん詩に流れ込み、詩で道家・老荘思想を語る風潮が流行るんです。後に「玄言詩《げんげんし》」とジャンル分けされ、東晋のはじめ頃、特に抽象的、神秘的な玄言詩が盛んになりました。

――「玄言詩」とはどういう意味なんですか？

「玄」は〝奥深い〟ということで、「奥深い哲学を語る詩」となります。読んでみるとつまらなくて（笑）、作品もほとんど残っていません。一方、「遊仙詩《ゆうせんし》」というのがあって、西晋から東晋にかけて生きた郭璞《かくはく》（二七六―三二四）が、玄言詩の流行に或る程度調子を合わせながら素晴らしい個性を出したということで、玄言詩から区別されて呼ばれています。

郭璞は博学の大学者で、多くの古典に注をつけています。当時、学者の仕事は注を作ることがメインで、彼は『詩経』や『楚辞』をはじめ、前漢の司馬相如の「賦」にも注釈をつけています。また一種の超能力の持ち主だったらしく、占いが非常に得意でした。

――中国の占いというと、四柱推命でしょうか……。

その系列なのかな。天文、星との関わりで、人間の運命や世の中の将来を予見するものでした。ですから時の権力者に重宝されたんです。考えれば洋の東西を問わず、歴史にそういうケースは多いですよね。

――ああ、為政者の陰には必ずそういう人がいるような。あの屈原も……。

そうですね、その面で政権と関わっていました。郭璞も同様のグループに属した人なんでしょう。西晋から東晋にかけて、事を起こそうとする多くの権力者に〝占ってくれ〟と頼まれ、すべて的中したそうです。ところが或る時、後に東晋王朝を立てた王敦《おうとん》から「自分はこれから謀叛を起こそうと考えているが、うまくゆくかどうか占ってくれ」と言われ、凶と出たので「失敗します」と答えると、激怒されて殺されてしまいました。

――えっ？　それで結果的に謀叛はどうなったんですか？

失敗したんです。だから占いは当たっていたことになります。実は郭璞は、王敦に「失敗する」と答えれば殺されることまで予見していたそうです。

――じゃあ、知っていて正直に答えたんですか。

やはり天命に逆らう意思はなかったんでしょうか。彼については不思議な話がたくさん残っていて、処刑された後も都の市場で大勢の人が郭璞の生きた姿を見たそうですし、棺桶を開けてみると亡骸がなかったとか。それで郭璞は仙人になったと噂されました。ちょっとユニークな、時代の気風を極端な形で体現した人のような気もします。

――彼はついに、道家・老荘思想の象徴としての仙人になったということですか（笑）。では作品を。

遊仙詩十四首　　郭璞《かくはく》

遊仙《ゆうせん》の詩《し》十四首《じゅうししゅ》

其一

京華遊俠窟
山林隠遯棲
朱門何足栄
未若託蓬萊

其《そ》の一《いち》

京華《けいか》は遊俠《ゆうきょう》の窟《いはや》
山林《さんりん》は隠遯《いんとん》の棲《すみか》
朱門《しゅもん》 何《なん》ぞ栄《えい》とするに足《た》らん
未《いま》だ蓬萊《ほうらい》に託《たく》するに若《し》かず

臨源挹清波
陵岡掇丹荑
霊谿可潜盤
安事登雲梯
漆園有傲吏
萊氏有逸妻
進則保龍見
退為触藩羝
高蹈風塵外
長揖謝夷斉

源《みなもと》に臨《のぞ》んで清波《せいは》を挹《く》み
岡《をか》に陵《のぼ》つて丹荑《たんてい》を掇《と》る
霊谿《れいけい》 潜《ひそ》み盤《たのし》む可《べ》し
安《いづく》んぞ雲梯《うんてい》に登《のぼ》るを事《こと》とせん
漆園《しつえん》に傲吏《ごうり》有《あ》り
萊氏《らいし》に逸妻《いっさい》有《あ》り
進《すす》んでは則《すなは》ち龍見《りようけん》を保《たも》てども
退《しりぞ》いては藩《まがき》に触《ふ》るるの羝《ひつじ》と為《な》る
風塵《ふうじん》の外《ほか》に高蹈《こうとう》し
長揖《ちようゆう》して夷斉《いせい》に謝《しや》す

「仙人世界に遊ぶことを歌う詩」の十四首連作です。全体のテーマは〝不安で穢《けが》れた現実社会を見限って、山の中でのんびり暮らして仙人になろう〟ということです。当時の玄言詩一般も道家・老荘思想をほめたたえ、〝現実はよくない、道家の道に遊ぼう〟と主張しますが、郭璞はその大筋はとらえつつ、批判精神や、なかなか仙人世界に行けない絶望、無力感など、さまざまな主張や感情を盛り込みました。思い起こせば左思の「招隠詩」（→二九〇ページ）は、〝山の中は美しくて住みやすい、現実の役人社会は捨てよう〟と、シンプルでストレートでした。それとは一線を画し、自分の主張や屈折が強く出ている点で、阮籍の「詠懐詩」（→二三七ページ）に近いでしょう。ここで取り上げた「其の一」はその総論、序論に当たり、次の「其の四」は玄言詩や招隠詩には珍しく、絶望感を歌っています。

四句ごとに区切れ、第一段は〝都会より山の中がいい〟と穏やかに述べます。「賑やかな都は任侠の人が住む所である」。「遊俠《ゆうきょう》」は日本で言う任侠とは少し違って、要するにお金持ちの子弟です。生活に困らないのでいつも遊んでいながら義侠心、正義感が強く、それを通すためには命も惜しまない。貧しい者を見ればぽんと財産を寄付するような人のことです。裕福な家の若者が多く、都はそういう人が住むのにふさわしいと。一方、「山の中の森こそは、世を避ける人が住むにふさわしい」。「朱門《しゅもん》」はお金持ちの屋敷のこと。習慣としてよく朱塗りの門を作りました。「栄達して豪邸に住むことなど、どうして光栄とするに足るであろうか」、光栄ではない。「蓬萊《ほうらい》山」は東の海の中にあると言われた仙人の住む山で、一説では日本を指すとも言われています。「蓬萊山にこの身を託するには及ばない」。「〜は……に若《し》かず」は、〝〜は……に及ばない〟つまり〝〜より……の方がいい〟と強調になり、〝蓬萊山に行く方がずっといいんだ〟というわけです。

第二段は前を受けて、山の中の生活のよさを強調します。この辺はまだ左思の「招隠詩」の世界に近いかな。「川の水源に立ち、澄んだ水をくんで飲む。そして丘に登って薬草を採る」、そんなふうに清潔な暮らしができる。「霊谿《れいけい》」は谷の名で、ここから仙人が天に昇ったという伝説があります。ここでは一般名詞として、「仙人が住むにふさわしい谷間に隠れ、楽しむのがいい。どうして雲に届く高い梯子に登ろうとする必要があろうか、必要ない」。「雲に届く梯子」は官職

山中に遊ぶ仙人。与謝蕪村『山水人物図』（1750年）より

を昇って栄達することのたとえです。ただ異説もあり、「雲梯《うんてい》」は文字通り雲に届く梯子、つまり仙人になって天に昇ることと取ります。すると「どうして雲に昇って仙人になる必要があろうか」、つまり天に昇ることを否定する内容になります。

——矛盾しちゃいますよね。

ええ、だからそちらの説によれば〝仙人になって天に昇れないまでも、谷間や山に潜んで隠遁するのがいい〟という解釈になるでしょうか。

第三段、〝昔も俗世や役人生活を拒んだ人がいた〟と、自分の主張を正当化します。一・二句はともに故事があって、「昔、漆畑《うるしばたけ》に傲慢な小役人がいた」。これは荘子《そうじ》のことで、彼は若い頃、漆畑の役人をしていました。どういう仕事だったんでしょう、なんだかかぶれそうですね（笑）。彼は王様が抜擢しようとしたのに、〝宮仕えすると身が穢《けが》れる〟と断りました。また「莱氏《らいし》」は周代の老莱氏《ろうらいし》で、親孝行で知られ、年取った親を喜ばせるため、大人になっても小さい子の真似をしたらしいです。

——（笑）。それって奇行ですよね。

たしかに。その老莱氏が王様の招きで官職に就こうとした時、奥さんが「出仕するなんて牢屋《ろうや》に入るのと同じです」と、家を出てしまったそうです。だから、「むかし漆畑に、王様の招きを断った傲慢な下級役人がいた。それは実は偉大な荘子であった。またいにしえの老莱氏には、夫の仕官を嫌って家を出た身勝手な妻がいた」。自分もそういう人の後について行こうというわけです。なぜなら、「この考えをひたすら進めていけば、仙人になって空を飛ぶことも出来るが、消極的になって俗世間に留まったままでいれば、垣根に角をぶつけてにっちもさっちも行かなくなった羊のような、みじめなありさまになる」。「龍見《りょうけん》」も難しい言葉で、仙人になって空を飛ぶことだそうです。

——うーん、なるほど。

そして結論の二句、「風塵《ふうじん》」は苦労の多い、煩わしい俗世間や役人社会のたとえ、「長揖《ちょうゆう》」は別れの挨拶をすること。「かくして私は煩わしい俗世間を飛び出して、丁寧に挨拶して夷斉《いせい》にお別れしましょう」。「夷斉《いせい》」は例の伯夷《はくい》と叔斉《しゅくせい》です。若い時、どちらが次の王位に就くかを譲り合って共に国を出ましたが、その後、周の武王が暴君の紂王《ちゅうおう》を討った時、「武力で国を建てるのはよくない」と諫めて隠居しました。義士として有名な二人です。それを「誰が国を継ぐかとか、武力で国を建てるのはよくないとか、そういう俗事にこだわることはやめよう」と、否定的なたとえとして引いたんですね。

——けっこうシンプルな詩かと思ったら、案外難しかったです。占いと老荘思想と、彼はどういうふうにバランスをとっていたんでしょう。占いができれば権力者の側にいなくても、あれこれ言わずに山に籠っていればいいような、少し矛盾も感じます。

そうですね。或いはこの詩は序論なので、まだ本音が出ていないとも言えますね。

——なるほど、それでは次に参りますか。

其四
六龍安可頓
運流有代謝
時変感人思
已秋復願夏
淮海変微禽
吾生独不化
雖欲騰丹谿
雲螭非我駕
愧無魯陽徳
廻日向三舎
臨川哀年邁
撫心独悲吒

其《そ》の四《し》　郭璞《かくはく》
六龍《りくりよう》 安《いづく》んぞ頓《とど》む可《べ》けん
運流《うんりゆう》 代謝《たいしやあ》有り
時変《ときへん》じて人《ひと》の思《おも》ひを感《うご》かし
已《すで》に秋《あき》にして 復《ま》た夏《なつ》を願《ねが》はしむ
淮海《わいかい》は微禽《びきん》を変《へん》ずるも
吾《わ》が生《せい》のみ 独《ひと》り化《か》せず
丹谿《たんけい》に騰《のぼ》らんと欲《ほつ》すと雖《いへど》も
雲螭《うんち》は我《わ》が駕《が》に非《あら》ず
愧《は》づ 魯陽《ろよう》の徳《とく》の
日《ひ》を廻《めぐ》らして三舎《さんしや》に向《むか》はしむること無《な》きを
川《かは》に臨《のぞ》んで年《とし》の邁《ゆ》くを哀《かなし》み
心《むね》を撫《ぶ》して 独《ひと》り悲吒《ひた》す

――急にトーンが落ちてきたようですが……。

こういう内容もちりばめられているのが、この連作のユニークなところです。第一段は〝時間ばかり過ぎて志が実現できない〟と、時の流れを悲しんでいます。「六龍《りくりよう》」は六頭の龍。神話の世界で、太陽は六頭の龍が引く車に乗って天を巡りました。だから、「太陽の動きはどうして止められようか、止められない」。そこで、「時間は運ばれ流れ、古いものは消え、新しいものに取って代わる。そんな時の移ろいは、私の物思いを促してやまない」。詩の中の「人」は往々にして作者自身です。〝早くなんとかしなくてはいけない〟と焦りを感じ、「もう秋だというのに、再び夏に戻れと願わせたりする」。

第二段は仙人世界に入れない絶望を、たとえを使って述べます。「淮海《わいかい》」は南中国の川、淮水《わいすい》と海のこと。ここは故事があって、小鳥は淮水や海の中に入ると蛤《はまぐり》や大蛤に変身すると言われます。『国語』によれば、すっぽんやワニ、サメなど他の水生動物も同じで、〝人間だけが変身できないのは悲しい〟といった話で、似た話は『淮南子《えなんじ》』など他の本にもしばしば出て来ます。「淮水や海は小鳥たちの姿を変えさせるという伝説があるが、私の生命だけは変えることができない」、〝仙人になれない〟ということです。「仙人たちの住む丹谿《たんけい》に昇ってゆきたいと思っても、雲に乗って飛ぶ龍は私の乗り物ではない」。「雲螭《うんち》」は雲に乗って飛ぶ龍で、〝そう簡単に私を乗せてはくれない〟と絶望しています。

最後はさらに絶望し、ふたたび時間の流れを歎きます。「愧《は》づ」は二句全体にかかり、「私は恥ずかしい、いにしえの魯陽《ろよう》公のような人徳がないことが」。「魯陽」は戦国時代、楚の魯陽公。韓の国と戦っていた時、日が暮れて来たので、勝敗を一気に決しようと戈《ほこ》を振って太陽を招くと、太陽が戻って来たそうです。なんだか平清盛《たいらのきよもり》の故事を思い出しますね。つまり、〝私には夕陽を呼び戻して九十里の距離を逆戻りさせるような徳がないのが恥ずかしい〟というわけです。そして最後の二句、「川の流れに向き合って年が過ぎ行くのを悲しみ、胸に手をあてて一人、歎くしかない」と、無力感で結びます。連作十四首はこの繰り返しで、俗世間はよくない、仙人世界はいい、でも自分は仙人にはなれない……。

――こういった遊仙詩のスタイルが当時、流行ったわけですか。

テーマ自体は当時流行ったものなのですが、そこに絶望や無力感などを織り込んだ例は珍しいです。また昔の偉人をけなすなど、激しい批判精神もあります。ほかの詩人たちの玄言詩はあまり残っていません。残っているものもなにぶん観念的で人間味に乏しく、今読んでもあまり面白くないんです。

――それにしても、いろいろなスタイルの詩が化学反応を起こしながら生まれてきた時代でもあるわけですね。

そうですね。郭璞の場合は、スタイルは遊仙詩でありながら、〝理想や目標を追う人の心の動き〟という普遍的なことがらを詠んだために人気を博し、今日まで伝わったんでしょう。

九、達観を目指して――陶淵明の世界

自分を語る

――いよいよ陶淵明《とうえんめい》の登場ですね。

そうですね。西晋の末あたりから、詩の中に自分を正面から表現する傾向が出はじめました。その流れの大きな結実が陶淵明（三六五―四二七）で、李白や杜甫より約三百年前に生き、彼らのお手本にもなった大詩人です。もちろん、詩の中で自分を表現することは、以前になかったわけではありません。しかしこれまで、大作家と言われる屈原や曹植、阮籍らは、神話の世界や女性の口ぶりを借りるなど、暗示的に、或いは遠回しにそうして来たわけですし、もっと直接に自分自身を語った秦嘉・徐淑夫妻や蔡琰は、まあ特殊な例外だったわけですね。陶淵明あたりからはそれらをすべて振り捨てて、生身の自分を詩に投げ出してゆきます。そんなふうに自己の人間性を全面的に出す作風の人は、どうしても一筋縄ではゆかず、作品の幅が広い。ですのでこの際、じっくり取り組んでみたいと思います。

――陶淵明はどんな時代に生きたんでしょう。

東晋の末から宋への交代期に直面しています。以前、西晋末の時期に、王朝の混乱や異民族の侵入で、貴族たちが南に移りましたね。そんな中、異民族との戦いや辺境の守備で出番が多くなった軍人の勢力が強まり、政治の中心が貴族からだんだん軍閥に移ってゆきました。

そして東晋時代に入って五十年ほどたった頃、陶淵明は長江下流、南中国の呉で生まれました。軍人を輩出した南方豪族の家で、父方からも母方からも名将軍が出ています。時代の荒波を受けたため、一族は軍閥同士のせめぎあいに巻き込まれて多くの人々が殺されました。陶淵明は幼い頃からそういう話を聞かされて育ち、それが人格形成にも影響したでしょう。人生の理想や人の命《いのち》の儚《はかな》さなどを考える中で、少し性格が屈折したかも知れません。また南方育ちなので、南方の知識人の特色として、彼の思想の基盤は儒教でした。その点、北から移って来た貴族らが「竹林の七賢」以来の老荘思想を背負っていることについて、違和感を持ち続けたんじゃないでしょうか。彼の詩は時代の流れの様々な要素を正直に反映しているだけでなく、『論語』もたくさん引用されています。

ただ残念ながら、彼の詩は制作年代がよくわからないものが多く、その詠みぶりなり、そこに現れた彼のものの考え方なりがどういう風に移り変わって行ったのか、はっきり跡づけることができません。本書ではまず彼の一般的な人物像を決定づけている代表作を二つ読み、それからしばらく、年代を追って大体のところを見てゆこうと思います。

――最初に読む「五柳先生伝《ごりゅうせんせいでん》」という作品は、詩とは少し形が違うようですが……。

これは彼の自叙伝とも言うべき散文なのです。歴史書の書き方に従って書かれ、とくに司馬遷の『史記』に始まる「伝」という文体を取っています。

五柳先生伝

五柳先生伝《ごりゅうせんせいでん》　陶淵明《とうえんめい》

先生不知何許人也。亦不詳其姓字。宅辺有五柳樹、因以為号焉。

閑靖少言、不慕栄利。

好読書、不求甚解。毎有会意、便欣然忘食。

性嗜酒、家貧不能常得。親旧知其如此、或置酒而招之。造飲輒尽、期在必酔。既酔而退、曾不吝情去留。

環堵蕭然、不蔽風日。短褐穿結、箪瓢屢空、晏如也。

常著文章自娯、頗示己志。

忘懐得失、以此自終。

賛曰、
黔婁有言、不戚戚於貧賤、不汲汲於富貴。其言茲若人之儔乎。酣觴賦詩、以楽其志。無懐氏之民歟、葛天氏之民歟。

先生《せんせい》は何許《いづく》の人《ひと》なるかを知《し》らざるなり。亦《また》其《そ》の姓字《せいじ》を詳《つまび》らかにせず。宅辺《たくへん》に五柳樹《ごりゅうじゅ》有《あ》り、因《よ》りて以《もっ》て号《ごう》と為《な》す。

閑靖《かんせい》にして言少《げんすく》なく、栄利《えいり》を慕《した》はず。

書《しょ》を読《よ》むことを好《この》めども、甚解《じんかい》を求《もと》めず。意《い》に会《かい》すること有《あ》る毎《ごと》に、便《すなは》ち欣然《きんぜん》として食《しょく》を忘《わす》る。

性《せい》 酒《さけ》を嗜《たしな》むも、家貧《いへひん》にして常《つね》には得《う》る能《あた》はず。親旧《しんきゅう》 其《そ》の此《かく》の如《ごと》くなるを知《し》り、或《ある》いは置酒《ちしゅ》して之《これ》を招《まね》く。造《いた》り飲《の》めば輒《すなは》ち尽《つく》し、期《き》は必《かなら》ず酔《ゑ》ふに在《あ》り。既《すで》に酔《ゑ》うて退《しりぞ》くに、曾《かつ》て情《じょう》を去《きょ》留《りゅう》に吝《やぶさ》かにせず。

環堵《かんと》蕭然《しょうぜん》として、風日《ふうじつ》を蔽《おほ》はず。短褐穿結《たんかつせんけつ》し、簞瓢屢《たんぴょうしば》しば空《むな》しきも、晏如《あんじょ》たり。

常《つね》に文章《ぶんしょう》を著《あらは》して自《みづか》ら娯《たの》しみ、頗《すこぶ》る己《おの》が志《こころざし》を示《しめ》す。

懐《おも》ひを得失《とくしつ》に忘《わす》れ、此《これ》を以《もっ》て自《みづか》ら終《を》ふ。

賛《さん》に曰《いは》く、
黔婁《けんろう》 言《い》へる有《あ》り、貧賤《ひんせん》に戚戚《せきせき》たらず、富貴《ふうき》に汲汲《きゅうきゅう》たらず、と。其《そ》れ 茲若《これかくのごと》き人《ひと》の儔《ともがら》を言《い》ふか。酣觴《かんしょう》して詩《し》を賦《ふ》し、以《もっ》て其《そ》の志《こころざし》を楽《たの》しましむ。無懐氏《ぶかいし》の民《たみ》か、葛天氏《かってんし》の民《たみ》か。


——勢いが感じられますね。

堂々と胸を張ってますね。彼が理想とする人間像、人生観を述べたもので、若い頃の作品だとか、晩年だとか、いや中年期のものだとか、いろんな説があります。ただ読んで見ると、抽象的、観念的、或いは理想に走っていて、長い人生経験から得たものがあまり感じられません。また反俗精神が強く出ていますので、これは若い頃の作ではないかと思います。

全体が七つの要素から成っていて、まず先生の姓名と来歴の説明から入ります。「先生はどこの人かわからない。その名字も字《あざな》もはっきりしない」。中国の歴史書の形式で、伝記はまず主人公の名前と出身地の紹介から始まります。それがわからない、というんですが、とくに隠者の伝記に「何許《いづく》の人《ひと》なるかを知《し》らざるなり」という表現が多いんです。するとここで陶淵明は、〝五柳先生は隠者ですよ〟と言っているわけです。出だしからしてすでに、家柄や門閥を重んじる貴族社会への皮肉じゃないでしょうか。

室町時代後期の画家、等春が描いた陶淵明像

——ああ、貴族社会では、はっ

きりしていますからね。

ええ。立派な家柄ほど偉いことになっていましたから。「ただ家のそばに五本の柳の木があるので、それにちなんで呼び名としたのである」。次の一行が先生の人間性、性格で「気持ちはいつも静かで安らかで、口数が少なく、栄達利益を望むこともなかった」。ここもやはり、清談や弁舌を重んじ、名誉や地位を求める貴族と対極的です。徹底的に貴族の価値観に反対していて、ちょっとすねている感じもしますが。次は先生の読書について紹介します。「好んで書物を読むが、細かく解釈することを求めない。ただ気に入った表現が見つかるたびに、嬉しくて食事を忘れるほど熱中してしまう」。熱中型の人なんですね。次はお酒について述べます。

――やはり飲んべえなんでしょうか。

そのようです。お酒についての記事が「五柳先生伝」全体の三分の一を占めていて、やはり思い入れがあるのかな。「性《せい》」は〝生まれつき〟の意味ですが、「生まれつき酒が好きだ」はちょっと変なので、「根っから」ぐらいの感じでしょう。「先生は心底、酒を好んだが、家が貧しいのでしじゅう手に入れることができない。親族や友人はそれを知って、時に宴会を設けて先生を招待する」。先生は喜んで参加し、「出席して飲めば、出される酒をそのたびに飲み尽くし」。「輒《すなは》ち」は〝そのたびごとに〟の意味で、遠慮がない人なんでしょう、素直に飲み、「お目当ては必ず酔うことにあった」。社交辞令や儀礼はおかまいなしに、ただ酔うだけ。「酔ってしまえばすぐに座を退き」、次はもってまわった言い方ですが、「曾《かつ》て」は強調で、「自分の気持ちを、ここで退席するか留まるかで決して悩ませることはなかった」。

——飲んだらパッといなくなっちゃうわけですか。

潔く退くと（笑）。一説によると「居留《きょりゅう》」の「留」は意味のない添え字で、すると「情を、去ることに吝《やぶさ》かにせず」、つまり〝酔っ払えばさっと引き揚げる〟というんです。

——空気を読まない人なんですか？

多少、周りを低く見ているかも知れません。次は先生の衣食住を説明します。「環堵《かんと》」は〝四方がそれぞれ狭い垣根〟ということで、転じて家が質素な意味です。「先生の狭い家はがらんとして、風や太陽の光をさえぎるものもないほどだ」。次は着物と食生活で、「粗末な布で作った衣は、開いた穴をつくろってあり、めしびつやひさごはしばしば空《から》になるほど貧しかったが、先生の心はいつも安らかであった」。「簞瓢《たんぴょう》」の「簞」は竹で作ったお櫃《ひつ》、「瓢」は瓢簞をくりぬいた飲み物を入れる器。つまり清貧に安んずるということで、これも貴族の豪華な生活とは正反対です。次は先生の創作活動で、「文章《ぶんしょう》」は詩も含むんでしょう、「先生は常に詩や文章を書いて自分だけで楽しみ、しかしその中でいささか抱負を示した」。これは当時の、抱負を述べることを忘れた、形式だけの詩を批判する意味もあるのかな。そして最後は死について。「心から世俗の損得を忘れて超然とし、自分なりに一生を終える」。そういう人に私はなりたい。全体を通して、宮沢賢治の「雨ニモマケズ」を思い出します。

——非常に懐かしい、日本の原風景のひとつのような……。

たしかに、昔から日本人は陶淵明をよく読んで来ました。これについてはまた、あとで触れることになるでしょう（→三五六ページ）。最後に、これも歴史書のパターンですが、付録のかたちで「賛」がついています。「賛」はそれまでの伝の要旨をまとめて主人公の美点をほめます。「黔《けん》婁《ろう》」は春秋時代の隠者。彼の奥さんが彼について述べた言葉を引用していて、正確に訳せば「黔婁は奥さんに次のように言われた」となります。「戚戚《せきせき》」は、くよくよ悩むこと。「自分の身分が低いことに悩まず、かといって裕福になろうとあくせくしなかった」。次の「其《そ》れ」は強調で、「こんなふうに奥さんが黔婁を論評した言葉は、まさに五柳先生の仲間について言ったのであろうか」。これももってまわった難しい表現ですが、〝奥さんの言葉はそのまま五柳先生にも通ずるなあ〟ということでしょう。そして結び、「先生はいつも酒を楽しんで詩を作り、自分の抱負を満足させていた。そういう先生は、かつての理想的な天子の無懐氏《ぶかいし》、或いは葛天氏《かってんし》の世に生きていた民衆のように純朴な人ではなかろうか」。

──五柳先生が自分の理想だったということですね。そんな陶淵明さんも、やはりお酒好きだったようで、次は「飲酒二十首《いんしゅにじっしゅ》」とありますが……。

ええ、彼の作品は百二十首余り残っていますが、そのうち半数くらいに酒が出て来ます。

飲酒二十首　飲酒二十首《いんしゅにじっしゅ》　陶淵明《とうえんめい》

其五　其《そ》の五《ご》
結廬在人境　廬《いほり》を結《むす》んで人境《じんきょう》に在《あ》り
而無車馬喧　而《しか》も車馬《しゃば》の喧《かまびす》しき無《な》し

問君何能爾
心遠地自偏
采菊東籬下
悠然望南山
山気佳日夕
飛鳥相与還
此中有真意
欲弁已忘言

君《きみ》に問《と》ふ　何《なん》ぞ能《よ》く爾《しか》ると
心遠《こころとほ》ければ　地《ち》も自《おのづか》ら偏《へん》なり
菊《きく》を采《と》る　東籬《とうり》の下《もと》
悠然《ゆうぜん》として南山《なんざん》を望《のぞ》む
山気《さんき》　日夕《にっせき》に佳《よ》く
飛鳥《ひちょう》　相与《あひとも》に還《かへ》る
此《こ》の中《うち》に真意《しんい》有《あ》り
弁《べん》ぜんと欲《ほっ》して已《すで》に言《げん》を忘《わす》る

——すでに酔っている感じですが……。

飲んでから書いたんでしょうか。「飲酒二十首」は彼の代表作で、序文がついています（三三五ページ囲み）。それによると毎晩お酒を飲み、興に乗ると詩の文句をメモしていた。それがたくさん集まったのでまとめて詩に作り、友人に清書させたそうです。だから連作なのですが、二十首を一度に作ったわけではありません。中でもこの「其の五」は代表作で、全体としては隠者の心構え、生活態度を詠んでいます。四句ごとに三段落に分け、出だしは隠者の心構えです。「私は粗末な家を構え、しかし山の中ではなく、人通りのある村里に暮らしている。それでいながら、車や馬に乗った貴族たちとのうるさい付き合いはない」。こういう粗末な家は、貴族たちが訪ねて来る煩わしさはない。次は自問自答で、「あなたはどうしてそんな事ができるんですか」。

隠者なのに、なぜ騒がしい村の中に住んでいるのか。対する答えは「私の心がもう世間から遠くなっているから、どこに住もうとその土地は、うるさい場所から遠ざかっているのと同じなんだよ」。皮肉ですね。〝隠者は山に住むもの〟という固定観念への反抗心が感じられます。

次の四句は隠者暮らしの夕暮れのひとコマで、有名な部分です。「或る秋の夕暮れ、私は東の垣根の側で菊の花をつんだ」。ここは文法的には「菊《きく》を東籬《とうり》の下《もと》に采《と》る」と読みますが、詩なので調子を重んじて、上から棒読みにしています。そして「起き上がって、はるかに落ち着いた気持ちで南の山に祈る」。「南山」は不老長寿の象徴ですから、お祈りをするんですね。菊の花も魔《ま》除《よ》けの働きがあって、そういったことと密着した暮らしをするのが隠者なのだと。実はこの「南山を望む」の「望む」という字を「見る」に作る伝本が多いのですが、「南山を見る」だと、ただ単に〝南山が目に入る〟という意味になって〝不老長寿の象徴をじっと見つめて祈る〟意味が消えてしまいます。ここはやはり「望む」がよいでしょう。「山のたたずまいはこの夕暮れ時、まことに美しい。飛ぶ鳥が連れ立って帰ってゆくじゃないか」。

それを受けて最後の二句、「こういう眺めの中にこそ、人生のほんとうの姿が表れているのだ」。この「真意」は〝人間が生きるほんとうの意味〟、或いは〝私のほんとうの気持ち〟などの意味かも知れません。「それを君に説明したいのだけれど、そう思った瞬間、言葉を忘れてしまったよ」。

――(笑)。

どこか人を喰ってますね。酒が回って喋《しゃべ》れなくなったのか、それともやたら弁舌を重んずる貴族への諷刺なのか……。ユーモラスな中に、やはり反骨精神が強く感じられます。

（参考）

飲酒二十首　序

余閑居寡歓、兼比夜已長。偶有名酒、無夕不飲。顧影独尽、忽焉復酔。既酔之後、輒題数句自娯。紙墨遂多、辞無詮次。聊命故人書之、以為歓笑爾。

飲酒《いんしゅ》二十首《にじっしゅ》　序《じょ》

余《よ》閑居《かんきょ》して歓《よろこ》び寡《すくな》く、兼《か》ねて比《このご》ろ夜《よる》已《はなは》だ長《なが》し。偶ゝ《たまたま》名酒《めいしゅ》有《あ》り、夕《ゆふべ》として飲《の》まざる無《な》し。影《かげ》を顧《かへり》みて独《ひと》り尽《つ》くし、忽焉《こつえん》として復《また》た酔《ゑ》ふ。既《すで》に酔《ゑ》ふの後《のち》は、輒《すなは》ち数句《すうく》を題《だい》して自《みづか》ら娯《たの》しむ。紙墨《しぼく》遂《つひ》に多《おほ》く、辞《じ》に詮次《せんじ》無《な》し。聊《いささ》か故人《こじん》に命《めい》じて之《これ》を書《しょ》せしめ、以《もっ》て歓笑《かんしょう》と為《な》さん爾《のみ》。

田園に帰る

次の「園田《えんでん》の居《きょ》に帰《かへ》る五首《ごしゅ》」の連作は、官職をなげうって故郷に帰った翌年、四十二歳の春ごろの作とされます。隠居直後の解放感、新しい生活に入る覚悟から、農作業が思うようにゆかない悩み、本当にこういう生活でいいのかという心細さなど、いろいろの感慨が詠まれています。やはり生活が大きく変化した分、心のゆれも大きいのですね。

——そもそも、みんなが苦労して手に入れる役人生活を、彼はなぜ四十一歳で辞めたんでしょう。

やはり当時の社会情勢の影響が大きいのではないでしょうか。

貴族社会から軍閥がリードする世に変わってゆく中、貴族と軍閥、軍閥同士の争いが絶えませんでした。陶淵明自身は基本的に古い南方豪族の出身です。まあ彼の時代には、東晋時代に続いた権力闘争の影響で中小地主くらいに落ちぶれていましたが、それでもそういう由緒ある豪族の家系の者として、新しい軍閥リードの風潮には馴染みにくかった、或いは内戦に巻き込まれて生命が危うくなるのを恐れた——とも考えられると思います。

帰園田居五首

陶淵明《とうえんめい》

園田《えんでん》の居《きょ》に帰《かへ》る五首《ごしゅ》

其一
少無適俗韻
性本愛丘山
誤落塵網中
一去十三年
羈鳥恋旧林
池魚思故淵
開荒南野際
守拙帰園田

其《そ》の一《いち》
少《わか》きより適俗《てきぞく》の韻《いん》無《な》く
性《せい》本《もと》丘山《きゅうざん》を愛《あい》す
誤《あやま》つて塵網《じんもう》の中《うち》に落《お》ち
一去《いっきょ》十三年《じゅうさんねん》
羈鳥《きちょう》旧林《きゅうりん》を恋《こ》ひ
池魚《ちぎょ》故淵《こえん》を思《おも》ふ
荒《こう》を南野《なんや》の際《さい》に開《ひら》かんとし
拙《せつ》を守《まも》つて園田《えんでん》に帰《かへ》る

方宅十余畝
草屋八九間
楡柳蔭後簷
桃李羅堂前
曖曖遠人村
依依墟里煙
狗吠深巷中
鶏鳴桑樹巓
戸庭無塵雑
虚室有余間
久在樊籠裏
復得返自然

方宅《ほうたく》 十余畝《じゅうよほ》
草屋《そうおく》 八九間《はちきゅうけん》
楡柳《ゆりゅう》 後簷《こうえん》を蔭《おほ》ひ
桃李《とうり》 堂前《どうぜん》に羅《つら》なる
曖曖《あいあい》たり 遠人《えんじん》の村《むら》
依依《いい》たり 墟里《きょり》の煙《けむり》
狗《いぬ》は吠《ほ》ゆ 深巷《しんこう》の中《うち》
鶏《とり》は鳴《な》く 桑樹《そうじゅ》の巓《いただき》
戸庭《こてい》 塵雑《じんざつ》無《な》く
虚室《きょしつ》 余《よ》間《かん》有《あ》り
久《ひさ》しく樊籠《はんろう》の裏《うち》に在《あ》りしも
復《ま》た自然《しぜん》に返《かへ》るを得《え》たり
——希望に溢れていますね。
この第一首は、窮屈な役人生活を辞め、故郷に帰ってやっと安らぎを取り戻したようすを詠んでいます。題の「園田《えんでん》の居《きょ》に帰《かへ》る」は、「耕作地がついている実家に帰る」という意味です。
——要するに粗末な藁葺き屋根の家ではなく、シャトーがあって、周りに果物畑が広がっているんですよね。

そこが一つの注意点なのですが、隠居生活というと我々はつい、仕事を辞めて退職金をもって山小屋に籠り、貯金を崩しながら細々と農作業をする——といったイメージをもちますが、それとは規模がまったく違うんですね。

——或る意味、事業みたいなものですか。

そうです。使用人も大勢いて、新しい事業を始める感覚に近いかな。その辺は予備知識としてもっておくといいですね。

最初の四句は、本心に反して長いこと役人生活を続けてきたことの告白。「私は若い時から世俗にかなう気質がなかった」。世俗に調子を合わせられない性格だったと。「もともと山や丘などの自然、俗世間を離れた環境が好きだった。それがなにかのはずみで間違って役人生活に入り込み、十三年が経過してしまった」。「塵網《じんもう》」は穢《けが》れた網、つまり〝煩《わずら》いごとの多い世の中〟。二十九歳で官職に就き、四十一歳で辞職していますので、ほぼ実数です。

次の四句は、本心に素直になって役人生活を辞めたことを、鳥と魚のたとえを使って述べます。「羈鳥《きちょう》」はかごに飼われている鳥、「池魚《ちぎょ》」は池で飼われている魚。ともに本来の自分の環境を離れています。「かごの中の鳥は、自分がもといた森をいつまでも忘れられずに思い続けるものだ」。「恋《こ》ふ」は恋する意味ではなく、〝執着する〟とか〝忘れられずにこだわる〟意味です。

——は～、男女の情愛の意味ではないんですか。

中国ではそういう時は、この字ではなく「憐」を使いますね。「池に飼われている魚も、自分がもといた川のふちを思い慕うものだ」。〝私も同じである〟と。「今、自分は南の野原の片隅で荒れ地を開墾しようと拙《せつ》を守り」、「拙」は要領が悪いこと、要するに世渡りがへたなんです。

「そういう自分の個性を大事にして、農村に帰って来た」。

――今さらですが、先生これ、なぜ「田園」でなくて「園田」なんですか。

両方とも熟語として使われていますね。たぶん最初は前後の調子によって使い分けたと思うのですが、「園」は果物の木や野菜など、草木が植わっている広い庭のことを言い、「園田」は〝耕作地が備わっている実家〟、一方「田園」は素朴に〝田畑や庭〟の意味に使うようです（異説もあります）。

次の第三段からは具体的な描写に入り、自分の家を簡単に紹介します。「田舎の家の四角い敷地は十畝《ぽ》余りである」。十畝というと五十アールなので五千平方メートル、千五百坪余りですか。かなり大きそうですが、当時の中国の豪族の水準では小さい方なんですね。

――退職金なんかも投入したんでしょうか、かなり豊かな園田生活に思えますが……。

現代の感覚からするとそうですが、当時の貴族にすればずいぶん落ちぶれたことになるんでしょう、大家族ですし、使用人もいますから。「茅葺《かやぶき》の屋根の家は八つか九つの部屋しかない」。「間《けん》」は部屋《へや》数《かず》の単位です。たぶん他にも別棟《べつむね》があったと思いますけど。次は庭の描写で、まず裏庭。「楡《にれ》や柳の木が裏側の庇《ひさし》に覆いかぶさっている」。次は表側で、「桃や李《すもも》が表座敷の前に並べて植えてある」。当然、実を食べるんですね。

次は家からの村里の眺め。まずは遠景、「我が家からぼんやりと見える、遠くの人々が住む村。かすかにゆらめくかまどの煙」。次が近景で、「犬は奥まった路地で吠えており、鶏は桑の木のこずえで鳴いている」。犬と鶏は戦国時代以後、理想社会の象徴です。陶淵明としては実景であるとともに、伝統的なイメージも含めて表現したんでしょう。中国の鶏は実際に飛びましてね、木の枝にとまって鳴いたりするんです。今も中国の農村に行くと犬と鶏がいっしょに歩いていますし、鶏は家の屋根や塀《へい》の上にとまっていて、この句は実感ある描写です。

最後の四句、新しい生活への満足感を述べます。「家の戸口や庭に、煩わしいごちゃごちゃした事は入り込んで来ない」。世俗の雑事、政治的・社会的な問題のことを言っているんでしょう。

――煩わしい情報が入ってこないんですね。

そうですね。また、余計な家具や調度品は要りません。「余分な物のない部屋にはゆとりある空間がある」。ここは「ゆとりある時間」と取る説もありますが、空間でいいでしょう。のんびり暮らせるわけです。次の結びの二句は、名句として独立しています。「樊籠《はんろう》」は、「樊《はん》」が鳥かご、「籠《ろう》」は竹で作った鳥や虫を入れるかごです。「私は長いこと、檻《おり》やかごのような、本性を押さえつける俗世間に居続けたが、今やっと再び本来の自分に帰ることができた」。心の平安をずいぶん取り戻したような詠みぶりです。

――解放感にあふれていますが、ただこの詩はまだ、土にまみれていない頃ですよね。

それが大きいかも知れません。やや観念的に理想を追う形で官職を辞した陶淵明ですが、その後、農作業の実体験をつむうちにいろいろなものが見えて来て、それとともにさまざまな思いがわき起こるようになりました。次に、それを素直に吐露している作品をいくつか読みます。

帰園田居五首

陶淵明《とうえんめい》

園田《えんでん》の居《きよ》に帰《かへ》る五首《ごしゆ》

其二
野外罕人事
窮巷寡輪鞅
白日掩荊扉
虚室絶塵想
時復墟曲中
披草共来往
相見無雑言
但道桑麻長
桑麻日已長
我土日已広
常恐霜霰至
零落同草莽

其《そ》の二《に》
野外《やがい》 人事《じんじ》罕《まれ》に
窮巷《きゆうこう》 輪鞅《りんおう》寡《すくな》し
白日《はくじつ》 荊扉《けいひ》を掩《とざ》し
虚室《きよしつ》 塵想《じんそう》を絶《た》つ
時《とき》に復《ま》た墟曲《きよきよく》の中《うち》
草《くさ》を披《ひら》いて共《とも》に来往《らいおう》す
相見《あひみ》て雑言《ざつげん》無《な》く
但《ただ》 道《い》ふ 桑麻《そうま》長《ちよう》ずと
桑麻《そうま》 日《ひ》に已《すで》に長《ちよう》じ
我《わ》が土《ど》 日《ひ》に已《すで》に広《ひろ》し
常《つね》に恐《おそ》る 霜霰《そうさん》の至《いた》つて
零落《れいらく》して草莽《そうもう》に同《おな》じからんことを

――地に足がついて来たような感じです。

真ん中あたりはそうですね。まず自分自身の今の生活環境から歌いはじめます。「町から外れた辺りでは、人の世のいろいろ面倒なことが少ない。奥まった路地にいるから、車や馬が入って来ることも稀である」。車や馬に乗るのは貴族や政府高官です。そういう人の訪れもなく、気楽であると。ここは前に見た「飲酒二十首」其の五（↓三三二ページ）に似ていますね。「私は昼日《ひるひ》中《なか》にいばらの粗末な扉を閉めたまま、余分なもののないがらんとした部屋にいて、面倒な雑念も湧き起こらない」。「塵想《じんそう》」はごちゃごちゃつまらない俗念です。

次の四句は村人たちとの関係です。「復《ま》た」は意味を強める軽い言葉で、「時おり村の片隅にいて、草を掻き分け、踏み分けるようにして、近所の人々と交流する。お互いに出会っても余計な話はしない」。貴族みたいに社交界の事、知識や教養じみた話題、噂話などはせず、「ただ桑や麻の具合を語り合うだけである」。〝農業関係の話しかしない〟ということで、ちょっと貴族社会への批判が入っているかも知れません。

最後は、体験から滲み出たのか、新しい視点が入っています。「日に日に桑や麻は成長し、わが耕作地もだんだん広がってゆく」。このまま順調にゆくといいが、「いつも心配しているのは、霜や霰《あられ》に見舞われて作物が枯れ萎《しぼ》み、ただの草むらのような意味のない、無駄なものになってしまうことだ」。

——園の持ち主であるオーナーとしての心配でしょうか。

まあ、多少は彼自身が使用人たちと一緒に土を耕したかも知れません。農作業というのは天候に左右されます。大雨や大水、日照り……それにイナゴの害が大きくて、計画通りにはゆきませんからね。

——なるほど、そういう実働のことがようやくわかって来たと。

それに、陶淵明が生きた東晋の時代はやたら天災が多かったそうです。それが多分、かつて彼の家が没落した理由の一つでもあると思います。

——すると当然、気になるわけですね。

帰園田居五首　陶淵明《とうえんめい》

園田《えんでん》の居《きょ》に帰《かへ》る五首《ごしゅ》

其三
種豆南山下
草盛豆苗稀
晨興理荒穢
帯月荷鋤帰
道狭草木長
夕露沾我衣
衣沾不足惜
但使願無違

其《そ》の三《さん》
豆《まめ》を種《う》う　南山《なんざん》の下《もと》
草《くさ》盛《さか》んにして　豆苗《とうびょう》稀《まれ》なり
晨《あした》に興《お》きて荒穢《こうわい》を理《をさ》め
月《つき》を帯《お》び　鋤《すき》を荷《にな》うて帰《かへ》る
道《みち》狭《せま》くして草木《そうもく》長《ちょう》じ
夕露《せきろ》　我《わ》が衣《ころも》を沾《うるほ》す
衣《ころも》の沾《うるほ》ふは惜《をし》むに足《た》らず
但《ただ》　願《ねが》ひをして違《たが》ふこと無《な》から使《し》めよ

さきほどの「其の二」より少し深刻で、自分の経験不足で農作業がうまくゆかない悩みを告白しています。

全八句は前半と後半に分かれて、前半四句は農作業の大変さを述べます。〝山のふもとに豆を植えたが、その畑には雑草ばかりがはびこって、かんじんの豆が育たない。それで私は毎日、夜明けから畑に出て、夜になるまで畑の手入れをしている〟と。

後半四句は、〝農作業は大変だが、どうかうまくゆきますように〟と、祈りのような気持ちを述べます。五・六句めはたとえを使って、計画通りにゆかないむつかしさを述べたもの。「帰り道は狭く、余計な草や木ばかりが繁って邪魔をする。その上、夜露《よつゆ》が私の服をぬらす」。ここは夜の帰り道の描写であるとともに、農耕に生きる道の大変さのたとえでしょう。しかし、「着物がぬれるのは、いやがるほどのことではない」、最後の第八句は使役で「ただひとえに、私の願いが背《そむ》かれることのないようにさせてほしい」、自分で選んだ農耕生活が今後もうまくゆくよう、それだけが願いというわけです。

——すっかり農業人になって来ましたねえ……。

帰園田居五首

園田《えんでん》の居《きよ》に帰《かへ》る五首《ごしゆ》

陶淵明《とうえんめい》

其四

其《そ》の四《し》

久去山沢游
浪莽林野娯
試携子姪輩
披榛歩荒墟
徘徊丘隴間
依依昔人居
井竈有遺処
桑竹残朽株
借問採薪者
此人皆焉如
薪者向我言
死没無復余
一世異朝市
此語真不虚
人生似幻化
終当帰空無

久《ひさ》しく山沢《さんたく》の游《あそ》びを去《さ》り
浪莽《ろうもう》たり 林野《りんや》の娯《たのし》み
試《こころ》みに子姪《してつ》の輩《はい》を携《たづさ》へ
榛《しん》を披《ひら》いて荒墟《こうきょ》に歩《ほ》す
徘徊《はいかい》す 丘隴《きゅうろう》の間《かん》
依依《いい》たり 昔人《せきじん》の居《きょ》
井竈《せいそう》 遺処《いしょ》有《あ》り
桑竹《そうちく》 朽株《きゅうしゅ》残《ざん》す
借問《しゃもん》す 薪《たきぎ》を採《と》るの者《もの》
此《こ》の人《ひと》 皆《みな》 焉《いづ》くにか如《ゆ》くと
薪者《しんじゃ》 我《われ》に向《むか》つて言《い》ふ
死没《しぼつ》して復《ま》た余《あま》す無《な》しと
一世《いっせい》 朝市《ちょうし》を異《こと》にす
此《こ》の語《ご》 真《まこと》に虚《きょ》ならず
人生《じんせい》は幻化《げんか》に似《に》たり
終《つひ》に当《まさ》に空無《くうむ》に帰《き》すべし

最後の二句に重みがあります。或る日、子どもたちや甥《おい》を連れてピクニックに行った時に廃屋《はいおく》に出くわし、そこから人生の無常に思いを巡らす――ちょっと深刻な展開です。

四句ずつ四段落に分かれます。第一段、隠居直後の正直な感慨か、「私はもう、長いこと山水を楽しむ遊覧から遠ざかっていて」、役人社会にどっぷりつかって、「森や野原を歩く楽しみなど、ぼんやりとしか考えていなかった」。忘れかけていたという事でしょうか。「浪莽《ろうもう》」は難しい言葉ですが、「浪」は〝さまよう、ほしいまま〟、「莽」は〝遠い、荒々しい〟など、あまりいい意味になりません。隠居後、それに気づいたので、やはり自然の中に遊ぼうと、「今日試みに、子どもや甥たちを連れて」、「榛《しん》」ははしばみが代表ですが、雑木《ぞうき》のこと。「雑木を掻き分け押し分けて、荒れた村里を歩いてみた」。

次の四句、廃屋に辿り着きます。「ぶらぶら歩き回る、小高い丘の辺り」。「依依《いい》たり」は〝どうやら～らしい〟と推測を表して、「どうやらここらには、昔の人の家があったようだ」。「丘隴《きゅうろう》」を墓場と取る説もありますが、墓場にピクニックに行く、というのはどうかなあ。まあ清明節《せいめいせつ》(→三九三ページを参照)など、特別な行事の場合は別ですが。「井戸やかまどがその名残りをわずかにとどめている。農家につきものの桑や竹は、枯れ朽《く》ちた株が崩れてしまっている」。でもどうやら人が住んでいたらしいです。

そして第三段、ちょうど通りかかった木こりにようすを尋ねます。「ちょっと尋ねてみた、通りすがりの薪《たきぎ》を取る人に。〝ここにいた人たちはみんな、いったいどこに行ってしまったのですか〟。すると木こりは答えた。〝いや、みんな亡くなって、跡を継ぐ人もいないんですよ〟と」。

ここで作者は一挙に無常観に突き落とされます。

第四段、「一世《いっせい》」は三十年を言います。「三十年のうちに、朝廷も市場も、がらっと様変わりするという」、当時そういう慣用句があったようです。「その言葉はまったく正しい」。ここも異説があって、〝一世代三十年のうちに、宮廷と市場が入れ替わるほどの変化がよくある〟と取ります。でも言いたいことは同じですね。「人が生きるというのはまぼろしであり、実体がないもののように思う。結局は無に帰するのであろう」。最後の「当《まさ》に〜べし」は〝必ずや〜になるであろう〟と、確実性の強い推量です。

――最後の二行、当時はすでに仏教も入って来ていたと思うのですが、来世に対する思想などはなかったんでしょうか。たいへんな無常観を感じます。

陶淵明は教養として仏教書は読んでいたと思いますが、来世に望みを託するとか、生まれ変わってこうしよう、というところまでは行きません。隠居後一年、〝こういう人生を選択したけれどいいのかなあ〟と壁にぶつかった時にたまたま見た廃屋、それが自分のこれからの人生に重なって、あまり深い思想からではなしに、ついこういうことを書き付けてしまったのか……。

――こういった想いや考えは、前例があるんでしょうか。

無常観自体は、後漢の「古詩十九首」(五章を参照)辺りから出ています。〝人生は朝露《あさつゆ》のようにはかないものだから、夜じゅうろうそくを灯《とも》して遊ぼう、酒を飲もう〟という考え方が見られ、実はそこにも仏教思想が影を落としていると言われています。ただ思い出してみると、「古詩十九首」全体でも来世に望みを託することはなくて、それが当時の中国の人々の、仏教の受け止め方なんでしょうか――もしかしたら来世を考えない儒教の影響が大きいかも知れませんね。

農事にいそしむ

陶淵明が田園生活に入った二年後、四十四歳の時に火事に遭いました。家屋敷も周りの森も全焼し、数年後に南の村に引っ越したのですが、その直後に作った詩が残されています。

移居二首　　居《きょ》を移《うつ》す二首《にしゅ》　　陶淵明《とうえんめい》

其二　　其《そ》の二《に》
春秋多佳日　　春秋《しゅんじゅう》 佳日《かじつ》多《おほ》く
登高賦新詩　　高《たか》きに登《のぼ》つて新詩《しんし》を賦《ふ》す
過門更相呼　　門《もん》に過《よぎ》りて更《こも》ごも相呼《あひよ》び
有酒斟酌之　　酒有《さけあ》らば之《これ》を斟酌《しんしゃく》す
農務各自帰　　農務《のうむ》には各自《かくじ》帰《かへ》り
閒暇輒相思　　閒暇《かんか》には輒《すなは》ち相思《あひおも》ふ
相思則披衣　　相思《あひおも》へば則《すなは》ち衣《ころも》を披《ひら》き
言笑無厭時　　言笑《げんしょう》 厭《あ》く時無《ときな》し
此理将不勝　　此《こ》の理《り》 将《は》た勝《まさ》らざらんや
無為忽去茲　　忽《たちま》ち茲《ここ》を去《さ》るを為《な》す無《なか》らん

衣食当須紀　衣食《いしょく》当《まさ》に須《すべから》く紀《をさ》むべし
力耕不吾欺　力耕《りょくこう》吾《われ》を欺《あざむ》かず

引越し直後に新しい隣近所の人たちと宴会を開き、その場で挨拶がわりに〝どうぞこれからよろしくお願いします〟と詠んだもののようです。

――それで何かしっかりとした、意志が固い表現になっているんですね。

そうですね。出だし、「春と秋には天気のよい日が多く、小高い所に登って新しい詩を作りたくなる」。それも一人ではなく、仲間を呼びたいんです。「近所の人々の戸口を訪ねてお互いを呼び合い、そこに酒があれば酌み交わす」。そうやってコミュニケーションを円滑にする、〝これからそういうおつき合いをしましょう〟と呼びかけている雰囲気です。

しかし本分は農作業ですから、「とはいえ、畑のおつとめがあればそれぞれ自分の畑に戻り、手が空けばその都度、互いのことを思い出す。思い出せば、着物をはおって出かけ」、作業服からちょっとよそ行きの服に着替えるのでしょうか。「近所の人同士で談笑し、飽きることがない」。そういうふうにやってゆきましょうと。

そして結び、「こういう生き方の筋道は、さて優れていないか、どうでしょうか」。〝優れていますよね〟と。「将《は》た」は疑問につける言葉で、以下は反語になります。「理《り》」は〝筋道、筋〟の意味で、ここでは〝生き方、暮らしぶり〟となります。「ふいに深い考えもなしに、この村を立ち去るようなことはしません」。〝この村でみなさんとずっと一緒に暮らしますよ〟と言っています。「自分が着るものや食べるものは当然、自分で調えるもの。一心に骨折って農作業する生活は、私たちを欺いたりしませんよね」。どうぞよろしく、仲間に入れて下さいというわけです。これは彼の社交的な面、公の面でしょうね。

――次の詩もやや硬めの雰囲気を感じますが。

この詩は多少なりとも農作業のつらさを知り、それに加えて火事にあうような不如意な体験も経たところで、それまで観念的に描いていた隠居生活、それを導いてくれた孔子さまの考え方にちょっと異議を唱えている、或いは検証し直しているような、わりと深いものが表れた作品だと思います。

――陶淵明自身は儒教思想、孔子の教えに従って官吏になり、そして辞めたんですか。

はい。儒教は基本的には世直しの思想ですから、彼も或る程度教育を受けた一人として、世直しを目的に官職に就きました。ところが社会背景があまりに乱れていたので、これではとうてい志は叶えられそうにないと職をなげうったのですが、その決断自体、陶淵明のオリジナルではなく『論語』に依拠しているんです。そこを押さえるとこの詩はわかりやすいと思います。つまり、『論語』に「天下道有れば則《すなは》ち見《あらは》れ、道無ければ則ち隠る」とあります（泰伯《たいはく》第八）。世の中が治まっている時はどんどん出て行って世直しをすべきだが、世の中が乱れたら、才能のある者は別として、凡人は隠居して農耕生活でもするがよい――陶淵明はどうやらこの説に従って隠居したのではないか。ところが実際にそうしてみるとうまくゆかない、〝これはどういうことだ〟と孔子さまに食って掛かっている感じです。

火事で焼け出され、転居してから陶淵明はますます生活が窮乏したようで、一段と農作業に専念しなくてはならなくなった、そんな四十六歳の秋頃の作品と言われています。

庚戌歳九月中於西田穫早稲

陶淵明《とうえんめい》

庚戌《こうじゅつ》の歳《とし》 九月中《くがつちゅう》 西田《せいでん》に於《お》いて早稲《そうとう》を穫《か》る

人生帰有道
衣食固其端
孰是都不営
而以求自安
開春理常業
歳功聊可観
晨出肆微勤
日入負耒還
山中饒霜露
風気亦先寒
田家豈不苦
弗獲辞此難

人生《じんせい》 有道《ゆうどう》に帰《き》す
衣食《いしょく》 固《もと》より其《そ》の端《たん》なり
孰《たれ》か是《こ》れ都《すべ》て営《いとな》まずして
而《しか》も以《もっ》て自《みずか》ら安《やす》んずるを求《もと》めん
開春《かいしゅん》 常業《じょうぎょう》を理《をさ》め
歳功《さいこう》 聊《いささ》か観《み》る可《べ》し
晨《あした》に出《い》でて微勤《びきん》を肆《つく》し
日《ひ》入《い》りて耒《すき》を負《お》うて還《かへ》る
山中《さんちゅう》 霜露《そうろ》饒《おほ》く
風気《ふうき》も亦《また》 先《ま》づ寒《さむ》し
田家《でんか》 豈《あに》 苦《くる》しからざらんや
此《こ》の難《なん》を辞《じ》するを獲《え》ず

四体誠乃疲
庶無異患干
盥濯息簷下
斗酒散襟顔
遥遥沮溺心
千載乃相関
但願常如此
躬耕非所歎

四体《したい》誠《まこと》に乃《すなは》ち疲《つか》る
庶《こひねが》はくは異患《いかん》の干《をか》す無《な》からんことを
盥濯《かんたく》して簷下《えんか》に息《いこ》ひ
斗酒《としゅ》もて襟顔《きんがん》を散《さん》ず
遥遥《ようよう》たる沮溺《そでき》の心《こころ》
千載《せんざい》乃《すなは》ち相関《あひかか》はる
但《ただ》願《ねが》ふ常《つね》に此《かく》の如《ごと》くなるを
躬耕《きゅうこう》は歎《たん》ずる所《ところ》に非《あら》ず

――難しいですねえ、やはり硬いです……。

最初から『論語』の内容に対する疑問で始まります。「人生《じんせい》有道《ゆうどう》に帰《き》す」は『論語』の引用で、「〝人は道徳を修めることが肝心だ〟と孔子さまは言われた。それはもっともだが、衣食が安定していることがその前提になる筈だ」。

――ちょっと噛みついてますね。

そうですね。『論語』ではこう言うんです、「学ぼうとする者は、飽食や美食を求めず、安楽な住まいをも求めず、やるべき物事はてきぱきと迅速に行い、言葉遣いに気をつけ、お手本となる立派な人について正す。そうであればこそ、学ぶのが好きな人と言える」（学而《がくじ》第一）。つまり、〝学ぶ者は衣食住にこだわるな、物質的満足より精神的充実を目指しなさい〟ということで、同様の考え方は『論語』の随所に見られます。陶淵明もそれに共感していたでしょうが、しかしどうもそれだけじゃ済まないぞと。

――人間は食べなきゃ無理だ、みたいな。

そっちが先決だというわけです。次の「孰《たれ》か是《こ》れ」は三・四句全体にかかって、「衣食のことにまったく関わらず、しかも自分を安心させようとするのは誰か、いやそんな人は誰もいない」。衣食は人の生活の根本だと。

次は、〝農作業は日頃の積み重ねが大事だ〟と述べながら、今の自分の生活を報告します。「春のはじめから普段の農作業をきちんとすれば、その年の収穫はまずまず見るべきものになる筈だ。だから私は朝早くから畑に出てささやかな努力を傾け、日没とともに農具を背負って帰って来る」。

ところが次は〝それがつらい〟という告白に進みます。「私の家があるのは山の中で、霜や露がことのほか多い。風も空気も平地に先立ってどんどん冷えてしまう」。霜や露や冷気は作物の大敵です。「そういう農耕生活がどうして苦しくない筈があろうか、たいへん苦しい。しかしこの難儀を避けることはできない」。それを嫌がってはいられない生活に入った、というわけです。

次でそのつらさを強調して、「両手両足がまったくもうくたくたである。どうかこの上は、予期せぬ災いが襲うことがないよう願いたい」。「異患《いかん》」は不測の災害、主として天災でしょうが、戦争など人災も含むかも知れませんね。次の二句は、一日の終わりにほっと一息ついて、少し緊張が緩む感じです。「一日の終わりに手や足を洗いすすぎ、家の軒下《のきした》で休み、お酒を飲んで心と表情をくつろがせる」。これが唯一の楽しみなんです。

——非常に控え目なお酒の表現ですね。

ええ。「斗酒《としゅ》」は〝少量の酒〟の意味です。そして最後にまた『論語』に戻ります。「沮溺《そでき》」は『論語』に登場する孔子と同時代に生きた二人の隠者、長沮《ちょうそ》と桀溺《けつでき》のことで、彼らは孔子の生き方に賛成しませんでした。二人で農作業をしているところへ道に迷った孔子一行がやって来て、弟子の子路《しろ》が道を尋ねると、長沮は農作業を続けながら「孔子なら中国全体をわたり歩いているから、道は知っている筈だろう」と、教えてくれませんでした（微子《びし》第十八）。

——意地悪ですねえ。

ちょっとね。さらに二人が言うには、「世の中は悪い方に流れていて、もう正すことはできない。無理して世直しするのではなく、わしらのように宮仕えせず、農作業をして生きる方がいい」。孔子はそれに「憮然として」——同意できないようすで答えます。「われわれは人である限り、完全に世の中を避けることはできない。鳥や獣と一緒に暮らすのは無理だ。私はあくまで人間たちとともに生きてゆきたい。だから世直しを志しているんだ」。

——ああ、なるほどー。グッとくる話ですね。

『論語』はこんなふうに、孔子さまに反対する立場の人の意見も記録しているところが面白いですね。詩に戻ると、「こういう生活を続ける中で、遥か昔、孔子に批判的であった隠者、長沮・桀溺の気持ちが千年の隔たりを超えてなんとまあ、今ごろ私と通い合った」。だから陶淵明は〝長沮・桀溺の気持ちがわかった〟と言っているんです。

——ふーむ、かつての陶淵明は、この話に関しては「何言ってんだ、孔子さまの方が正しいんだ」と思っていたのに、農作業を経験した今となっては「ちょっと待てよ、長沮・桀溺の言うこともまんざら否定できないな……」くらいの感じでしょうか。というのもまだ彼は中間地点にいて、どうしていいのかわからない雰囲気に思えるんですが。

きっとまだ揺れているんでしょうね。

——人は社会的動物ですから、群れから離れて生きることは難しいですからね。

彼自身は転居して〝新しい村の人たちとやってゆこう〟と宣言しているので、隠者とは少し違うスタンスに立っていると言うか、隠者になり切れていないですよね。彼が田園生活に入ったのも孔子さまの教えであり、小さい頃から儒教の教えを刷り込まれている、あまりに偉大な孔子さまに、ちょっとすねて見せているレベルかな、という気もします。

最後は、「いつまでもこういう生活が続くことをひとえに願う。私は農作業については、歎くべきこととは思っていない」と結んでいます。

——「園田の居に帰る」に吐露されている心情と自分の理想をミックスして、ちょうどいいところに落ち着かせた感じでしょうか。

観念的な理想や、隠居後の折々の感慨を述べた「園田の居に帰る」では、どう言えばいいのかわからずにいる、方向性が出ていない印象がありました。それがこの辺から農作業の実体験を通じて、本当の生き方を探る方向性がとりあえず見えて来たのか。なんとなく生き方の糸口がつかめましたよ、と孔子さまに報告しているのかな。それを借り物でなく、自分の言葉で述懐しはじめたのかも知れません。

――ところで陶淵明は、日本ではどう評価されてきたんでしょうか。

日本人は長く陶淵明を好んで読んで来ましたが、二つの受け止め方があって、一つは今でも一般的イメージとして定着している、俗世を避けて自然の中に溶け込んで生きる、達観した自由人としてで、もう一つは、理想が実現できずに酒に逃げている、悩める人として――つまり両極なんです。前者をはっきり出しているのは夏目漱石で、『草枕』に「飲酒」其の五を引用して、達観した人として陶淵明をとらえています。

「只《ただ》それぎりの裏《うち》に暑苦しい世の中を丸で忘れた光景が出て来る。……超然と出世間的に利害損得の汗を流し去つた心持になれる」

この詩ののどかな雰囲気にピントを合わせていますね。

後者の代表は石川啄木。二十二歳のときの日記、これは漢文で書かれているのですが、大意をご紹介しますと、

「陶淵明は酒に隠れた。われらは哄笑に隠れるのか、しかし世を嘲《あざけ》るのはつまり自分を嘲ることではないか。……淵明が飲んだ酒はさぞ苦かったろう。その苦い味に彼は酔い、酔余に哄笑する。哄笑と号泣と、どちらが本当に痛ましいか」

と、大いに血をたぎらせています。

陶淵明の肖像画を描いた横山大観も、淵明を平穏な隠者としてはとらえていないようですね。

鋭いまなざしと、風に吹かれて波打つ袖は、時勢に抗して一人立つ、孤高で傲岸な面をとらえているように思います（カバー画を参照）。

——僕も以前は、陶淵明と言えば、達観して万物をあるスタンスをもって眺める仙人のようなイメージをもっていましたが、そうではなく、建前と本音を行ったり来たり揺れ動いて、不安定な人間そのものの、溢れる血流の温度みたいなものが感じられるようになりました。

全体的な印象として、彼はつねに揺れ動き、一生そうであった人のような気がします。

封印された「猛志」

こうして陶淵明は隠者暮らしを続けるわけですが、そうなったらなったで、予想していたほど楽しくない。どうも思惑通りにことが進まない。隣の芝生は青かったわけです。ややもやと閉塞感が募り、やがてその心境を詩に吐露しはじめました。そのなかで少しずつ自己反省もしてゆきます。

雑詩十二首　雑詩《ざつし》十二首《じゅうにしゅ》　陶淵明《とうえんめい》

其二　其《そ》の二《に》

白日淪西阿　白日《はくじつ》　西阿《せいあ》に淪《しず》み

素月出東嶺
遥遥万里輝
蕩蕩空中景
風来入房戸
夜中枕席冷
気変悟時易
不眠知夕永
欲言無予和
揮杯勧孤影
日月擲人去
有志不獲騁
念此懐悲悽
終暁不能静

素月《そげつ》 東嶺《とうれい》に出《い》づ
遥遥《ようよう》たり 万里《ばんり》の輝《き》
蕩蕩《とうとう》たり 空中《くうちゅう》の景《けい》
風《かぜ》 来《きた》つて房戸《ぼうこ》に入《い》り
夜中《やちゅう》 枕席《ちんせき》冷《ひ》ゆ
気《き》 変《へん》じて時《とき》の易《かは》るを悟《さと》り
眠《ねむ》らずして夕《ゆふべ》の永《なが》きを知《し》る
言《い》はんと欲《ほっ》するも予《われ》に和《わ》するもの無《な》く
杯《さかづき》を揮《ふる》うて孤影《こえい》に勧《すす》む
日月《じつげつ》は人《ひと》を擲《なげう》ちて去《さ》り
　志《こころざし》有《あ》るも騁《は》するを獲《え》ず
此《これ》を念《おも》うて悲悽《ひせい》を懐《いだ》き
暁《あかつき》を終《を》ふるまで静《しづ》かなる能《あた》はず

——どうも寂しい雰囲気ですが。

秋の夜、心に悲しみがあって寝られない嘆きを歌っています。彼が辞職して十年以上たった、五十～六十歳頃の詩で、ということは隠居しても決して平静な心を得られなかった証拠になりますね。

第一段は夜に月が出て来る描写。二組の対句から始まります。「輝く太陽はだんだん西の丘に沈み、かわって白く明るい月が東の峰から顔を出す」。次は、「遥か遠く一万里の彼方《かなた》に満ち渡る月の輝き、大きく広がる夜空いっぱいの月の光」。月光に注目しています。

第二段で自分が出て来ます。「風が吹き寄せて私の寝室に入り込み、夜中に寝床が冷えて来た。空気のようすが変わったことで季節の変化に気づき、眠れないために夜が長いことをたしかに知った」。この辺は何か寓意があるのかな、隠者になってみて初めて、隠者が退屈だとわかったとか……。

最後、仕方なく酒を飲むうちに悲しみが深まってゆきます。やはり友人がほしいようで、「何か話がしたいけれど答えてくれる相手はおらず、ひとり杯《さかずき》をあげて自分の影法師に酒を勧める」。孤独です。「月日の流れは私を放り出したままどんどん去って行き、抱負を抱《いだ》いているのに一向に発揮することができない」。次の「此《これ》」という字はそれまでの内容を広く指すことが多く、この詩でも以上述べて来たこと全体を指します。「こんな思いにふけるうち、すっかり悲しみにとらわれてしまい、落ち着くことができなかった」。「暁《あかつき》を《を》終ふるまで」は〝夜明けの時間帯が終わるまで〟、つまり夜が明けるまでです。

――徹夜しちゃったんですか。官吏を辞めて理想に走り、在野の人になってみたものの、相当にストレスがありそうですね。

そのようです。五十を過ぎて悲しみのために徹夜をしてしまう、激しい人ですね。この詩は終わりから三句めの「志《こころざし》」がキーワードになっています。心の目標や抱負のことですが、その実態はここでは出ていません。それが次の詩では顔を出して来ます。

飲酒二十首

其十六
少年罕人事
遊好在六経
行行向不惑
淹留遂無成
竟抱固窮節
飢寒飽所更
弊廬交悲風
荒草没前庭
披褐守長夜
晨鶏不肯鳴
孟公不在茲
終以翳吾情

飲酒《いんしゅ》二《に》十首《じっしゅ》　陶淵明《とうえんめい》

其《そ》の十六《じゅうろく》
少年《しょうねん》 人事《じんじ》罕《まれ》にして
遊好《ゆうこう》は六経《りくけい》に在《あ》り
行《ゆ》き行《ゆ》きて不惑《ふわく》に向《なんな》んとし
淹留《えんりゅう》して遂《つひ》に成《な》る無《な》し
竟《つひ》に固窮《こきゅう》の節《せつ》を抱《いだ》き
飢寒《きかん》 更《ふ》る所《ところ》に飽《あ》く
弊廬《へいろ》 悲風《ひふう》を交《まじ》へ
荒草《こうそう》 前庭《ぜんてい》を没《ぼっ》す
褐《かつ》を被《き》て長夜《ちょうや》を守《まも》るに
晨鶏《しんけい》 肯《あへ》て鳴《な》かず
孟公《もうこう》 茲《ここ》に在《あ》らず
終《つひ》に以《もっ》て吾《わ》が情《じょう》を翳《かげ》らしむ

——だんだんと悲しみが具体的になってくるようですが。

「飲酒」の連作は隠居後の折々、酒を飲みながら心に浮かんだものを書き付けた作品でした。彼もただ悲しんでいるだけでなく、自己反省し、自分がほんとうに求めているのは何なのか、だんだん浮き彫りになって来ます。

やはり四句ごとに分けて、第一段は四十歳になるまでの思い出を述べ、改めて自分の本質に気づきます。「少年《しょうねん》」は、中国では十八歳から三十歳くらいまでのことなので、まあ〝若き日、青年〟に近いでしょうか。「人事《じんじ》」は〝世間の事柄〟で、「私は若い頃は世間の事にあまり関わりがなく、喜んで愛好するのは六経《りくけい》であった」。「六経」は儒教の重要な古典です。自分は本当は官職を求めていたのではなく、読書、とくに儒教を勉強するのが好きだったんだなあ、と改めて思い当たった感じです。

——自分の人生を総括しているんですか。

そのようです。「そのうち時が流れて四十歳になろうとしても、ぐずぐずしているだけで物にならなかった」。物になる、はここでは官職や社会的地位を指していると思います。『論語』（為《い》政《せい》第二）に、「四十、五十になっても世の中から注目されなければその人はだめだ」という孔子さまの言葉があって、それを踏まえているんでしょう。

——キツイですね（笑）。

第二段も〝自分は官職にいても隠者になっても常に貧乏だ〟と反省が続きます。「固窮《こきゅう》の節《せつ》」は陶淵明の詩のキーワードで、あちこちに出て来ます。彼の人生目標と言っていいでしょうか。

これも『論語』の言葉（「君子 固《もと》より窮す。小人《しょうじん》 窮すれば斯《ここ》に濫《らん》す」＝衛霊公《えいれいこう》第十五→三一二ページ）で、〝立派な人間はとかく困窮しがちだが、そういう時も信念を曲げず迎合もしない、対してつまらない人間は平常心を失ってしまう〟と。そんな君子の、貧窮に負けず信念を守る覚悟に陶淵明は共感したんでしょう。「その間、私は終始一貫して、〝君子はとかく困窮するものだ〟という覚悟をしかと持ち続けた。しかしその結果、飢えや寒さをいやと言うほど経験した」。「更《ふ》る所《ところ》に飽《あ》く」ですから、「経験することに飽き飽きした」が直訳ですが、覚悟の上とはいえ辛かったと。「壊れかけたあばら家《や》には悲しげな秋風が吹きわたり、伸び放題の雑草は家の前の庭をうずめている」。「五柳先生伝」ではそういう住まいがいいと言っていましたが……（↓三三一ページ）。あれはやはり若書きで、実際にそうなってみるとつらいんだなあ。

――（笑）。経験が伴ってなかったんですね。

そうですね。そして結び、理解者がいない今の境遇と将来を歎きます。「夜を守る」は寝ないでずっと起きていることで、「粗末な服を着て秋の夜長を眠らずに過ごしているが、夜明けを告げる鶏《にわとり》はなかなか鳴いてくれない」。私の人生にはなかなか朝が来ない、というたとえでしょう。考えて見ると、「今は孟公《もうこう》がいない」。「孟公」は劉龔《りゅうき》という人で、孟公はその字《あざな》。隠者張仲蔚《ちょうちゅううつ》のよき理解者だったそうです。張仲蔚は文才があり、読書好きでしたが、その家は雑草だらけで来客もなかったと。ここで陶淵明は自分を張仲蔚にたとえ、自分をよく理解してくれる人のことを孟公にたとえたんですね。つまり隠者の自分をよく理解してくれる人がいない、「そのことが私の心を暗くするのだ」。当時は隠者がよく抜擢されて宮廷に入りました。それを待っているような口ぶりで、これが「固窮の節」といえるかどうか、疑問ではありますが。

——ちょっと甘えてますかね。

少しね。〝誰かなんとかしてくれないか〟と。案外、人なつこい性格なのかな。

——そういった所が親しみを誘うんでしょうか。情けないぐらいに素直に気持ちを表現してますね。遥か以前の詩人だと、こういう気持ちは出さないのでは……。

そうですね、弱みを見せることはあまりせずに、閨怨詩で女主人公に託したり、比喩表現によってワンクッション置いたりしていましたね。

次の詩は、いよいよ自己反省を総括し、事の本質に迫ります。儒教の起こり、その後の弾圧、続いて復興、そして今はまたダメである……とその歴史を語って歎く内容です。

飲酒二十首　　飲酒《いんしゅ》二十首《にじっしゅ》　　陶淵明《とうえんめい》

其二十　　其《そ》の二十《にじゅう》

羲農去我久　　羲農《ぎのう》 我《われ》を去《さ》ること久《ひさ》しく
挙世少復真　　世《よ》を挙《あ》げて真《しん》に復《かへ》ること少《まれ》なり
汲汲魯中叟　　汲汲《きゅうきゅう》たり 魯中《ろちゅう》の叟《そう》
弥縫使其淳　　弥縫《びほう》して 其《それ》をして淳《じゅん》ならしむ
鳳鳥雖不至　　鳳鳥《ほうちょう》 至《いた》らずと雖《いへど》も

礼楽暫得新　礼楽《れいがく》 暫《しばら》く新《あら》たなるを得《え》たり
洙泗輟微響　洙泗《しゅし》 微響《びきょう》を輟《や》め
漂流逮狂秦　漂流《ひょうりゅう》して狂秦《きょうしん》に逮《およ》ぶ
詩書復何罪　詩書《ししょ》 復《ま》た何《なん》の罪《つみ》かある
一朝成灰塵　一朝《いっちょう》にして灰塵《かいじん》と成《な》る
区区諸老翁　区区《くく》たる諸老翁《しょろうおう》
為事誠殷勤　事《こと》を為《な》して誠《まこと》に殷勤《いんぎん》なり
如何絶世下　如何《いかん》ぞ 絶世《ぜっせい》の下《もと》
六籍無一親　六籍《りくせき》 一《いっ》の親《した》しむ無《な》き
終日馳車走　終日《しゅうじつ》 車《くるま》を馳《は》せて走《はし》るも
不見所問津　津《しん》を問《と》ふ所《ところ》を見《み》ず
若復不快飲　若《も》し復《ま》た快飲《かいいん》せずんば
空負頭上巾　空《むな》しく頭上《ずじょう》の巾《きん》に負《そむ》かん
但恨多謬誤　但《ただ》 恨《うら》む 謬誤《びゅうご》の多《おほ》きを
君当恕酔人　君《きみ》 当《まさ》に酔人《すいじん》を恕《じょ》すべし

最後でちょっとおどけてますが、全体としては議論の詩、論説の詩と言うべき、理知的な作品です。

最初の六句がひとまとまりで、儒教を体系化した孔子の仕事を讃えます。「義農《ぎのう》」は儒教で聖天子と言われる伏羲《ふっき》と神農《じんのう》で、民衆にいろんなこと――伏羲氏は工芸技術、神農氏は農業や薬――を教えたと言われています。「伏羲・神農の泰平の世はたいへん遠くなった。本質に帰ろうとすることが稀になった」。何が真実かを見直そうとすることがめったになくなった。これは昔のことというより、現代にも通じますね。

――妙にリアルです。

「魯中の叟《ろちゅうのそう》」は魯の国出身の孔子さまで、「思えば春秋時代、倦《う》まずたゆまず道を説き続けたあの魯の大人《たいじん》、孔子さまは、伏羲・神農以来の太古の正しい道を手直しして」、「淳《じゅん》」は〝すなおで人情に厚い〟、「其をして淳ならしむ」は、「世の中をすなおで人間らしいものにしようとなさった」、と訳せばいいでしょうか。裏表がなく人情に厚い世の中……儒教は人情を重視しますからね。

次の二句はその結果。「鳳鳥《ほうちょう》」は鳳《おおとり》、理想的な天子の出現とともにやって来るという伝説のある、想像上の鳥です。「聖天子の出現を予告する鳳は残念ながら現れなかったが」、春秋時代の乱世からさらに戦国時代に続きましたからね。「孔子の仕事のおかげで礼儀作法や音楽がひとまず面目を改め、現代的な意味をもった」。儒教では、礼儀作法と音楽を重視するんです。

――礼儀作法はともかく、音楽もですか。

ええ。礼儀作法は人間関係に筋を通してスムースにする約束事ですが、そればかりだとぎすぎすして潤いがないため、人の心を和らげる音楽も重視したんです。この二つをセットにしてうまく運用するのが立派な政治というわけです。

――すると、法律でも軍事でもなく、孔子の教えといえば〝礼楽〟であると？

はい、儒教の教えの中心です。

次の六句では、始皇帝による秦時代の儒教迫害、そして漢の時代に学者が努力して儒教を復活させた流れを辿ります。言葉が難しく、「洙泗《しゅし》」は魯の国を流れる二つの川、洙水《しゅすい》と泗水《しすい》です。孔子がその側で塾を開いていましたので、「洙泗《しゅし》」で孔子の塾や学問の意味になります。「洙水と泗水の辺りで説かれた孔子の教えは奥の深い影響を次第に弱め、世の中はふらふらとさまよって、あの凶暴な秦の時代にいたった」。秦をけなしてますね。「詩書《ししょ》」は『詩経』と『書経』、儒教で尊重する「六経《りくけい》」に含まれます。『詩経』と『書経』にいったい何の罪があったのか。何の罪もないのに或る日突然、それらは焼かれて灰となった」。「焚書坑儒」の焚書です。

――ああ、秦の時代にありましたねえ。

しかしそのままでは終わりません。前漢時代になると、「こつこつ努力してやまない先生方が、儒教を発掘して伝える仕事に、まことに手厚く取り組んだ」。武帝の時代、儒教が重視されて国教になったことを指しているんでしょう。あれ以後今日に到るまで、中国では儒教が中心になっています。

次の四句は自分の時代に移り、儒教が重んじられないと歎きます。名目上、儒教は中心になっているのですが、実際の運用はそうでもないということでしょうか。「如何《いかん》ぞ」は二句にかかり、「それなのにいったいどうしたことだろう。儒教の伝統は今の世の中、絶えてしまい、その経典はまったく立派なものではなくなった。こういう現状では一日中、馬車をあちこち走らせても、進むべき渡し場のありかを尋ねるべき相手がいない」。「津《しん》」は舟の渡し場、転じて〝人生の拠り所、人生の指針〟といった意味になります。〝人生の拠り所が見つからない、儒教こそそれである筈なのに冷遇されている〟と憤っています。

ここまで来て〝ちょっと言い過ぎたかな〟という感じで、最後はおどけ、諦めた感じで結びます。「快飲《かいいん》」は、痛快に気持ちよく飲む感じでしょうか。「こんな世の中に生きているなら、大いに酒を飲まなければ、わが頭巾《ずきん》に申し訳が立たないぞ」。陶淵明はどうも、自分の家で酒を醸造していたらしいです。

——どぶろくですか。

ええ、当時はそれが許されていました。で、酒が発酵して来ると自分の頭巾で搾り、その後は平気でそれを被ったそうです。

——ずいぶん酒臭いんじゃないでしょうか（笑）。

そこが気になるんですけどねえ（笑）。まあ、ポーズというか。「ただ一つ心残りなのは、こういう私の考え方に誤りの多いことだ」。ここは筆禍事件にならないように伏線を張ったのかな。酔ったうえでの発言なんだと。最後は有名な文句で、「しかし君はきっと、この酔いどれ男を大目に見てくれるでしょうなあ」。「当《まさ》に〜べし」は確実性の強い推量でしたね。

——ややもすると、やっぱり批判文書に見られてしまうんですか。

ちょっと言い過ぎてますからね。老荘思想が普及している貴族社会の中で、自分の本質はやは

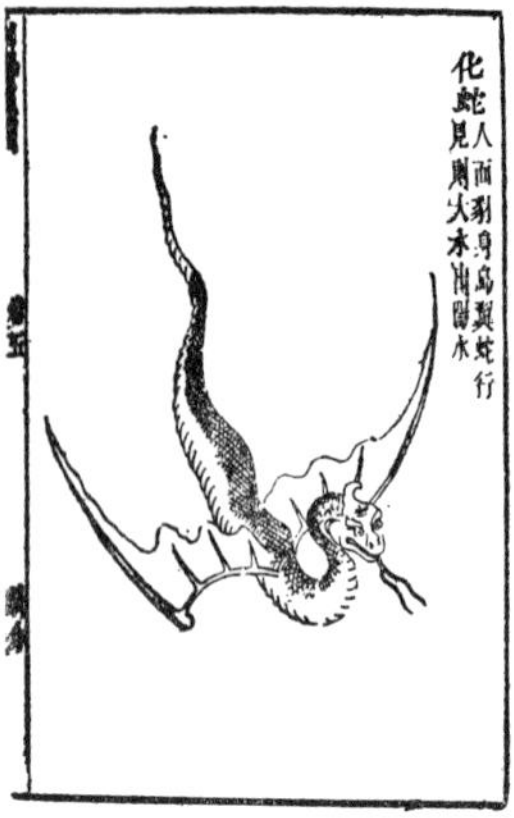

り儒教だと告白したのですが、いくら詩で自分を表現できる風潮が広まったからといって、行き過ぎると何があるかわかりません。彼も家族や使用人が大勢いましたから、その人たちを守る意味からも、うっかりしてはいられませんね。

仮想の世界へ

次はちょっと陶淵明の別の面に触れようと思います。彼の詩には、空想の世界、ファンタジーの世界に心を遊ばせる楽しさを詠んだものがあります。

――詩の題名にある『山海経《せんがいきょう》』というのは何なんですか。

魏から晋の頃に作られた〝地理書〟です。中国各地の名所案内というか、神仙思想の流行で人々はあちこちの山へお参りや遊山《ゆさん》に出かけますが、そのガイドブックの役割を果たしたとも言われます。それぞれの山や川の由来や特産品、また面白いのは、各地に伝わる神話伝説もたくさん収めていること。さ

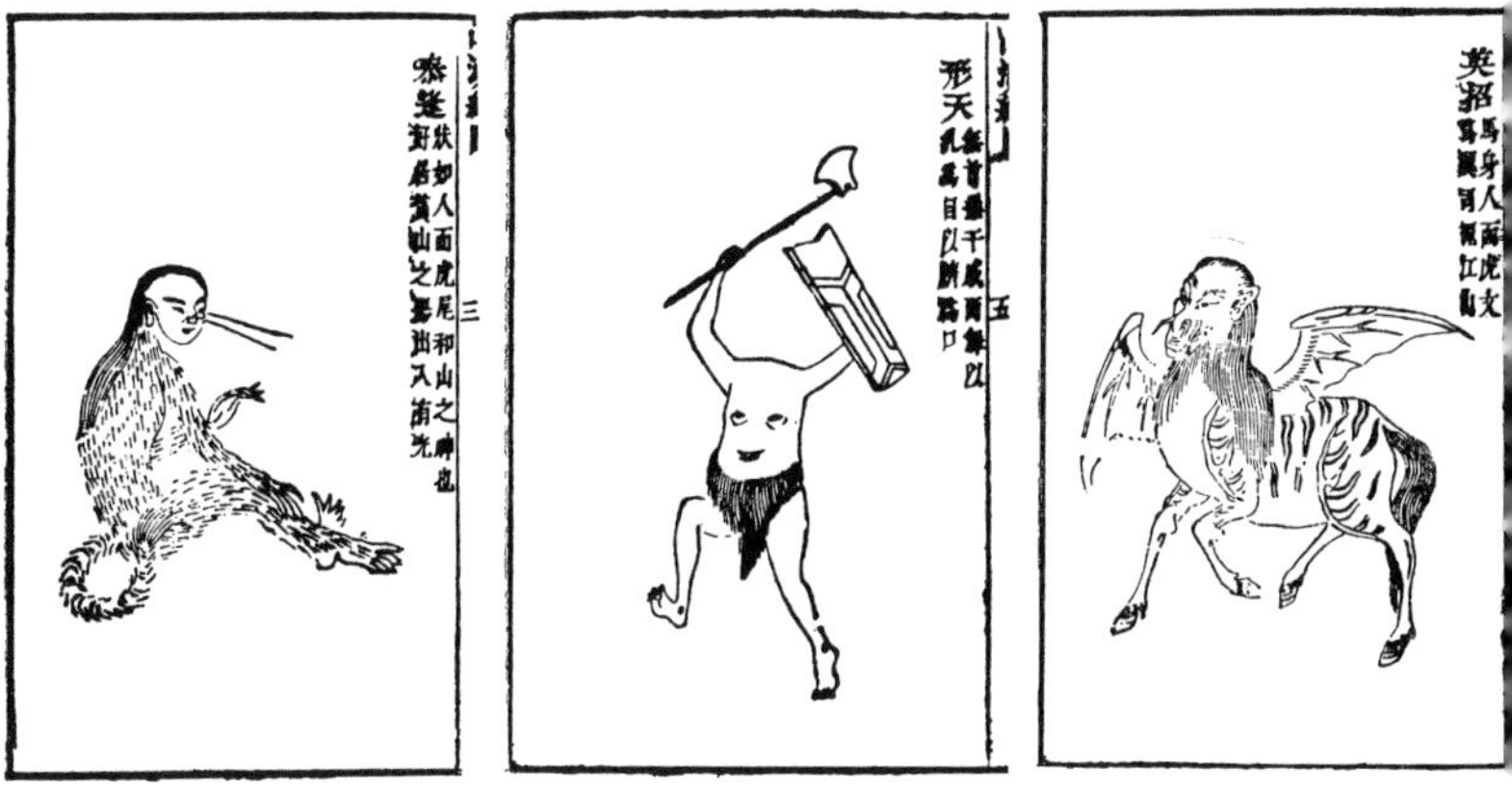

『山海経』挿図より

らに非常に不思議な想像上の動物についても解説していて、地理書でありながら中国の神話伝説の宝庫と言われています。

——「経」とあるんですが、宗教と関係あるんですか？

この「経」という字は〝教科書〟〝基準になる大切な本〟の意味ですね。作者は不明ですが、例の郭《かく》璞《はく》（→三一五ページ）が注をつけていて、たぶん陶淵明も郭璞注の『山海経』を読み、挿絵なんかも見ていたんでしょう。変わった動物たちがたくさん描かれていますよ。

——（伝本を見て）……なんとも摩訶不思議な、怪奇ものに出て来そうな幻想動物やら人間が描かれていますね。

蝙蝠《こうもり》みたいな羽根のある蛇とか、足の生えた、鯉に似た魚、頭が二つある豚……どんな想像力なんでしょう（笑）。

——なるほど、これを見て陶淵明はイメージを膨らませたわけですか。

読山海経十三首

山海経《せんがいきょう》を読《よ》む十三首《じゅうさんしゅ》

陶淵明《とうえんめい》

其一

孟夏草木長
繞屋樹扶疏
衆鳥欣有託
吾亦愛吾廬
既耕亦已種
時還読我書
窮巷隔深轍
頗回故人車
歓言酌春酒
摘我園中蔬
微雨従東来
好風与之倶
汎覧周王伝
流観山海図

其《そ》の一《いち》

孟夏《もうか》　草木《そうもく》長《ちょう》じ
屋《おく》を繞《めぐ》りて　樹《き》　扶疏《ふそ》たり
衆鳥《しゅうちょう》　託《たく》する有《あ》るを欣《よろこ》び
吾《われ》も亦《また》　吾《わ》が廬《いほり》を愛《あい》す
既《すで》に耕《たがや》し　亦《また》　已《すで》に種《う》ゑ
時《とき》に還《ま》た我《わ》が書《しょ》を読《よ》む
窮巷《きゅうこう》　深轍《しんてつ》を隔《へだ》て
頗《すこぶ》る故人《こじん》の車《くるま》を回《めぐ》らす
歓言《かんげん》して春酒《しゅんしゅ》を酌《く》み
我《わ》が園中《えんちゅう》の蔬《そ》を摘《つ》む
微雨《びう》　東従《ひがしよ》り来《きた》り
好風《こうふう》　之《これ》と倶《とも》にあり
汎《ひろ》く周王《しゅうおう》の伝《でん》を覧《み》て
流《あまね》く山海《さんかい》の図《ず》を観《み》る

俯仰終宇宙　俯仰《ふぎよう》して宇宙《うちゆう》を終《を》ふ
不楽復何如　楽《たの》しからずして　復《ま》た何如《いかん》

十三首の連作で、全体としては『山海経』の読後感をしるしたものです。この第一首は連作全体の序論、総論にあたり、『山海経』の内容には触れていませんが、彼の当時の生活ぶりがよく出ています。

——陶淵明は昔から、ファンタジーや怪奇ものを好む素地があったんでしょうか。

大きく見ると、魏・晋の時代から中国には空想や怪奇趣味の世界がありました。恐怖政治や異民族の侵入など乱世が続く中で、道教・老荘思想が知識人の心をとらえ、さらに仏教も入って来て、なにか現世と違うものに惹かれる精神的風潮が続いたんです。前にも、西晋の張華が怪奇小説を編纂したり（→二七一ページ）、郭璞が超能力をもって人気を集めたり、「玄言詩」がはやったり（→三一四ページ）していましたよね。その流れの中に陶淵明もいたということでしょう。

これも四句ごとに分かれ、最初は初夏の季節感を示します。「孟《もう》」は〝はじめ〟の意味で、日本人の男性の名前でこの字を書いて「はじめ」と読む人がいます。「初夏を迎えて草や木が伸び、我が家を取り巻いて木々がうっそうと茂っている」。初夏の青葉ですね。「鳥たちは身を託する木の茂みができたのを嬉しがり、私もこういう我が家が気に入っている」。周囲の近況を述べています。

第二段は自分の農耕生活と読書、友人との関係です。「私は畑を耕し、苗を植え、時間があれば部屋に戻って愛読書を読む。家に通じる路地は深いわだちを遠ざける」。「轍《わだち》」は車輪の跡ですから、それが遠いということは、立派な馬車の訪れがない。つまり貴族や政府高官のお偉方とは縁のない生活で気楽なもんだ。「頗《すこぶ》る」は〝時々〟、「故人《こじん》」は日本語の意味と違って、親しい友人のこと。「ただ時折、親しい友人の車輪がくるくる回って訪れてくれるだけである」。

第三段は、そういう親しい友人との交流の一コマ。「春酒《しゅんしゅ》」は冬仕込みのお酒でしょうか。春仕込みの酒という説もありますが、この詩は初夏ですから、それだと時期が短過ぎるかも知れません。「蔬《そ》」は野菜です。「そんな時、私は親友と談笑して春飲む酒を酌み交わし、つまみとして我が家庭菜園の野菜をつんで食卓に備える」。

——うわあ、いいですねえ、これ。

ほんとに。「その折、霧雨が東の方から降りはじめ、それとともに心地よい初夏の風も吹いて来た」。のどかな雰囲気です。

最後は読書について。「周王《しゅうおう》の伝《でん》」は『穆天子《ぼくてんし》伝《でん》』という一種の空想的な話で、『山海経』とともに彼の愛読書だったようです。「私は周の穆王《ぼくおう》の不思議な物語を通読したり、『山海経』の幻想的な挿絵をざっと眺めたりする。そうしていると、上を見、それから下を見る、その短い時間のうちに、時間と空間を見尽くした気分になる」。「宇宙《うちゅう》」は空間と時間のことで、「宇」は空間、「宙」は時間を示します。

——あれ、すると「宙を舞う」は、時間を舞っているわけですか。

それは派生義なんですね。もともと「宙」は時間でしたが、中国で空間の意味も示すようになり、それが日本に来たんです。「宙に浮く」なんてのも確かに空間ですが、漢字は意味が変わりますので。そして結び、「これが楽しくないならば、いったいどうだというのか」。

――まさにそうですね。陶淵明さんは儒教漬けではなく、ファンタジーの世界にもずいぶん興味を持っていたんですね。

まあ、悩んだ末にこういう方向にいったんでしょうか。

――なるほど。さて次は長い詩ですねえ。

「～の記」は「記録」の意味です。これは散文作品ですね。空想的な世界に興味をもつ陶淵明は、当時語り伝えられている不思議な話を集めてリライトし、『捜神後記《そうしんこうき》』という小説集を作りました。そのうち一篇が「桃花源《とうかげん》の記《き》」で、〝桃源郷〟という言葉の出典です。今日では〝俗世を離れた平和な別天地、理想郷《ユートピア》〟の意味で用いられますが、この本来の「桃花源の記」を読んでみると、そう単純ではないことがわかります。

桃花源記

桃花源《とうかげん》の記《き》　陶淵明《とうえんめい》

〔第一段〕

晋太元中、武陵人、捕魚為業。縁渓行、忘路之遠近。忽逢桃花林。
夾岸数百歩、中無雑樹。
芳草鮮美、落英繽紛。

漁人甚異之、復前行、欲窮其林。林尽水源、便得一山。山有小口、髣髴若有光。便舍船従口入。

晋《しん》の太元中《たいげんちゅう》、武陵《ぶりょう》の人《ひと》、魚《うを》を捕《と》ふるを業《ぎょう》と為《な》す。渓《たに》に縁《よ》りて行《ゆ》き、路《みち》の遠近《えんきん》を忘《わす》る。忽《たちま》ち桃《とう》花《か》の林《はやし》に逢《あ》ふ。岸《きし》を夾《はさ》むこと数百歩《すうひゃっぽ》、中《うち》に雑樹《ざつじゅ》無《な》し。芳草鮮美《ほうそうせんび》、落英繽紛《らくえいひんぷん》たり。漁人《ぎょじん》甚《はなは》だ之《これ》を異《い》とし、復《ま》た前《すす》み行《ゆ》きて、其《そ》の林《はやし》を窮《きは》めんと欲《ほっ》す。林《はやし》水源《すいげん》に尽《つ》き、便《すなは》ち一山《いちざん》を得《え》たり。山《やま》に小口《しょうこう》有《あ》り、髣髴《ほうふつ》として光《ひかり》有《あ》るが若《ごと》し。便《すなは》ち船《ふね》を舎《す》て口《くち》従《よ》り入《い》る。

冒頭は主人公の漁師が道に迷い、不思議な世界に迷い込んでゆく過程です。まず時代と主人公の紹介から始まります。晋の太元年間（三七六〜三九六）といえば、陶淵明が十二歳から三十二歳までの時期で、当時流行していた時事ネタを記録したことになります。

——じゃあ昔話じゃないんですね。

はい。「晋の太元年間、南中国（湖南省）の武陵《ぶりょう》の人で、魚《さかな》を捕《と》って暮らす漁師がいた。或る日、いつも通り谷川の流れに沿って舟で行き、やがてどのくらいの距離を来たのかわからなくなり、道に迷ってしまった」。うろうろしているうちに「突然、桃の花ばかりの森に出くわした。その桃の森は、川の両岸に数百歩続いている」。一歩はだいたい二メートルですから、六百〜八百メートルでしょうか、「その中に桃以外の木はない」。また、「地面にはかぐわしい緑の草が鮮やかに茂り、その上に桃色の花びらが散りしいている」。きれいな眺めです。「漁師はその眺めをたいへん不思議に思い、そのままずっと舟を進め、この森の奥をつきとめてやろうと思った。そうするうちに森が川の水源で終わり、山が見つかった。そこに小さな洞穴があり、何かぼんやりと光が差しているようだ。興味をもった漁師は、舟を降りてそこに入っていった」。ここからいよいよ話が始まります。

〔第二段〕

初極狭、纔通人。復行数十歩、豁然開朗。土地平曠、屋舎儼然。有良田美池桑竹之属。阡陌交通、鶏犬相聞。其中往来種作。男女衣著、悉如外人。黄髪垂髫、並怡然自楽。

初《はじ》め極《きは》めて狭《せま》く、纔《わづ》かに人《ひと》を通《つう》ずるのみ。復《ま》た行《ゆ》くこと数十歩《すうじっぽ》、豁然《かつぜん》として開朗《かいろう》す。土地《とち》平《へい》

桃源郷を描いた富岡鉄斎『武陵桃源』（1923年）

曠《こう》、屋舎《おくしや》儼然《げんぜん》たり。良田《りようでん》・美池《びち》・桑竹《そうちく》の属有《ぞくあ》り。阡陌《せんぱく》交〻《こもごも》通《つう》じ、鶏犬《けいけん》相聞《あひきこ》ゆ。其《そ》の中《うち》に往《おう》来種作《らいしゆさく》す。男女《だんじよ》の衣著《いちやく》、悉《ことごと》く外人《がいじん》の如《ごと》し。黄髪《こうはつ》・垂髫《すいちよう》、並《なら》びに怡然《いぜん》として自《みづか》ら楽《たの》しむ。

第二段は、ほら穴の説明から始まります。「はじめはごく狭く、やっと人一人を通すくらいであった。さらに数十歩進むと、やがて目の前がからっと明るく広がった」。そこには不思議な土地が開けていました。「平らで広い場所に、家屋がきちんと整って並んでいる。作物が多く取れる畑、きれいな池、農家につきものの桑や竹がたくさん植わっている。畑のあぜ道は縦横にきれいに通じ、鶏や犬の鳴き声が聞こえる」。農村がきちんとしていることは農業国家の基本で、それが実現されているわけです。陶淵明の時代は各地の農村が荒れ果てていたので、それと対照的です。「人々はその中を行き来して、種を植えたり畑を耕したりしている。男女の衣服はみな、漁師らと変わったところはなく、老人も子どもも、みんながゆったりくつろいで楽しそうにしている」。「黄髪《こうはつ》・垂髫《すいちよう》」は老人と子どもの意味で、つまり社会的弱者というか、そういう人たちが大切にされている、いい隠れ里があったというわけです。

〔第三段〕

見漁人、乃大驚、問所従来。具答之。便要還家、設酒殺鶏作食。村中聞有此人、咸来問訊。自云、先世避秦時乱、率妻子邑人、来此絶境、不復出焉。遂与外人間隔。問今是何世。乃不知有漢、無論魏晋。此人一一為具言所聞。皆歎惋。余人各復延至其家、皆出酒食。停数日、辞去。此中人語云、不足為外人道也。

漁人《ぎよじん》を見《み》て、乃《すなは》ち大《おほ》いに驚《おどろ》き、従《よ》りて来《きた》る所《ところ》を問《と》ふ。具《つぶさ》に之《これ》に答《こた》ふ。便《すなは》ち要《むか》へて家《いへ》に還《かへ》り、酒《さけ》を設《まう》け 鶏《にはとり》を殺《ころ》して食《し》を作《つく》る。村中《そんちゆう》 此《こ》の人有《ひとあ》るを聞《き》き、咸《みな》 来《きた》りて問訊《もんじん》す。自《みづか》ら云《い》ふ、「先《せん》世《せい》 秦時《しんじ》の乱《らん》を避《さ》け、妻子《さいし》・邑人《ゆうじん》を率《ひき》ゐて、此《こ》の絶境《ぜつきよう》に来《きた》り、復《ま》た出《い》でず。遂《つひ》に外人《がいじん》と間隔《かんかく》す」と。「今《いま》は是《こ》れ何《なん》の世《よ》なるか」と問《と》ふ。乃《すなは》ち漢有《かんあ》るを知《し》らず、魏晋《ぎしん》に論無《ろんな》し。此《こ》の人《ひと》 一《いち》一《いち》為《ため》に具《つぶさ》に聞《き》く所《ところ》を言《い》ふ。皆《みな》 歎惋《たんわん》す。余人《よじん》 各〻《おのおの》復《ま》た延《まね》きて其《そ》の家《いへ》に至《いた》らしめ、皆《みな》 酒食《しゆし》を出《い》だす。停《とど》まること数日《すうじつ》にして、辞去《じきよ》す。此《こ》の中《うち》の人《ひと》 語《つ》げて云《い》ふ、「外人《がいじん》の為《ため》に道《い》ふに足《た》らざるなり」と。

第三段、隠れ里の人が漁師を見つけます。「或る村人が漁師を見つけ、これはこれはと大いに驚いた」。「乃《すなは》ち」はけっこう重い言葉で〝なんとまあ〟と驚きを強調します。ふつうの人は入って来られないので、これは特別のお方に違いない、といった感じでしょう。なぜふつうの人は入って来られないかと言いますと、この村里は桃の森に囲まれていますね。実は中国では、桃には魔除けの力があると信じられていました。桃の木で作った板をお守りにしますし、桃の枝で作った弓矢は敵によく当たるとか、桃の実は健康を増進して不老長寿をもたらすとか……。そういう桃の森に守られたこの村には、めったな人は入れない筈、というわけです。そこで村人は「漁師が辿って来た道を尋ねた」、あなたはどこからいらっしゃったんですかと。「漁師はそれに詳しく答えた。すると村人は家に戻って酒席を設け、庭の鶏をしめてご馳走を作って歓迎してくれた」。鶏をしめるのは農村部のもてなしによく出て来ます。「やがて村じゅうの人が、こういう人が現れたと聞いて我も我もとやって来て、いろいろ質問した」。次の「自《みづか》ら云《い》ふ」の主語は、最初に漁師を見つけた村人のようです。「この家の主人が言うには、〝私たちの先祖は秦の世の乱れを避け、妻子や村人たちを引き連れてこの秘境にやって来て、それきり外へ出ようとしませんでした〟」。秦は始皇帝の世で、焚書坑儒などで評判が悪いですね。つまりここは、世の乱れを避けて閉じ籠った人が住む隠れ里なんです。だから単なる理想郷ではなく、〝外界を拒否する閉鎖的な空間〟という、排他的な性格がある。

——ユートピアではないわけですか。

ちょっと違いますね。強いられて籠ったんです。ずっと外界と隔絶して生きていたので現在の事情を知りません、そこで尋ねます。「今はどんな時代なんですか」。また「乃《すなは》ち」で、「なんとまあ、村人たちは漢王朝があったことも知らない。漢より新しい魏や晋を知らないのは当然であった。そこで漁師はいちいち村人たちの質問に対して、聞き知っていることをくわしく話してあげた。すると村人たちはみんな、世の中の変化に感じてため息をついた。さらにほかの村人たちも家に漁師を招待し、酒や食事でもてなした。そのようにして漁師はとどまること数日、そろそろおいとましようということになった」。そして別れの場面になります。「村の或る人は漁師に告げた、〝外部の人にこの村のことを言うにはおよびませんよ〟」。〝言わないで下さい〟という禁止の、婉曲表現です。ここからも、外界を拒む空間であることがわかります。周りに桃があるのもそういう意志表示なのですね。

——にんにくみたいなものですかね、ちょっと遠いですか（笑）。

〔第四段〕

既出、得其船、便扶向路、処処誌之。及郡下、詣太守、説如此。太守即遣人随其往。尋向所誌、遂迷不復得路。南陽劉子驥、高尚士也。聞之、欣然規往。未果、尋病終。後遂無問津者。

既《すで》に出《い》でて、其《そ》の船《ふね》を得《え》、便《すなは》ち向《さき》の路《みち》に扶《よ》り、処処《しょしょ》に之《これ》を誌《しる》す。郡下《ぐんか》に及《およ》び、太守《たいしゅ》に詣《いた》りて、説《と》くこと此《かく》の如《ごと》し。太守《たいしゅ》即《すなは》ち人《ひと》をして其《それ》に随《したが》つて往《ゆ》か遣《し》む。向《さき》に誌《しる》せし所《ところ》を尋《たづ》ぬるに、遂《つひ》に迷《まよ》つて復《ま》た路《みち》を得《え》ず。南陽《なんよう》の劉子驥《りゅうしき》は、高尚《こうしょう》の士《し》なり。之《これ》を聞《き》き、欣然《きんぜん》として往《ゆ》かんことを規《はか》る。未《いま》だ果《はた》さざるに、尋《つ》いで病《や》みて終《をは》る。後《のち》遂《つひ》に津《しん》を問《と》ふ者《もの》無《な》し。

第四段は漁師が帰ってからの行動で、村人との約束をやぶってしまいます。「漁師はもはや外に出て自分の舟を見つけ、先日来た道をそのまま通り、あちこちに目印をつけておいた」。〃また来てやろう〃という下心があるわけです。「自分が住んでいた郡の役所がある町につくと、長官のもとを訪れ、かくかくしかじかと体験を報告した」。長官としては、そういう場所があるのを役人として放ってはおけません。やっぱりちゃんと人口を把握しなけりゃいけないし、税金も取らなきゃいけない。

――(笑)。そうですよね。

「そこですぐさま部下を派遣し、漁師の後に従って部下に桃源郷を探しに行かせた。そこで一行は先に目印をつけた所を辿って行ったが、そのうち迷ってしまい、もはや道を見つけられなかった」。この「遂《つひ》に」は〝そのまま、そして〟などの単純接続です。さてもう一人、この桃源郷に注目した人がいました。「高尚《こうしょう》」は日本語と少し違い、心と行いがきれいで、俗から離れていることを言い、「隠者」とほぼイコールです。社会に対するスタンスが加わって来るんですね。「隠者である南陽《なんよう》の劉子驥《りゅうしき》は、その話を聞いて大喜びで訪問を計画した」。〝そういう場所こそ隠者である自分が住むべきだ〟というわけです。「ところがそれを実行しないうちに、間もなく病気になって亡くなった。以後、そのまま桃源郷への道筋を尋ねる者はいなくなった」。

――楽しい話の筈が……グワッとワサビが効きました。

陶淵明がこういう話に注目したのは、やはり世の中が乱れていて、別天地に行きたいという興味があったからじゃないでしょうか。

――それにしても、ほら穴をずっと進むと何かが現れる、というのは面白いですね。

同じパターンは古今東西の異郷譚にあって、主人公がふっと意識を失い、その後道に迷ったり、狭い所を通ったりするうちにぱっと別天地に着く――『不思議の国のアリス』や『オズの魔法使い』がそうですし、泉鏡花の『高野聖』、川端康成の『眠れる美女』、また江戸川乱歩も『一寸法師』『パノラマ島奇談』をはじめ、そういう話をたくさん書いていますね。

村人たちと

さて、ファンタジーの世界に浸り込んでいるわけにはゆかない陶淵明、毎日仕事はしますし、家族や村人たちとの交流を続けていました。その折々に体験したこと、感じたこと、それらに自分の迷いや理想もまじえて、いろいろ詩に詠んでいます。

飲酒二十首

其十四
故人賞我趣
挈壺相与至
班荊坐松下
数斟已復酔
父老雑乱言
觴酌失行次
不覚知有我
安知物為貴
悠悠迷所留

飲酒《いんしゅ》二《に》十首《じっしゅ》　陶淵明《とうえんめい》

其《そ》の十四《じゅうし》
故人《こじん》 我《わ》が趣《おもむき》を賞《しょう》し
壺《つぼ》を挈《ひっさ》げて相与《あひとも》に至《いた》る
荊《けい》を班《し》いて松下《しょうか》に坐《ざ》し
数斟《すうしん》 已《すで》に復《ま》た酔《ゑ》ふ
父老《ふろう》 雑乱《ざつらん》して言《い》ひ
觴酌《しょうしゃく》 行次《こうじ》を失《うしな》ふ
覚《おぼ》えず 我有《われあ》るを知《し》るを
安《いづく》んぞ物《もの》を貴《たふと》しと為《な》すを知《し》らん
悠悠《ゆうゆう》 留《とど》まる所《ところ》に迷《まよ》ふ

酒中有深味　酒中《しゅちゅう》　深味《しんみ》有《あ》り

最後の句で結論のように「酒はいいもんだ」と言ってますが、全体としては、或る晴れた日に村人たちと屋外で宴会を開く楽しいようすと感想です。何が読み取れるでしょうか。

最初の四句は、村人たちがお酒を持って訪ねて来たので、屋外で酒盛りをはじめます。「故人《こじん》」は親しい友人ですが、具体的にどういう人たちかというと、五句めに出て来る「父老《ふろう》」です。彼が交流していた村人たちは、「父老」――これは単なるお年寄りではなく、主として村長さんとか、村の会計係、地主やお金持ち、いわば村の運営に携わる自治会の主要メンバーなんですね。その辺に彼の立場が少し垣間見られるでしょう。「古馴染《ふるなじ》みの面々が私の心の持ち方に共鳴してくれ」、「趣《おもむき》」は〝心の持ち方、志す所、生活態度〟といった感じでしょうか。「酒壺を手にして連れ立って訪ねてくれた」。「壺《つぼ》」は日本でいうとお銚子《ちょうし》、とっくりですね。それじゃあというので、「雑草の上に座り込んで松の木蔭《こかげ》に陣取り、何杯か酌み交わすうちに、早くも酔いが回って来た」。「荊《けい》」は雑草で、それを「班《し》いて」といっても、わざわざそれをつんで敷物がわりにするのでもないでしょう。「復《ま》た」は、軽い強調です。

次が宴たけなわのようす。「村の長老たちはなにやらごちゃごちゃと話を続けている」。すでに酔っ払って呂律《ろれつ》が回らないんですね、ちょっと暴言が出たりして。「杯のやり取りも順番がなくなって来た」。目下から目上へという長幼の序がなくなって来たようです。

――無礼講ですね。

はい。以上が周りの人々のようす、次は自分の状態で、「そうこうしているうちに、自分自身がここにいると知覚することも忘れてしまった」。

——(笑)。

お酒が回ってます。次が反語で、「まして自分以外の物事を有り難がるなど、覚えていられるものか、いられないさ」。こういう場合の「物《もの》」は、自分の心と体以外の財産、地位、名誉といったことで、よく出て来る言葉です。最後の二句は一種のメッセージで、「私の心は羽根が生えたようにどんどん広がり、とどまるべきところがわからなくなってしまった」。気が大きく、自由な心境になり、「こんなふうに、お酒の酔い心地の中には深い意味があるのさ」。

——**気持ちいい酔い方みたいですねえ。**

ただ異説があって、最後から二句めの「悠悠《ゆうゆう》」は、〝果てしないさま〟と取りましたが、〝憂える、心配する〟の意味もあります。するとこの句は「我々はとかくくよくよ心配して、なにかと執着の対象にとらわれて迷ってばかりいる」と正反対の意味になり、次の結びは「酔うとそれを忘れることになるので、深い味わい、功徳《くどく》がある」となるわけです。考えてみれば「迷ふ」は〝乱れる〟〝眩《くら》む〟〝決断がつかない〟など悪い意味に用いることが多いんです。だから後者の説のほうが、メッセージ性も強くなるし、いいのかも知れません。

——**ははあ、単なる酔っ払いの詩じゃないと。それでも当時はお酒を飲む時、こんなふうに車座でわいわいやっていたんですか。**

こういう情景は他の詩人の詩にも時々ありますね。小作人たちも一緒にみんなで楽しく、とまでできたかどうかわかりませんが。ただ『詩経』の頃などは歌垣なども含めて、よく無礼講で村祭をやっていました。その名残りがなかったとも言えないでしょう。

――じゃあ、或る意味、陶淵明の理想も入ってるんでしょうか。

こんなふうに出来たらいいなあ、という願望ですね。その仲立ちをしてくれるのはお酒だぞと……。

飲酒二十首

其九
清晨聞叩門
倒裳往自開
問子為誰歟
田父有好懐
壺漿遠見候
疑我与時乖
襤褸茅簷下
未足為高栖
一世皆尚同

飲酒《いんしゅ》二十首《にじっしゅ》　陶淵明《とうえんめい》

其《そ》の九《きゅう》
清晨《せいしん》　門《もん》を叩《たた》くを聞《き》き
裳《しょう》を倒《さかし》まにして　往《ゆ》いて自《みずか》ら開《ひら》く
問《と》ふ「子《し》は誰《たれ》とか為《な》す」と
田父《でんぷ》　好懐《こうかい》有《あ》り
壺漿《こしょう》もて遠《とほ》く候《うかが》はれ
我《わ》が　時《とき》と乖《そむ》くを疑《うたが》ふ
「襤褸《らんる》　茅簷《ぼうえん》の下《もと》
未《いま》だ高栖《こうせい》と為《な》すに足《た》らず
一世《いっせい》　皆同《みなおな》じくするを尚《たふと》ぶ

願君汨其泥
深感父老言
稟気寡所諧
紆轡誠可学
違己詎非迷
且共歓此飲
吾駕不可回

願《ねが》はくは君《きみ》 其《そ》の泥《どろ》を汨《みだ》さんことを」と
深《ふか》く父老《ふろう》の言《げん》に感《かん》ずるも
稟気《ひんき》 諧《かな》ふ所《ところ》寡《すくな》し
轡《たづな》を紆《ま》ぐるは誠《まこと》に学《まな》ぶ可《べ》きも
己《おのれ》に違《たが》ふは詎《なん》ぞ迷《まよ》ひに非《あら》ざらん
且《しばら》く共《とも》に此《こ》の飲《いん》を歓《よろこ》ばん
吾《わ》が駕《が》は回《めぐ》らす可《べ》からず

——詩の中で何か、話をしていますね。

問答ですね。これも近所の村人と楽しく飲んでいるのですが、この詩の場合、先に言ってしまえば陶淵明の日頃の迷いが出ていて、彼の思想的立場がわかるかと思います。訪ねて来た村人とまったく同調はしていなくて、ちょっと論争のようになります。

最初は六句ひとまとまりで、或る朝早くにお客さんが来て、みずから来訪の目的を述べます。「清々《すがすが》しい朝、我が家の門を叩く人がいる。私は慌てて、着物を逆さまにはおって出て行き、戸をあけた」。こんな朝早くに誰が来たんだろう。「あなたはどなたですかと尋ねると、なんと村の長老の、ありがたい心遣いの訪れであった」。「田父《でんぷ》」は老いた農夫ですが、これもただの老農夫ではなく、終わりから六句めに「父老《ふろう》」とあります。先の「其の十四」と同じく村の自治会のお偉方の一人のようで、やはり陶淵明はこういう人と付き合っていたんですね。五・六句は来訪の目的で、結構深刻です。「壺漿《こしょう》」は容《い》れものに入った飲み物で、たいていお酒かお茶のことですが、最後から二句めの「飲《いん》」がお酒を飲むことなので、「長老どのは酒壺を手に遠い所をおいでになり、私が世間にそっぽを向いているのを不思議がっておられる」。ひとつその疑問を酒を飲みながら解決させてくれ、というわけです。この長老は作者の日頃の生活が腑に落ちないんですね。〝あなたほどの能力や見識のある方がどうしてこんな暮らしをしているのか〟と訝《いぶか》って、ちょっとお話がしたいとやって来たわけです。

次の四句が長老の言葉。「あなたは破れたつぎはぎだらけの衣服で、粗末な住まいに住んでおられる」。やや誇張でしょうが、たしかに陶淵明は四十四歳の時に火事で焼け出されてから貧乏になったと言われています。「高尚な暮らしとは言えないでしょう。今の世は全体として、みんな同じようであることを大切にします」。常識や社会通念を大切になさいと。

――なるほど、忠告ですね。

ということは、「こんな農村にいないで、あなたの能力にふさわしい役人世界に入って世直しをなさい」といった思いまで含まれるかも知れません。次は『楚辞』の引用で、「どうぞあなたも世の中の泥をかき回して泥にまみれなさい」。政治社会、役人社会はきれいごとじゃ済まないでしょうが、あなたのような人はそういう中に入って世直しに邁進すべきではないかと。これは屈原の「漁父」ですね（↓四五ページ）。屈原は儒教的な世直しや、国家・社会を正す信念が強くて妥協できずに追放されましたが、老漁父は「そんな理想を追うより、現実に合わせて協調しなさい。それが今の世の生き方だ」と忠告した、それを陶淵明が引用したんです。だから〝訪ねて来た老人＝「漁父」の漁師、陶淵明＝屈原〟の図式が成り立つかも知れません。

結びの六句が作者の答え。論争を深めず、ちょっと居直ったフシがあります。「長老どののお言葉は、まことに心に響きました」。ごもっともなのですが、「しかし持って生まれた気質が、今の世の中と合うところが少ないんです」。私の態度は単なる思想、世渡りの技術のレベルではなく、根源的なものなんだと。〝頭で考えたものでもポーズでもなくて、根っから農村にいたいんだ〟という言い方ですが、本音《ほんね》でしょうか。「あなたがおっしゃるように、自分の生き方を考え直して調整すること、たとえてみれば馬の手綱《たづな》の向きを微調整することは確かに学ぶに値します」、あまり頑《かたく》なになってはいけない、柔軟に生きなくてはいけないと。「とはいえ自分の本心に背《そむ》くことは、やはり偽り、迷いじゃないでしょうか。どうしてそうでないと言えましょうか」。本性に背くことまではしてはいけない、「まあまあ今は、ご一緒にこのお酒を楽しみましょう。私の馬車はもう逆方向に進むことは出来ないのです」。最後は突き放している感じです。

——よくわかります。等身大の陶淵明ですね。

相変わらず抱えている迷いを、長老との問答に託したんでしょうか。全体は虚構で、作者の自問自答である可能性も小さくない気がします。農村生活がうまくいかないからといって、のこのこと役人社会に戻れませんからね。

——そもそも儒教では、在野に下った知識人はこう生きるべきだといった教えがあるんでしょうか。

伝統的にはその土地で若者を集めて塾を開く——後漢の頃の隠者、政界を追われた知識人は、そんなふうに生計を立てました。そもそも、儒教は農村社会を尊重します。つまり儒教の理想社会とは、肉親愛や家族愛を基本にし、それを広めて天下全体に及ぼしてゆくものです。具体的には、年長者は年少者を教え導き、年少者は年長者を尊び敬う、それが健全な世の中、というより、もっと素朴な人情、要するに利害打算や法律、軍事力による「支配と従属」の関係ではなく、敬愛によって結ばれるのが理想社会だという考え方で、これは農村社会とつながりやすいんです。日照りなどの天災と闘い、効率よく農作業をするのは個人プレイより集団の協調で、それをうまく操るのは年長者の知恵やノウハウの蓄積です。だから後漢以後、儒者は農村を大事にし、実際に多くの儒者たちが農村に入りました。

――じゃあ陶淵明もそのようにして、〝俺はここに生きるぞ〟と当初は思ったんですよね。

その筈だったんでしょうね。

折にふれて

陶淵明が四十一歳の時に官職を辞してから亡くなるまで二十年間ほどありますが、移り変わる詩風を十年置きに瞥見《べっけん》できるような三首を読んで行きます。

――最初の「子を責《せ》む」というのは……。

「責める」は、〝求める、要求する〟といった意味で、文字通りには「子どもたちを励ます」という題です。四十四歳頃、園田生活の実態がわかって来たあたりの作品です。子どもたちに向けたメッセージですが、内実はどうでしょうか。

責子

白髪被両鬢
肌膚不復実
雖有五男児
総不好紙筆
阿舒已二八
懶惰故無匹
阿宣行志学
而不愛文術
雍端年十三
不識六与七
通子垂九齢
但覓梨与栗
天運苟如此
且進杯中物

子《こ》を責《せ》む　陶淵明《とうえんめい》

白髪《はくはつ》 両鬢《りょうびん》を被《おほ》ひ
肌膚《きふ》 復《ま》た実《み》たず
五男児《ごだんじ》有《あ》りと雖《いへど》も
総《すべ》て紙筆《しひつ》を好《この》まず
阿舒《あじょ》は已《すで》に二八《にはち》なるに
懶惰《らんだ》 故《もと》より匹《たぐ》ひ無《な》し
阿宣《あせん》は行《ゆ》くゆく志学《しがく》にして
而《しか》も文術《ぶんじゅつ》を愛《あい》せず
雍端《ようたん》は年十三《とししじゅうさん》にして
六《ろく》と七《しち》とを識《し》らず
通子《つうし》は九齢《きゅうれい》に垂《なんなん》とするも
但《ただ》 梨《なし》と栗《くり》とを覓《もと》むるのみ
天運《てんうん》 苟《いやし》くも此《かく》の如《ごと》くんば
且《しばら》く杯中《はいちゅう》の物《もの》を進《すす》めん

隠居生活での実態、いろいろ理想どおりにゆかない限界も見えはじめ、改めて身近な家族に注目したのか、〝自分には五人の息子がいるがいったいどんなもんだろう〟と思ったのがきっかけだったんでしょうか。前に西晋の左思が子どもたちを題材にしていましたが（↓二九五ページ）、それも頭に置きながら読んでみたいと思います。四句ごとに区切れ、最初は自分のことから。〝そろそろ老いの兆《きざ》しがあるが、肝心の子どもたちはちゃんと育ってくれるだろうか〟という感慨を抱きます。

「両鬢《りょうびん》」は左右両側の耳ぎわの髪で、「私はこの頃、白髪が左右の鬢にかぶさり、体の皮膚ももはや、はりがなくなって来た」。充実感がなくなったと。「五人の息子を授かったとは言うものの、そろいもそろって紙や筆を好まない」。勉強が嫌いなんですね。

――(笑)。

以下は、五人の息子に一人ひとり寸評を加えるという面白い作り方です。まずは長男から、「阿《あ》」は名前の上につける愛称で、「舒《じょ》ちゃんはもう十六にもなったのに、その怠け者のことといったらまったく比類がない」。「懶惰《らんだ》」は〝ものうい、ものぐさ、面倒がり〟といった意味です。そして次男、「宣《せん》ちゃんはもうすぐ志学《しがく》の年になるのに」、「志学」は十五歳のこと。『論語』にある孔子さまの「私は十五歳で学問に志した」という思い出話（為政第二）によります。「文術《ぶんじゅつ》」は文章作法でしょうか。学問に目覚めてもいい年頃なのに、「詩や文章の作り方に全然身が入らない」。本当なんでしょうかね。

次は三男と四男で、これは双子《ふたご》という説があります。「雍《よう》と端《たん》は年十三、ところが六と七とで自身の年齢の十三になることもわからない」。或いは「六と七の区別もつかない」とも取れますが、本当だとするとどちらもちょっと困りますね。
最後は末っ子、「通子《つうこ》さん」ではなく、「子《し》」も愛称ですので、「通坊《つうぼう》」とでも訳しておきましょうか。「ヤン坊 ニン坊 トン坊」とか「ヤン坊 マー坊 天気予報」ってありましたね。

——あ、昭和レトロですね（笑）。

「末っ子の通坊は九つになろうとするのに、梨だ、栗だ、芋だと食べ物をねだるばかり」。知性が感じられないというのかな。そして結びの二句、「天運《てんうん》」は天が私に下された運命、「苟《いやし》くも」は〝もしそういうことなら〟と仮定を示します。「これが自分に与えられた天命なら、くよくよするのをやめて」。「且《しばら》く」は〝まあ、とりあえず〟と差し当たりのことを述べ、「まあまあ、杯の酒を飲み続けることにしようや」。

——左思の場合は「可愛いなあ、あんなこととして、こんなこととして」と微に入り細をうがって描写していましたが、それに比べて淡泊というか、息子たちの状況をたんたんと述べた感じですね。

そうですね、左思は目に見えるように姉妹の行動を長い詩に描いていましたが、こちらは文字通り寸評で、離れたところからかいつまんでまとめた感じ。自分は遠くにいますね。

——まあ、勉強しなくてもいいんだよ、今は、みたいな……？

……どうでもいいのかなあ。見てみると、出だしの二句も結びの二句も自分のことで、それがサンドイッチのように子どもたちへの批評を包み込んでいます。

——すると結局は自分の所感というか……。

どうも子どもたちへの愛情より、自分のことが優先されています。考えれば彼は、今までの詩も全部、自分のことを歌っていました。儒教を勉強した人なのに、社会はこうあらねばならぬとか、朝廷はこうだからだめだといった内容は全然見られません。

――ああ、そうですね。視点が個人的というか、私小説のような感じでしょうか。

「私小説」というのは、陶淵明の詩を読むのに一つのキーワードになるかも知れません。

――ふーむ。そういえば左思の時代は神童がもてはやされる風潮がありましたが、この頃はどうだったんですか。

東晋から宋、南北朝にかけても、ずっとその風潮はありました。

――じゃあ、やはり無意識のうちに、神童と比べて我が子を見る視点はあったとか？

あるでしょうね。むしろいっそう露悪的、偽悪的に、貴族社会があまりに神童を持ち上げることに反発して、わざと我が子をダシに、〝子どもというのはそんなもんじゃないだろう〟と言いたい気持ちが彼の中にあったような気がします。そういう意味では社会的視点と言えるかも知れませんね。

――なるほど。さて次の詩はいつ頃作られたんでしょうか。

隠居生活の中間地点というか、五十四歳ぐらいです。

諸人共游周家墓柏下

陶淵明《とうえんめい》

諸人《しょじん》と共《とも》に周家《しゅうか》の墓《はか》の柏《はく》の下《もと》に游《あそ》ぶ

今日天気佳
清吹与鳴弾
感彼柏下人
安得不為歓
清歌散新声
緑酒開芳顔
未知明日事
余襟良以殫

今日《こんにち》 天気《てんき》佳《よ》し
清吹《せいすい》と 鳴弾《めいだん》と
彼《か》の柏下《はくか》の人《ひと》に感《かん》じては
安《いづく》んぞ歓《かん》を為《な》さざるを得《え》ん
清歌《せいか》 新声散《しんせいさん》じ
緑酒《りよくしゅ》 芳顔開《ほうがんひら》く
未《いま》だ知《し》らず 明日《みようにち》の事《こと》
余《よ》が襟《むね》は良《まこと》に以《すで》に殫《つ》きたり

天気のよい日に、墓場で宴会をしたときの詩です。

――先生、それって特殊なことじゃないんですか。

清明節《せいめいせつ》のときくらいでしょうか。春分のあと十五日め、新暦四月の五、六日ごろですが、お墓参りをして、そのあとみんなでピクニックなどをして楽しむ習慣がありました。この詩もたぶん題名にある周家《しゅうか》のお墓にお参りをして、その後の精進《しょうじん》落としで発表された詩じゃないでしょうか。墓場での宴会のせいか、生と死が不思議なかたちで融合しています。

――ああ、そういえば日本でも、桜の時期に墓場で盛り上がってますね。

そうですね。周家はゆかりの深い家で、陶淵明の曾祖父が周訪《しゅうほう》という人と親しく、以後は家族ぐるみの付き合いを続けていました。四句ずつ見てゆきますが、わかりやすい出だしです。「今日は天気がよい。澄んだ笛の音と琴の調べがひときわ冴えわたる」。空気も乾燥しているのかな。「あそこの柏《はく》の木の下に眠る人のことに心を打たれ」、「柏」はひのきの類で、お墓に植える常緑樹です。枯れずにいつも緑なので、亡くなった人の末永き冥福を祈る感覚でしょう。お墓の中の人を偲び、「この場でどうして楽しみを尽くさずにいられようか」。これは、〝自分たちもお墓の中の人のようにいつか死ぬのだからせめて今楽しもう〟という意味と、〝亡くなった人を慰め、安心してもらえるよう、われわれみんなで楽しもう〟という意味があるでしょう。

後半は同じような調子で続きます。「清らかな歌声に乗って、新しい音楽が響く」。何か新曲が披露されたんでしょうか、やはり貴族の宴会ですね。妓女も参加していたりして。

――墓場ですが、いいんですか？

構わないでしょう、精進落としですから。「緑色のうま酒はみんなの顔をほころばせてくれる」。〝われわれが楽しめばお墓の中の人も楽しむ〟という発想があります。そして最後、「明日の事はわからないけれど、今のところはまったく思い残すところがなくなった」。

――気心《きごころ》が知れた人たちと久しぶりに宴会をした嬉しい気分を詠んだということですか。

基本的には社交の詩ですが、最後の二句が気になります。お墓の宴会、〝われわれも明日は元気でなくなるかも知れないけれど、今日のところはまあいいや〟と、無常観が顔を出したようです。官職を辞めて、農耕生活はうまくゆかない、隠者にもなり切れず、不安定な日々。それを受けて最後の二句が出て来るのかなあ……。

——なるほど。次は「こじき」、正式には「こつじき」と読むそうですが。

これは亡くなる前年、六十二歳の作と言われています。最晩年に到達した境地が見えるかどうか……。

乞食　食《しょく》を乞《こ》ふ

陶淵明《とうえんめい》

飢来駆我去　飢《う》ゑ来《きた》つて我《われ》を駆《か》り去《さ》り
不知竟何之　知《し》らず 竟《つひ》に何《いづ》くにか之《ゆ》く
行行至斯里　行《ゆ》き行《ゆ》きて斯《こ》の里《さと》に至《いた》り
叩門拙言辞　門《もん》を叩《たた》いて言辞《げんじ》拙《せつ》なり
主人解余意　主人《しゆじん》 余《よ》が意《い》を解《かい》し
遺贈豈虚来　遺贈《いぞう》あり 豈《あに》 虚《むな》しく来《きた》らんや
談諧終日夕　談諧《だんかな》うて日夕《につせき》を終《を》へ
觴至輒傾杯　觴至《しょういた》れば輒《すなは》ち杯《さかづき》を傾《かたむ》く
情欣新知歓　情《こころ》に新知《しんち》の歓《かん》を欣《よろこ》び
言詠遂賦詩　言詠《げんえい》して遂《つひ》に詩《し》を賦《ふ》す
感子漂母恵　子《し》が漂母《ひょうぼ》の恵《めぐ》みに感《かん》じ
愧我非韓才　我《わ》が韓才《かんさい》に非《あら》ざるを愧《は》づ

銜戢知何謝
冥報以相貽

銜戢《かんしゅう》して 知《し》る 何《なに》をか謝《しゃ》せん
冥報《めいほう》 以《もっ》て相貽《あいおく》らん

文字通りに読むととんでもない詩で、題名にありますように、食べ物を乞うんです。貧乏のため空腹に耐えられなくなって、見知らぬ家の門をたたき、そこの主人から恵んでもらう、そのうえ主人と意気投合してお酒を飲み、詩まで作ったというものです。現実には陶淵明は最後まで、家族や使用人と一緒に荘園で暮らしていましたから、これはフィクションだという説が昔からあります。また、「食《しょく》を乞《こ》ふ」は官職や地位を求めたことのたとえだという説もありますが、現実には彼は官職に復帰していませんので、それも如何なものか……。先に言ってしまえば、この詩は第一句の冒頭、「飢《う》ゑ」がキーワードじゃないかな。

——飢えって、お腹《なか》が空くことじゃないんですか。

『詩経』では「飢え」は、愛情に飢えていることを意味します。男女の愛に限らず、家族愛など、愛情が足りなくて不満なことを「飢える」と表現していました。陶淵明はもちろん『詩経』を読んでいましたので、それを頭に置いておきたいと思います。

最初はひもじさのあまり、ふらふらと歩いて見知らぬ村里に着き、そこの家をノックするまでの経緯です。「空腹が募《つの》って私を追い立てる」。そこで食糧を求めに出かけます。とは言うものの、「いったいどこへ行くというのか」。「知《し》らず」は疑問詞の上について「いったいぜんたい」と疑問を強調する副詞です。「行《ゆ》き行《ゆ》きて」は、〝どこまでもどこまでも歩いた〟という雰囲気で、

「ずいぶん遠くまで歩いてこの村里に到着し、或るお宅の門をたたいたが、言葉がうまく出て来ない」。さすがに「食べ物を下さい」とは言えなかったんでしょうか。

——言えませんよねえ。

すると幸いにも理解ある主人が出て来て恵んでくれ、話し込みます。「この家のご主人は私の気持ちをわかって下さり」、口下手《くちべた》な話から、私が食事を求めていることを察知してくれたというのですから、ちょっと虫のいい話です。「遺」も「贈」も〝物を授ける、贈る〟意味で、「贈り物を下さったので、私は無駄に来たことにはならなかった」。来てよかったと。「豈《あに》」は否定詞の「不」に置き換えるとわかりやすく、「虚しく来たのではない、ちゃんと収穫があった」となります。そして話し込みます。「私たちは話が合い、夕方の時間帯を過ごしてしまい、さらに酒が出て来たので、さっそく杯を傾けることとなった」。「輒《すなは》ち」は、ここでは〝さっそく〟の意味です。

次の四句は、お酒が入ってますます興《きょう》に乗り、詩を作って感謝するという展開です。「私は心中、新しい親友が出来た喜びを嬉しく思い、語り合い、歌を歌い、そして詩を作った」。「言詠《げんえい》」の二字で〝歌をくちずさむ〟の意味になるかも知れません。

次の二句で、感謝の気持ちを故事を使って述べます。「子《し》」は二人称で〝あなた〟。「ご主人様、いにしえの洗濯婆さんのようなあなたのお恵みに、私は心を打たれました」。「漂母《ひょうぼ》」は秦末に劉邦に仕え、漢王朝を建てるのに功績のあった韓信《かんしん》の故事です。彼は若い頃、下宿先を追い出され、町中に流れる川で魚を捕ろうと釣り糸を垂れていました。同じ川で、洗濯してお金をもらう仕事の女性たちが何人も洗濯をしていて、うち一人が、彼があんまりひもじそうなのに同情してご飯をご馳走してくれました。韓信はたいへん感謝しましたが、お婆さんは逆に怒り出し、「私はお礼なんか求めない、お前さんが若いのに自分の食事も用意できないのを気の毒に思って恵んでやったんだよ」と言ったんです。それだけでも美談ですが、のちに韓信が出世して楚の国の領土を与えられるまでになると、彼はお婆さんを探し出し、大金を授けて恩返しをした――という話です。陶淵明はそれを踏まえ、「しかしこの私は、韓信のような才能ある人物ではない、それが恥ずかしい」と。

そして最後の二句、〝しょうがないからお礼は来世にします〟と、居直ったような感じです。「銜戢《かんしゅう》」は、「銜」が〝黙って胸におさめる〟こと、「戢」も〝おさめておく〟ことなので、「今はこのまま黙ってご恩を胸におさめておいて、さていったい、どのようにお礼をしましょうか」。「知《し》る」もまた疑問詞の上にあって疑問を強調し、「後の世のご恩返しによってあなたに報いることにしましょう」。

――陶淵明自身は自分の田畑をもっていて、決して食べるには困りませんよね。また「食」が官職を意味しているのでもないとすると、この詩は彼自身のことではない？

実体験ではなく、〝こうあったらいいなあ〟という願望や理想を、イメージ優先で書いたものではないでしょうか。彼の詩はだいたい全生涯を通じて、その時々の願望やイメージにのっとって作られたフシがあります。だからこれもフィクションで、そこで先ほどの「私小説作家」というとらえ方が生きて来るわけです。こういう表現形式の中で、彼は私小説の主人公になっているのかな。酒を飲みながらフィクションを書いて楽しんでいたのかも知れません。

——等身大の自分ではなくて、彼の晩年の理想、老いの生き方を書いたことになる……。

とすると真ん中の部分などは、〝自分が何を言ってもそれを叶えてくれる〟という、いささか都合のいい願望になりますかね。いずれにしても出だしが「飢える」ですから、最晩年にいたるまで、陶淵明は何か愛に飢えていたのかな。広い意味で不満があった。この詩のはじめの四句にもう一度戻ってみますと〝どこへともなくふらふら歩いてゆくと、理想的な村里に出くわした〟、これはまさに異郷譚の「桃花源の記」と同じです（→三七三ページ）。陶淵明は異郷譚の形を詩に取りこんで、願望を述べたことになるでしょうか。

——ここで読んだ詩は三首とも、最後の二句が似たニュアンスですよね。

陶淵明の詩は、ちょっと投げやりな、どうでもいいような表現が案外多いんです。こだわりがなくさっぱりしているとも言えますが、実は彼は農村生活の中で、やはり何か、求めて得られない虚しさがずっと胸の中にあったんじゃないでしょうか。ちょっと痛々しいような気もします。

さあ、帰ろう

——「帰去来《ききょらい》の辞《じ》」というと、陶淵明の辞世の歌ですか？

いえ、そうではなくて、もっと若い時、四十一歳で官職を辞めてその翌年の春に作ったものです。隠居生活が始まった直後ですね。

——へー、僕は題からして最晩年の到達点みたいな作品かと思っていました。じゃあ陶淵明が理想に燃えてい

る頃の……。

ええ、〝これからやるぞ〟と意気盛んな、言ってみれば人生で一番高揚していた頃の作品で、彼の一般的なイメージを形づくった代表作です。どういう場で詠まれたかわかりませんが、親戚一同が集まった宴会、退職のご苦労様会で発表された雰囲気があります。

——それにしても長いですねえ。

内容上は第一・二段がひとまとまりで、官職を退いて帰郷し、落ち着いたところまでの描写、第三・四段は、〝さあこれからだ〟の決意表明で、思想的な要素が入って来ます。

帰去来兮辞

帰《き》去来《きょらい》の辞《じ》　陶淵明《とうえんめい》

〔第一段〕

帰去来兮　　帰《かへ》りなん いざ
田園将蕪胡不帰　　田園《でんえん》将《まさ》に蕪《あ》れんとす 胡《なん》ぞ帰《かへ》らざる
既自以心為形役　　既《すで》に自《みづか》ら心《こころ》を以《もつ》て形《かたち》の役《えき》と為《な》す
奚惆悵而独悲　　奚《なん》ぞ惆悵《ちゅうちょう》として独《ひと》り悲《かな》しまん
悟已往之不諫　　已往《いおう》の諫《いさ》められざるを悟《さと》り
知来者之可追　　来者《らいしゃ》の追《お》ふ可《べ》きを知《し》る
実迷途其未遠　　実《まこと》に途《みち》に迷《まよ》ふこと 其《そ》れ未《いま》だ遠《とほ》からず

覚今是而昨非
舟遥遥以軽颺
風飄飄而吹衣
問征夫以前路
恨晨光之熹微

今《いま》の是《ぜ》にして 昨《さく》の非《ひ》なるを覚《さと》る
舟《ふね》は遥遥《ようよう》として以《もっ》て軽《かろ》く颺《あが》り
風《かぜ》は飄飄《ひょうひょう》として衣《ころも》を吹《ふ》く
征夫《せいふ》に問《と》ふに 前路《ぜんろ》を以《もっ》てし
晨光《しんこう》の熹微《きび》なるを恨《うら》む

――非常に前向きに、さあーっと進んでいる感じがします。

官職を退いて帰って行く過程がすいすいとね。出だしの「帰去来兮」は読みぐせで「帰《かへ》りなんいざ」と読みます。動詞の「帰る」に方向性を示す「去」がついて、「帰去」＝「帰って行く」、「来」は言葉の終わりにつける助字でいろんな使われ方をしますが、ここでは促す意味で、「いざ」という大和言葉が一番合うだろうというわけです。最後の「兮」は『楚辞』ふうの歌には必ず入っていましたね。

――するとこの詩は『楚辞』ふうということなんですか？

はい。それに「～の辞」という題が『楚辞』系列の作品であることを示しています。陶淵明は南国の人なので、やはり『楚辞』に親近感があるんじゃないでしょうか。まずは「さあ、帰ろう」というわけです。「我が家の畑も庭も、今ごろは荒れ果てているだろう。さあ、帰ろうではないか」。「胡《なん》ぞ～ざる」は、〝ぜひ～しよう、ぜひ～しなさい〟など勧誘の気持ちを示します。

次の六句は、今までの生活の反省です。「私はこれまで自ら、心を肉体の奴隷にして来た」。つまり本心を曲げて、役人生活を続けてしまった。「しかしどうして今さら打ちしおれ、一人で悲しんでいることがあろうか」。〝官職に就いたのも自分の責任、悲しんでいる暇はない〟といった感じでしょうか。「過ぎた事はもはや改められないと悟り、今後の事はまだ追いかけて間に合うとわかったのだ」。「過ぎた事」とは役人になった事で、「まことに私は、人生の道に迷ったとは言うものの、決して深入りはしていない」。「今」は役人を辞めようとしている現在の気持ちを指し、「今のこの気持ちは正しくて、昨日までの気持ちは間違っていたんだ」。

そして最後の四句、南中国らしく、舟に乗って家に帰って行きます。「故郷へ向かう舟はゆったりと風を受けて、軽やかに進む」。「軽《かろ》く颺《あが》り」は「軽やかに進む」ぐらいでいいでしょう。帆掛け舟だと思いますが、「風はひらひらと我が衣の袖を吹いている」。甲板《かんぱん》に出て、故郷は今か今かと外で見ている感じ。「征夫《せいふ》」は船頭《せんどう》で、「晨光《しんこう》」は日の光、「熹微《きび》」は微《かす》かなようすです。「舟を操《あやつ》る船頭さんに先の道のりを尋ねたが、日の光が弱くてよく見えないのが残念である」。ここまでが第一段で、次はやっと待ちかねた実家についた心境やようす、家族たちの出迎え、庭の描写などが続きます。

〔第二段〕

乃瞻衡宇　　乃《すなは》ち衡宇《こうう》を瞻《み》

載欣載奔　　載《すなは》ち欣《よろこ》び載《すなは》ち奔《はし》る

僮僕歓迎　　僮僕《どうぼく》歓《よろこ》び迎《むか》へ

稚子候門
三逕就荒
松菊猶存
携幼入室
有酒盈罇
引壺觴以自酌
眄庭柯以怡顔
倚南窓以寄傲
審容膝之易安
園日渉以成趣
門雖設而常関
策扶老以流憩
時矯首而遐観
雲無心以出岫
鳥倦飛而知還
景翳翳以将入
撫孤松而盤桓

稚子《ちし》　門《もん》に候《ま》つ
三逕《さんけい》　荒《こう》に就《つ》けども
松菊《しょうきく》　猶《なほ》　存《そん》す
幼《よう》を携《たづさ》へて室《しつ》に入《い》れば
酒《さけ》有《あ》りて罇《たる》に盈《み》てり
壺觴《こしょう》を引《ひ》いて以《もつ》て自《みづか》ら酌《く》み
庭柯《ていか》を眄《かへり》みて以《もつ》て顔《かんばせ》を怡《よろこ》ばしむ
南窓《なんそう》に倚《よ》りて以《もつ》て傲《ごう》を寄《よ》せ
膝《ひざ》を容《い》るるの安《やす》んじ易《やす》きを審《つまび》らかにす
園《その》は日《ひ》に渉《わた》つて　以《もつ》て趣《おもむき》を成《な》し
門《もん》は設《まう》くと雖《いへど》も　而《しか》れども常《つね》に関《とざ》せり
策《つゑ》もて老《お》いを扶《たす》けて　以《もつ》て流憩《りゅうけい》し
時《とき》に首《かうべ》を矯《あ》げて　遐観《かかん》す
雲《くも》は無心《むしん》にして　以《もつ》て岫《しゅう》を出《い》で
鳥《とり》は飛《と》ぶに倦《う》みて　還《かへ》るを知《し》る
景《ひ》は翳翳《えいえい》として　以《もつ》て将《まさ》に入《い》らんとし
孤松《こしょう》を撫《ぶ》して　盤桓《ばんかん》す

一句めの「衡宇《こうう》」は家の門と屋根を指します。「ようやく我が家の門や屋根が目に入り、私は喜びのあまり、走りつつ帰って行った」。「載《すなは》ち欣《よろこ》び 載《すなは》ち奔《はし》る」は二つの動作を並列する形なので「喜びながら走った」が直訳です。「召使いや使用人たちは喜んで迎えに出て来てくれ、幼い子どもたちは門のところで待っていてくれた」。「子を責《せ》む」（→三八九ページ）に出て来た例の五人の息子たちですね。

――勉強の大嫌いな（笑）。

逆算すると長男が十四歳くらい、末っ子が七歳なので、まあ「稚子《ちし》」と言えます。「門を入ると、庭の三つの道は荒れ始めていた」。「三逕《さんけい》」は細かく言えば〝三つの道〟で、門から通じてゆく道・裏門の道・井戸への道、ということですが、この作品以後は隠者の住みかの代名詞になります。やはり予感通り荒れていましたが、「松や菊はまだしっかり残っていた」。

さていよいよ部屋に入ります。「幼い子の手を引いて部屋に入ると、お祝いの酒がたるいっぱいに満たされていた」。ご苦労様会ということで、親戚一同集まって宴会になるんでしょう。次はそのお酒を飲んで庭を眺めます。「徳利《とつくり》と杯《さかずき》を引き寄せて手酌《てしやく》で飲みながら、庭の木の枝を眺めて表情をやわらげる」。「傲《ごう》」は〝たのしみ、気まま〟の意味で、「南の窓に寄りかかって、ゆったりとくつろぎ」。「膝《ひざ》を容《い》るる」は左右の膝がやっと入るぐらいの空間、つまり部屋が狭いことを示します。「この狭い家もそれなりに落ち着きやすいことがよくわかった」。「園《その》」は庭ととっていいでしょう。季節は春で、「庭は日毎《ひごと》によい趣《おもむき》になってゆく」。木や草の葉の緑がだんだん濃くなり、花も咲きます。「我が家の門はあることはあるが、常に閉ざされている」。訪ねて来るうるさいお客さんがいない、具体的には〝貴族や政府高官との交流がなくなって気楽だ〟ということですね。「杖《つえ》をついて、老いに近づいた私の歩みを助け、あちこちで気ままに休憩しながら散歩し、時々首を上げて辺《あた》りを見回す」。「流憩《りゅうけい》」はあちこちで休憩すること。気ままな生活です。

次の四句はたいへん有名で、よく独立して引用されます。空を見上げると雲や鳥が見えます。「岫《しゅう》」は山にあるほら穴。古代中国では、雲は山のほら穴から湧いて出るものだという言い伝えがありました。「雲は無心に山のほら穴から出て来る。鳥たちは飛ぶのに疲れて巣に帰ることを知っている」。なぜこれが名句なのかわかりにくいですが、〝動物たちや万物はみんな自らの分に安んじている〟という意味でしょうか。〝功名心を捨てて辞職し、故郷に帰った自分も彼らと同じになったんだなあ〟というたとえかな。

——ここは本場の中国でも有名なフレーズなんですか。

そうですね。以後、〝雲が山から出る〟というのは、よく隠者の暮らしのたとえとして使われます。そして夕暮れになります。「やがて日の光は薄暗くかげり、いよいよ沈もうとするが」、私はまだ外にいます。「庭に一本だけ立つ松の木をなで、去るにしのびずたたずんでいる」。松の木も、陶淵明の詩に自分のたとえとしてよく出て来ます。常緑樹の松は、節操を変えない信念の人を表しますので、そこに共感を覚えて「やっと自分も松の木のように節操をまっとうできるぞ」といった心境なんでしょうか。

——燃えてますね！

この後、ますますテンションが上がってゆきます。

〔第三段〕

帰去来兮
請息交以絶游
世与我而相違
復駕言兮焉求
悦親戚之情話
楽琴書以消憂
農人告余以春及
将有事於西疇
或命巾車
或棹孤舟
既窈窕以尋壑
亦崎嶇而経丘
木欣欣以向栄
泉涓涓而始流
善万物之得時
感吾生之行休

帰《かへ》りなん　いざ
請《こ》ふ　交《まじ》はりを息《や》めて　以《もつ》て游《ゆう》を絶《た》たん
世《よ》と我《われ》と　相違《あひたが》ふ
復《ま》た駕《が》して　言《ここ》に焉《なに》をか求《もと》めん
親戚《しんせき》の情話《じようわ》を悦《よろこ》び
琴書《きんしよ》を楽《たの》しんで　以《もつ》て憂《うれ》ひを消《け》さん
農人《のうじん》　余《よ》に告《つ》ぐるに春《はる》の及《およ》べるを以《もつ》てし
将《まさ》に西疇《せいちゆう》に事有《ことあ》らんとす
或《ある》いは巾車《きんしや》を命《めい》じ
或《ある》いは孤舟《こしゆう》に棹《さを》さす
既《すで》に窈窕《ようちよう》として　以《もつ》て壑《たに》を尋《たづ》ね
亦《また》　崎《き》嶇《く》として　丘《をか》を経《ふ》
木《き》は欣欣《きんきん》として　以《もつ》て栄《えい》に向《むか》ひ
泉《いづみ》は涓涓《けんけん》として　始《はじ》めて流《なが》る
万物《ばんぶつ》の時《とき》を得《え》たるを善《よみ》し
吾《わ》が生《せい》の行ゝ休《ゆくゆくきゆう》するに感《かん》ず

これから自分の理想の暮らしが始まる、と解放感に満ちて、冒頭がまた「帰去来兮」です。「来」は〝達成された〟という意味もあって、前からの続きでいえば彼は既に帰っていますので、「さあ、帰ろう」ではおかしい。「さあ、帰って来たぞ」ぐらいの感じでしょうか。最初の四句は世の中への絶縁状というか、〝もう役人社会はいい〟というきっぱりした宣言です。「請ふ《こ》〜せん」は〝どうか〜したい〟という請願の形で、「どうかこれからは社交を断ち切って、世の人々との交遊もきっぱり辞めよう。世の中と私とは、お互いに忘れてしまおう。ふたたび車に乗って宮仕えをして、何を求めるというのか」。「駕《が》す」は動詞で〝馬車に馬をつける、馬車に乗る〟の意味ですが、〝官職に就く、仕官する〟ことを示します。位が高くなると自分では歩かず馬車に乗りますから。だからここは〝もう宮仕えはしない〟という宣言です。

——ハイヤーなんかいらないぞ、と。

そうですね。次の八句は、じゃあ具体的にどうするかを述べます。「これからはそれよりも、親戚の真心《まごころ》のある話、社交辞令ではない心からの会話、また琴や書物を楽しんで心配事を消そう。我が荘園の農夫たちは、私に春がやって来たことを告げる」。「〜するに……を以《もっ》てす」は漢文によく出て来る形で、下から訳すとわかりやすいです。「これから西の畑でたいへんな事が始まりそうだ」。農作業が忙しくなるらしいぞ。

次の四句は暇な時間の過ごし方です。「或る時は〜、また或る時は〜」の形で、「或る時は蔽《おお》いをかけた車に命じて陸地を行き、或る時は一艘《いっそう》の小舟《こぶね》に棹《さお》さして川を行こう」。散歩をするんですね。ずいぶんゆとりある生活が始まる雰囲気です。「窈窕《ようちょう》」は深く遠いようすを表す形容詞。「深い山道をどこまでも辿《たど》り、谷川の奥を訪ね、険しい山道を通って丘を越えたりしよう」。

次は、そんな時に目に映る景色の描写、そこから催される感慨です。「木々は生き生きとして青葉が茂り、花を咲かせ」。「栄《えい》に向《むか》ふ」は花や葉が盛んになってゆくこと。春なので、これからこういう眺めがたくさん見られる喜びでしょうか。「山中の泉は、なみなみと水量も増えて盛んに流れ始めるであろう。そんなふうに、私は万物が春の時節を得て栄えるのを楽しく眺める」。「善《よみ》す」は〝いいと思う、感心する〟意味です。「一方で、自分の人生がだんだん終わりに近づくことに、ふと感傷を覚えたりするであろう」。それもいいや、自然に任せよう、というのかな。

——**潔いというか、カッコいいですね。**

悟った感じですか。最後の第四段は、今、自分の人生が終わりそうな予感にふと心を痛めたのを受けて、「已《や》んぬるかな」と始まります。

〔第四段〕

已矣乎
寓形宇内復幾時
曷不委心任去留
胡為乎遑遑欲何之
富貴非吾願

已《や》んぬるかな
形《かたち》を宇《う》内《だい》に寓《ぐう》する　復《ま》た幾時《いくとき》ぞ
曷《なん》ぞ心《こころ》を委《ゆだ》ねて去留《きょりゅう》に任《まか》せざる
胡為《なんす》れぞ遑遑《こうこう》として　何《いづ》くにか之《ゆ》かんと欲《ほっ》する
富貴《ふうき》は吾《わ》が願《ねが》ひに非《あら》ず

帝郷不可期
懐良辰以孤往
或植杖而耘耔
登東皐以舒嘯
臨清流而賦詩
聊乗化以帰尽
楽夫天命復奚疑

帝郷《ていきょう》は期《き》す可《べ》からず
良辰《りょうしん》を懐《おも》うて以《もっ》て孤《ひと》り往《ゆ》き
或《ある》いは杖《つえ》を植《た》てて耘耔《うんし》す
東皐《とうこう》に登《のぼ》りて以《もっ》て舒嘯《じょしょう》し
清流《せいりゅう》に臨《のぞ》んで詩《し》を賦《ふ》す
聊《いささ》か化《か》に乗《じょう》じて以《もっ》て尽《つ》くるに帰《き》し
夫《か》の天命《てんめい》を楽《たの》しんで 復《ま》た奚《なに》をか疑《うたが》はん

最後は、自分の人生観のようなものに発展させてゆきます。冒頭、「まあよろしい、くよくよするな」。次の「形」は肉体や身体。「宇《う》」は空間を表し、「宇内《うだい》」で〝天下、世の中〟の意味になります。「我が肉体をこの世に預けること、もはやどれくらいであろうか」。当時は四十一歳でこういう感慨が出て来るんですね。「寓《ぐう》す」は〝寄せる、宿す〟の意味で、〝人間の体はこの世の仮《かり》のものだ〟という考え方だとすると、ちょっと道家的です。次は反語が続きます。どうせ寿命は幾《いく》ばくもない、それならば「どうして心を自然に委ねて、死ぬか生きるかの成り行きに任せないのか」。「曷《なん》ぞ～せざる」の形ですから勧誘の感覚が強く、「ぜひ～しよう」という意味になります。逆に「どうしてあくせくと忙しそうにして、どこに行こうとするのか」、もはやどこにも行く必要はない。この辺はちょっと、自分を納得させようとしている感じです。

——まだ本人にとっては生々しいですよね。一所懸命おさえているわけですね。

そうですね。さらに次の四句、「財産も高い名誉も私の願うところではない」。「帝郷《ていきょう》」は仙人の住む都です。俗世の富貴を望まないと言っても「仙人の都に行くことは期待できない」。神仙思想をあまり信じていません。「そこで天気のよい日に一人で出かけて行き、時には杖を立てかけ、自《みずか》ら草を刈ったり土寄せをしたりしようではないか」。農作業をしようというわけです。「耘耔《うんし》」は草を切ることと、土を耕すことです。

いよいよ結びの四句。「東の丘に登ってゆっくりと深呼吸でもして、清らかなせせらぎにのぞんで詩でも作ろう。そんなふうにしてとりあえず自然の万物の変化と一体になり、わが生命が尽きることを納得しようではないか。天命というものを楽しみ、もはやそれを疑うことはすまい」、〝これからは天命に従って生きてゆきましょう〟と、悟りのような言葉で終わっています。

——四十一歳と言えば、当時でもまだ初老ですよね。なんだか悟りきってしまったような。どうしても六十歳ぐらいの詩に思えてしまいますが。

儒教の教えに従って、世直しを志して官職に就いたはずが、うまくゆかなかった。幼少期以来刷り込まれた考え方に背《そむ》くわけですから、反作用としてこれくらい強いことを言わずにいられなかったんでしょう。

——なるほど。最晩年の詩と比べると、彼の生命エネルギーがまったく違いますね。

そうですね。こちらは燃焼度が高いですね。やはり実際に、〝これから理想の生活が始まるんだ〟と希望に燃え、また自分を駆り立てる意味もあったんでしょうか。実体験がまだない分、こういう観念的・理想的なことだけ言えたという気もします。

――三十代で作ったという「五柳先生伝」もそうですが、彼にはこういった理想主義的な、「自分はこうありたい」といった作風があるんでしょうか。

はい。時期ごとに或る理想や願望に従って、その時々にそれを詩に吐露したという印象です。

――なるほど。そんな陶淵明を後世の詩人たちはどのように見ているんでしょう。

まさに「帰去来の辞」や「五柳先生伝」のイメージで、〃世を見限ってわが道を大切に生きた人〃ととらえるのが主流なのですが、時々〃それだけじゃ済まないぞ〃と見破った人がいて、たとえば杜甫は〃陶淵明は悟り切っていない。不徹底な人だ〃という意味のことを言っていて、やはりよく見ていますね（「陶潜は俗を避くるの翁《おう》なるも／未だ必ずしも能く道に達せず」――「興《きょう》を遣《や》る五首」其の三）。

――厳しいですね。

また北宋の蘇軾《そしょく》や、南宋の哲学者の朱子、近代の小説家魯迅なども、「陶淵明は達観しているようでいて、実は反骨精神に満ちあふれている」といった事を述べています。ただ本書ではとくに、陶淵明はその時々、拠り所が見つからずに迷っていた人だった、という面をクローズアップできたかと思います。

おわりに

本書は『李白』『杜甫』につづく、平凡社〝漢詩プロジェクト〟第二期として企画されました。その母体となったのはNHKラジオ第二放送において、平成二十年（二〇〇八）四月より放送されている〈漢詩の来た道〉のシリーズです。その内容に基づいて、平凡社編集部の山本明子さんが筆記録を作成し、江原さんと私とが然るべき訂正を施して書籍化しました。

対話形式というのは、或る物事を深く理解するための方法として、古来しばしば採用されますが、前述のラジオ番組においてこの形式を企画されたのは、NHKエデュケーショナルのチーフプロデューサー、高田斉治氏です。高田さんの発案がなければ、この番組はより平均的な教養番組となり、ひいては単行本になることもなかったでしょう。その点、高田さんはこのシリーズの生みの親とも申すべき大恩人です。この場を借りて、改めて深く御礼を申上げたいと思います。

本書の中にも、類書には見られない新しい見解が随処に示されています。宋玉《そうぎょく》の文学史的位置、張華《ちょうか》や徐幹《じょかん》、傅玄《ふげん》、劉琨《りゅうこん》の詩風とその意義、そして陶淵明の、ためらい悩む気弱な一面などは、そのごく一部です。

関連する他の書籍（その一部は巻末の「主要参考文献」の項に挙げておきました）と読み比べてい

ただくことによって、本書の特色はいっそう明らかになるとともに、漢詩の世界がますます広く、深いものとして実感されることでしょう。

そのようにして漢詩の魅力に親しむお役に立てますならば、私どもの幸い、これに過ぐるものはありません。

平成二十二年二月二十八日

宇野直人

関連年表

（先史時代から唐まで／▽は日本関係の記事）

西暦	王朝	事項	人物（没年）・作品（成立年）
	先史時代	「鼓腹撃壌《こふくげきじょう》」。 堯《ぎょう》、舜《しゅん》に位を譲る（「禅譲」）。	三皇（伏羲《ふつき》・神農《じんのう》・女媧《じょか》） 五帝（黄帝・顓頊《せんぎょく》・帝嚳《ていこく》・堯・舜）
	殷	1700 このころ、湯《とう》王、夏の桀《けつ》王を討って殷《いん》（商）を興《おこ》す（「放伐」）。 甲骨文字。 殷の紂《ちゅう》王、美女妲己《だっき》と共に「酒池肉林」、「長夜の飲」に耽る。	禹《う》 桀《けつ》 湯 紂 文王
前1050	西周	1050 武王、殷の紂王を討って周を興す。 周の幽王、美女褒姒《ほうじ》を溺愛。 771 幽王、犬戎《けんじゅう》に殺される。	武王 伯夷《はくい》・叔斉《しゅくせい》「采薇《さいび》の歌」 周公旦／太公望呂尚《りょしょう》 『易経《えききょう》』（700ごろ）
前770	（春秋時代）	770 平王、洛陽に遷都。 667 斉の桓公《かんこう》、管仲の助けを得て覇《は》者《しゃ》となる。 496 越王勾践《こうせん》、呉王闔閭《こうりょ》を破る。	管仲（645）・鮑叔牙《ほうしゅくが》（「管鮑の交はり」） 『**詩経**』現在の形に成る（600ごろ） 晏嬰《あんえい》（500）

前221

東周　（戦国時代）　秦

494 呉王夫差、勾践を会稽山に破る。

478 勾践、文種《ぶんしょう》・范蠡《はんれい》らと国力充実につとめ、夫差を破る（「臥薪嘗胆」）。

403 戦国七雄（秦・楚・燕・斉・韓・魏・趙）の抗争始まる。

諸子百家、活躍する。

333 ？蘇秦、六国を合従させる。

328 張儀、連衡を説き、秦の宰相となる。

320 孟軻、梁の恵王に説く。

284 このころ、燕の昭王、郭隗《かくかい》に師事。

279 澠池《めんち》の会。藺相如《りんしょうじょ》が趙で活躍（「完璧」・「刎頸《ふんけい》の交はり」）。

258 このころ趙の平原君、毛遂《もうすい》らと楚を訪れる。

227 燕の太子丹、荊軻をして秦王暗殺を試みるが失敗。

221 **秦の始皇帝、天下を統一**。

214 万里の長城、造築を開始。

213 このころ、**焚書坑儒**を行う。

孔子（479）『**論語**』『**春秋**』

顔淵（482）／子路（480）

曾参《そうしん》（433？）『孝経』

墨翟《ぼくてき》（390？）『墨子』

呉起（381）

『春秋左氏伝』（350？）

商鞅《しょうおう》（338）

荘周《そうしゅう》（290？）『荘子』

孟軻《もうか》（289）『孟子』

屈原（277？）『**楚辞**』

荀況《じゅんきょう》（238？）『荀子』

呂不韋《りょふい》（235）『呂氏春秋』

韓非（233）『韓非子』

荊軻《けいか》（227）「**易水**《えきすい》**の歌**」

宋玉（222？）

→〔紀元前〕　前206

前漢	秦

210 始皇帝、巡幸中に病没。

209 陳勝・呉広が挙兵。続いて項梁・項羽、劉邦ら挙兵。

206 鴻門の会。項羽と劉邦が会見する。

202 **垓下《がいか》の戦い**。項羽、「四面楚歌」を嘆き、烏江《うこう》で自決。
劉邦、帝位につく。

188 呂太后、専制政治を始める。

180 呂太后没し、呂氏一族が誅滅される。

141 武帝即位。

140 初めて年号を定める。

136 張騫《ちょうけん》、西域に派遣される。

136 董仲舒《とうちゅうじょ》の献策により、儒教を国教とする。

126 張騫、西域より生還。

121 衛青《えいせい》・霍去病《かくきょへい》、匈奴《きょうど》を破る。

119 李広、自決する。

100 蘇武、匈奴に使いして捕虜となる。

99 李陵の一族が誅滅され、司馬遷が宮刑を受ける。

81 蘇武、匈奴の地より生還。

33 王昭君、匈奴に嫁ぐ。

項羽（202）「**垓下の歌**」・**虞美人《ぐびじん》**

高祖**劉邦**（195）「**大風の歌**」

枚乗《ばいじょう》（141）

武帝「**秋風の辞**」

淮南王劉安《わいなんおうりゅうあん》（122）『淮南子《えなんじ》』

司馬相如（110）・**卓文君**

司馬遷（91？）『**史記**』

武帝（87）／**李延年**（87？）

李陵（74）／**蘇武**（60）

桓寛《かんかん》『塩鉄論』

劉向《りゅうきょう》（6）『説苑《ぜいえん》』『新序《しんじょ》』『戦国策』『楚辞』

〔紀元後〕←

8	25	220
新	後漢	三国時代

8 王莽《おうもう》、帝位を奪い、国号を「新」とする。
25 光武帝劉秀、漢を再興。
▽57 倭奴国《わのなのこく》の使者、漢に至る。
▽107 倭国の使者、漢に至る。
67 **仏教伝来**。
105 蔡倫《さいりん》、紙を発明。
166 **党錮《とうこ》の禁**。
169 ふたたび党錮の禁。
184 **黄巾《こうきん》の乱**。
196 曹操《そうそう》、大将軍となり、政治の実権を握る。
207 諸葛亮、劉備の三顧の礼に応え、出でて仕える。
208 **赤壁の戦い**。曹操が大敗する。
220 曹操の子の曹丕《そうひ》(文帝)が洛陽に都《みやこ》し、後漢滅ぶ。
221 蜀の劉備、成都で即位。
223 劉備の子の劉禅があとを継ぐ。
234 諸葛亮、五丈原に病没。
▽239 邪馬台国《やまたいこく》女王、卑弥呼《ひみこ》の使者、魏に至る。
清談、流行する(**竹林の七賢**)。

班固(92)『漢書《かんじょ》』
王充(100)『論衡《ろんこう》』
秦嘉(147ころ在世)
このころ五言詩が流行(「**古詩十九首**」)
鄭玄《じょうげん》(200)
蔡琰(後漢末)
孔融《こうゆう》(208)
建安の七子/**三曹**
王粲(217)/**劉楨**(217)/**徐幹**(217?)
曹操(220)
劉備(223)
曹丕(226)
曹植《そうしょく》(232)「**七歩の詩**」「**吁嗟篇**」
孫権(252)

265	316 北魏	420	479	502	557	589	535・581 北周・北斉	618
西晋	東晋	宋	斉	梁	陳		隋	唐

263 劉禅が魏に降伏し、蜀滅ぶ。
265 魏滅び、晋王司馬炎、帝を称する。
280 呉滅び、晋の天下統一成る。
▽284 王仁《わに》、『論語』『千字文《せんじもん》』を携えて日本に渡来。
志怪小説、流行する。
291〜306 **八王の乱**。
304 五胡十六国の乱はじまる。
317 晋の王室、南渡。これより南北朝時代。
山水詩起こる。
仏教が流行する。
梁の武帝、深く仏教を信仰する（「画竜点睛」）。
589 陳の後主、隋に降伏し、南北朝時代終わる。
598 科挙制度の創設。
▽607 小野妹子《おののいもこ》、遣隋使として訪中。
618 隋、滅亡。李淵即位して唐王朝成立。
627 李淵の第二子、太宗即位。
627〜649 貞観《じょうがん》の治。
▽645 大化の改新。
712 玄宗即位。

嵇康（263？）／**阮籍**（263）
傅玄（278）／**程暁**（？）
張華（300）／**潘岳**（300）
陸機（303）／**左思**（305？）／**劉琨**（317）／**郭璞**（324）
王羲之《おうぎし》（365）／孫綽（380？）／鳩摩羅什《くまらじゅう》（413）／
陶淵明（427）／謝霊運（433）／劉義慶（444）『**世説新語**《せせつしんご》』／顔延之（456）／鮑照（466）／謝朓（499）／沈約《しんやく》（513）／昭明太子（531）『**文選**《もんぜん》』／
庾信《ゆしん》（581）／徐陵（583）『玉台新詠』
魏徴《ぎちょう》（643）／太宗（649）／陳子昂《ちんすごう》（702？）
▽『古事記』（712）

907

唐

▽710 平城京に遷都。
713〜741 開元の治。
740 楊貴妃、玄宗の後宮に入る。
755 安禄山の乱。
▽770 阿倍仲麻呂《あべのなかまろ》、唐で没する。
▽平安京に遷都。
古文復興運動。
845『白氏文集《はくしもんじゅう(ぶんしゅう)》』成る。
875 黄巣《こうそう》の乱。
▽894 遣唐使、廃止。
907 朱全忠、唐を滅ぼす。

▽『日本書紀』(720)
孟浩然(740)/王之渙(742)
▽『懐風藻』(751)
王昌齢(756?)/王維(761)/**李白**(762)/高適《こうせき》(765)/**杜甫**(770)/孟郊(814)/柳宗元(819)/
韓愈(824)/元稹《げんじん》(831)/劉禹錫《りゅううしゃく》(842)/賈島《かとう》(843)/白居易(846)/杜牧(852)/李商隠(858)/温庭筠(866)
▽菅原道真(903)

主要参考文献

【総記】

青木正児『支那文学思想史』（全集第一巻、春秋社、一九六九）

同『支那文学概説』（同右）

柳町達也『古文真宝』（中国古典新書、明徳出版社、一九七一）

原田種成『私の漢文講義』（大修館書店、一九九五）

寺田隆信『物語 中国の歴史――文明史的序説』（中公新書、一九九七）

松浦友久編『漢詩の事典』（大修館書店、一九九九）

石川忠久『漢詩の講義』（大修館書店、二〇〇二）

宇野直人『漢詩の歴史――古代歌謡から清末革命詩まで』（東方書店、二〇〇五）

【先秦時代】

高田真治『詩経』全二冊（漢詩大系第一・二巻、集英社、一九六六・一九六八）

藤野岩友『巫系文学論』［増補版］（大学書房、一九六九）

白川静『詩経――中国の古代歌謡』（中公新書、一九七〇）

同『中国古代の文化』（講談社学術文庫、一九七九）

同『中国古代の民俗』（同、一九八〇）

鈴木修次『中国古代文学論――詩経の文芸性』（角川書店、一九七七）

白川静『中国の古代文学（一）――神話から楚辞へ』（中公文庫、一九八〇）

石川忠久『詩経』全三冊（新釈漢文大系、明治書院、一九九七〜二〇〇〇）

村山吉廣『詩経の鑑賞』（二玄社、二〇〇五）

［漢代］

吉川幸次郎『漢の武帝』（岩波新書、一九四九）

鈴木修次『漢魏詩の研究』（大修館書店、一九六七）

大室幹雄『正名と狂言――古代中国知識人の言語世界』（せりか書房、一九七五）

白川静『中国の古代文学（二）――史記から陶淵明へ』（中公文庫、一九八一）

田中謙二『楽府　散曲』（中国詩文選22、筑摩書房、一九八三）

［魏・晋］

大矢根文次郎『陶淵明研究』（早稲田大学出版部、一九六七）

松本幸男『阮籍の生涯と詠懐詩』（木耳社、一九七七）

石川忠久『陶淵明とその時代』（研文出版、一九九四）

松本幸男『魏晋詩壇の研究』（朋友書店、一九九五）

佐藤利行『西晋文学研究――陸機を中心として』（白帝社、一九九五）

興膳宏『風呂で読む　陶淵明』（世界思想社、一九九八）

佐竹保子『西晋文学論――玄学の影と形似の曙』（汲古書院、二〇〇二）

一海知義『一海知義著作集』1〈陶淵明を読む〉（藤原書店、二〇〇九）

同『一海知義著作集』2〈陶淵明を語る〉（藤原書店、二〇〇八）

［南北朝時代］

高橋和巳『中国文学論集』（作品集9、河出書房新社、一九七二）

荒井健・興膳宏『文学論集』（中国文明選13、朝日新聞社、一九七二）

森野繁夫『六朝詩の研究――「集団の文学」と「個人の文学」』（第一学習社、一九七六）

石川忠久訳『玉台新詠』（中国の古典25、学習研究社、一九八六）

興膳宏編『六朝詩人群像』（あじあブックス、大修館書店、二〇〇一）

［その他］
国分青厓監修『漢詩大講座』全十二巻（アトリヱ社、一九三六～三八）
青木正児ほか『漢詩大系』全二十四巻（集英社、一九六四～六八）
貝塚茂樹ほか編『中国の歴史』全十巻（講談社、一九七四～七五）
日中民族科学研究所編『中国歴代職官辞典』（国書刊行会、一九八〇）

❖新しい漢詩の入門書シリーズ
宇野直人・江原正士著
『漢詩を読む　2　～謝霊運から李白・杜甫へ～』（既刊）
『漢詩を読む　3　～白居易から蘇東坡へ～』（既刊）
『漢詩を読む　4　～陸游から魯迅へ～』（既刊）

宇野直人（うの なおと）

昭和二十九年、東京生まれ。早稲田大学大学院文学研究科博士課程修了、文学博士。現在、共立女子大学国際学部教授。著書に『中国古典詩歌の手法と言語』（研文出版）『漢詩の歴史』（東方書店）『漢詩の事典』（共著、大修館書店）など。また江原正士氏との共著に『李白』『杜甫』（平凡社）がある。平成十九年、NHKラジオ「古典講読―漢詩」講師、平成二十年より同「漢詩をよむ」講師。

江原正士（えばら まさし）

俳優・声優。五月四日生まれ。新劇を経て商業演劇の舞台や、トム・ハンクス、ウィル・スミス、エディ・マーフィ等の洋画吹替え、アニメの声優をはじめ各種のナレーションなどで活躍。フジテレビの深夜番組「二か国語」ではキャスターを八年間つとめた。

漢詩《かんし》を読《よ》む　1　『詩経《しきょう》』、屈原《くつげん》から陶淵明《とうえんめい》へ

二〇一〇年　四月二十二日　初版第一刷発行
二〇一六年十二月二十五日　初版第二刷発行

著者　宇野直人・江原正士
地図作成　丸山図芸社
発行者　西田裕一
発行所　株式会社平凡社
〒一〇一-〇〇五一　東京都千代田区神田神保町三-二九
電話　〇三-三二三〇-六五八三〔編集〕
〇三-三二三〇-六五七三〔営業〕
振替　〇〇一八〇-〇-二九六三九
印刷・製本　中央精版印刷株式会社

ISBN978-4-582-83470-3
NDC分類番号921.4　四六判(18.8cm)　総ページ424
平凡社ホームページ http://www.heibonsha.co.jp/